W0461558

Nora Roberts est le plus grand auteur de littérature féminine contemporaine. Ses romans ont reçu de nombreuses récompenses et sont régulièrement classés parmi les meilleures ventes du *New York Times*. Des personnages forts, des intrigues originales, une plume vive et légère… Nora Roberts explore à merveille le champ des passions humaines et ravit le cœur de plus de quatre cents millions de lectrices à travers le monde. Du thriller psychologique à la romance, en passant par le roman fantastique, ses livres renouvellent chaque fois des histoires où, toujours, se mêlent suspense et émotions.

Sous le charme

Du même auteur aux Éditions J'ai lu

Les illusionnistes (n° 3608)
Un secret trop précieux (n° 3932)
Ennemies (n° 4080)
L'impossible mensonge (n° 4275)
Meurtres au Montana (n° 4374)
Question de choix (n° 5053)
La rivale (n° 5438)
Ce soir et à jamais (n° 5532)
Comme une ombre dans la nuit (n° 6224)
La villa (n° 6449)
Par une nuit sans mémoire (n° 6640)
La fortune des Sullivan (n° 6664)
Bayou (n° 7394)
Un dangereux secret (n° 7808)
Les diamants du passé (n° 8058)
Les lumières du Nord (n° 8162)
Coup de cœur (n° 8332)
Douce revanche (n° 8638)
Les feux de la vengeance (n° 8822)
Le refuge de l'ange (n° 9067)
Si tu m'abandonnes (n° 9136)
La maison aux souvenirs (n° 9497)
Les collines de la chance (n° 9595)
Si je te retrouvais (n° 9966)
Un cœur en flammes (n° 10363)

Lieutenant Eve Dallas :
Lieutenant Eve Dallas (n° 4428)
Crimes pour l'exemple (n° 4454)
Au bénéfice du crime (n° 4481)
Crimes en cascade (n° 4711)
Cérémonie du crime (n° 4756)
Au cœur du crime (n° 4918)
Les bijoux du crime (n° 5981)
Conspiration du crime (n° 6027)
Candidat au crime (n° 6855)
Témoin du crime (n° 7323)
La loi du crime (n° 7334)
Au nom du crime (n° 7393)
Fascination du crime (n° 7575)
Réunion du crime (n° 7606)
Pureté du crime (n° 7797)
Portrait du crime (n° 7953)
Imitation du crime (n° 8024)
Division du crime (n° 8128)
Visions du crime (n° 8172)
Sauvée du crime (n° 8259)
Aux sources du crime (n° 8441)
Souvenir du crime (n° 8471)
Naissance du crime (n° 8583)
Candeur du crime (n° 8685)
L'art du crime (n° 8871)
Scandale du crime (n° 9037)
L'autel du crime (n° 9183)
Promesses du crime (n° 9370)
Filiation du crime (n° 9496)
Fantaisie du crime (n° 9703)
Addiction au crime (n° 9853)
Perfidie du crime (n° 10096)
Crimes de New York à Dallas (n° 10271)

Les trois sœurs :
Maggie la rebelle (n° 4102)
Douce Brianna (n° 4147)
Shannon apprivoisée (n° 4371)

Trois rêves :
Orgueilleuse Margo (n° 4560)
Kate l'indomptable (n° 4584)
La blessure de Laura (n° 4585)

Les frères Quinn :
Dans l'océan de tes yeux (n° 5106)
Sables mouvants (n° 5215)
À l'abri des tempêtes (n° 5306)
Les rivages de l'amour (n° 6444)

Magie irlandaise :
Les joyaux du soleil (n° 6144)
Les larmes de la lune (n° 6232)
Le cœur de la mer (n° 6357)

L'île des trois sœurs :
Nell (n° 6533)
Ripley (n° 6654)
Mia (n° 8693)

Les trois clés :
La quête de Malory (n° 7535)
La quête de Dana (n° 7617)
La quête de Zoé (n° 7855)

Le secret des fleurs :
Le dahlia bleu (n° 8388)
La rose noire (n° 8389)
Le lys pourpre (n° 8390)

Le cercle blanc :
La croix de Morrigan (n° 8905)
La danse des dieux (n° 8980)
La vallée du silence (n° 9014)

Le cycle des sept :
Le serment (n° 9211)
Le rituel (n° 9270)
La Pierre Païenne (n° 9317)

Quatre saisons de fiançailles :
Rêves en blanc (n° 10095)
Rêves en bleu (n° 10173)
Rêves en rose (n° 10211)
Rêves dorés (n° 10296)

En grand format
L'hôtel des souvenirs :
Un parfum de chèvrefeuille
Comme par magie

NORA ROBERTS

L'hôtel des souvenirs - 3

Sous le charme

Traduit de l'anglais (États-Unis) par Maud Godoc

J'AI LU

Titre original
THE PERFECT HOPE

Éditeur original
The Berkley Publishing Group,
published by the Penguin Group (USA) Inc., New York

© Nora Roberts, 2012

Pour la traduction française
© Éditions J'ai lu, 2013

Pour Suzanne, la directrice d'hôtel parfaite.

Pour s'améliorer, il faut changer ; pour être parfait,
il faut donc avoir souvent changé.

WINSTON CHURCHILL

Centre-ville de Boonsboro

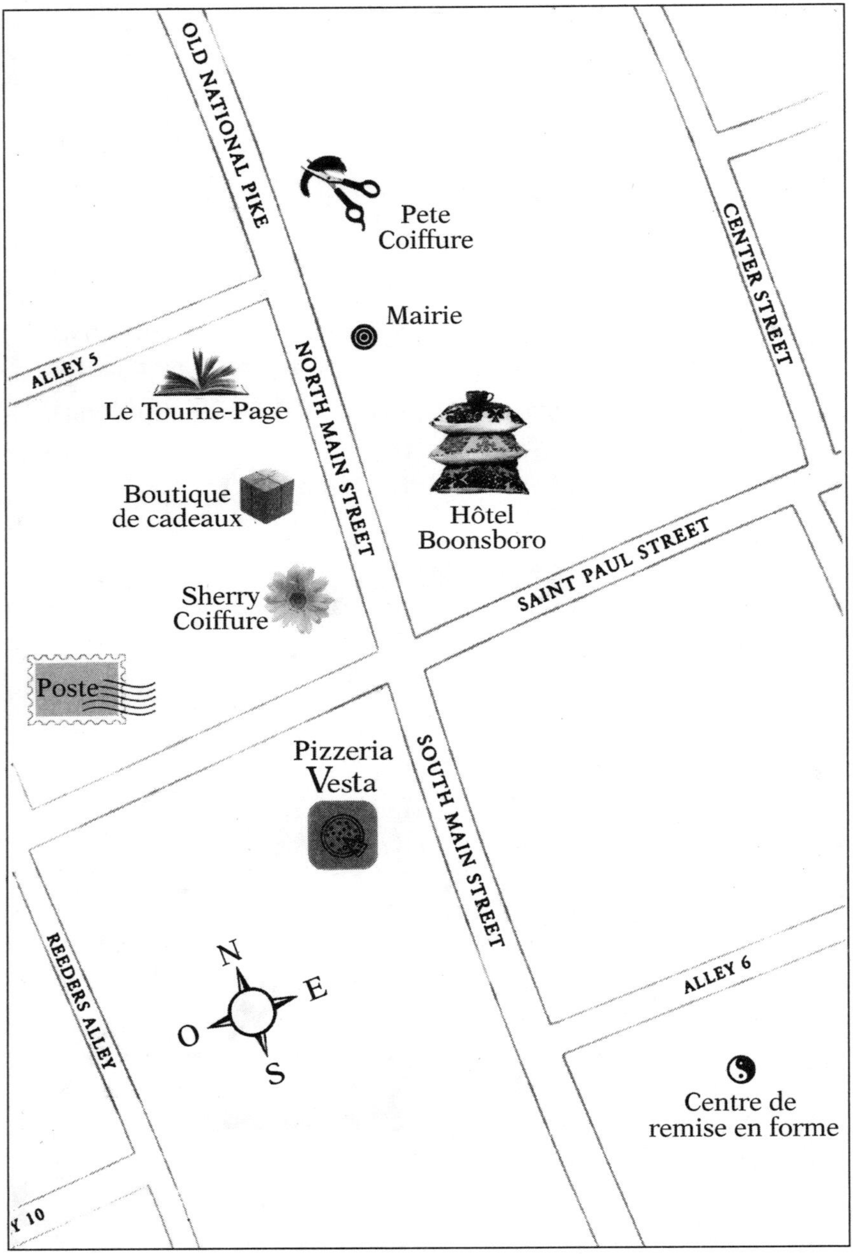

1

Avec quelques craquements et soupirs, la vieille bâtisse s'installa pour la nuit. Sous le ciel étoilé, ses murs de pierre se dressaient sur la Grand-Place de Boonsboro comme depuis plus de deux siècles. Au carrefour, à présent calme, la rue s'étirait, ponctuée d'une alternance de flaques d'ombre et de lumière. Toutes les fenêtres et vitrines de Main Street étaient éteintes, assoupies dans la douceur de cette belle nuit d'été.

« Je devrais en faire autant, songea Hope. Me coucher et dormir. »

Ce serait la chose sensée à faire, et elle se considérait comme une femme sensée. Mais la longue journée l'avait laissée fébrile et, se rappela-t-elle, Carol-Ann arriverait tôt le lendemain matin pour s'occuper du petit-déjeuner.

La directrice pouvait faire la grasse matinée.

De toute façon, il n'était qu'à peine minuit. Lorsqu'elle vivait et travaillait à Georgetown, elle arrivait rarement à se coucher si tôt. Certes, à l'époque, elle dirigeait le Wickham, et si elle n'était pas occupée à régler quelque petit problème ou à satisfaire une demande d'un client, elle profitait de la vie nocturne.

Nichée au pied des Blue Ridge Mountains dans le Maryland, la ville de Boonsboro avait peut-être une histoire riche et ne manquait pas de charme – auquel contribuait l'ancienne auberge restaurée qu'elle dirigeait aujourd'hui –, mais elle n'était guère réputée pour ses nuits animées.

L'ouverture du restaurant-pub de son amie Avery changerait quelque peu la donne. Et ce serait amusant de voir ce que la dynamique Avery MacTavish ferait de sa nouvelle entreprise à côté de l'hôtel – et juste en face de sa propre pizzeria, de l'autre côté de la Grand-Place.

D'ici la fin de l'été, Avery jonglerait avec la gestion de deux établissements. « Quand je pense que c'est *moi* qu'on considère comme un bourreau de travail », songea Hope.

Elle jeta un coup d'œil circulaire dans la cuisine – rutilante, chaleureuse et accueillante. Elle avait déjà coupé les fruits en tranches et s'était assurée que rien ne manquait dans les placards et dans le réfrigérateur. Tout était fin prêt pour que Carol-Ann puisse préparer le petit-déjeuner des clients qui, en ce moment même, se trouvaient dans leurs chambres.

Elle avait fini la paperasse, vérifié toutes les portes et fait sa ronde en quête de vaisselle qui traînait – ou de tout autre objet qui n'était pas à sa place. Sa journée était terminée et pourtant, elle n'avait toujours pas envie de regagner son appartement au deuxième étage.

Elle se versa donc un verre de vin et fit un dernier tour dans le hall où elle éteignit le lustre au-dessus de la table ornée d'un superbe bouquet de fleurs d'été.

Elle passa sous l'arche, examina une dernière fois la porte d'entrée avant de se diriger vers l'escalier dont elle effleura du bout des doigts la rampe en fer forgé.

Elle était déjà passée dans la bibliothèque, mais y retourna. « Mais non, tu n'es pas maniaque », se dit-elle. Un client avait pu y passer un moment à siroter un verre de whisky avec un bon livre. Mais la pièce était tranquille et silencieuse, comme toute la maison.

Elle jeta un coup d'œil dans le couloir. Il y avait des clients à cet étage. M. et Mme Vargas – Donna et Max –, mariés depuis vingt-sept ans. Cette nuit à l'hôtel, dans la chambre Nick et Nora, était le cadeau d'anniversaire de Donna de la part de leur fille. N'était-ce pas adorable ?

Ses autres clients, à l'étage au-dessus dans Westley et Buttercup, avaient choisi l'hôtel pour leur nuit de noces. Elle se plaisait à penser que les jeunes mariés, April et Troy, garderaient un agréable souvenir de leur séjour.

Elle vérifia que la porte de la galerie extérieure du premier étage était fermée à clé, puis, sur un coup de tête, la déverrouilla et sortit.

Son verre de vin à la main, elle alla s'accouder à la balustrade. De l'autre côté de la Grand-Place, l'appartement au-dessus de Vesta, la pizzeria d'Avery, était plongé dans l'obscurité – et vide maintenant qu'Avery avait emménagé chez Owen Montgomery. Elle devait avouer qu'elle regrettait le temps où elle savait son amie juste en face.

Mais Avery était exactement là où elle devait être. Avec Owen, son premier petit ami, qui s'était révélé être le dernier.

Tellement adorable, là encore.

Et en mai, elle avait organisé la réception pour le mariage de Clare. Ici même, dans le jardin de l'hôtel.

Émue à cette pensée, Hope tourna le regard vers la librairie de Clare. Jeune veuve avec deux enfants et un troisième en route, Clare avait pris un risque, à l'époque, en ouvrant Le Tourne-Page. Mais son amie avait du courage à revendre, et elle avait réussi son pari. Aujourd'hui, elle était Clare Montgomery, la femme de Beckett. Et l'hiver prochain, ils accueilleraient un nouvel enfant dans leur foyer.

Si ses deux amies vivaient à Boonsboro depuis longtemps, elle-même ne s'y était installée que depuis peu – pas même un an. Elle était la nouvelle arrivante en ville.

Maintenant, d'elles trois, elle était la seule à demeurer ici, au cœur de la ville. C'était idiot de regretter ses amies alors qu'elle les voyait presque chaque jour, mais un soir comme celui-ci, où le sommeil ne venait pas, elle aurait voulu, juste un peu, qu'elles soient encore tout près.

L'année passée avait été si riche en changements pour elles toutes.

Elle était pourtant parfaitement satisfaite de sa vie à Georgetown, de son travail, de ses habitudes. De Jonathan, ce salaud qui l'avait trompée.

Au Wickham, elle était à sa place. Elle en connaissait le rythme, le ton, les exigences. Elle s'était démenée et avait fait du bon boulot pour les Wickham, et leur salaud de fils.

À l'époque, elle envisageait de l'épouser. Il n'y avait eu ni fiançailles officielles ni promesses concrètes, mais le mariage semblait alors l'aboutissement logique de leur relation.

Elle n'était quand même pas idiote.

Et tout le temps où ils sortaient ensemble – du moins les derniers mois –, il en voyait une autre. Une fille de la haute société dont il faisait partie, songea-t-elle avec une amertume qui subsistait encore. Une fille qui ne travaillait pas dix à douze heures par jour, souvent davantage, pour faire tourner un hôtel de standing, mais avait l'habitude d'y descendre, dans la suite la plus luxueuse, bien sûr.

Non, elle n'avait rien d'une idiote, mais elle s'était montrée beaucoup trop confiante. Quel choc quand Jonathan lui avait appris qu'il s'apprêtait à annoncer ses fiançailles. Le lendemain même. Avec une autre.

Un choc d'autant plus humiliant qu'à ce moment-là ils se trouvaient chez elle, nus dans son lit où ils venaient de faire l'amour.

Cela dit, lui aussi avait eu un choc lorsqu'elle l'avait mis à la porte sans autre forme de procès. Il avait été incapable de comprendre en quoi cela changeait leur relation.

Cet épisode douloureux avait été la révélation qui avait bouleversé sa vie.

Désormais, elle dirigeait l'Hôtel Boonsboro, vivait dans une petite localité à l'ouest du Maryland, bien loin des lumières de la ville.

Elle ne passait pas son temps libre à organiser des dîners mondains ou à écumer les boutiques à la recherche des chaussures parfaites pour la robe parfaite qu'elle porterait à sa prochaine soirée.

Cette vie lui manquait-elle ? Sa boutique de prédilection, son restaurant préféré pour le déjeuner, les superbes plafonds et le patio fleuri de sa maison de ville ? La tension fébrile qu'elle ressentait lorsqu'elle préparait l'hôtel pour la visite de hauts dignitaires, célébrités ou magnats des affaires ?

Parfois, oui. Mais pas aussi souvent qu'elle ne l'imaginait. Et pas autant non plus. Car ces derniers mois, elle avait eu une autre révélation : elle était non seulement satisfaite de sa vie ici, mais aussi très heureuse. Elle se sentait à sa place dans cet hôtel. Il était devenu son *foyer*.

Cette nouvelle existence, elle la devait à ses amies, bien sûr, mais aussi aux frères Montgomery et à leur mère. Justine Montgomery l'avait embauchée sur-le-champ. À l'époque, Hope ne la connaissait pas assez pour s'en être étonnée. En revanche, elle était encore surprise d'avoir accepté son offre tout aussi rapidement, et impulsivement.

Un coup de tête qu'elle ne regrettait pas, même si, à l'origine, elle n'avait pas du tout prévu de repartir de zéro.

Elle se promena le long de la galerie, inspectant les jardinières suspendues, rectifiant de quelques centimètres l'angle d'une chaise bistrot.

— J'adore chaque centimètre carré de cet endroit, murmura-t-elle.

Une des portes menant à la chambre Elizabeth et Darcy s'ouvrit. Un parfum de chèvrefeuille flotta dans l'air du soir.

Elle n'était pas la seule à avoir des insomnies, apparemment. Mais les fantômes dormaient-ils ? Elle doutait que la revenante, que Beckett avait baptisée Elizabeth d'après sa chambre préférée, lui répondrait si elle lui posait la question. Jusqu'à présent, sa colocataire n'avait pas daigné communiquer avec elle.

Hope sourit et sirota une gorgée de vin.

— Quelle belle nuit. J'étais en train de me dire combien ma vie était différente à présent. Et, tout bien considéré, je m'en réjouis beaucoup, expliqua-t-elle d'une voix tranquille et amicale.

Après tout, les recherches qu'Owen et elle avaient faites sur leur hôte à demeure avaient établi qu'Elizabeth – Eliza Ford de son vivant – était une de ses ancêtres.

Et la famille, aux yeux de Hope, c'était sacré.

— Nous avons des jeunes mariés dans Westley et Buttercup. Ils ont l'air si heureux, si frais et novices d'une certaine façon. Le couple dans Nick et Nora fête son vingt-septième anniversaire de mariage. Eux ne sont plus tout jeunes, mais n'en sont pas moins très heureux aussi. Des gens agréables et sympathiques. J'adore les accueillir ici et leur faire vivre une expérience qui sort de l'ordinaire. C'est le métier pour lequel je suis faite.

Le silence retomba, mais Hope *sentait* une présence. Une compagnie étrangement agréable, réalisa-t-elle. Juste deux femmes solitaires qui veillaient tard.

— Carol-Ann sera là demain à la première heure. C'est elle qui prépare les petits-déjeuners et, du coup, j'ai ma matinée de libre. D'où le verre de vin, ajouta-t-elle en levant ce dernier, plus un peu d'introspection, un peu d'apitoiement sur moi-même pour réaliser que je n'ai aucune raison de m'apitoyer sur moi-même.

Avec un sourire, Hope vida son verre.

— Et maintenant, au lit.

Pourtant, elle s'attarda encore un peu, enveloppée par les effluves délicats du chèvrefeuille.

Quand Hope descendit le lendemain matin, elle fut accueillie par une délicieuse odeur de café frais, de bacon grillé et de pancakes pomme-cannelle, si son odorat ne la trompait pas. Dans la salle à manger, Donna et Max s'interrogeaient sur la possibilité de faire un tour en ville avant de prendre le chemin du retour.

Elle se rendit à la cuisine, histoire de voir si Carol-Ann avait besoin d'un coup de main. Pour l'été, la sœur de Justine portait ses cheveux blond clair plus courts, avec une frange au ras de ses yeux noisette.

— Que faites-vous ici, jeune fille ? la gronda-t-elle gentiment.

— Il est presque 10 heures.

— C'est votre matinée de congé.

— J'en ai déjà profité. J'ai dormi jusqu'à 8 heures, fait mon yoga et un peu de ménage, répondit Hope en se servant une tasse de café qu'elle sirota, les paupières closes. Ma première tasse de la journée. Pourquoi est-ce toujours la meilleure ?

— J'aimerais le savoir. J'essaie toujours de passer au thé. En ce moment, ma Darla ne jure que par tout ce qui est sain et fait son possible pour m'entraîner, expliqua Carol-Ann avec une affection teintée d'une pointe d'exaspération. J'aime vraiment notre mélange Titania et Oberon, mais… ce n'est pas du café.

— Rien ne l'est, sauf le café.

— Je ne vous le fais pas dire. Ma fille attend avec impatience l'ouverture du club de fitness. Elle m'a avertie que si je ne m'inscrivais pas aux cours de yoga, elle le ferait à ma place et m'y traînerait de force.

— Vous allez adorer le yoga, assura Hope qui rit de la mine sceptique – et un peu anxieuse – de Carol-Ann. Vraiment.

— Hmm.

Carol-Ann attrapa la lavette et entreprit de nettoyer le plan de travail en granit.

— Les Vargas ont adoré la chambre et, comme d'habitude, la salle de bains a déclenché l'enthousiasme. Les jeunes mariés n'ont pas encore montré le bout de leur nez.

— J'aurais été déçue si c'était le cas, déclara Hope.

Elle se passa la main dans les cheveux. À la différence de Carol-Ann, elle les laissait pousser, histoire de changer du carré court plongeant qu'elle arborait depuis deux ans. Ses mèches brunes lui chatouillaient le menton, une longueur « entre deux » qui l'agaçait.

— Je vais voir si Donna et Max ont besoin de quelque chose, dit Carol-Ann.

— Je m'en occupe, proposa Hope. Je tiens à les saluer de toute façon, et ensuite j'irai au Tourne-Page dire bonjour à Clare.

— Je l'ai vue hier soir au club de lecture. Elle a déjà un ventre bien rond. Il y a encore plein de pâte si les Vargas veulent des pancakes.

— Je leur dirai.

Elle se glissa dans la salle à manger et bavarda avec les clients tout en vérifiant discrètement qu'il y avait encore assez de fruits frais, de café et de jus de fruits.

Après s'être assurée qu'ils ne manquaient de rien, elle remonta chercher son sac – et tomba sur les jeunes mariés qui venaient de la galerie extérieure.

— Bonjour.

— Bonjour, répondit la jeune femme, radieuse après une nuit de noces prolongée de toute évidence bien employée. Cette chambre est vraiment sublime. J'adore tout sans exception. J'avais l'impression d'être une princesse de conte de fées.

— Que vos vœux soient exaucés, dit Hope, ce qui les fit rire toutes les deux.

— C'est une bonne idée d'avoir baptisé et décoré les chambres en s'inspirant de couples de romans.

— Dont les histoires se terminent bien, précisa Troy à sa jeune épouse qui lui adressa un sourire rêveur.

— Comme nous. Nous tenons à vous remercier pour avoir fait de notre séjour ici une parenthèse exceptionnelle. C'était parfait.

— La perfection, c'est ce que vise cet établissement.

— Nous savons que nous sommes censés quitter la chambre tout à l'heure, mais…

— Si vous souhaitez partir plus tard, nous pouvons nous arranger…

— Eh bien, en fait…

— Nous aimerions pouvoir rester une nuit de plus, termina Troy en glissant le bras autour des épaules d'April pour l'attirer contre lui. Nous allons descendre en Virginie faire un peu de tourisme au hasard de notre route… mais nous nous plaisons beaucoup ici. Nous prendrons n'importe quelle chambre disponible, s'il y en a une.

— Ce sera un plaisir de vous avoir. Et votre chambre est libre ce soir.

— C'est vrai ? s'exclama April qui sautilla de joie. Quelle chance ! Merci infiniment.

— Je vous en prie. Je me réjouis que vous appréciiez votre séjour.

« Des clients heureux font une directrice heureuse », songea Hope qui fila à l'étage chercher son sac. Elle redescendit aussi vite, passa dans son bureau modifier la réservation, puis sortit par-derrière en passant par la réception.

Elle contourna le pignon et jeta un coup d'œil à Vesta de l'autre côté de la rue. Elle connaissait les emplois du temps d'Avery et de Clare presque aussi bien que le sien. Avery préparait l'ouverture. Quant à Clare, elle devrait être rentrée de son rendez-vous chez le gynécologue.

L'échographie. Avec un peu de chance, ils sauraient si elle attendait la fille qu'elle espérait.

Tandis qu'elle patientait au feu, Hope jeta un coup d'œil dans Main Street, et repéra Ryder Montgomery devant la maison que les Constructions Montgomery et Fils étaient en train de rénover. Les travaux étaient presque terminés. Bientôt, Boonsboro aurait une nouvelle boulangerie-pâtisserie.

Son jean était déchiré au genou et maculé d'éclaboussures de peinture ou d'enduit – ou de tout autre produit qui tachait sur un chantier. Il portait sa ceinture à outils bas sur les hanches, à la manière d'un shérif de western arborant son colt au ceinturon. Ses boucles brunes dépassaient de sa casquette de base-ball et des lunettes de soleil dissimulaient ses yeux dont elle savait qu'ils étaient verts tachetés d'or.

Il s'entretenait avec deux de ses ouvriers et faisait des gestes en direction de la maison en chantier sans se départir de son allure de cow-boy décontracté. Puisqu'une sous-couche d'un blanc terne recouvrait déjà la façade, elle en déduisit qu'ils discutaient des couleurs de finition.

Un des ouvriers laissa échapper un rire sonore auquel Ryder répondit par un sourire et un haussement d'épaules.

Le haussement d'épaules tout comme la posture étaient ce qui le caractérisait, songea Hope.

Les frères Montgomery étaient tous trois beaux garçons, mais, à son avis, ses deux amies avaient tiré les bons numéros. Elle trouvait Ryder un peu bourru et légèrement asocial sur les bords.

Mais aussi, elle l'admettait, très séduisant – dans le genre brut de décoffrage.

Pas son type. Mais alors pas du tout.

Elle traversait la rue lorsqu'un long sifflement retentit dans la rue. Consciente qu'il s'agissait d'une plaisanterie, elle tourna la tête vers la boulangerie et, avec un sourire aguicheur, salua Jake, l'un des peintres, d'un signe de la main. Il lui rendit son salut, de même que l'autre ouvrier.

Mais pas Ryder Montgomery, bien sûr. Ce dernier se contenta de coincer le pouce dans la poche de son jean et de la regarder sans ciller. Asocial, se dit-elle à nouveau. Un simple salut lui aurait sans doute demandé trop d'effort.

Elle interpréta le frémissement au creux de son estomac comme la réaction naturelle d'une femme en pleine santé exposée au regard insistant d'un homme qui, quoique revêche, n'en était pas moins sexy.

D'autant que ladite femme traversait une période de chasteté qui durait depuis – mon Dieu – un an. Un peu plus d'un an, même. Mais à quoi bon compter ?

Elle ne devait s'en prendre qu'à elle-même. C'était son choix, alors pourquoi y penser ?

Hope atteignit le trottoir d'en face et prit à droite dans Main Street en direction de la librairie au moment où Clare sortait sur la jolie terrasse couverte. Elle salua son amie qui s'immobilisa, la main sur son ventre rond. Clare portait une robe légère et avait attaché ses longs cheveux blonds en queue-de-cheval. Ses yeux étaient protégés du soleil déjà ardent par des lunettes à monture bleue.

— Je venais aux nouvelles, lança Hope en la rejoignant.

Clare brandit son téléphone.

— J'étais en train de t'envoyer un texto.

Elle glissa le portable dans sa poche et descendit les marches pour gagner le trottoir.

— Alors ? s'enquit Hope en scrutant le visage de son amie. Tout va bien ?

— Oui, tout va bien. Nous venons juste d'arriver. Beckett est allé se garer derrière la boulangerie. Il a ses outils dans la voiture, expliqua-t-elle avec un regard par-dessus son épaule.

Vaguement inquiète, Hope posa la main sur le bras de Clare.

— Tu as passé ton échographie, n'est-ce pas ?

— Oui.

— Et ?

— Allons à Vesta, proposa-t-elle en l'entraînant vers la pizzeria. Je vous raconterai en même temps, à Avery et à toi. Beckett va téléphoner à sa mère et annoncer la nouvelle à ses frères. De mon côté, il faut que j'appelle mes parents.

— Le bébé va bien ?

— Absolument. J'ai des photos, ajouta-t-elle, tapotant son sac.

— Il faut que je les voie !

— Je vais les montrer pendant des jours. Des semaines. C'est incroyable.

Avery apparut sur le pas de la porte du restaurant, un tablier blanc sur son tee-shirt et son pantalon corsaire, des Crocs mauves aux pieds. Le soleil jouait dans sa chevelure de guerrière écossaise, accrochant des reflets sur les pointes courtes.

— Alors, tu penses en rose ? s'enquit-elle sans préambule.

— Tu fais l'ouverture seule ? voulut savoir Clare.

— Oui. Il n'y a que moi. Fran n'arrive que dans vingt minutes. Tout va bien ?

— Tout va absolument, parfaitement, merveilleusement bien. Mais j'ai envie de m'asseoir.

Tandis que ses amies échangeaient un regard dans son dos, Clare entra et se dirigea droit vers le comptoir où elle se percha sur un tabouret avec un soupir.

— C'est la première fois que je suis enceinte avec trois garçons juste au début des vacances d'été. Un vrai défi.

— Tu es un peu pâlichonne, fit remarquer Avery.

— Juste un peu de fatigue.

— Veux-tu une boisson fraîche ?

— Ce n'est pas de refus.

Tandis qu'Avery allait au réfrigérateur, Hope s'assit près de son amie, les sourcils froncés.

— Tu te dérobes. S'il n'y a pas de problème…

— Il n'y en a pas, je t'assure. Bon d'accord, je me dérobe un peu, mais c'est une grande nouvelle, répondit-elle, avant de s'emparer du soda au gingembre qu'Avery lui tendait. Et me voilà avec mes deux meilleures amies dans le charmant restaurant d'Avery qui sent déjà la sauce à pizza.

— Normal pour une pizzeria, dit celle-ci.

Elle donna une bouteille d'eau à Hope, puis croisa les bras et dévisagea Clare.

— C'est une fille. Chaussons de danse et chouchous à volonté !

Clare secoua la tête.

— Je semble être spécialisée dans les garçons. Parle plutôt gants de base-ball et figurines d'action.

— Un garçon ? répéta Hope qui se pencha et posa la main sur celle de Clare. Tu es déçue ?

— Pas le moins du monde. Vous voulez voir ?

Clare ouvrit son sac.

— Tu rigoles ? s'exclama Avery.

Elle voulut attraper l'enveloppe, mais Clare la brandit hors de portée.

— Il te ressemble ? enchaîna-t-elle. Ou à Beckett ? Ou à un poisson ? Ne le prends pas mal, mais les fœtus me font toujours penser à des poissons.

— Lequel ?

— Comment ça, lequel ?

— Il y en a deux.

Hope faillit s'étrangler avec son eau.

— Deux ? Des jumeaux ? Tu attends des jumeaux ?

— Deux ? s'écria Avery. Tu attends deux poissons ?

— Regardez mes magnifiques garçons, dit Clare qui sortit le tirage de l'échographie, puis fondit en larmes. Des larmes de bonheur, parvint-elle à articuler. Les hormones, de bonnes hormones. Oh, mon Dieu, regardez mes bébés !

— Ils sont superbes !

Clare essuya ses larmes et sourit à Avery.

— Tu ne vois rien du tout.

— Non, mais ils sont superbes quand même. Des jumeaux. Ça fait cinq. Vous avez fait le calcul, n'est-ce pas ? Vous allez avoir cinq garçons.

— Nous avons fait le calcul, mais nous avons encore du mal à réaliser. Jamais nous n'aurions pensé – j'aurais peut-être dû. C'est la première fois que j'ai autant de ventre aussi tôt. Mais quand le médecin nous a appris la nouvelle… Beckett a blêmi.

Elle rit au milieu de ses larmes.

— Il était blanc comme un linge. J'ai cru qu'il allait tomber dans les pommes. Et puis, nous nous sommes regardés, et nous avons éclaté de rire. Une vraie crise de fou rire. Les nerfs, sans doute. Cinq. Doux Jésus, *cinq* garçons !

— Vous allez très bien vous en sortir, assura Hope.

— Oh, j'en suis sûre ! C'est juste que je suis tellement sidérée, tellement heureuse. Je ne sais pas comment Beckett a réussi à nous ramener à la maison. Je serais incapable de dire si nous revenons de Hagerstown ou de Californie. Une sorte d'état de choc, j'imagine. Des jumeaux.

Elle posa les mains sur son ventre.

— Vous connaissez ces moments dans la vie où on se dit, là, je ne pourrai jamais être plus heureuse que maintenant. Eh bien, c'est exactement ce que je ressens en ce moment.

Hope la serra dans ses bras, et Avery les enlaça toutes les deux.

— Je suis si heureuse pour toi, murmura Hope.

— Les enfants vont être aux anges, déclara Avery en s'écartant. Pas vrai ?

— Oh, que si ! Et comme Liam m'a déjà laissé entendre que si j'avais une fille, il ne s'abaisserait pas à jouer avec elle, je crois qu'il sera particulièrement content.

— Et la date de l'accouchement ? s'enquit Hope. C'est plus tôt pour des jumeaux, non ?

— Un peu. On m'a parlé du 21 novembre. Des bébés de Thanksgiving au lieu de Noël ou du jour de l'An.

— Glouglou, glouglou, plaisanta Avery, ce qui fit rire Clare.

— Il faut que tu nous laisses t'aider à aménager la chambre, commença Hope, organisatrice-née.

— J'y compte bien. Je n'ai plus une affaire. J'avais tout donné après Murphy. Jamais je n'aurais imaginé retomber amoureuse, me remarier et avoir d'autres enfants.

— On pourrait t'organiser une *baby shower*, proposa Hope. Avec pour thème double dose de bonheur. Ou tout ce qui va par deux. J'y réfléchirai. Nous devrions la programmer pour début octobre, par sécurité.

— Une *baby shower*, soupira Clare en descendant de son tabouret. Voilà qui devient de plus en plus concret. Il faut que j'appelle mes parents, que je l'annonce aux filles, ajouta-t-elle, faisant références aux vendeuses de la librairie. Des bébés de novembre. Je devrais avoir perdu mes kilos en trop d'ici mai et le mariage.

— C'est vrai, je me marie, dit Avery.

Elle tendit la main et admira le diamant qui avait remplacé la bague en plastique d'un distributeur de chewing-gums qu'Owen lui avait glissée au doigt par deux fois.

— Tu te maries, *et* tu ouvres un deuxième restaurant, *et* tu m'aides à organiser la *baby shower*, précisa Hope avec un petit coup de coude complice à Avery. Nous avons du pain sur la planche.

— Je peux dégager un peu de temps demain.

Hope prit un instant pour parcourir son agenda mental et rectifier son propre emploi du temps.

— Disons, 13 heures. Peux-tu te libérer ? demanda-t-elle à Clare. Je nous préparerai un déjeuner léger et nous ferons le point avant l'arrivée des clients.

— 13 heures demain, nous serons là, répondit Clare qui se tapota le ventre.

— J'y serai aussi, promit Avery. Si j'ai un peu de retard, c'est que nous aurons eu du monde à midi. Mais je viendrai.

Hope sortit avec Clare, et après une dernière accolade, les deux femmes se séparèrent. Hope imagina son amie annonçant l'heureuse nouvelle à ses parents. Avery prévenant Owen par texto. Et Beckett passant voir sa femme durant la journée, ou se libérant quelques minutes pour savourer leur bonheur à deux.

L'espace d'un instant, elle regretta de ne pas avoir, elle aussi, quelqu'un à prévenir ou à rejoindre, un être cher avec qui partager cette nouvelle réjouissante.

Elle contourna l'hôtel, gravit l'escalier extérieur à l'arrière et gagna le deuxième étage.

Dans l'escalier, elle tendit l'oreille et n'entendit que la voix de Carol-Ann, tout excitée. Justine Montgomery avait sans doute déjà appris à sa sœur l'arrivée des jumeaux.

Hope entra dans son appartement et referma la porte. Elle allait passer une heure ou deux au calme, à faire des recherches sur leur revenante et le dénommé Billy qu'elle attendait.

2

Sa mère le rendait fou. Si elle se pointait avec un autre projet avant qu'il en ait terminé un seul de la demi-douzaine en cours, il risquait de prendre son chien et d'émigrer à la Barbade.

Il se construirait une jolie petite maison sur la plage. Peut-être une lanai. Il avait les compétences.

Ryder gara son pick-up sur le parking derrière l'hôtel, leur chantier pharaonique heureusement terminé – enfin, jamais vraiment, parce qu'il y avait toujours quelque chose à faire. L'hôtel partageait le parking avec ce qui deviendrait un centre de remise en forme dernier cri, ultime projet en date de Justine Montgomery.

Pour l'instant, ce n'était qu'un hideux bâtiment vert à toit plat qui prenait l'eau. Et ce n'était que l'extérieur. Dedans, il y avait un labyrinthe de pièces, une cave inondée, des escaliers dignes d'un film d'horreur et des plafonds en piteux état. Et inutile de mentionner l'état déplorable de l'électricité et de la plomberie puisqu'ils allaient démolir tout ce bazar pour ne laisser que les murs extérieurs.

Parfois, il lui prenait l'envie de raser tout le bâtiment au bulldozer en cachette la nuit. Mais il devait admettre qu'il aimait les défis.

Et là, c'en était un.

Au moins, ils allaient pouvoir enfin s'y mettre. Fiable comme à son habitude, Owen l'avait prévenu par texto que le permis de démolition était arrivé.

Ryder resta un moment assis au volant avec Nigaud, son fidèle corniaud, sur le siège passager, à écouter Lady Gaga chanter *Edge of Glory*. « Plutôt bizarre comme nana, songea-t-il, mais il faut reconnaître qu'elle a de la voix. »

Tous deux observaient l'horrible verrue verte. Il aimait les démolitions. C'était toujours un bon défoulement. Et il avait hâte de voir ce que donnerait l'endroit une fois réhabilité.

Un centre de remise en forme. Il ne comprenait pas les gens qui se branchaient à une machine et n'allaient nulle part. Pourquoi ne pas plutôt faire un truc constructif si vous vouliez transpirer ? Une salle de sport, oui, pourquoi pas, avec des punching-balls, un ring d'entraînement, des haltères dignes de ce nom. Mais pour lui, un club de fitness, c'était un truc de filles. Yoga et Pilate. Et petites tenues moulantes en prime, se rappela-t-il. C'était toujours ça. Comme les démolitions, qui n'aimerait pas ?

Mais à quoi bon ruminer ? L'affaire était entendue. Il descendit de son pick-up, Nigaud sur ses talons. Ces derniers temps, il avait tendance à broyer du noir sans comprendre pourquoi. Le chantier de la boulangerie en était aux finitions et à la peinture. Le restaurant d'Avery, le MacT, avançait bien – il avait hâte de s'asseoir au comptoir du pub devant une bonne bière. La pose d'une cuisine intégrée l'attendait et Owen négociait l'installation d'un dressing avec un autre client. Mieux valait beaucoup de travail que pas assez. Il aurait le temps de se construire sa maison à la Barbade quand il serait vieux.

N'empêche, il se sentait à cran et ne parvenait pas trop à s'expliquer pourquoi. Jusqu'à ce que son regard tombe sur l'hôtel.

Hope Beaumont. Oui, voilà qui pourrait être un début d'explication.

Elle faisait du bon travail, aucun doute là-dessus. Le fait qu'elle soit maniaque à l'extrême, organisée jusqu'à l'obsession et soucieuse du moindre détail ne le dérangeait pas particulièrement. Ce genre de caractère, il avait l'habitude, avec son frère Owen.

Il y avait juste quelque chose chez elle qui le rendait parfois tout chose, surtout depuis qu'ils s'étaient embrassés au réveillon du jour de l'An.

C'était un accident, se dit-il. Une impulsion. Une impulsion accidentelle. Et il n'avait aucune intention de recommencer.

Mais il aurait préféré avoir affaire à une mamie empâtée et sans charme avec une ribambelle de petits-enfants et la passion du tricot.

— Un jour, elle pourrait l'être, marmonna-t-il à Nigaud qui agita la queue obligeamment.

Avec un haussement d'épaules, Ryder traversa la rue et alla ouvrir le futur MacT pour l'équipe. Il aimait cet endroit, surtout maintenant qu'ils avaient réuni les deux bâtiments et ouvert un large passage entre le restaurant et le bar.

Avery avait des idées bien arrêtées et savait comment parvenir à ses fins. Il était convaincu que le MacT serait un endroit agréable pour manger et boire un verre, ou voir du monde quand on aimait cela. Une « gastronomie de qualité pour adultes », appelait-elle son concept, par opposition au style décontracté et familial du Vesta.

Il avait un faible pour le Vesta – et encore plus pour la pizza du Guerrier –, mais comme Avery testait ses recettes sur eux depuis des mois, il ne serait pas contre un repas de temps en temps dans son nouveau resto.

Ryder passa dans l'espace bar qu'il étudia un instant. Il y avait encore beaucoup de travail, mais il visualisait déjà le résultat, avec le long bar que ses frères et lui fabriquaient sur mesure. Bois sombres, couleurs fortes, des briques au mur. Et une rangée de tireuses alignées derrière le comptoir.

Oui, il se voyait bien passer un peu de temps ici et lever une chope après une bonne journée de travail.

Mais pour l'instant, justement, le travail l'attendait.

Il entendit des voix et rebroussa chemin.

Une fois ses gars briefés, il retourna à la boulangerie voir comment avançait l'autre équipe. S'il avait eu le choix, il aurait bouclé sa ceinture à outils et aurait volontiers mis la main à la pâte. Du concret, voilà ce qu'il lui fallait.

Mais il avait une réunion prévue sur le nouveau chantier et était déjà en retard. Lorsqu'il contourna l'hôtel, il aperçut les deux pick-up de ses frères sur le parking. Owen avait sans doute apporté le café et les beignets avec le permis de démolir. On pouvait compter sur lui dans la vie de tous les jours comme lors d'un holocauste nucléaire.

Il pensa à Beckett, père de trois enfants depuis son mariage avec Clare. Et qui en aurait bientôt deux de plus.

Des jumeaux. C'était dingue.

Mais peut-être la joie de leur arrivée empêcherait-elle leur mère de se lancer dans un autre projet.

Il en doutait.

Lorsque Ryder franchit la porte ouverte sur St. Paul Street, une bonne odeur de café lui chatouilla les narines. Oui, on pouvait compter sur Owen.

Il prit le dernier gobelet qui restait, marqué d'un R au feutre par son frère, et en avala une longue gorgée, tout en soulevant le couvercle de la boîte de donuts.

La queue de son chien balaya aussitôt la poussière sur le sol.

Il entendit les voix de ses frères, quelque part dans le dédale, mais après avoir lancé un morceau de beignet à la confiture à Nigaud, il alla, son café à la main, étudier les plans étalés sur un morceau de contreplaqué posé sur des chevalets.

Il les avait déjà vus, bien sûr, mais ne pouvait s'empêcher de les admirer. Le concept de Beckett était à couper le souffle. Il offrait à leur mère tout ce qu'elle souhaitait, et davantage. Décidément, beaucoup mieux que la solution radicale du bulldozer.

L'endroit ne ressemblerait pas à la salle de gym plus masculine qu'il aurait pu apprécier, mais c'était un petit bijou.

Un petit bijou avec beaucoup de travail et de complications qui lui feraient maudire Beckett pendant des semaines, des mois. Voire des années.

N'empêche, que d'idées ingénieuses.

Rehausser le toit et en accentuer la pente était très judicieux, tant d'un point de vue pratique qu'esthétique. Futée aussi, l'idée de transformer en terrasse l'avancée du toit plat au-dessus du parking. Il y aurait des tas de nouvelles ouvertures qui apporteraient beaucoup de lumière. Et Dieu sait que cet endroit en avait besoin, même si cela impliquait de percer les murs en parpaings.

Des vestiaires élégants équipés de hammams et de saunas. Son goût de la simplicité se rebellait un peu, mais il devait reconnaître qu'il appréciait un bon bain de vapeur.

Tout en mangeant son beignet dont il lançait des petits morceaux à Nigaud, il étudia de plus près le rez-de-chaussée, l'étage, les dessins techniques à l'échelle. Beau travail, songea-t-il. Beckett avait du talent et un esprit visionnaire, même si invariablement ses fulgurances se traduisaient par des emmerdements à la chaîne au moment de la réalisation.

Il fit passer le beignet avec une rasade de café, tandis que ses frères émergeaient du dédale.

— Permis de démolir, bougonna-t-il.

— Permis, c'est bon. Bonjour à toi aussi, répondit Owen, ses lunettes de soleil accrochées à l'encolure de son tee-shirt blanc impeccable.

Comme Beckett avait l'intention de l'embaucher pour la démolition, le blanc impeccable ne le resterait pas longtemps.

— Tu as repassé ton jean, chochotte ?

— Non, il est juste propre. J'ai une ou deux réunions plus tard.

— Mmm. Salut, Big Daddy.

Beckett sourit et ratissa sa tignasse châtain à deux mains.

— Les garçons ont proposé de les appeler Logan et Luke.

— Wolverine et Skywalker, dit Ryder, amusé. Un mélange de *X-Men* et de *La Guerre des étoiles*. Intéressant, comme choix.

— Ça me plaît. Clare a commencé par en rire, puis l'idée a fait son chemin. Ce sont de beaux prénoms.

— Ce sont quand même ceux de Wolverine et de Skywalker.

— Je crois qu'on va les accepter, ce qui est cool. Mais mes oreilles n'arrêtent pas de siffler. Vous savez, comme après une explosion.

— Deux, c'est juste un de plus qu'un, fit remarquer Owen. Simple question d'organisation.

— Comme si tu avais de l'expérience avec les marmots, ricana Ryder.

— Simple question d'organisation, je te dis, insista Owen. À propos, nous avons, nous aussi, du pain sur la planche.

Il décrocha son portable de son ceinturon.

Ryder craqua pour un autre beignet. Le sucre et les matières grasses l'aidèrent à encaisser la salve de détails débités par son frère – inspections, permis, commandes et livraisons de matériaux, gros travaux, finitions, réalisations en atelier ou sur le chantier. Lui aussi était capable de retenir l'intégralité du planning, peut-être pas avec autant de précision et de méthode qu'Owen, mais il savait ce qu'il y avait à faire, quand et comment répartir les tâches, et combien de temps dureraient les différentes étapes. À l'intérieur comme à l'extérieur, ce qui n'était pas une mince affaire, vu les aléas inhérents à l'industrie du bâtiment.

— Maman se renseigne sur les équipements, ajouta Beckett quand Owen reprit son souffle. Tu sais, tapis de course, vélos elliptiques et tous les appareils de torture qu'on trouve dans une salle de fitness.

— Je préfère ne pas y penser, bougonna Ryder. Pour l'instant, je ne vois que des murs pourris, des sols pourris. Tout est pourri. Les vélos, les haltères et les tapis de yoga, ce n'est pas pour tout de suite, je vous le dis.

— Il va peut-être aussi falloir réfléchir au parking, suggéra Owen.

Ryder étrécit les yeux.

— Qu'est-ce qu'il a, le parking ?

— Maintenant que nous en sommes propriétaires, au lieu de le rafistoler, nous devrions le terrasser complètement, installer les canalisations d'écoulement et refaire le bitume.

Il aurait voulu protester, ne serait-ce que par principe, mais un bon système de drainage ne serait vraiment pas du luxe.

— D'accord, mais pas le temps d'y penser non plus pour le moment.

— À quoi penses-tu alors ?

Ryder sortit sans prendre la peine de répondre.

— C'est moi ou il est encore plus pénible que d'habitude ? s'enquit Owen.

— Difficile à dire, répondit Beckett, penché sur ses plans. On ne va pas rigoler avec ce chantier, surtout Ryder. Mais je suis optimiste.

— C'est la baraque la plus moche de toute la ville.

— Oui, ce bâtiment mérite un premier prix de laideur. La bonne nouvelle, c'est que quoi que nous fassions, ce sera toujours plus beau qu'avant. Dès que la benne sera là, on pourra…

Owen se tut lorsque Ryder réapparut armé d'une masse et d'un pied-de-biche.

— Allez chercher vos outils, leur dit-il.

Il posa le pied-de-biche, puis choisit un mur au hasard. Le premier coup de masse projeta des éclats de plâtre dans les airs. Un défoulement indéniablement gratifiant.

— La benne… commença Owen.

— Elle est en route, non ? coupa Ryder avant de frapper de nouveau de toutes ses forces. D'après la parole sacrée de ton saint planning.

— On devrait aller chercher quelques gars en renfort, suggéra Beckett.

— Je ne vois pas pourquoi on se priverait de ce plaisir, objecta Ryder.

Lorsqu'il brandit la masse pour la troisième fois, Nigaud jugea préférable de se réfugier sous les chevalets pour une petite sieste.

— Il marque un point, approuva Beckett qui interrogea Owen du regard et récolta un haussement d'épaules et un sourire. Mais mieux vaudrait commencer au premier.

— Ce mur-ci n'est pas porteur, fit remarquer Ryder.

Encore deux coups de masse et la fragile cloison ne fut plus qu'un tas de gravats. Il sourit à ses frères.

— Mais, oui, allons-y. Cette verrue ne nous résistera pas longtemps.

Après quelques jours de vacarme, la curiosité finit par l'emporter. Laissant l'hôtel sous la responsabilité de Carol-Ann – les jeunes mariés en étaient maintenant à leur quatrième nuit de noces –, Hope traversa le parking jusqu'au nouveau chantier de Montgomery et Fils. Elle avait certes une raison légitime d'aller les trouver, mais elle devait admettre que sa motivation première était bel et bien la curiosité.

Chaque fois qu'elle regardait par la fenêtre, elle voyait un ouvrier couvert de poussière évacuer des gravats et les charger dans une imposante benne verte. Un SMS d'Avery lui avait confirmé que la démolition avait commencé, et elle voulait voir cela de ses propres yeux.

Le fracas s'amplifia à mesure qu'elle approchait et un éclat de rire masculin hystérique s'échappa par les fenêtres ouvertes avec, en fond sonore, un solo de guitare rock échevelé.

Hope s'approcha de l'entrée latérale – ou ce qui en restait – et jeta un coup d'œil à l'intérieur.

Elle écarquilla les yeux.

Elle n'était jamais entrée dans le bâtiment, mais là où, par les fenêtres, elle avait entraperçu des murs et des plafonds, il n'y avait plus désormais qu'une carcasse avec un enchevêtrement de fils électriques et des tonnes de poussière grise.

Comme les coups semblaient maintenant ébranler la structure tout entière, elle fit le tour avec circonspection jusqu'à la façade.

La porte d'entrée était ouverte. Pour aérer, qui sait ? Une autre, qui menait aux anciens appartements de l'étage, était ouverte aussi. Le tintamarre provenait de là-haut.

Elle considéra les marches étroites, la cage d'escalier crasseuse, le bruit. « Ma curiosité ne va pas jusque-là », décida-t-elle avant de rebrousser chemin.

Alors qu'elle retournait sur l'arrière du bâtiment, deux hommes couverts de poussière, anonymes avec leurs lunettes de protection et la saleté qui maculait leurs visages, sortirent les vestiges probables d'une cloison. Elle atterrit dans la benne avec un bruit sourd.

— Excusez-moi.

Elle reconnut Ryder à la façon dont il tourna la tête et à sa posture. Il remonta ses lunettes et lui décocha l'un de ces regards impatients à la limite de l'agacement dont il avait le secret.

— Tu vas devoir reculer.

— Je vois ça. On dirait que vous désossez ce bâtiment jusqu'à la dernière brique.

— C'est un peu l'objectif. Il faut que tu restes à l'écart.

— Oui, j'ai compris.

— Besoin de quelque chose ?

— En fait, oui. J'ai un problème avec certaines appliques. Je me disais que si ton électricien était ici, il pourrait…

— Il est parti, répondit Ryder qui renvoya son ouvrier à l'intérieur d'un signe de tête, puis retira ses lunettes de sécurité.

Il ressemblait à un raton laveur en négatif et Hope ne put réprimer un sourire.

— Drôlement salissant comme travail.

— Et ce n'est pas fini, rétorqua Ryder. Quel genre de problème ?

— Elles ne veulent pas rester allumées. Elles…

— Tu as changé les ampoules ?

Elle le fixa d'un air atterré.

— Mince, pourquoi n'y ai-je donc pas pensé ?

— D'accord. Quelqu'un viendra y jeter un coup d'œil. C'est tout ?

— Pour l'instant.

Après un hochement de tête, il disparut de nouveau à l'intérieur.

— Merci beaucoup, lâcha Hope dans le vide avant de pivoter sur ses talons pour regagner l'hôtel.

D'ordinaire, il lui suffisait d'en franchir le seuil pour être de bonne humeur. La beauté du lieu, les bonnes odeurs – surtout maintenant avec les cookies aux pépites de chocolat de Carol-Ann qui embaumaient. Mais là, elle se rendit droit à la cuisine d'un pas furibond.

— Quel est le problème de ce type ?

Les joues rougies par la chaleur du four, Carol-Ann y glissa une nouvelle fournée de cookies avant de demander :

— Qui ça ?

— Ryder Montgomery. La grossièreté est-elle sa religion ?

— Il est peut-être un peu abrupt, surtout quand il travaille. C'est-à-dire presque toujours, j'imagine. Qu'a-t-il donc fait ?

— Rien. Il s'est juste montré fidèle à lui-même. Vous savez, ce problème que nous avons avec ces appliques qui s'éteignent toutes seules ou refusent de s'allumer ? Eh bien, je suis allée lui en toucher un mot – enfin, je me serais adressée à n'importe qui de l'équipe, mais je suis tombée sur lui. Il a eu l'audace de me demander si j'avais changé les ampoules. J'ai l'air d'une idiote ?

Un sourire au coin des lèvres, Carol-Ann lui tendit un cookie tout chaud.

— Non, mais ils ont eu un jour une locataire qui avait signalé un problème du même genre, et Ryder a pris la peine de se déplacer jusqu'à chez elle pour constater qu'il s'agissait juste d'une ampoule grillée. Et cette femme – qui devait être idiote, elle – a été sidérée d'apprendre que c'était à elle de la changer.

Hope mordit dans le biscuit.

— Hmm. N'empêche.

— Alors, que font-ils là-bas ?

— Un boucan du diable, avec des rires de déments en prime.

— La démolition, c'est toujours amusant.

— Je suppose. Je n'avais pas réalisé que ce serait aussi radical. Ce n'est pas une grande perte, mais quand même.

Et elle se tracassait un peu pour le bruit qui risquait d'incommoder la clientèle.

— Vous devriez voir les plans, dit Carol-Ann. J'y ai jeté un coup d'œil. Ce sera magnifique.

— Je n'en doute pas. Ils font de l'excellent travail.

— Justine a déjà commencé à s'intéresser aux éclairages et aux vasques.

Carol-Ann et ses cookies n'avaient pas leur pareil pour lui remonter le moral.

— Elle doit être aux anges.

— Je ne vous le fais pas dire. Elle penche pour du moderne, une décoration épurée. Beaucoup de chrome, m'a-t-elle dit. Il n'y aura qu'un style, et non toute une variété comme ici, mais l'aménagement demande quand même réflexion. Ce sera amusant de voir l'ensemble prendre forme.

— Et comment.

Oui, ce serait un vrai plaisir, réalisa Hope. Pour l'hôtel, elle n'avait pas été présente dès le début de la rénovation. Là, elle aurait l'occasion de suivre un chantier de A à Z.

— Je vais travailler un peu avant l'arrivée des clients, dit-elle à Carol-Ann.

— Et moi, je file au marché dès que les cookies sont cuits. Souhaitez-vous ajouter quelque chose à la liste ?

— Je crois que nous avons fait le tour. Merci, Carol-Ann.

— Je vous en prie. J'adore mon travail.

« Moi aussi », songea Hope lorsqu'elle s'installa dans son bureau. Et ce n'était pas un Montgomery imbuvable qui allait lui gâcher son plaisir.

Elle passa ses mails en revue, sourit en lisant le message de remerciement d'un ancien client, et prit note de la demande d'un nouveau qui voulait faire à ses parents la surprise d'une bouteille de champagne lors de leur visite.

Elle passa en revue le planning des réservations – l'hôtel était complet pour le week-end –, puis jeta un coup d'œil à son agenda personnel.

À l'arrivée de la fleuriste, elle emporta les compositions à l'étage, dans Titania et Oberon. Bien qu'elle l'eût déjà fait, elle inspecta une dernière fois la chambre, afin de s'assurer que tout était parfait.

Fidèle à son habitude, elle se rendit ensuite dans la bibliothèque et s'assura du bon fonctionnement des lumières – sa liste de tâches du jour comportait justement la vérification de toutes les ampoules, merci, Ryder Montgomery. Avec son portable, elle s'envoya un mail lorsqu'elle en trouva une qui était défectueuse et nota de monter davantage de dosettes pour la machine à café de la bibliothèque.

Au rez-de-chaussée, elle poursuivit son inspection dans le salon, le hall, la salle à manger. Puis elle bifurqua dans la cuisine, et réprima un cri lorsqu'elle y découvrit Ryder un cookie à la main.

— Je ne t'ai pas entendu entrer.

Comment pouvait-il se déplacer si silencieusement avec ces gros godillots de sécurité ?

— Je viens d'arriver. Délicieux, ces cookies.

— Carol-Ann vient de les faire. Elle doit être encore au marché.

— Ah bon.

Il demeurait planté là, à manger son biscuit en la dévisageant, son chien à ses pieds. Vu la mine du chien, elle devina qu'il avait apprécié les cookies, lui aussi.

Apparemment, le raton laveur s'était un peu débarbouillé. Au moins n'avait-il pas laissé des traces de pas poussiéreux sur son passage.

Elle pivota sur ses talons et se dirigea vers l'escalier sans s'assurer qu'il suivait.

— Il y en a une au premier et une autre au deuxième.

— Il y a quelqu'un dans les chambres ?

— Dans Westley et Buttercup, oui, mais ils sont sortis, et Titania et Oberon est réservée pour cet après-midi.

En haut des marches, elle désigna la deuxième applique.

— Je rêve, elle est allumée maintenant. Il n'y a pas deux minutes, elle ne marchait pas !

— Hon-hon.

— Demande à Carol-Ann si tu ne me crois pas.

— Je n'ai pas dit que je ne te croyais pas.

— C'est l'impression que tu donnes.

Quelque peu agacée, elle monta au deuxième.

— Et comme tu peux le constater par toi-même, celle-là est éteinte !

— Oui, je constate.

Il s'approcha de l'applique, enleva le globe et dévissa l'ampoule.

— Tu en as une neuve ?

— J'en ai en réserve dans mon appartement, mais ce n'est *pas* l'ampoule.

Elle sortit une clé et ouvrit sa porte.

Ryder leva la main juste à temps pour ne pas se la prendre dans la figure. Il resta sur le seuil mais, par curiosité, poussa le battant en grand et jeta un coup d'œil à l'intérieur.

Propre et bien rangé, comme partout ailleurs dans l'hôtel. Et un parfum agréable flottait dans l'air, ici aussi. Pas le moindre désordre. Pas non plus des tas de fanfreluches de fille, comme il s'y attendait. Beaucoup de coussins sur le canapé, mais il connaissait peu de femmes qui ne couvraient pas un canapé ou un lit d'une cargaison de coussins. Des couleurs vives, quelques plantes en pot, de grosses bougies.

Hope jaillit de la cuisine, et à la façon dont elle se figea, il comprit qu'il l'avait encore fait sursauter. Elle lui tendit l'ampoule neuve.

Il retourna dans le couloir, la vissa. Elle s'alluma aussitôt.

— Ce n'est *pas* l'ampoule, insista Hope. Je l'ai changée ce matin même.

— D'accord.

Assis aux pieds de Ryder, Nigaud gardait les yeux rivés sur la porte de la suite, agitant la queue.

— Épargne-moi ce ton condescendant. Puisque je te dis… Tiens, regarde ! s'exclama-t-elle avec une note de triomphe dans la voix quand la lampe s'éteignit. Ça recommence. Il doit y avoir un faux contact ou un problème avec le branchement.

— Non.

— Comment ça, non ? Tu l'as vu par toi-même.

À cet instant, la porte de la suite s'entrebâilla doucement.

Hope y prêta à peine attention. Soudain, le déclic se fit. Elle avait senti les effluves de chèvrefeuille, bien sûr, mais y était tellement accoutumée.

— Pourquoi jouerait-elle avec les lumières ?

— Qu'est-ce que j'en sais ? fit Ryder avec un haussement d'épaules, les pouces coincés dans les poches de son jean. Elle s'ennuie peut-être. Ça fait un bail qu'elle est morte. Ou alors elle a une dent contre toi.

— Bien sûr que non. Il n'y a aucune raison, objecta Hope qui voulut refermer la porte, puis l'ouvrit d'un geste brusque. Il y a de l'eau qui coule.

Elle se précipita dans le petit couloir et fit irruption dans la luxueuse salle de bains. L'eau jaillissait avec force des robinets de la double vasque, dans la grande baignoire à remous et de tous les jets d'hydromassage de la douche.

— Oh, mon Dieu !

— Le phénomène se produit souvent ?

— C'est la première fois. Arrête, Elizabeth, bougonna Hope en fermant les robinets en hâte. J'attends des clients.

Ryder ouvrit la porte vitrée de la douche et coupa l'eau.

— Je fais des recherches, dit-elle avec impatience en actionnant le robinet de la baignoire. Je sais qu'Owen s'y est aussi attelé de son côté, mais ça n'a rien de facile de trouver un Billy qui, d'après nos hypothèses, vivait au XIXe siècle.

Ryder essuya sa main mouillée sur son jean.

— Si ta revenante fait des siennes, je n'y peux rien, râla-t-il.

— Ce n'est pas *ma* revenante. C'est ton hôtel.

— C'est ton ancêtre, riposta-t-il avec son habituel haussement d'épaules.

Il regagna le salon, tourna le bouton de la porte et lança par-dessus son épaule :

— Tu pourrais demander à ton arrière-arrière je-ne-sais-quoi d'arrêter son petit jeu ?

— Quel petit jeu ? demanda Hope en sortant de la salle de bains.

Ryder voulut actionner de nouveau la poignée. En vain.

— Attends, c'est juste…

D'un coup de coude, elle le poussa et essaya elle-même.

— C'est ridicule, voyons ! s'exclama-t-elle, excédée.

Elle continua de s'acharner sur la poignée, puis s'exclama :

— Fais quelque chose !

— Ah oui ? Quoi ?

— Démonte la poignée. Ou la porte.

— Avec quoi ?

Elle fronça les sourcils et baissa les yeux.

— Tu n'as pas tes outils ? Pourquoi n'as-tu pas tes outils ? Tu les as toujours.

— Je venais changer une ampoule.

La colère, teintée d'un soupçon de panique, submergea Hope.

— Ce n'était pas une ampoule, je te l'avais dit. Mais… qu'est-ce que tu fais ?

— Je vais m'asseoir un instant.

— Non !

Hope avait presque crié. Nigaud se réfugia dans un coin – hors de la ligne de feu – et se coucha en rond.

— Tu n'as pas intérêt à t'asseoir dans ce fauteuil. Tu es sale !

— Oh, par pitié !

Ryder contourna pourtant le fauteuil, ouvrit la fenêtre et examina la configuration du toit.

— Ne sors pas par là ! Que suis-je censée faire si tu tombes ?

— Appeler les urgences.

— Non, sérieusement, Ryder. Préviens un de tes frères, ou les pompiers ou…

— Pas question d'appeler les pompiers pour une bête porte qui ne veut pas s'ouvrir.

Elle leva les mains en signe de reddition, puis inspira un grand coup et s'assit.

— Je dois d'abord me calmer.

— Ce serait déjà un bon début.

— Inutile d'être arrogant avec moi, protesta-t-elle en repoussant ses cheveux dont, décidément, la longueur l'agaçait. Ce n'est pas moi qui ai coincé cette porte.

— Arrogant, moi ? se défendit-il avec un rictus en coin.

— Le mot est faible. Tu n'es pas obligé de m'apprécier, et je t'évite autant que je peux. Mais je gère cet hôtel et nos chemins sont forcés de se croiser de temps en temps. Tu pourrais au moins faire semblant d'être poli.

Il revint s'adosser contre la porte.

— Je n'ai pas l'habitude de faire semblant, et qui dit que je ne t'apprécie pas ?

— Toi. Chaque fois que tu me vois, tu ne peux t'empêcher d'être narquois.

— C'est peut-être ma réaction à ton attitude de mijaurée.

Hope écarquilla les yeux, choquée par l'affront.

— Mijaurée ! Je n'ai rien d'une mijaurée !

— Tu as élevé la chose au rang de véritable science. Mais c'est ton problème.

Il alla à nouveau regarder par la fenêtre.

— Tu as été grossier avec moi à la minute où on s'est rencontrés. Ici même, dans cette chambre, avant qu'elle n'en soit une.

Elle se rappelait l'instant avec précision. Le curieux vertige qui s'était emparé d'elle et cette étrange chaleur… À la vue de Ryder, elle en avait eu comme un éblouissement.

Elle préférait ne pas y penser.

Irrité, il se retourna vers elle.

— C'est peut-être en rapport avec le fait que tu me dévisageais comme si je t'avais donné un coup de poing en pleine figure.

— Mais pas du tout. J'ai juste eu une sorte de… faiblesse, je ne sais pas.

— Peut-être parce que tu te trimbales sur des échasses.

— Tu critiques mes chaussures maintenant ?

— Simple remarque.

Elle laissa échapper un bruit de gorge que Ryder trouva féroce, puis se mit à marteler le battant de son poing.

— Ouvrez cette maudite porte !

— Elle l'ouvrira quand elle l'aura décidé. Tout ce que tu vas réussir à faire, c'est te blesser.

— Ne me dis pas ce que je dois faire !

Sans qu'elle pût s'expliquer pourquoi, le flegme de Ryder ne fit qu'accroître sa mauvaise humeur – et sa panique.

— Tu… tu ne m'appelles même pas par mon prénom. C'est comme si tu ne le connaissais pas.

— Je le connais, ton prénom. Cesse donc de martyriser cette porte, Hope. Tu vois, je le connais. Arrête.

Il s'approcha, couvrit son poing de sa main.

Et elle les ressentit de nouveau, l'étrange chaleur, le vertige… Avec précaution, elle s'appuya contre la porte, tourna la tête vers Ryder.

Ils étaient tout près, comme au jour de l'An. Assez pour distinguer les paillettes d'or dans le vert de ses yeux. Y déceler la chaleur qui y couvait, mêlée à une pointe de… se pouvait-il que ce fût de la considération ?

Loin d'elle l'idée de se pencher vers lui. Mais comme mû par une force propre, son corps n'était pas de cet avis, au point qu'elle dut plaquer la main sur son torse. Était-ce le fruit de son imagination ou le cœur de Ryder battait-il la chamade ? Sans doute n'était-ce qu'un vœu pieux, histoire de ne pas être la seule ?

— Elle a piégé Owen et Avery dans Elizabeth et Darcy, se rappela-t-elle. Elle voulait qu'ils… s'embrassent. Se découvrent. C'est une romantique, conclut-elle.

Ryder recula d'un pas, et la magie de l'instant se brisa comme du verre.

— Pour le moment, c'est surtout une casse-pieds, bougonna-t-il.

La fenêtre qu'il avait ouverte claqua.

— Voilà sa réponse, je dirais, commenta Hope.

Plus calme maintenant que lui semblait quelque peu ébranlé, elle repoussa une fois de plus ses cheveux et lâcha :

— Par pitié, Ryder, embrasse-moi, qu'on en finisse ! Tu n'en mourras pas et elle nous laissera sortir d'ici.

— Peut-être que je n'aime pas me faire manœuvrer par une femme – vivante ou morte.

— Crois-moi, t'embrasser ne sera pas le clou de ma journée, mais j'attends des clients d'un instant à l'autre. Ou alors je préviens Owen, ajouta-t-elle en sortant son portable.

— Pas question.

Elle avait trouvé son talon d'Achille. Appeler l'un de ses frères à la rescousse ? Mortifiant. Entre deux maux, l'embrasser était le moindre, devina-t-elle. Amusée, elle lui sourit.

— Tu n'as qu'à fermer les yeux et penser à autre chose, comme chez le dentiste.

— Très drôle.

Il se rapprocha, posa les mains contre le battant, de chaque côté de sa tête.

— Bon, d'accord. Mais c'est juste parce que j'ai déjà perdu assez de temps. Et que j'ai envie d'une bière fraîche.

— Très bien.

Il inclina la tête, s'immobilisa un instant à un centimètre de ses lèvres.

« Ne réfléchis pas, s'ordonna Hope. Ne réagis pas. Ce n'est rien. »

Rien du tout.

Chaleur. Lumière. Et de nouveau cette mystérieuse force qui la traversa de la plante des pieds jusqu'au sommet du crâne. Ryder ne la touchait pas. Seules leurs bouches étaient en contact, et elle dut serrer les poings pour s'empêcher de l'agripper et de l'attirer à elle.

Incapable de résister, elle s'abandonna, se laissa glisser, tandis que le baiser se prolongeait.

Ryder n'avait pas prévu davantage qu'un simple effleurement des lèvres. Comme il l'aurait fait avec une amie, une vieille tante, une femme d'âge mûr avec des petits-enfants.

Il ne s'attendait pas à se laisser happer de la sorte.

Il se sentit plonger. Profond, trop profond. Il était comme enivré par son parfum, la saveur de sa bouche qui cédait sous la sienne.

Un baiser ni trop doux ni trop brusque. Quelque chose de mystérieux, entre les deux, qui n'appartenait qu'à Hope.

Beaucoup plus troublé qu'il ne l'aurait dû, qu'il ne l'aurait voulu, il eut toutes les peines du monde à s'arracher aux lèvres de la jeune femme.

Il la dévisagea une seconde, puis deux.

Elle expira lentement, desserra le poing et essaya la poignée. Qui tourna sans difficulté.

— Et voilà ! s'exclama-t-elle. Abracadabra.

— Sortons d'ici avant qu'elle ne change d'avis.

Dans le couloir, il se dirigea vers l'applique qui maintenant brillait gaiement et remit le globe en place.

— Problème réglé.

Il demeura un moment immobile à regarder Hope.

Elle allait parler quand la sonnette de l'entrée carillonna.

— Mes clients sont là. Il faut que je…

— Je vais sortir par-derrière.

Elle hocha la tête et se hâta de descendre.

Il écouta ses talons cliqueter sur les marches, prit une longue inspiration.

— Plus question de nous refaire ce numéro, dit-il.

Son fidèle corniaud sur ses talons, Ryder s'en alla, laissant derrière lui le parfum de chèvrefeuille. Et Hope.

3

Trouver un peu de temps libre relevait de la gageure, mais une femme avait besoin de l'oreille attentive de ses amies – et de leur avis. Le lendemain matin, Hope profita du créneau entre la préparation du petit-déjeuner à l'hôtel et l'ouverture de Vesta.

Peu avant 10 heures, elle traversa Main Street d'un pas vif et s'engouffra dans la pizzeria. Assises à une table, Clare et Avery examinaient une robe de mariée sur l'iPad.

— J'ai apporté des muffins, annonça Hope.

Elle posa le petit panier sur la table et souleva la serviette rouge.

— Aux myrtilles, tout chauds sortis du four. Merci d'être venues.

Avery inhala la bonne odeur avec un *mmm* approbateur avant de s'emparer d'un muffin.

— Ça avait l'air urgent, dit-elle.

— Ce n'est pas urgent. C'est juste… un truc. Je sais combien vous êtes occupées.

— Jamais trop pour les amies. Assieds-toi, lui suggéra Clare. Tu as l'air claquée, ça ne te ressemble pas.

— Je ne le suis pas. Enfin, pas vraiment. C'est juste que…

Hope secoua la tête et s'assit.

— J'ai eu des problèmes avec deux appliques, commença-t-elle.

Et elle leur raconta toute l'histoire.

— Elle vous a fait le même coup qu'à Owen et moi, commenta Avery. C'est mignon, dans le genre bizarroïde.

— Ça n'a rien de mignon. C'est horripilant. Et Ryder a ouvert la fenêtre comme s'il envisageait sérieusement de sortir par là.

— Bien sûr.

Hope dévisagea Clare avec de grands yeux.

— *Bien sûr* ?

— Pas dans le sens où c'était là la seule réponse possible, mais dans celui où c'était logique qu'il l'envisage, répondit Clare avant de tapoter le bras de son amie, amusée, mais solidaire. J'ai trois fils. Les raisonnements de mecs, ça me connaît.

— Exact, confirma Avery.

— C'est stupide, d'autant que nous avions tous les deux nos portables. Je voulais prévenir Owen ou Beckett. Ou les pompiers.

— Ce qui est parfaitement sensé, une réaction de fille – de mec aussi, j'imagine, mais en dernier ressort, s'il risque de mourir de faim.

— Bref, c'est stupide, s'entêta Hope. Du coup, j'en ai eu marre et je lui ai dit ma façon de penser.

— Voilà qui commence à devenir intéressant, fit Avery en se frottant les mains.

— Il est grossier, bourru et ne m'appelle jamais par mon prénom. Il me traite comme si j'étais une vraie plaie, ce que je ne suis *pas*.

— Bien sûr que non, assura Clare.

— Je fais mon travail et je lui fiche la paix. Pour quel résultat ? Un rictus narquois et des insultes, quand il prend la peine de remarquer que j'existe.

— Il en pince peut-être pour toi, suggéra Avery. Voilà pourquoi il te fait des misères ou t'ignore.

Hope s'adossa à sa chaise et hocha la tête.

— Hmm, possible… si on avait *huit* ans. Je lui ai dit qu'il était arrogant, ce qui est le cas – avec moi du moins. Et il m'a traitée de mijaurée. Je ne suis pas une mijaurée.

— Certainement pas. Mais…

Hope regarda Clare, les yeux étrécis.

— Mais…

— Certains supposent, à tort, que les très belles femmes le sont toujours un peu. Mijaurées.

— Voilà qui est arrogant *et* snob. Mais merci du compliment. Oh ! Et il a aussi critiqué mes chaussures.

— Un terrain dangereux, murmura Avery.

— Vous aviez besoin de clarifier la situation, on dirait, commenta Clare.

— Nous ne l'avons pas clarifiée, mais nous savons au moins quelle est la position de chacun.

— Comment avez-vous réussi à sortir ? voulut savoir Avery.

— J'y viens justement, répondit Hope. J'ai repensé au tour que Lizzy vous avait joué, à Owen et à toi. Alors je lui ai suggéré de m'embrasser, et voilà que monsieur se met à faire des manières pour *ça*. Je veux dire, franchement, la belle affaire, hein ? Il l'avait déjà fait et avait survécu, donc...

— Une minute, l'interrompit Avery qui agita l'index comme une toupie. Rembobine. Ryder t'avait *déjà* embrassée ?

— Rien d'important.

— Laisse-nous en juger. C'est arrivé quand ?

— C'était juste... rien du tout. Au réveillon du jour de l'An. Nous nous sommes retrouvés par hasard dans la cuisine d'Owen au moment du décompte. Nous étions gênés, et j'imagine que nous l'aurions été davantage si nous étions restés plantés là, les bras ballants. Ce n'était rien du tout.

— Tu te répètes, fit remarquer Clare. Au point que, du coup, tu donnes l'impression que c'était, au contraire, quelque chose. D'autant que tu t'étais bien gardée de nous en parler.

— C'était tellement insignifiant que je l'avais oublié. Ce que je voulais dire, c'est que la fin justifie les moyens, voilà tout. Nous avons affaire à une revenante romantique, que voulez-vous. Bref, nous nous sommes embrassés, et la porte s'est rouverte. Puis la cloche a sonné – j'attendais des clients –, je suis descendue et il est parti de son côté.

— Je me répète, mais rembobine, dit Avery. Tu as embrassé de nouveau Ryder.

— J'aurais été capable de l'assassiner si nous n'avions pas réussi à sortir de cette chambre. Un baiser me semblait moins sanglant.

— Alors, c'était comment ?

Hope se leva et se mit à tourner en rond.

— Il est plutôt doué. Et moi, je suis en pleine traversée du désert. Je n'ai rien contre le désert, mais n'empêche.

— Tu as ressenti quelque chose, insista Clare.

— Je ne dirais pas non, concéda Hope. Mais bon, il est doué et le désert, c'est sec, s'empressa-t-elle de nuancer. Enfin, c'est dingue. Nous sommes à peine capables d'avoir une conversation polie – je rectifie : nous en sommes *incapables* –, et je l'ai embrassé deux fois. C'est abracadabrant comme situation, non ?

— Je vais laisser Clare répondre, décida Avery. Mais je dirai juste que la seule situation que je vois, ce sont deux adultes vaccinés et sans attaches, tous deux séduisants comme ce n'est pas permis, se livrant à un petit frotti-frotta buccal qui n'a rien de répréhensible.

— Mais on ne se supporte pas. Et il est mon patron.

— Vous ne faites pas beaucoup d'effort non plus. Et ton patron, c'est Justine. Et permets-moi d'émettre une hypothèse audacieuse : s'il semble y avoir toujours de l'eau dans le gaz entre vous, c'est peut-être *parce que* vous êtes attirés l'un par l'autre.

Clare tapota le bras d'Avery.

— Je croyais que tu me laissais répondre.

— Euh… oui. Vas-y.

— Merci, dit Clare qui se tourna vers Hope. Pareil. Plus ou moins.

Celle-ci se rassit.

— Justine est ma patronne, c'est vrai, mais vous ne croyez pas que Ryder se considère aussi comme mon supérieur ?

— Non. Et, à mon avis, il n'apprécierait pas que tu le penses, déclara Avery.

Elle fronça les sourcils et ajouta avec une grosse voix :

— J'ai déjà assez de boulot, nom d'un chien, sans être ton boss en prime. Tu es le problème de ma mère.

Hope s'esclaffa et la tension qui lui raidissait la nuque s'envola.

— C'est tout à fait lui. Dans ses bons jours. Alors pourquoi est-ce que je m'inquiète ? En fait, au lieu d'aggraver la situation, comme je le croyais, nous avons juste trouvé le moyen d'en sortir.

Avery s'agita sur sa chaise.

— Excuse ma curiosité, mais y a-t-il eu intervention des langues ?

— Avery, voyons, s'offusqua Clare qui secoua la tête en riant, puis réfléchit à la question. Oui, au fait… c'était le cas ?

Avec un sourire tout miel, Hope coinça une mèche derrière son oreille.

— Vous me connaissez toutes les deux depuis assez longtemps pour savoir que lorsque je fais quelque chose, je le fais bien.

— C'est une qualité que j'admire chez toi, assura Avery. Où étaient ses mains ?

— Sur la porte. Il ne m'a pas touchée. Moi, j'étais adossée au battant, alors…

— Mmm, contre la porte. Qu'est-ce que tu en dis, Clare ?

— Un de mes scénarios favoris, personnellement. Mais dommage pour les mains. Je parie qu'il est très habile. À mon avis, c'est de famille.

Hope laissa échapper un soupir.

— Malgré votre obsession pour les langues et les mains, je me sens mieux. Merci.

— Quand tu veux, déclara Avery en lui pressant la main avec un grand sourire. Et je suis sincère. Ryder va travailler à proximité de l'hôtel un bout de temps. La probabilité que d'autres situations de ce genre se présentent est excellente.

La nuque de Hope se renoua aussitôt.

— Je ne les chercherai pas, crois-moi.

— Cela ne veut pas dire que le destin ne va pas te jouer un tour.

— Ou que tu ne vas pas lui ouvrir la porte, renchérit Clare.

— Vous pensez cela parce que le cocktail auquel vous carburez en ce moment est un mélange bien tassé de mariages et de bébés. Le mien n'est que pure carrière.

— Nous avons nos carrières, nous aussi, souligna Avery.

— D'excellentes carrières, de surcroît, ajouta Clare. D'ailleurs, nous devrions y retourner.

À l'instant où elles se levaient, la porte s'ouvrit et Justine Montgomery entra.

Son abondante chevelure brune était attachée en une queue-de-cheval d'où s'échappaient quelques mèches désordonnées. Elle ôta ses lunettes de soleil à monture vert vif et sourit.

— Bonjour, les filles.

« Aucune raison de culpabiliser, se rappela Hope. Non, pas la moindre. »

— Alors, conseil de guerre ?

— On faisait juste le point sur les dernières nouvelles, répondit Clare.

Justine s'approcha et posa la main sur l'épaule de sa belle-fille.

— Comment allons-nous ?

— Nous allons très bien, répondit Clare en caressant son ventre rond.

— J'allais justement passer te voir pour te demander si je pouvais voler les garçons à la baby-sitter en fin de matinée. J'ai une envie de pique-nique.

— Ils vont adorer.

— Donc, c'est réglé. Quant à toi, reprit-elle, désignant Avery, j'espère que nous pourrons faire une autre visite technique dans le nouvel espace et trouver un peu de temps pour discuter du mariage.

— J'en meurs d'envie. J'ai commandé les luminaires sur le site dont vous m'avez transmis le lien. Ils sont parfaits. Je pourrai vous accompagner dès que David sera là.

— Ça me va. En fait, Hope, c'est vous que je venais voir. J'ai déniché du mobilier qui, selon moi, conviendrait pour la galerie de l'étage, dit Justine qui ouvrit son énorme fourre-tout, du même vert vif que ses lunettes, et en sortit un dépliant. Qu'en pensez-vous ?

— Il me semble très bien. Simple et confortable. Les tons et les textures sont parfaits.

— C'est ce que je pensais. Je vous laisse passer la commande. J'aimerais aussi qu'on se voie à un moment ou un autre afin de réfléchir aux forfaits que nous pourrions proposer aux clients de l'hôtel pour le club de fitness. C'est encore loin, je sais, mais…

— Il n'est jamais trop tôt pour prévoir, acheva Hope à sa place.

— Exactement. Le rôle du personnel sera déterminant et il me faut un bon manageur. Je commence déjà à tâter le terrain.

— À propos de manageur, je me disais que nous pourrions organiser une réunion de direction, peut-être toutes les quatre ou six semaines. Juste pour coordonner les idées, les événements, les plans marketing.

Justine lui adressa un sourire radieux.

— L'idée me plaît.

— Dans ce cas, je vais envoyer un mail à tout le monde afin de déterminer le meilleur moment. Si nous optons pour le début d'après-midi, nous pouvons utiliser la salle à manger de l'hôtel. D'ailleurs, il faut que j'y retourne.

— Je ne voulais pas interrompre votre conversation, s'excusa Justine.

— Nous avions fini, déclara Hope en se levant.

— Dans ce cas, je vous accompagne avant d'aller harceler mes garçons. À plus tard, vous deux, lança-t-elle à Clare et à Avery. Que diriez-vous d'un joli bleu ardoise à la place de cet affreux vert en face ? demanda-t-elle à Hope tandis qu'elles franchissaient le seuil.

— Je dirais que vous êtes mon héroïne.

Avery attendit que la porte se referme.

— Il y a un truc entre eux.

— Oh oui, sans le moindre doute ! approuva Clare d'un air satisfait, les mains croisées sur le ventre.

— Et que sommes-nous censées en penser ?

— Ils ne correspondent pas à leur genre de partenaire habituel, ni l'un ni l'autre. Loin de là.

— Très loin de là.

— Voilà peut-être pourquoi je le sens si bien.

— Moi aussi ! s'exclama Avery qui se leva d'un bond pour aller chercher un Coca et un soda au gingembre dans le réfrigérateur. C'est peut-être en partie parce que nous sommes amoureuses de deux des frères. Il en reste un à caser de chaque côté.

— Une symétrie qu'apprécierait Hope si elle n'était pas aussi agacée et réticente. Mais la raison la plus importante, c'est que nous les aimons et voulons leur bonheur. Qu'ils aient quelqu'un dans leur vie qui les rende heureux.

— Ryder sort beaucoup, mais…

— Il n'a jamais de relation sérieuse, termina Clare. Et Hope ne sort pas du tout. Pas depuis…

— Jonathan, lâcha Avery d'un ton méprisant.

— Il l'a davantage fait souffrir qu'elle ne veut l'admettre, même à elle-même. Et le pire, c'est qu'elle s'est mis en tête qu'elle n'a pas besoin d'un homme dans sa vie.

— Tu étais pareille, fit remarquer Avery.

— C'était différent. Et je sortais quand même un peu.

— Très peu.

— J'avais trois enfants en bas âge, plus la librairie. Et puis, surtout, il n'y a eu personne jusqu'à Beckett, dit Clare qui sirota lentement son soda. Il y a autre chose, même si ça paraît un peu dingue.

— Les trucs un peu dingues, ça me plaît toujours.

— Elizabeth. D'une certaine façon, c'est elle qui nous a donné le petit coup de pouce décisif, à Beckett et moi, et à Owen et toi. Et regarde-nous aujourd'hui.

Avery tendit les mains vers Clare, paumes tournées vers le haut.

— Mariée, enceinte de jumeaux.

Clare imita son geste.

— Et toi, en pleins préparatifs de mariage. Crois-tu qu'elle perçoive des sentiments qui nous échappent, réels ou potentiels ?

— Peut-être. Et ce n'est pas plus dingue que de l'avoir en résidence à l'hôtel pendant qu'elle attend un certain Billy.

— J'imagine que non. Si seulement on arrivait à découvrir qui il était, ce qu'il représentait pour elle.

— Je fais confiance à Hope et à Owen. Il leur faudra peut-être du temps, mais ils découvriront le fin mot de l'histoire, assura Avery avant de sourire à Clare par-dessus son soda. Alors, qu'est-ce qu'on raconte à Owen et à Beckett ?

— Tout, bien sûr.

— Parfait. Ils ne vont pas arrêter de le mettre en boîte, ce qui va énerver Ryder, et accroître la probabilité d'autres « situations » de ce genre. Et tu sais, après cette ordure de Jonathan, Hope aurait bien besoin d'un homme un peu plus franc du collier.

— Ce qui est le cas de Ryder, observa Clare avec un grand sourire. Quand je pense qu'elle l'a traité d'arrogant.

Ravie, Avery éclata d'un rire sonore.

— Et lui, de mijaurée. Quel duo de choc ! C'est sans doute mal, mais j'adore.

— Si c'est mal, je te suis à fond, approuva Clare qui choqua sa canette contre celle d'Avery. À la promesse d'un été palpitant.

Hope parvint à éviter Ryder presque toute la semaine. Elle le vit bien sûr, car même sans le guetter, il était difficile de manquer Ryder Montgomery qui passait d'un chantier à l'autre dans une petite ville comme Boonsboro. Entre les deux, elle l'apercevait aussi bavardant avec Dick, le coiffeur, devant chez Sherry Coiffure, ou s'arrêtant pour échanger quelques mots avec un des Crawford.

Ici, là, partout, songea-t-elle, non sans une pointe de ressentiment. Et pour éviter de tomber sur lui, elle se forçait à vivre comme une recluse.

C'était ridicule.

Non pas qu'elle fût désœuvrée. Pour son premier été, l'Hôtel Boonsboro était déjà très prisé. Ces derniers jours, elle avait accueilli deux auteurs que Clare avait invités pour une dédicace. Puis il y avait eu ce couple charmant venu dans la région pour leur cinquantième réunion d'anciens élèves du lycée et le jeune couple qui s'était fiancé dans Titania et Oberon, et envisageait déjà de passer leur nuit de noces dans la même chambre.

Jusqu'à présent, elle avait eu toute sorte de clients – adorables, étranges, exigeants, délicieux, et sans doute toutes les nuances entre les deux, songea-t-elle tandis qu'elle sortait le tuyau pour arroser fleurs et arbustes.

En ce moment, six chambres étaient occupées – par deux sœurs, leur mère et leurs trois filles. La veille, elles avaient passé une soirée amusante, et des plus animées. Sans doute allaient-elles faire la grasse matinée avant de sortir pour les soins du visage et massages prévus dans leur forfait.

Du coup, cela lui avait donné l'idée d'organiser une Soirée entre filles. Clare et Avery, Justine et Carol-Ann, la mère de Clare, la fille de Carol-Ann. Et elle inviterait sa mère et sa sœur à faire le voyage depuis Philadelphie.

Parler mariage et bébés lors d'un repas divertissant arrosé d'un bon vin, c'était exactement ce dont elle avait besoin.

Hope arrosa copieusement le paillis, ravie de constater que les rosiers se plaisaient et que la glycine montait avec énergie à l'assaut des arceaux. Ses fleurs en grappes avaient embaumé l'air en mai, et elles seraient encore plus nombreuses pour le mariage d'Avery au printemps prochain.

Elle fredonnait, concentrée sur sa tâche, ignorant le bruit des marteaux et des scies de l'autre côté du parking. Elle passa mentalement en revue son emploi du temps de la journée. Ce soir, elle consacrerait un peu de temps à ses recherches sur Billy.

Parfait.

Un bruit dans son dos lui arracha un sursaut. Elle fit une brusque volte-face.

— Hé !

Ce fut tout ce que Ryder eut le temps de dire avant que, par réflexe, elle ne dévie le jet de son entrejambe. Pour le lui braquer en pleine figure.

— Oh, mon Dieu !

Elle détourna le tuyau de sa cible et coupa l'eau tant bien que mal.

Avec une lenteur calculée, Ryder ôta ses lunettes de soleil et demeura planté devant elle, les cheveux et les vêtements dégoulinants. Ses yeux lançaient des éclairs.

Nigaud lapa avec obligeance la flaque d'eau sur les pavés.

— C'est quoi, ce bordel ?

— Chut, fit Hope qui, d'instinct, leva les yeux vers la galerie. J'ai des clientes.

— C'est pour cette raison que tu arroses les hommes qui s'approchent de l'hôtel ?

— Je ne voulais pas… Désolée. Je suis vraiment désolée. Tu m'as surprise et j'ai juste…

— Tu trouves ça drôle ? demanda-t-il comme elle ne pouvait retenir un rire étranglé.

— Non. Oui. Enfin, si, c'est drôle. Mais ça ne veut pas dire que je ne regrette pas. Sincèrement, ajouta-t-elle en faisant prestement disparaître le tuyau dans son dos comme Ryder s'avançait vers elle. Tu ne devrais pas te faufiler sans bruit derrière une femme armée d'un tuyau.

— Je ne me faufilais pas. Je marchais tout à fait normalement, rétorqua-t-il en repoussant ses cheveux trempés de son front. Montre-moi ce tuyau.

— Pas question. C'était un accident. Toi, ce serait intentionnel. Si tu veux bien attendre ici, je vais te chercher une serviette.

— Je ne veux pas d'une serviette. Je veux un fichu café. Voilà pourquoi je marchais – le plus normalement du monde – du chantier là-bas à la cuisine ici.

— Je vais te chercher un café et une serviette.

Méfiante, Hope fit un grand détour et prit soin de couper l'eau au robinet d'alimentation avant de filer à l'intérieur.

Elle pouffa de rire jusqu'à la buanderie, attrapa une serviette sur l'étagère, puis revint à la cuisine verser un café dans un gobelet à emporter. Elle ajouta deux sucres et ferma le couvercle.

Pour arrondir les angles, elle déposa un muffin sur une serviette en papier et piocha un biscuit pour chien dans sa réserve.

Elle retraversa le hall d'un pas pressé, mais fit une pause près de la fenêtre, histoire de s'assurer qu'il n'allait pas se venger. Elle avait un frère et connaissait tous les trucs de garçons. Affichant une mine contrite, elle sortit. Et s'efforça de ne pas remarquer que le pauvre Ryder était vraiment trempé.

— Désolée.

— Ouais, tu l'as déjà dit.

Sans la quitter des yeux, il s'empara de la serviette et essuya du mieux qu'il put sa tignasse rebelle.

Sentant une terrible envie de rire monter à nouveau, Hope murmura d'un air encore plus contrit :

— Je t'ai apporté un muffin.

Après un vague coup d'œil, il jeta la serviette mouillée en travers de son épaule.

— Quel genre ?

— Aux pépites de chocolat.

— D'accord.

Il le prit, ainsi que le café, tandis qu'elle donnait le biscuit au chien.

— Il y a une raison pour que tu arroses ces plantes, et moi par la même occasion, à 7 h 30 du matin ?

— Il n'a pas plu depuis quelques jours, et je dois m'occuper bientôt du petit-déjeuner. Mes clientes, toutes de la même famille, se sont couchées tard et vont sans doute s'offrir une grasse matinée. Bref, j'avais un peu de temps, et donc…

Elle se tut. Pourquoi se sentait-elle obligée de lui expliquer les choses en détail ?

— Et toi, y a-t-il une raison pour que tu viennes chercher un café ici à 7 h 30 du matin ?

— J'ai oublié qu'Owen n'arrivait que plus tard. C'est lui qui apporte le café d'habitude. Je pensais que Carol-Ann était occupée à préparer le petit-déjeuner. Il me faut la clé de son appartement pour vérifier l'évier dans sa cuisine. Il y a un problème d'écoulement.

Hope ne pouvait lui reprocher de ne pas être un bon neveu – ou fils, ou frère, du reste.

— Elle arrive à 8 heures. Tu peux l'attendre, si tu veux. Je pourrais… mettre tes vêtements dans le sèche-linge.

— Tes clientes ne verraient pas d'inconvénient à ce qu'un homme se balade nu dans l'hôtel ?

Les connaissant, elles seraient sans doute ravies, se dit Hope.

— Elles considéreraient la chose comme un extra agréable, répondit-elle. Il n'y a personne dans Marguerite et Percy. Tu peux patienter là-bas.

Nu, songea-t-elle. Nu, ronchon, et musclé à souhait.

Pourquoi diable fallait-il que le désert soit si sec ?

— Je n'ai pas le temps. J'ai du boulot.

Il prit une énorme bouchée de muffin.

— Pas mauvais.

Nigaud battit le sol de sa queue et attrapa au vol le morceau que lui lança son maître.

— Merci beaucoup, dit-elle.

Il l'étudia un instant.

— Encore des soucis avec les appliques ?

— Non. Mais j'ai eu un couple il y a deux jours. Il lui a fait sa demande dans Titania et Oberon. Le lendemain, ils m'ont remerciée pour les pétales de rose éparpillés sur le lit. Sauf que je n'y suis pour rien.

Elle jeta un coup d'œil à l'hôtel.

— C'était une délicate attention. J'aurais aimé y penser moi-même.

— J'imagine que tu as une assistante.

— Sans doute. Cela pose un problème si je passe tout à l'heure voir l'avancement des travaux au MacT ?

Ryder la dévisagea sans ciller, puis abaissa ses lunettes sur ses yeux.

— Pourquoi cela poserait-il un problème ?

— J'irai faire un tour alors.

Par dépit, sans doute, elle s'était privée de ce petit plaisir. Et ne pouvait s'en prendre qu'à elle-même.

— Si tu as fini avec la serviette…

Il la lui tendit.

— Merci pour le café. Et la douche.

Elle ravala vaillamment son envie de rire.

— De rien.

Il tourna les talons et s'en alla. Nigaud décocha un joyeux sourire de chien à Hope avant de suivre son maître en trottinant.

— Qui était-ce ?

La voix venue d'en haut fit de nouveau sursauter Hope. Une chance qu'elle n'avait pas le tuyau à la main. Elle leva les yeux et découvrit une jeune femme en peignoir appuyée avec nonchalance à la rambarde de la galerie du premier. Elle feuilleta rapidement son répertoire mental.

Courtney, la sœur cadette.

— Bonjour, la salua-t-elle. C'était un des propriétaires.

— Miam-miam, fit Courtney avec un sourire ensommeillé. Mon ex est grand, brun, et tout aussi craquant. Je dois avoir un faible pour ce genre d'homme, j'imagine.

Hope lui rendit son sourire.

— Qui n'en aurait pas ?

— Vous avez raison. Ça va si je descends en peignoir ? Je ne crois pas avoir été aussi détendue depuis six mois et j'ai envie de prolonger ce bonheur.

— Mais je vous en prie. Il y a du café frais à la cuisine. J'arrive tout de suite pour le petit-déjeuner.

La jeune femme laissa échapper un soupir rêveur.

— J'adore cet endroit.

« Moi aussi », songea Hope avant d'aller ranger le tuyau d'arrosage.

Et elle se sentait aussi beaucoup plus détendue, réalisa-t-elle. Elle venait d'avoir une conversation avec Ryder sans qu'ils se rembarrent une seule fois.

Et pour ce faire, il lui avait suffi de l'arroser au préalable.

Riant de bon cœur, elle rentra s'occuper de sa cliente.

4

Ryder récupéra un tee-shirt sec et à peu près propre dans son pick-up, ainsi que son jean de rechange. Après une agression au tuyau d'arrosage, il n'avait guère d'autre choix que de se changer.

Il emporta les vêtements au MacT.

— Ah, les femmes ! bougonna-t-il, et Nigaud lui adressa un regard qui pouvait s'interpréter comme un témoignage de solidarité masculine.

Lorsqu'ils entrèrent, la musique résonnait à tue-tête – de la country, vu qu'il n'était pas là pour mettre du rock – au milieu du vacarme des perceuses et des pistolets à clous.

Ryder traversa le restaurant, passa devant les plombiers qui travaillaient dans les toilettes et pénétra dans la cuisine.

Debout devant un bureau improvisé sur deux tréteaux, Beckett consultait les plans.

— Salut. Puisque nous n'allons mettre qu'une porte simple ici, je me suis dit que nous pourrions…

Beckett leva la tête et fronça les sourcils quand Ryder lâcha ses vêtements près du grand gril.

— Tu t'es pris une averse ?

Avec un grommellement, Ryder se pencha pour délacer ses chaussures de sécurité.

— Non, j'ai croisé la directrice avec son tuyau d'arrosage.

Beckett éclata de rire, tandis que son frère se débattait avec ses lacets mouillés à grand renfort de jurons.

— Non ! Elle t'a arrosé ?

— La ferme.

— Qu'est-ce que tu lui as fait ? Tu as encore essayé de la peloter ?

— Non. Et je ne l'ai jamais pelotée, je te signale.

Ryder se redressa et ôta son tee-shirt qu'il laissa tomber par terre avec un *flac*.

Les mains sur les hanches, Beckett le gratifia d'un sourire narquois.

— Ce n'est pas ce que j'ai entendu dire.

Avec un regard noir à l'intention de son frère, Ryder arracha sa ceinture d'un geste rageur.

— Je ne l'ai *pas* pelotée. Et c'était son idée. Alors la ferme.

— Mais tu es complètement trempé. Tu l'as pourchassée dans le jardin de l'hôtel ou quoi ?

Pour être trempé, il l'était. Jusqu'à son caleçon. Comme il n'en avait pas de rechange dans son pick-up, il lui faudrait s'en passer.

Il se mit en tenue d'Adam devant un Beckett hilare.

— Si ta femme n'était pas enceinte, je te botterais le cul.

— On dirait que c'était plutôt le tien qui était visé.

— Je n'ai pas besoin de cible pour démolir le tien, bougonna Ryder en remontant sa braguette avec précaution. Elle arrosait les fleurs sans regarder ce qu'elle faisait. Et puis, en ce moment, elle est un peu nerveuse.

— C'est peut-être toi qui la rends nerveuse.

Sans quitter Beckett des yeux, il enfila sa ceinture avec lenteur, un passant après l'autre.

— Tu as fini de raconter des conneries ?

— Sans trop me mouiller, je suis sûr que je peux faire mieux.

Ryder lui adressa deux doigts d'honneur tout en enfilant son tee-shirt.

— La prochaine fois, elle te rasera peut-être aussi en plus de la douche. Bon d'accord, je la mets en sourdine pour l'instant.

— J'ai mis Chad dans les appartements au-dessus de la boulangerie. Il finit d'installer les serrures et les plaques d'interrupteur

– Owen veut que tout soit nickel pour la visite cet après-midi. Carol-Ann m'a demandé de jeter un coup d'œil à son évier qui fait des siennes. Je suis donc passé à l'hôtel chercher la clé et boire un café. Et voilà que Hope se retourne d'un bloc et m'arrose sans crier gare. D'abord où je pense, et ensuite en pleine poire.

— Elle l'a fait exprès, tu crois ? Parce qu'on peut attendre Owen. À trois, on devrait en venir à bout.

— Marrant, dit Ryder en flanquant un coup de pied dans ses vêtements mouillés. Du coup, j'ai eu droit à un café et à un muffin.

— Un muffin ? Petit veinard, va.

— Je vais mettre les peintres sur la nacelle pour la première couche d'enduit. Il faudra deux jours de séchage avant la deuxième.

— Bien. Bon, j'ai déjà pris ma douche ce matin. Je suis censé faire quoi, patron ? demanda Beckett, le regard espiègle.

— La prochaine fois qu'on nous appelle pour un problème à l'hôtel, j'envoie Deke le régler. Il n'aura qu'à l'embrasser, lui.

Beckett pensa à l'ouvrier. Un type travailleur, d'un naturel enjoué, avec un visage ingrat que seule une mère myope pouvait aimer.

— Tu es vache.

— Si ton fantôme veut s'amuser à ses petits jeux, qu'elle trouve quelqu'un d'autre.

— Ce n'est pas mon fantôme. Et je doute qu'Elizabeth ait envie de caser Hope avec Deke.

— Je ne laisse à personne le droit de me caser. Et si je voulais l'être avec Hope la parfaite, je le serais.

— Si tu le dis.

Des voix d'enfants leur parvinrent, accompagnées d'un bruit de cavalcade. Ryder vit le visage de son frère s'éclairer quand trois garçons déboulèrent dans la vaste cuisine.

Murphy, le benjamin, six ans, contourna ses frères et fonça droit sur Beckett à qui il tendit une figure de Captain America décapité.

— Sa tête est partie. Tu peux la réparer, d'accord ? Parce qu'il en a besoin.

Beckett s'accroupit.

— Fais-moi voir, dit-il. Comment est-ce arrivé ?

— Je vérifiais s'il pouvait regarder dans son dos, parce que des fois les méchants arrivent par-derrière sans bruit. Et sa tête est partie, expliqua-t-il. Mais tu peux la réparer, hein ?

— On pourrait l'enterrer, suggéra Liam, le deuxième de la fratrie, avec un sourire en coin. On a les cercueils que tu nous as fabriqués. Tu peux en faire un autre, juste pour sa tête. Quand on n'a plus de tête, on est mort, lança-t-il à Ryder sans se départir de son sourire.

— Tu as déjà vu un poulet une fois sa tête coupée ? fit ce dernier. Son corps continue à courir, comme s'il la cherchait.

— Non ! s'exclama l'aîné, Harry, qui se mit à glousser, entre ravissement et dégoût, tandis que Liam restait bouche bée.

— Oh que si, jeune Jedi ! En fait… Tiens, voilà la blonde Clare.

— Désolée. Nous revenons de leur bilan de santé – tout va bien – et ils tenaient absolument à passer avant d'aller à la librairie.

— Je peux rester travailler, suggéra Harry avec un regard suppliant à Beckett. Je peux aider.

— Si Harry reste, moi aussi, intervint Liam qui tira sur le jean de Ryder.

— Moi aussi, ajouta Murphy en écho, les bras levés vers Beckett. D'accord ?

— Nous avions passé un marché, leur rappela Clare.

— C'est juste une proposition, dit Harry qui, connaissant ses cibles, troqua son air suppliant pour une mine innocente et raisonnable. Ils peuvent dire non.

— Quelques esclaves ne seraient pas de trop, admit Ryder, qui fut récompensé par un sourire angélique de Harry.

— Ryder, je ne voudrais pas te les imposer…

— Celui-ci est un peu maigrichon, continua-t-il en soulevant le bras de Liam dont il tâta le biceps, mais il a du potentiel.

Beckett tendit à Murphy le superhéros qui avait retrouvé sa tête.

— Il faudrait les séparer, dit-il.

— Je savais que tu saurais le réparer, s'extasia le garçon, qui l'étreignit avant de sourire à sa mère. S'il te plaît, on peut être des esclaves ?

— Comment résister à cinq beaux mecs comme vous ? Je leur ai promis un déjeuner à Vesta, mais…

— On se retrouvera là-bas, proposa Beckett.

S'étant redressé, il rejoignit sa femme, lui caressa la joue avant d'effleurer ses lèvres d'un baiser.

— Vers midi, ça te va ?

— C'est parfait. Appelle-moi si tu as besoin de renforts. Bon, les garçons, dit-elle à ses fils avec une autorité toute maternelle, vous faites ce qu'on vous demande. Je saurai si vous n'êtes pas sages – même si vous ne me le dites pas. Je suis juste au bout de la rue, ajouta-t-elle à l'adresse de Beckett.

— Comment elle fait pour savoir même quand elle n'est pas là ? demanda Murphy après le départ de sa mère. Parce que c'est vrai, elle sait.

— C'est le mystérieux pouvoir des mamans, répondit Beckett.

— Enfin bref, si vous faites les andouilles, on vous cloue au mur par les baskets. La tête en bas, précisa Ryder. Tu prends le petit ?

— Ça marche, dit Beckett en posant la main sur la tête de Murphy.

— J'emmène le jambon-beurre aux appartements. Il va donner un coup de main à Chad avec les serrures.

— Pourquoi tu m'appelles jambon-beurre ?

— Parce que tu es pris en sandwich entre tes deux frères. Au milieu, quoi.

— Je ne serai plus au milieu à l'arrivée des bébés. Ce sera Murphy.

— Il a compté, expliqua Beckett, bêtement fier.

— Un autre qui a la bosse des maths ? On va le laisser à Owen quand il arrivera. Je prends celui-ci, dit Ryder en faisant une cravate à Harry qui s'esclaffa. Il n'est pas aussi petit que les autres. Je vais l'emmener au club de gym. En chemin, je déposerai le sandwich provisoire à la boulangerie.

— Génial. Merci, dit Beckett.

Tandis que Ryder s'en allait, les deux plus grands à sa suite, il se tourna vers Murphy.

— On ferait mieux d'aller chercher nos outils.

— Nos outils, répéta le garçon avec son sourire d'ange.

Comme les deux ouvriers qui travaillaient dans les appartements avaient des enfants, Ryder supposait qu'ils ne laisseraient pas Liam faire de grosses bêtises. Il resta tout de même quelques minutes et équipa le garçon avec les plaques d'interrupteur et un petit tournevis.

Il devait avoir dans les huit ans, estima-t-il, et avait de bonnes mains. Des trois, c'était aussi celui qui avait l'esprit le plus retors et était le plus soupe au lait – peut-être du fait qu'il était celui du milieu.

— Tu auras un dollar l'heure si tu fais bien ton boulot. Sinon, des clopinettes.

— C'est combien, des clopinettes ?

— Rien du tout.

— Je ne veux pas de clopinettes, protesta Liam.

— Personne n'en veut, alors fais ton boulot correctement. S'il vous embête, vous l'amenez à Beck. Allons-y, Harry Potter.

— Je devrais gagner plus que Liam vu que je suis l'aîné.

— Un dollar l'heure, répéta Ryder, tandis qu'ils descendaient l'escalier extérieur. C'est le tarif syndical.

— Je pourrais avoir une prime.

Amusé, et impressionné par son aplomb, Ryder observa Harry tout en marchant.

— Qu'est-ce que tu y connais ?

— À la librairie, maman donne des primes pour Noël parce qu'ils travaillent dur.

— D'accord. Tu m'en reparles à Noël.

— Je vais me servir d'un de ces pistolets qui lancent des clous ?

— Bien sûr. Dans cinq ans, environ.

— Mamie dit que tu construis un endroit où les gens viennent faire de l'exercice et garder la forme en s'amusant.

— C'est le but.

— Nous, on doit manger des brocolis parce que c'est bon pour la santé, sauf quand c'est la Soirée entre hommes.

— C'est l'avantage d'une Soirée entre hommes : il n'y a jamais de brocolis au menu.

— Je vais mesurer des trucs ? J'ai un mètre à la maison. C'est Beckett qui me l'a donné, mais je ne l'ai pas apporté.

— On en a en réserve.

Lorsqu'ils entrèrent dans le bâtiment, Harry s'immobilisa, les yeux écarquillés.

Maintenant que la démolition était achevée, il restait les murs extérieurs, un toit moche et un espace aussi vaste qu'une grange. Toute l'équipe s'affairait, le hurlement des scies se mêlant au fracas des marteaux et des pistolets à clous.

— Je ne pensais pas que c'était si grand, avoua Harry. Pourquoi c'est vide à l'intérieur ?

— Parce qu'il n'y avait rien de bon à conserver, répondit simplement Ryder. À la place, nous allons construire du neuf.

— Tout l'intérieur ? Comment ?

Réalisant que la question était à prendre au pied de la lettre, Ryder l'emmena jeter un coup d'œil aux plans.

— C'est Beckett qui les a dessinés. Je l'ai vu, dit le garçon. Le toit ne ressemble pas à ça.

D'accord, se dit Ryder. Non seulement le gamin posait beaucoup de questions étonnamment sensées, mais il n'avait pas les yeux dans sa poche. La prochaine génération d'entrepreneurs était peut-être en route.

— Il y ressemblera. On va enlever l'ancien.

— Et s'il pleut ?
— On sera mouillés.
Harry lui adressa un grand sourire.
— Je peux construire quelque chose, moi aussi ?
— Oui. Allons te chercher un marteau.

Ryder passa un moment agréable en compagnie de Harry. Le gamin était intelligent et volontaire, avec cet empressement de ceux qui font un travail pour la première fois. Et il était drôle, souvent délibérément. Pour avoir aidé à gérer les enfants et les outils lorsqu'ils terminaient la maison de Beckett, il savait que le garçon était raisonnablement prudent. Il aimait apprendre ; il aimait construire.

Et enseigner quelques rudiments à Harry le ramenait à sa propre enfance, quand son père lui apprenait le métier.

Les Constructions Montgomery et Fils n'existeraient pas aujourd'hui sans les compétences, le dynamisme et la patience de Tom Montgomery – et sans la femme qu'il avait épousée, une visionnaire débordant d'énergie.

Son père lui manquait toujours davantage au début d'un chantier comme celui-ci où les possibilités d'aménagement se multipliaient à l'infini.

Il aurait adoré ce chantier, songea Ryder tout en guidant Harry pour mesurer et marquer le montant suivant. Les odeurs de sciure et de sueur, le vacarme qui résonnait dans ce grand espace vide.

Tout comme il aurait adoré ce gamin et son potentiel. Neuf ans, presque dix. Une silhouette dégingandée, des coudes pointus et de grands pieds, disproportionnés par rapport au reste de son corps.

Et bientôt il y en aurait deux de plus. Cinq garçons. Son père aurait été drôlement impressionné par la famille Brewster-Montgomery.

Harry s'impliquait à fond. Infatigable, il transportait tout ce dont on le chargeait. Ce bel enthousiasme ne durerait qu'un temps, savait Ryder, mais la nouveauté du travail compensait sa dureté – et donnait l'impression au gamin d'être un homme. De faire partie de l'équipe.

Il recula d'un pas et but une gorgée de Gatorade au goulot. Harry l'imita et, comme lui, examina le travail fini.

— Eh bien, voilà, tu as construit ta première cloison. Tiens, lui dit-il, sortant un crayon de charpentier de sa ceinture à outils. Écris ton nom dessus.

— Sérieux ?

— Bien sûr. Après, l'ossature disparaîtra sous l'isolant, les plaques de plâtre et la peinture, mais tu sauras qu'elle est là.

Ravi, Harry prit le crayon et inscrivit son prénom en cursive appliquée sur le montant brut.

Des cris joyeux lui firent lever la tête. Il vit Liam entrer en crapahutant.

— Ils t'ont viré ? demanda Ryder.

— Nan ! J'ai mis un million d'interrupteurs et une poignée de porte aussi. Chad m'a montré. Et puis Beckett est venu me chercher pour manger une pizza.

Pendant ses explications, Beckett entra avec Murphy.

— J'ai construit un mur ! s'écria Harry. Avec Ryder !

Liam fronça les sourcils.

— Un mur, ça ? Mais on passe à travers. Regarde, dit-il, joignant le geste à la parole.

— C'est une ossature de cloison, expliqua Harry d'un air important.

Aussitôt, Liam prit sa mine de rebelle.

— Moi aussi, je veux construire une ossature.

— La prochaine fois, intervint Beckett en l'attrapant au collet. Tiens-toi tranquille. On est sur un chantier, il y a des règles.

— Moi, j'ai construit une plate-forme, annonça Murphy. On peut tenir debout dessus. Maintenant, c'est le déjeuner. On va manger une pizza.

Ryder réalisa qu'il n'avait pas vu le temps passer.

— Je les emmène faire un brin de toilette, dit Beckett.

— On va d'abord faire des jeux vidéo. J'ai gagné *trois* dollars, fit Liam qui agita fièrement les billets.

Ryder croisa le regard tranquille de Harry et sortit son portefeuille.

— C'est bon. Tu les as mérités.

— Merci ! Tu viens déjeuner avec nous ?

— Je vous rejoins dans un petit moment. J'ai un ou deux trucs à finir.

— Owen est au MacT, dit Beckett. Il a aussi quelques trucs à régler avec Avery. On a rendez-vous à vingt.

— Ça marche.

— En route, les gars. À la toilette.

Hope aperçut Beckett et les garçons par la fenêtre de la cuisine. Mignons, se dit-elle. Sans doute allaient-ils déjeuner à Vesta.

Elle devrait manger un morceau, elle aussi. Tant qu'elle en avait le temps, avant le retour de ses clientes. Elle avait déjà fini l'inspection des chambres et ramassé la vaisselle qui traînait. Elle devait commander un stock supplémentaire de dessous de verre et de serviettes d'invité pour les toilettes du hall. Et des mugs au logo de l'hôtel, se rappela-t-elle. Les clients avaient tendance à partir avec.

Mais pour l'heure, tout était tranquille. Ses clientes se faisaient pomponner à l'institut de beauté, et Carol-Ann avait accompagné Justine afin de passer en revue les carrelages et les revêtements de sol – et tout ce qui leur viendrait à l'idée – pour le club de fitness.

L'équipe de nettoyage viendrait s'occuper des chambres d'ici une heure. Ensuite, elle ferait un ultime tour d'inspection. Elle allait donc finir de préparer un pichet de thé glacé, regarnir le réfrigérateur de bouteilles d'eau, de sodas et de jus de fruits. Puis elle s'octroierait une courte pause avant de passer ses commandes et de s'occuper du classement.

Mais alors qu'elle posait le pichet sur l'îlot, près d'un compotier de belles grappes de muscat, la sonnette de la réception retentit.

Aucune livraison n'était prévue, mais de temps à autre, il arrivait qu'un client oublie sa clé – ou que quelqu'un passe dans l'espoir de visiter les lieux.

Elle se hâta jusqu'à l'entrée, arborant son sourire professionnel. Qui s'évanouit aussitôt lorsqu'elle reconnut le visiteur à travers la porte vitrée.

Il portait un costume trois pièces, bien sûr, gris perle pour l'été. Avec son nœud Windsor impeccable, sa cravate était de la même teinte que le costume, avec une rayure contrastante d'un bordeaux profond.

Grand et mince, les traits réguliers, le teint discrètement hâlé, il semblait tout droit sorti d'un magazine de mode.

Et il n'était pas du tout le bienvenu.

Elle déverrouilla la porte à contrecœur et lui ouvrit.

— Jonathan. Voilà qui est inattendu.

— Hope, dit-il avec un sourire enjôleur – comme si, voilà à peine plus d'un an, il ne l'avait pas jetée tel un vulgaire vêtement passé de mode. Tu es superbe. Cette nouvelle coiffure te va à merveille.

Il s'avança comme pour l'étreindre. Elle recula d'un pas.

— Que fais-tu ici ?

— Pourquoi ne m'invites-tu pas à entrer ? C'est bizarre de trouver porter close dans un hôtel au beau milieu de la journée.

— C'est notre règlement, et nous sommes davantage une maison d'hôtes qu'un véritable hôtel. Nos clients apprécient leur intimité.

— Bien sûr. Cet endroit m'a l'air charmant. J'aimerais en voir davantage.

Constatant qu'elle restait de marbre, il afficha son sourire le plus étincelant.

— Courtoisie professionnelle ? insista-t-il.

Lui claquer la porte au nez serait gratifiant, mais puéril. Dans un cas comme dans l'autre, il pourrait en conclure qu'il comptait encore à ses yeux.

— La plupart de nos chambres sont occupées, mais je peux te montrer les espaces communs si tu es intéressé.

— Je le suis. Très.

Elle ne comprenait pas pourquoi.

— Une fois de plus, Jonathan, que fais-tu ici ?

— Je voulais te voir. Mes parents te transmettent leurs amitiés.

— Salue-les de ma part.

Hope inspira un grand coup. Et puis, après tout, qu'est-ce que ça pouvait bien faire ? se dit-elle.

— Voici notre réception.

— Plutôt petite, mais chaleureuse et pleine de charme.

— Oui, c'est aussi notre avis.

— C'est la brique d'origine ?

Elle jeta un coup d'œil au mur de brique nue.

— Oui, et ce sont des photographies anciennes de l'auberge et de Main Street.

— Mmm. La cheminée doit être la bienvenue en hiver.

Elle s'efforça de dominer le ressentiment que lui inspirait la présence de Jonathan. Et ses commentaires sur *sa* maison.

— Oui, c'est un endroit apprécié. Nous avons une cuisine ouverte.

Elle lui ouvrit le chemin, regrettant de ne pas avoir eu cinq minutes pour rafraîchir son maquillage et sa coiffure. Simple question de fierté.

— Les clients se servent à leur guise ?

— Nous ne facturons ni la nourriture ni les boissons. Tout est compris. Nous tenons à ce que nos clients se sentent comme chez eux. Le hall central se trouve par ici.

Il s'arrêta devant son bureau et la gratifia à nouveau de son sourire enjôleur.

— Toujours aussi bien rangé et organisé, à ce que je vois. Tu as laissé un grand vide, Hope.

— Ah bon ?

— Oui, immense.

Elle réfléchit à diverses réponses, mais aucune ne pouvait être considérée comme polie. Et elle était déterminée à le rester.

— Nous sommes particulièrement fiers du carrelage dans tout l'hôtel. Tu peux voir les détails de la frise sous la table principale. Les compositions florales sont réalisées par notre fleuriste locale. Elles célèbrent non seulement la saison, mais reflètent aussi le style et l'atmosphère de chaque pièce.

— Charmants, en effet, ces détails. Je…

— Tout comme les boiseries, le coupa-t-elle. Les encadrements des anciennes arches. C'est la famille Montgomery qui s'est chargée de tout, de A à Z. Conception, rénovation, décoration. Il s'agit de la plus ancienne construction en pierre de Boonsboro. C'était une auberge à l'origine. À la place du salon, juste là, se trouvait à l'époque l'allée pour les voitures.

— Hope…

Il lui effleura le bras du bout de l'index avant qu'elle ait le temps de s'écarter.

— Permets-moi de t'inviter à déjeuner après la visite. Ça fait si longtemps.

Pas assez.

— Jonathan, je travaille.

— Tes employeurs doivent bien t'accorder une pause déjeuner. Quel endroit recommandes-tu ?

« Il s'attend que j'accepte, réalisa-t-elle. Pire, il s'attend que j'en sois ravie, flattée, peut-être un peu troublée. »

Elle se fit un plaisir de le décevoir sur toute la ligne.

— Si tu as faim, tu peux essayer Vesta, juste de l'autre côté de la rue, répondit-elle d'un ton glacial qui lui vint tout naturellement. Mais je n'ai pas envie de déjeuner avec toi. Tu veux peut-être voir la cour paysagère avant le reste du rez-de-chaussée, enchaîna-t-elle en ouvrant la porte. C'est un endroit très agréable pour se détendre et boire un verre, surtout à la belle saison.

Il lui emboîta le pas.

— La vue n'est pas terrible, fit-il remarquer en jetant un coup d'œil par-dessus le muret végétalisé en direction du bâtiment vert de l'autre côté du parking.

— Elle le sera. Les Montgomery rénovent aussi en face.

— Ils n'arrêtent pas, ces gens-là. Si au moins on s'asseyait un moment ? Je ne serais pas contre un verre.

L'hospitalité en toutes circonstances, se rappela Hope.

— Très bien. Je reviens dans une minute.

Elle retourna à l'intérieur et se força à desserrer les dents. Jonathan pouvait leur envoyer des clients. Quels que soient ses sentiments personnels à son égard, il avait de l'influence dans le milieu.

Elle allait donc faire son travail. Et avec la courtoisie de rigueur.

Elle lui servit un thé glacé avec une petite assiette de cookies. Et la courtoisie lui dicta de s'en verser un aussi.

Lorsqu'elle ressortit avec le plateau, il était assis à une table sous un parasol.

— Je m'étonne que tu n'aies pas amené ton épouse. J'espère qu'elle va bien.

Voilà, se félicita Hope, tu ne t'es pas étranglée pour autant.

— Très bien, merci. Elle avait une réunion de comité aujourd'hui, et une sortie shopping. Georgetown doit te manquer – les boutiques, la vie nocturne. Rien de tout cela à Boonsboro.

— À vrai dire, je me sens chez moi ici. Très heureuse.

Il y avait une pointe de compassion dans le sourire qu'il lui adressa – un sourire signifiant qu'il n'était pas dupe, qu'il savait qu'elle mentait pour sauver la face.

Hope mourait d'envie de lui coller une claque, histoire d'effacer cet odieux sourire de sa figure, mais voilà qui ne serait guère courtois.

— Difficile d'imaginer une femme avec ton dynamisme et tes goûts vivant dans une ville aussi provinciale. Et dirigeant une petite maison d'hôtes après un établissement comme le Wickham. J'imagine que tu vis sur place.

— Oui, j'ai un appartement au deuxième.

— Quand je pense à ta coquette maison de ville, soupira-t-il, secouant de nouveau la tête avec cette insupportable condescendance. Je me sens en partie coupable de tous ces bouleversements dans ta vie. A posteriori, je réalise que j'aurais pu – j'aurais dû – mieux gérer la situation.

La courtoisie avait ses limites. Et elles étaient atteintes.

— Tu veux parler de la duplicité avec laquelle tu m'as fait croire à une relation monogame et durable avant de m'annoncer tes fiançailles avec une autre ? Et de m'avoir appris l'existence de cette autre juste après avoir couché avec moi ? lui lança-t-elle avant de siroter une gorgée de thé. Alors oui, en effet, je crois que tu aurais pu mieux gérer la situation.

— En toute honnêteté, je n'ai jamais fait aucune promesse.

— Non, tu les as sous-entendues, d'où mon erreur d'interprétation. Au temps pour moi.

Elle prit le temps de l'observer. Il n'avait pas changé. Lisse, policé, sûr de lui. Cette assurance qui, autrefois, la séduisait se révélait n'être que pure arrogance. Et l'horripilait au plus haut point.

— Est-ce pour cette raison que tu es venu, Jonathan ? Pour régler tes comptes ?

— Je suis venu pour, je l'espère, me racheter.

Le regard vibrant de sincérité, il posa la main sur la sienne.

— Ne t'inquiète pas pour moi.

— Bien sûr que si. Je suis venu recoller les morceaux, Hope. Et te reproposer ton poste. Mon père est prêt à te faire une offre très généreuse. Comme je l'ai dit, tu as laissé un grand vide.

Elle le regarda droit dans les yeux et libéra sa main.

— J'ai déjà un poste.

— Une offre *très* généreuse, insista Jonathan. À la place qui te revient, comme nous le savons tous. Nous aimerions décider d'un rendez-vous avec toi, à ta convenance, pour discuter des détails. Reviens à Georgetown, Hope. Au Wickham, à ta vie. Et à moi.

Comme elle gardait le silence, il posa de nouveau la main sur la sienne.

— Mon couple est ce qu'il est, et continuera de l'être. Mais toi et moi… Je regrette ce que nous avions. Cette vie, nous pouvons l'avoir encore. Je m'occuperai très bien de toi.

— Tu t'occuperas très bien de moi ? articula Hope.

— Tu ne manquerais de rien.

Il continua sur sa lancée avec un aplomb qui la sidéra, prouvant qu'il ne la connaissait pas du tout. Ne l'avait jamais connue.

— Tu aurais un métier épanouissant, une maison de ton choix. Il y a une charmante propriété dans Q Street que tu adorerais, je le sais. Je pense que nous devrions prendre de courtes vacances avant que tu reprennes ton travail, histoire de refaire connaissance, pour ainsi dire.

Il se pencha vers elle comme s'ils étaient intimes.

— L'année a été longue, Hope. Pour nous deux. Je t'emmènerai où tu veux. Que dirais-tu d'une semaine à Paris ?

— Une semaine à Paris, une maison à Georgetown. Je suppose qu'il y aura des frais pour la meubler, et bien sûr me racheter une nouvelle garde-robe digne de mon retour au Wickham.

Il porta sa main à ses lèvres – une habitude qu'elle adorait autrefois – et lui sourit.

— Comme je l'ai dit, je m'occuperai bien de toi.

— Et que pense ton épouse de *ta* généreuse proposition ?

— Ne t'inquiète pas pour Sheridan. Nous serons discrets, et elle s'adaptera.

Sous les yeux ébahis de Hope, il venait de jeter par-dessus bord son mariage et son serment de fidélité avec une insouciance confondante.

— Tu ne peux pas être heureuse ici, Hope. Je ferai en sorte que tu le sois.

Elle prit un moment avant de répondre, presque surprise d'être capable d'encaisser l'énormité de l'affront. Et tout aussi surprise que sa voix reste calme et posée alors qu'elle avait envie de hurler.

— Laisse-moi t'expliquer une chose, Jonathan. Mon bonheur ne regarde que moi. Je n'ai besoin ni de toi ni de ton offre incroyablement insultante – pour moi comme pour ta femme. Je n'ai pas besoin de ton père ou du Wickham. J'ai une vie. Crois-tu que je l'aie mise entre parenthèses parce que tu m'as jetée après avoir profité de moi ?

— Je crois que tu devrais revoir tes prétentions à la hausse, c'est tout. Tu mérites mieux. Je te présente mes sincères excuses pour t'avoir blessée, mais…

— Blessée ? Mais au contraire, tu m'as *libérée* !

Elle se leva d'un bond. Adieu, la Hope calme et posée.

— Avec toi, j'ai pris une sacrée gifle, espèce d'ordure, mais le choc m'a permis de me remettre en question. Et aujourd'hui, ma vie est ici, dit-elle en indiquant l'hôtel – sur la galerie duquel, l'espace d'un instant, elle crut entrapercevoir l'ombre d'une silhouette féminine. Avec des gens que j'apprécie. Des amis qui me sont chers. Revenir vers *toi* alors que… ?

Elle n'aurait su dire ce qui la poussa à agir ainsi. Un coup de tête, une indicible rage, l'amour-propre. Mais lorsqu'elle aperçut Ryder qui traversait le parking, elle fonça sans réfléchir.

— Alors que je l'ai, lui. Ryder !

Elle se précipita sous l'arche recouverte de glycine. Ryder s'arrêta, les sourcils froncés. Elle imaginait le sourire de démente qu'elle devait arborer, mais s'en moquait royalement.

— Joue le jeu, lui marmonna-t-elle en le rejoignant. Je te revaudrai ça.

— Qu'est-ce que…

Elle noua les bras autour de son cou et pressa sa bouche sur la sienne, tandis que Nigaud s'efforçait de participer à l'action à grands coups de truffe et de battements de queue frénétiques.

— Joue le jeu, murmura-t-elle contre ses lèvres. Je t'en supplie !

Elle ne lui laissait guère le choix, vu qu'elle était collée à lui telle une seconde peau. Alors il joua le jeu. Le poing serré dans sa chevelure, il lui rendit son baiser avec fougue.

Un instant, Hope perdit de vue le but de leur élan passionné. Ryder sentait bon la sciure. Et son baiser avait le goût de bonbon. De bonbon chaud et fondant. Les jambes un peu flageolantes, elle mit fin à leur étreinte.

— Suis mon exemple, d'accord ?

— Ce n'est pas ce que je faisais ?

Elle lui prit la main qu'elle serra avec force avant de l'entraîner vers la terrasse.

— Ryder Montgomery, permets-moi de te présenter Jonathan Wickham. La famille de Jonathan possède l'hôtel du même nom où je travaillais à Washington D.C.

— Ah bon.

Maintenant il comprenait. Elle voulait qu'il joue un rôle. Pas de problème. Il glissa un bras possessif autour de la taille de Hope, la sentit trembler.

— Comment allez-vous ?

— Bien, merci, répondit Jonathan avant de jeter un coup d'œil méfiant au chien. Hope me faisait visiter votre hôtel.

— C'est autant le sien que le nôtre. Vous y avez perdu au change, je crois.

— Apparemment.

Jonathan le toisa de la tête aux pieds.

— Je suppose que vous faites le travail de construction vous-même.

— Exact. Nous sommes des manuels dans la famille, répondit Ryder avec un sourire en coin, tout en serrant davantage Hope contre lui. Vous cherchez une chambre ?

Malgré son sourire de façade, la contrariété perçait dans le regard de Jonathan.

— Non. Je rendais juste visite à une vieille amie. C'était bon de te revoir, Hope. Si tu changes d'avis à propos de notre offre, tu sais où me joindre.

— Je n'en changerai pas. Salue tes parents de ma part. Et ton épouse.

— Montgomery, dit-il avec un bref hochement de tête avant de regagner sa Mercedes.

Hope garda son sourire plaqué sur la figure jusqu'à ce que la voiture ait disparu.

Puis la belle façade se lézarda.

— Oh, mon Dieu, mon Dieu…

Elle rentra d'un pas affolé dans le jardin de l'hôtel qu'elle arpenta comme un lion en cage.

Ryder songea à Vesta – ses odeurs délicieuses, son ambiance bon enfant. Puis il leva les yeux au ciel et rejoignit Hope dans le jardin.

5

Il s'abstint de lui ordonner de s'asseoir ou de se calmer. Les femmes étaient des êtres étranges qu'aucun homme ne comprenait vraiment, mais il savait à peu près comment les prendre.

Jugeant qu'elle risquait de brasser de l'air encore un moment, il s'installa sur une chaise, tandis que Nigaud se glissait sous la table, à l'abri d'éventuelles retombées. Elle portait une robe légère si bien que la regarder était loin d'être une épreuve.

Mais il faisait une chaleur à crever, et l'exaspération bouillonnante de Hope ne contribuait pas à rafraîchir l'atmosphère.

Autant intervenir tout de suite.

— Bon, c'est quoi, le problème ?

— Le problème ?!

Lorsqu'elle pivota d'un bloc vers lui, sa robe se souleva, révélant ses longues jambes nues.

Décidément, le spectacle était loin d'être une épreuve.

— Le problème ? s'étrangla-t-elle, tandis que ses beaux yeux chocolat lançaient des éclairs. Tu ne devineras jamais ce que cette ordure gluante a osé me proposer !

Ryder jeta un coup d'œil aux verres de thé glacé. Un petit rafraîchissement aurait été le bienvenu, mais il ne tenait pas à boire dans celui de l'ordure gluante.

Hope agita la main en direction du parking.

— C'était Jonathan !

— Oui, nous avons été présentés.

— Autrefois, nous étions…

« Qu'étions-nous, en fin de compte ? » s'interrogea-t-elle.

— Je sais. Vous étiez ensemble et il t'a plaquée pour une autre.

Elle s'arrêta net et le dévisagea avec de grands yeux. Il haussa les épaules.

— Dans une petite ville, tout se sait.

— Ce n'est pas tout à fait exact. En réalité, l'autre femme, c'était *moi*. Et je l'ignorais jusqu'à ce qu'il m'annonce qu'il était fiancé – une petite bombe qu'il a lâchée alors que nous venions juste de coucher ensemble. Je croyais à une relation sérieuse et exclusive, mais il s'est fichu de moi sur toute la ligne. Quelle idiote j'ai été !

Sa voix grave et sensuelle trahissait sa colère. Le feu qui couvait sous la cendre.

— D'accord, c'est une ordure gluante et tu as été idiote. Mais tu t'es bien rattrapée en le flanquant à la porte. C'est ton verre ?

— Oui, c'est mon verre, et évidemment que je l'ai flanqué à la porte. Et j'ai donné ma démission. Et lui s'imaginait que tout allait continuer comme avant !

— Alors c'était lui l'idiot.

— Oh que oui ! acquiesça Hope qui asséna une claque approbatrice sur l'épaule de Ryder avant de recommencer à tourner en rond. Il s'est marié en mai – une cérémonie en grande pompe, bien sûr. Au Wickham. Suivie d'une lune de miel de trois semaines en Europe.

— Tu le gardes à l'œil ?

Elle s'arrêta, le menton levé.

— Je lis la rubrique mondaine du *Washington Post*. Et oui, j'avoue, je voulais savoir – c'est humain. Tu aurais fait pareil.

Il réfléchit, puis secoua la tête.

— Pas forcément. Le passé, c'est le passé. Que fichait-il ici ? Parce que son histoire de visite, c'était du pipeau.

— Ce qu'il fichait ici ? Je vais te le dire. À ce qu'il prétend, monsieur se sent en partie coupable de mon installation à Boonsboro – en partie seulement. Il voulait voir l'hôtel et m'inviter à déjeuner. J'aurais laissé un grand vide là-bas et son père l'a chargé de me faire une *offre généreuse*. Une offre généreuse, quelle bonne blague !

Jamais il ne l'avait vue sortir ainsi de ses gonds. Contrariée, agacée, un peu fâchée, d'accord, mais jamais hors d'elle à ce point. Sans doute était-ce mal de rester assis là à penser que la colère lui allait bien.

— Il a essayé de débaucher notre directrice ? ironisa-t-il, son calme tranchant avec l'emportement de Hope. Pas cool, ça.

— Ce n'est pas tout. Selon lui, je ne peux pas être heureuse et épanouie ailleurs qu'à Georgetown à diriger le Wickham – et coucher avec lui.

— Tu m'as l'air plutôt heureuse. La plupart du temps.

— Comment pourrais-je l'être dans ce bled, à diriger ce petit hôtel, hein ? Au lieu d'être à l'entière disposition de monsieur ?

Déconcerté, Ryder se gratta la nuque.

— Eh bien…

— Bref, il m'a fait une deuxième offre très généreuse. Je serais l'autre femme, en toute connaissance de cause cette fois, et il prendrait soin de moi. Une petite escapade à Paris, histoire de renouer les liens, le domicile de mon choix – apparemment, il a déjà une propriété en tête – et une généreuse allocation à déterminer. Il me croit vraiment capable de participer à cette odieuse mascarade ? D'être sa *putain* ? D'un claquement de doigts, je lui sauterais au cou en échange de mon ancien boulot, son fric et une virée shopping rue du Faubourg-Saint-Honoré ?

Ryder ignorait de quelle rue elle parlait, mais considéra la question.

— Tu veux dire que si tu retournais là-bas et acceptais d'être sa maîtresse, il t'entretiendrait et saurait se montrer reconnaissant, c'est ça ?

— Bien résumé, oui.

S'il avait su tout cela avant que ce salaud file dans sa Mercedes, il serait actuellement le nez en sang et dans les vapes sur le parking.

— Et tu ne lui as pas cassé la figure ?

— Oh, j'y ai songé ! s'exclama Hope avec au fond des yeux un éclat de violence qui lui valut l'admiration et le respect de Ryder. Je l'ai même *imaginé* avec tous les détails. Sauf que je me serais contentée de lui jeter mon thé glacé à la figure et de tacher son fichu costume Versace. Puis je t'ai vu, et j'ai agi à l'instinct. Il s'imagine que je reste assise là à l'attendre, ce connard arrogant, prétentieux et immoral ? Il s'imagine pouvoir m'acheter avec son fric, une belle baraque et un voyage à Paris ?

— Hope…

C'était sans doute la première fois qu'il prononçait son prénom – certainement d'un ton aussi patient –, mais ni l'un ni l'autre ne le remarqua.

— … ce sale type est un abruti fini. Et il ne te connaît pas du tout.

— Exact, et encore exact. Voilà pourquoi je l'ai humilié en t'embrassant devant lui, en lui faisant croire que nous sortions ensemble.

— Tu ne lui as pas cassé la figure, mais sa virilité en a pris un coup.

— Et comment ! approuva Hope qui laissa échapper un soupir. Merci pour ton aide.

— De rien.

— Si, vraiment, merci beaucoup. Mon amour-propre a été profondément blessé avec Jonathan. C'était important de lui rendre la monnaie de sa pièce d'une façon ou d'une autre. Je te revaudrai ça.

— Oui, c'est ce que tu as dit.

Ils se dévisagèrent un instant avec une intensité chargée d'une dangereuse électricité.

— D'accord. Donne-moi ton prix.

Ryder songea à tout un tas de choses aussi hardies qu'intéressantes. Et elle aussi s'attendait à une suggestion de ce genre, impliquant une chambre à l'éclairage tamisé. À coup sûr, c'était une femme qui devait obtenir ce qu'elle convoitait.

— J'aime les tartes.

— Pardon ?

— Les tartes. C'est mon péché mignon. Et c'est justement la saison des cerises. Mais il faut que j'y aille, là.

Il se leva, imité par son chien.

— Comme on dit « qui sème le vent récolte la tempête ». Parfois, ce n'est pas le cas et il faut savoir se contenter d'un coup bien senti à la virilité.

Peut-être, songea Hope, tandis qu'il s'éloignait, mais pourquoi avait-elle le sentiment d'être loin, très loin du compte ?

Maintenant que sa colère était retombée et qu'elle se retrouvait seule, tout ce qui la rattachait à Jonathan lui semblait d'une vacuité sans bornes. Toutes ces années consacrées à l'entreprise familiale, à être l'employée, la compagne, l'hôtesse modèle lui paraissaient vaines et entachées de mensonge. Une horreur.

Elle s'était dévouée corps et âme au Wickham et à cet ingrat de Jonathan, pour se prendre une claque magistrale au bout du compte. Et pis encore, ils s'étaient servis d'elle. Il était évident que ses parents savaient. Pourtant, ils l'avaient reçue chez eux comme la compagne de leur fils. Ils avaient rencontré ses parents.

Bref, ils l'avaient trahie. Et ridiculisée.

Non.

Hope se leva et replaça les verres sur le plateau. Non. C'était sa faute. Elle était responsable de ses actes, de ses décisions, de même que son propre bonheur ne regardait qu'elle.

Elle rapporta le plateau à la cuisine et vida posément le thé restant dans l'évier. Sa colère avait fait long feu, se rendit-elle compte en rangeant les verres dans le lave-vaisselle. Et maintenant, elle ne ressentait plus qu'une profonde tristesse. Une tristesse mêlée de honte.

Les larmes lui piquaient les yeux ; elle les laissa couler. Pourquoi pas ? Elle était seule. Consciencieusement, elle descendit à la cave et remonta des bouteilles d'eau, de jus de fruits et de soda. Elle regarnit le réfrigérateur et appuya le front contre la porte.

Un frais parfum de chèvrefeuille lui chatouilla les narines, tandis qu'une main lui caressait les cheveux.

Elle ferma les yeux de toutes ses forces. Elle n'était pas seule, après tout.

— Ça va aller, murmura-t-elle. Je dois juste surmonter ces petits moments d'apitoiement sur moi-même.

Ne pleurez pas à cause de lui.

Hope n'était pas sûre d'avoir entendu ces mots, ou s'ils lui étaient juste passés par la tête.

— Ce n'est pas à cause de lui que je pleure, mais à cause de moi. Pour les trois années que je lui ai consacrées, persuadée qu'elles comptaient. Difficile d'admettre que ce n'était pas le cas. De réaliser qu'il me considérait – et me considère encore – comme un simple accessoire qu'il peut acheter, utiliser, jeter et reprendre à sa guise.

Elle inspira un grand coup.

— Voilà. C'est fini.

Elle se retourna avec lenteur. La cuisine était déserte.

— Vous n'êtes pas encore prête à me laisser vous voir, j'imagine. Je ne le suis peut-être pas moi-même. Mais c'est un réconfort d'avoir une autre femme dans la maison.

Rassérénée, elle alla chercher la trousse à cosmétiques qu'elle conservait dans son bureau. Une fois son maquillage rafraîchi, elle rédigea une liste de courses.

Elle avait une tarte à confectionner.

Tandis qu'elle écrivait, la porte du hall s'ouvrit. Elle se leva, pensant que ses clientes étaient de retour, et entendit Avery l'appeler. Elle sortit de son bureau.

— Je suis là.

— Que s'est-il passé ? demanda Avery. Tu vas bien ?

— Oui. Pourquoi ?

— Ryder m'a dit que Jonathan avait débarqué et que tu étais toute retournée.

— Il a dit ça ?

— Il a parlé de ton connard d'ex qui a fait du grabuge. J'ai traduit. Qu'est-ce que cet enfoiré est venu faire ici ?

— Il…

La porte principale s'ouvrit et des voix se firent entendre.

— Je ne peux pas t'expliquer maintenant, murmura Hope, entraînant Avery dans le hall. Mes clientes sont de retour. Je te raconterai plus tard.

— Je termine à 17 heures. Je passerai chercher Clare et…

La situation exigeait une conversation en face à face. Textos et mails ne feraient pas l'affaire. Mais Avery devrait patienter un peu.

— Je n'ai pas le temps ce soir. Ces dames aiment faire la fête. Demain, après leur départ.

— Donne-moi au moins un indice, insista son amie.

— Il voulait que je retourne à Georgetown, que je reprenne mon poste là-bas et devienne sa maîtresse.

— Tu déconnes ? Ce mec est vraiment une enflure de première !

— C'est le moins qu'on puisse dire. Mais je ne peux pas parler maintenant, répéta-t-elle en jetant un coup d'œil par-dessus son épaule.

— Tu as des réservations pour demain ?

— Non. En fait, il n'y a pas personne demain soir.

— Maintenant, si. Clare et moi allons passer la nuit. J'apporterai à manger pour notre petite soirée anti-Jonathan. Il a intérêt à planquer ses petites roubignoles ratatinées. Ça va chauffer.

Le plus gros de ses idées noires s'évanouit lorsqu'elle serra Avery dans ses bras.

— C'est exactement ce qu'il me faut. En plein dans le mille. Bon, désolée, mais il faut que j'y aille.

— Appelle-moi si tu as besoin de moi avant demain.

— D'accord, mais je me sens déjà beaucoup mieux.

On pouvait toujours compter sur ses copines, songea Hope alors qu'elle se dirigeait vers la réception. Jamais elles ne vous laissaient tomber.

Elle n'aurait cependant pas imaginé que Ryder était suffisamment perspicace pour se rendre compte qu'elle avait besoin d'elles.

Comme quoi on pouvait se tromper.

Ce soir-là, lorsque le silence retomba sur l'hôtel – encore qu'elle se demandait si les échos de six femmes pompettes n'allaient pas résonner entre ces murs des jours durant –, Hope s'installa sur son canapé avec son ordinateur portable.

Comme Carol-Ann était de service pour le petit-déjeuner, elle pourrait dormir un peu plus longtemps si nécessaire. Elle avait envie d'accorder une heure à ses recherches sur Billy avant de se coucher. Entre femmes, on ne se laisse pas tomber, se dit-elle, songeant à la sensation d'une main sur ses cheveux cet après-midi, quand son moral était au plus bas. Et d'une certaine façon, Elizabeth et elle étaient pour ainsi dire amies.

Elle se connecta sur le site Web de *Liberty House*, l'institution pour jeunes filles fondée par son ancêtre, Catherine Darby – qui, avait-elle découvert, n'était autre que la sœur d'Eliza Ford, leur Elizabeth. Hope elle-même avait fréquenté l'établissement, tout comme ses frères et sœurs, sa mère et sa grand-mère avant eux.

Avec un peu de chance, ses recherches porteraient leurs fruits.

Elle trouva l'adresse mail de la bibliothécaire en chef et rédigea une lettre à son intention. Peut-être existait-il de la documentation, de vieilles lettres, quelque chose. Elle avait déjà interrogé sa famille, mais d'après tous les membres auxquels elle s'était adressée, l'intégralité des documents concernant Catherine Ford Darby avait été remise à l'école depuis bien longtemps.

— Juste un nom, murmura-t-elle. Il nous faut juste un nom.

Les sœurs avaient pu correspondre quand Eliza avait quitté New York pour le Maryland. Pour Billy. Sinon, il était probable que Catherine ait mentionné sa sœur dans une lettre à une amie ou à un membre de la famille.

Hope écrivit ensuite à une cousine éloignée qu'elle n'avait jamais rencontrée. Selon les sources familiales, celle-ci écrivait une biographie sur Catherine Ford Darby. Il semblait peu probable de rédiger un tel ouvrage sans jamais évoquer sa sœur. Une sœur morte jeune, si loin de la maison.

Une fois les mails envoyés, elle se connecta sur le site qui répertoriait les soldats de la guerre de Sécession inhumés au cimetière national de Sharpsburg.

Ils supposaient que Billy avait été soldat. Soit il était de la région, soit il avait combattu à Antietam. Peut-être les deux. Mais les informations qu'ils avaient rassemblées sur Eliza établissaient son arrivée à l'auberge juste avant la bataille et son décès alors qu'elle faisait rage.

Tout laissait à croire qu'elle avait quitté sa famille fortunée et bien établie à New York pour se rendre à Boonsboro par ses propres moyens. À cause de Billy.

L'instinct de Hope lui soufflait qu'il s'agissait d'une fugue amoureuse. S'étaient-ils retrouvés, même brièvement, avant qu'elle contracte la fièvre qui l'avait emportée ?

Elle espérait que oui, même si tout indiquait qu'Eliza Ford était morte seule, sans amis ni famille à ses côtés.

Tant de jeunes gens aussi avaient péri, songea-t-elle, se replongeant dans la triste tâche de parcourir des listes de noms.

Elle continua tout de même, prenant des notes jusqu'à ce qu'elle commence à avoir mal à la tête et la vue brouillée.

— C'est tout ce que je peux faire pour ce soir, décréta-t-elle.

Elle ferma son ordinateur, éteignit les lumières dans l'appartement et vérifia sa porte.

Une fois dans son lit, elle revit la liste des tâches prévues pour le lendemain. Et sombra dans le sommeil en se rappelant le baiser sur le parking. Le poing de Ryder dans ses cheveux.

Lorsque l'équipe s'en alla, en fin d'après-midi, Ryder profita du calme revenu pour sortir sa check-list et procéder à quelques ajustements dans la répartition des tâches prévues pour le lendemain.

Nigaud ronflait sous la planche de contreplaqué posée sur des tréteaux et laissait échapper de temps à autre un petit couinement, rêvant sans doute qu'il chassait ce que les chiens chassent dans leurs rêves.

Longue journée, songea Ryder. Longue semaine. Il avait envie d'une bonne bière et d'une douche bien chaude. Dans cet ordre.

Il exaucerait son premier souhait à Vesta, en compagnie de ses frères, célibataires pour un soir, les filles ayant organisé une soirée entre elles à l'hôtel. Ils passeraient la progression des chantiers en revue et il annoncerait avec satisfaction à Owen qu'il pouvait programmer les finitions de la boulangerie. La nouvelle gérante pourrait commencer à installer l'équipement et le mobilier pendant le week-end. Et d'ici quelques semaines – peut-être pour la mi-août –, ce serait au tour d'Avery de songer à planifier son inauguration.

Après quoi, il aurait tout le temps de se consacrer à cet endroit, songea-t-il avec un regard à la ronde. Si tout se passait bien – et il ferait tout pour –, ils démoliraient ce hideux toit goudronné la semaine prochaine et s'attaqueraient à la nouvelle charpente.

Sa mère s'occupait déjà de choisir les carrelages et les peintures, ce qui lui permettait de chasser ce souci de son esprit et de se concentrer sur le présent, à savoir, commander les poutrelles d'acier, percer les parpaings et installer une flopée de fenêtres toutes neuves.

Non, rectifia-t-il, ce serait pour demain et la semaine prochaine. Le présent, c'était la bière fraîche.

Il réveilla Nigaud du bout de sa botte.

— Tu pourras dormir en voiture, espèce de gros paresseux.

Le chien s'étira avec un bâillement, s'assit. Et posa la tête sur les genoux de son maître.

— Pas de bière pour toi, dit Ryder en le grattant entre les oreilles avec énergie. Tu ne la supportes pas. Tu te souviens de la dernière fois ? Tu as à peine eu le temps de laper une demi-bière renversée avant que j'intervienne, et qu'est-ce qui s'est passé ? Tu te cognais aux murs et tu as vomi partout. Un fichu ivrogne, voilà ce que tu es, Nigaud.

— Ma grand-mère avait une chatte qui buvait du cognac.

Cette fois, ce fut lui qui sursauta. Il se retourna sur sa chaise et vit Hope franchir le seuil de la porte donnant sur St. Paul Street. L'espace d'un instant, le soleil l'auréola d'un halo lumineux.

Elle était d'une beauté à couper le souffle. « À ce point-là, c'est un péché », songea-t-il.

— Vraiment ?

— Oui. Elle s'appelait Pénélope et avait une préférence pour l'Azteca de Oro. Elle en avait un doigt chaque soir et est morte à l'âge vénérable de vingt-deux ans.

— Nigaud aime l'eau des toilettes.

— Oui, je sais.

Hope le rejoignit et posa un plat à tarte sur le contreplaqué.

— Je suis venue régler ma dette.

Elle avait même pris la peine d'ajouter les croisillons de pâte dorée sur le dessus, nota-t-il. Il plongea l'index entre deux, ignorant sa protestation horrifiée.

— Arrête ! Oh, franchement !

Il suça son doigt avec gourmandise. L'équilibre parfait entre l'acide et le sucré. Il aurait dû s'en douter.

— C'est un délice.

— Ce serait encore meilleur sur une assiette. Avec une fourchette.

— Possible. J'essaierai plus tard.

Il voulut répéter la manœuvre.

— Arrête.

Cette fois, elle lui tapa sur la main. Puis elle sortit un biscuit pour chien de sa poche.

— Il boit peut-être l'eau des toilettes, mais il a de bien meilleures manières que toi, déclara-t-elle en tapotant la tête de l'animal. Ça va si je prends quelques photos ici demain ?

— En quel honneur ?

— Je veux mettre à jour la page Facebook de l'hôtel et l'enrichir des dernières nouveautés. Ici, le restaurant d'Avery, la boulangerie. Nous comptons proposer des forfaits gratuits pour la journée.

Certains clients potentiels s'intéresseront peut-être à l'avancement des travaux. Surtout si je peux ajouter une date d'ouverture prévisionnelle.

Ryder fit un cercle en l'air avec l'index.

— Regarde autour de toi. Tu as l'impression que je peux te donner une date d'ouverture ?

— Prévisionnelle, j'ai dit.

— Non. Prends autant de photos que tu veux. Si ça te chante, tu peux annoncer l'ouverture de la boulangerie pour bientôt.

— Quand ?

— Renseigne-toi auprès de la gérante. Nous devrions obtenir le permis d'occupation demain. Ensuite, ce sera à elle de décider.

— Formidable. Je prendrai contact avec elle. C'était gentil de prévenir Avery pour hier, ajouta-t-elle après une hésitation.

— Après ton coup de sang, tu t'étais mise à ruminer. Je me suis dit que c'était du ressort d'une fille.

Oui, décidément, songea-t-elle, il était plus perspicace qu'elle ne le pensait. Et plus gentil, aussi.

— Bien vu. Bon, je ferais mieux d'y retourner. Comme il n'y a pas de réservations pour ce soir, Clare et Avery viennent passer la nuit.

— Je suis au courant, dit Ryder qui se leva et prit la tarte. Je vais boire une bière.

— Je suis au courant, répliqua Hope.

Elle sortit et, par politesse, attendit qu'il ferme à clé.

— De quelle couleur allez-vous peindre cet endroit ?

— N'importe laquelle à part ce vert.

— Ce sera déjà une amélioration. Ta mère a évoqué un bleu ardoise, avec des accents chrome, les boiseries extérieures en blanc et la base en pierre grise.

— C'est son affaire.

— Elle est douée. As-tu vu le logo pour le nouveau restaurant d'Avery ?

— Le carlin qui actionne une pompe à bière. Marrant.

— Et charmant. Owen et elle vont en adopter un ce week-end – un carlin et apparemment aussi un labrador, parce qu'ils n'ont pas réussi à tomber d'accord.

Il était aussi au courant. Grâce aux sempiternelles listes de son frère.

— Ils vont bouffer les chaussures, les pantoufles, les meubles, pisser partout et rendre Owen maboul. Je suis à fond pour.

Il fit monter Nigaud dans l'habitacle de son pick-up, baissa les fenêtres à moitié et, connaissant l'animal, posa la tarte sur la plateforme arrière.

— Eh bien, passe une bonne…

Hope n'eut pas le temps d'en dire plus. Ryder l'attira brusquement contre lui, la souleva sur la pointe des pieds et l'étourdit d'un baiser qui effaça la fin de sa phrase de son cerveau. Elle parvint à lui agripper la taille pour garder l'équilibre, encore qu'un tremblement de terre n'aurait pas réussi à la faire tomber – pas avec Ryder qui avait refermé une main sur ses cheveux et plaqué l'autre contre son dos.

Une onde de chaleur se diffusa dans tout son corps à la vitesse de l'éclair. Puis ses mains remontèrent le long du dos de Ryder et agrippèrent son tee-shirt tandis qu'elle chevauchait l'éclair.

À aucun moment, Hope n'eut de mouvement de recul ni n'émit de protestation offusquée. Sinon, il l'aurait aussitôt lâchée. Mais il en avait assez de détourner le regard – ou du moins d'essayer. De l'ignorer – ou du moins d'essayer. Après tout, c'était elle qui avait initié ce petit jeu – c'était là une excuse comme une autre. Dans la suite à l'hôtel, et ici même, sur le parking.

Finis les échantillons auxquels il avait eu droit jusqu'à présent. Maintenant, il avait envie de croquer dans le fruit à pleines dents.

Elle avait un parfum d'été. De brise chaude, de fleurs aux noms exotiques baignées de soleil. Elle avait le goût de la tarte aux cerises, le parfait équilibre entre l'acide et le sucré. Et c'est sans une once d'hésitation qu'elle avait accueilli son baiser. Avec le même désir fougueux que le sien.

Lorsqu'il la lâcha, elle vacilla un peu sur ses jambes. Son regard était voilé, et elle pressa légèrement les lèvres l'une contre l'autre, comme pour y garder la saveur de leur baiser, ce qui échauffa à nouveau les sens de Ryder.

— Qu'est-ce qui t'a pris ? demanda-t-elle.

— Je voulais juste que l'idée vienne de moi cette fois, répondit-il. Je t'offre une part de tarte ? ajouta-t-il en inclinant la tête de côté.

À sa grande surprise, elle laissa échapper un rire franc.

— Pas la peine. J'en ai fait deux. Petite question. Te considères-tu comme mon patron ?

— Bien sûr que non, voyons, répondit-il, non seulement sidéré, mais irrité. Ton patron, c'est ma mère. Moi, je n'ai pas le temps. J'ai bien trop de trucs à faire.

— D'accord.

— Écoute, si tu penses que mon attitude est en quoi que ce soit comparable à celle de cet abruti avec lequel tu t'es embrouillée…

Face à son irritation qui se muait en colère, Hope posa une main apaisante sur son bras.

— Pas du tout. Pas le moins du monde, assura-t-elle. C'était un simple détail que je tenais à éclaircir, pour nous deux. Au cas où l'un de nous aurait d'autres idées. Bon appétit.

Sur quoi, elle regagna l'hôtel.

— Décidément, cette fille me dépasse, bougonna Ryder, puis il se tourna vers son chien. Fais une sieste. Je reviens.

Il laissa son pick-up où il était et alla rejoindre ses frères.

Hope déboucha une bouteille de vin et disposa sur la table un plateau de fromages avec des crackers aux herbes et des fruits – sans oublier un pichet de limonade fraîche pour la future mère. Elle parachevait les derniers détails quand elle entendit Clare entrer.

— Par ici ! lui cria-t-elle.

Elle remplit un grand verre de limonade avec des glaçons et le tendit à son amie lorsqu'elle entra.

— Bienvenue à l'Hôtel Boonsboro pour notre première Soirée entre filles officielle.

— Ça m'a aidée à traverser la journée. Ça va ?

— Oui, mais j'ai beaucoup à raconter. Où est Avery ?

— Elle finit un truc à Vesta. Hope, tu aurais dû appeler à la minute où Jonathan a foulé le carrelage de l'hôtel avec ses stupides mocassins Gucci.

— En fait, c'étaient des Ferragamos. Il m'a prise au dépourvu, j'en conviens, mais je gérais la situation.

— Avery m'a dit qu'il t'avait suggéré de repartir à Georgetown et de renouer avec lui. Je n'ai jamais aimé ce type, avoua Clare en s'asseyant sur le canapé, sa blonde chevelure déployée sur ses épaules. Ensuite, je l'ai détesté. Mais là, j'ai carrément envie de l'étrangler. Ou de l'assommer avec une pelle et de lui tatouer *Je suis un enfoiré adultère* sur les fesses.

— Je t'adore.

— Je t'adore aussi.

— Tiens, mange quelque chose.

— Je ne fais que ça à longueur de journée, soupira Clare. Je n'arrive pas à m'arrêter.

— Tu manges pour trois.

— À ce rythme, je vais finir par peser cent cinquante kilos. Mais je m'en fiche. Assieds-toi et mange quelque chose aussi. J'aurai moins l'impression d'être une grosse dondon affamée.

— N'exagère pas. Désolée, je n'ai pas envie de m'asseoir pour l'instant.

Elle était encore trop survoltée par l'enivrant baiser échangé avec Ryder. Elle étala néanmoins du fromage sur un cracker et se servit un verre de vin.

Entendant Avery arriver, elle en remplit un deuxième.

— Dieu merci ! À boire !

Avery s'empara du verre et en vida la moitié d'un trait.

— C'est bon, allons-y ! Jonathan, planque tes roubignoles. Oh, des framboises !

Elle en goba deux, se laissa choir près de Clare sur le canapé en cuir crème, ôta la pince qui retenait ses cheveux et les secoua.

— Vas-y, raconte-nous tout.

Hope ne se fit pas prier.

— Il se trompe sur toute la ligne, et il est stupide, l'interrompit Clare à un moment. Oser prétendre que tu n'es pas heureuse ici. Tu *es* heureuse.

— C'est vrai. Mais tu sais quoi ? Le fait qu'il me le dise m'a fait comprendre à quel point je l'étais. Je suis exactement là où je dois être. Je fais exactement ce dont j'ai envie. Et en prime, je vous ai toutes les deux.

— Pour qui il se prend, ce gros parasite puant ? bougonna Avery.

— Parasite, ça c'est vrai, approuva Hope avant de reprendre son récit.

Lorsqu'elle arriva à l'offre de Jonathan, Avery bondit du canapé, les poings serrés.

— Cette ordure pense pouvoir te traiter impunément de putain – car c'est ce qu'il a fait –, mais il ne va pas s'en sortir à si bon compte. Il faut qu'il soit puni. Il faut qu'il paie.

— Il faut surtout l'ignorer, la corrigea Hope. Son ego en souffrira davantage. Mais je lui ai donné ce que Ryder a appelé « un bon coup à sa virilité ».

— J'espère que tu parles au sens propre, siffla Clare.

— La grossesse la rend violente, expliqua Hope à Avery. J'étais en train de lui dire ma façon de penser – genre « ton offre, tu peux te la fourrer où je pense » – quand j'ai vu Ryder traverser le parking. Sur un coup de tête, je l'ai rejoint et je lui ai roulé la pelle du siècle.

— À Ryder ? s'exclama Clare. Tu as embrassé Ryder ?

— Devant Jonathan… je vois, fit Avery qui croisa les bras et hocha la tête. Comme pour dire : « Hé, connard, regarde un peu le beau mec sexy avec qui je sors maintenant ! »

— Exactement. J'ai demandé à Ryder de jouer le jeu. Il a compris et s'y est prêté de bonne grâce. Jonathan donnait l'impression d'avoir avalé un citron entier – pourri, de surcroît. C'était très gratifiant. Il est parti sans demander son reste. Terminé, ajouta-t-elle avec un claquement de doigts.

— Tu en es sûre ? s'inquiéta Clare. Il pourrait revenir. Tenter un mauvais coup. Je prenais Sam pour un simple casse-pieds et au bout du compte…

— Ma chérie, voyons, que vas-tu imaginer ? dit Hope qui alla s'asseoir près d'elle et lui prit la main. Ça n'a rien à voir. Sam était un malade qui te harcelait alors que tu ne lui avais jamais donné la moindre raison de penser que tu voulais sortir avec lui. Jonathan est un être arrogant et amoral, une ordure de première, mais il n'est pas du tout comme ça. Il est bien trop fier et vaniteux pour remettre les pieds ici. Il s'imagine que je vais changer d'avis, mais quand il comprendra qu'il s'est trompé, il passera à une autre.

— Tu dois tout de même te montrer prudente. Promets-le-moi.

— Je le serai, ne t'en fais pas. Je le connais. Il pensait que je sauterais sur l'occasion de retravailler pour lui, de me remettre avec lui. À ses yeux, c'était une offre parfaitement légitime, mais ma réponse a été on ne peut plus claire. Je ne compte pas assez à ses yeux pour qu'il tente quoi que ce soit. Je sais maintenant que je n'ai jamais vraiment compté.

— Je suis désolée pour toi. Contente, mais aussi désolée.

— Pas moi, même si mon amour-propre en a pris un coup. Ce salaud m'a fait comprendre que j'avais perdu mon temps avec lui, mais grâce à lui j'ai enfin trouvé ma place.

— J'aurais préféré que Ryder lui démolisse le portrait, intervint Avery. Je ne suis pas enceinte. Juste naturellement violente.

— À propos de Ryder, il s'est montré plein de sollicitude et a écouté ma diatribe sur Jonathan après son départ. Il a attendu jusqu'à ce que je sois calmée. En fait, corrigea-t-elle, il m'a aidée à me calmer.

— C'est dans ses cordes, confirma Avery. Pas son mode de fonctionnement habituel, mais depuis qu'on se connaît, il m'a tapoté le dos plusieurs fois – métaphoriquement parlant.

— Je ne m'attendais pas à cela de sa part. Je ne le croyais pas capable d'écouter, encore moins de trouver les mots justes. Des mots que j'avais besoin d'entendre. J'ai dû prendre l'habitude de mal juger certains hommes, apparemment. Je lui ai dit que je lui revaudrais ça, et vous savez ce qu'il a demandé ?

— Ah, on arrive aux détails croustillants ! s'exclama Avery en se resservant du vin.

— Une tarte.

— C'est du langage codé ?

— Non, juste une tarte.

— Il a un cœur plus tendre que vous ne pensez, sous sa carapace, déclara Clare.

— Un cœur tendre, je ne sais pas, mais il a été gentil, pondéré et drôle. Bref, je lui ai fait une tarte, ce qui m'amène au dernier épisode en date. Nous avons eu une autre conversation – record battu. Nous sommes ressortis ensemble du chantier et arrivés près de son pick-up, il m'a attirée dans ses bras et j'ai eu droit à un baiser torride.

— Voilà enfin du croustillant, s'écria Avery qui, ravie, trinqua avec Hope. Que s'est-il passé ensuite ?

— Ensuite, je suis revenue ici et il est allé à Vesta.

— Arrête !

— Non, c'était juste ce qu'il fallait. Largement suffisant, répondit Hope avant de siroter son vin. Je ne sais pas si j'ai envie d'aller plus loin. C'est tentant, car comme je l'ai déjà expliqué, le désert est horriblement sec. Un peu moins avec tous ces baisers torrides, mais quand même… c'est une possibilité intéressante. Compliquée, mais intéressante.

— Pourquoi ce serait compliqué ? protesta Clare.

— Parce que je pense que Ryder l'est, compliqué. Et notre situation aussi. Je travaille pour sa mère.

— Et alors ? demanda Avery.

— Voilà justement la question à laquelle je dois essayer de répondre. Je me disais que vous pourriez m'en dire davantage sur lui, toutes les deux, histoire d'y voir un peu plus clair.

— D'accord, mais si on en discutait en mangeant ? suggéra Clare. Je pourrais dévorer un demi-bœuf.

— Que dirais-tu plutôt de lasagnes avec une salade verte et du pain à l'ail ?

— Plus une tarte aux cerises, ajouta Hope à la liste d'Avery.

— Je ne dirais qu'une chose : à table ! s'exclama Clare avant de s'extirper du canapé.

6

Ryder n'avait pas prévu de passer la soirée avec une bande de gamins et de chiens. C'était arrivé comme ça.

Et puis, c'était Beckett qui s'occupait du ravitaillement : spaghettis et boulettes de viande, apparemment une tradition de la Soirée entre hommes.

En tout cas, les garçons étaient attachants, et avec Yoda et Ben, leurs jeunes labradors croisés retrievers, ils produisaient assez d'énergie pour alimenter tout le comté.

Nigaud était au paradis des chiens.

Ryder ignorait le règlement en vigueur lorsque la femme de la maison était présente, mais la Soirée entre hommes équivalait à une mêlée générale. Les gamins couraient en tous sens comme de beaux diables, mangeaient comme quatre, se bagarraient comme des ennemis mortels, et riaient comme des déments.

Une ambiance qui lui rappelait son enfance.

La maison était faite pour des enfants et des chiens. Spacieuse, ouverte, colorée. À l'époque où Clare et Beckett avaient décidé de s'installer ensemble, elle était encore en chantier et son frère avait revu les plans pour l'adapter à une famille. Aujourd'hui, les enfants avaient une grande salle de jeux à l'étage avec des étagères et placards intégrés qui cachaient leur désordre. Il le savait parce qu'il avait aidé à aménager la pièce et que Murphy l'y avait entraîné à la première occasion.

Puis il avait entrepris de sortir toutes les figurines d'action qui pouvaient exister.

Ryder possédait sa propre collection rangée dans une boîte. Certaines choses étaient sacrées aux yeux d'un homme.

— Yoda a dévoré le Bouffon Vert.

— Tu rigoles ? Ils n'appartiennent pas au même univers.

— Pas le *vrai* Yoda. Notre Yoda. Il l'a mangé, mais c'était juste un chiot. Maintenant, il ne mange plus de figurines. Et le Père Noël m'a apporté un autre Bouffon Vert. Il l'a mis dans ma chaussette accrochée à la cheminée. Et il m'a aussi apporté Gambit.

— Tu as Gambit ?

— Oui !

Ravi de son intérêt, Murphy fouilla dans la pile et brandit fièrement le personnage.

— Des fois, il se bat avec Wolverine, mais la plupart du temps ils font la guerre ensemble contre les méchants.

Ryder avait toujours eu un faible pour Gambit.

— On devrait faire une guerre maintenant, continua Murphy. Regarde, on peut utiliser la Bat Cave et le Faucon Millenium comme bases. Il y aurait le Bouffon Vert, Magneto et le Joker et on dirait qu'ils prépareraient une attaque dans le garage. Tu vois, on peut mettre des voitures dedans, mais aussi des méchants.

Pourquoi pas ? se dit Ryder. Et il aida le garçon à installer son champ de bataille.

La guerre fut brutale et sanglante. Comme toutes les guerres, elle mêlait héroïsme et lâcheté, avec des tas de victimes à la clé. Un T-Rex perdit une patte. Trois Storm Troopers et un ours en peluche râpé subirent, eux aussi, des dommages collatéraux.

— L'ours est touché au ventre ! cria Murphy.

— La guerre, c'est l'enfer.

— La guerre, c'est l'enfer ! répéta le garçon comme c'était la Soirée entre hommes, avant d'éclater d'un rire hystérique.

Owen entra au moment où l'alliance formée par les Avengers, X-Men et Power Rangers faisait exploser la base ennemie.

— On les a vaincus ! hurla Murphy qui se leva d'un bond pour exécuter sa danse de la victoire et claqua sa paume contre celle de Ryder. Mais Iron Man est gravement blessé. Il est à l'hôpital.

— C'est Iron Man, lui rappela Owen. Il s'en sortira. À ton tour d'affronter Harry au tournoi de boxe sur la Wii, ajouta-t-il à l'adresse de Ryder. Il m'a battu à plate couture.

— Demande à Beckett.

— Il l'a ratatiné aussi. Et Liam. Tu es notre dernier espoir.

— D'accord, mais tu dois aider le jeunot ici à nettoyer ce chantier.

— Je n'ai même pas participé à la guerre, protesta Owen. J'étais la Suède.

Ryder réfléchit. La salle de jeux ressemblait à un vrai champ de bataille – qui aurait été frappé par une tornade. Un peu de corruption ne serait pas inutile.

— J'ai une tarte dans mon pick-up.

— Une tarte ? Tu l'as eue où ?

— Aux cerises. Si tu en veux, tu aides le morpion. Moi, je vais régler son compte à son frère.

— J'aime bien la tarte aux cerises, risqua Murphy en gratifiant Ryder de son beau sourire angélique.

— Range et tu en auras une part.

Bien joué, se félicita Ryder en descendant au salon. Il s'épargnait le ménage tout en évitant de s'enfiler une tarte entière – ce qu'il n'aurait pas manqué de faire – et d'être malade.

Il entra dans le salon, roula des épaules et sautilla sur place, les poings serrés.

— Je vais t'envoyer au tapis, Harry Caray, annonça-t-il. Tu vas mordre la poussière.

Harry leva les bras au-dessus de la tête.

— Je suis champion du monde ! Que des victoires ! J'ai assommé Owen ! Il voyait des étoiles !

— Il a des mâchoires en papier mâché, se moqua Ryder. Ça, c'est du costaud, ajouta-t-il en se frappant la joue du poing.

Il alla se prendre une bière dans le réfrigérateur sous le bar.

— Dis ta prière.

— Je vais en dire une pour toi, proposa Beckett. Le gamin est sans pitié.

— Ne te donne pas cette peine. J'ai une tarte aux cerises à l'arrière du pick-up. Va plutôt la chercher.

Liam bondit du tapis où il batifolait avec les chiens.

— Une tarte ? s'écria-t-il. J'en veux !

— Tu en auras, petite sauterelle, promit Beckett en s'arrachant au grand fauteuil en cuir.

— Allez, champion qui va bientôt se faire démonter la tête, lance le match, ordonna Ryder.

Harry fit apparaître l'avatar de ce dernier – cheveux bruns, yeux verts sinistres, mine patibulaire – et lui tendit la manette.

La foule se déchaîna.

Ryder prit une raclée.

Il se laissa tomber dans un fauteuil avec sa bière, tandis que Harry faisait le tour de la pièce, les bras levés en signe de victoire.

— Comment tu fais ? Tu t'entraînes vingt-quatre heures sur vingt-quatre ou quoi ?

— J'ai un talent naturel.

— Mon œil !

— C'est grand-père qui le dit. Je le bats aussi. Mais il est un peu vieux.

Murphy déboula comme un bolide dans le salon.

— Je veux jouer !

— C'est mon tour ! protesta Liam, bien décidé à défendre ses droits. Beckett a dit qu'on pouvait jouer à la PlayStation après et c'est à moi de choisir. Je choisis la lutte.

D'abord la boxe, et maintenant la lutte. Beckett devait dormir comme une souche tous les soirs, songea Ryder.

— Moi, je choisis la tarte, intervint-il en se levant.

Les garçons démarrèrent au quart de tour et se précipitèrent à la cuisine telle une volée de moineaux.

Il ne resta pas une miette de tarte, ce que Ryder regretta quand même un peu. Ils se mesurèrent à la lutte, chassèrent des voleurs, démasquèrent des assassins. Le premier à jeter l'éponge, Liam s'endormit au milieu des chiens. Beckett le souleva dans ses bras et alla le coucher.

À son retour, Harry avait piqué du nez dans le canapé. Tandis que Beckett répétait l'opération, Murphy, assis en tailleur sur le tapis – et très bien réveillé, lui –, guidait Owen dans une partie de Mario Brothers.

— Il ne pionce jamais ? demanda Ryder en désignant le garçon du pouce, comme Beckett revenait.

— Ce gosse est comme un vampire. Il resterait debout jusqu'au lever du jour si tu le laissais. C'est l'heure d'aller se coucher, Murphy.

— Mais je ne suis pas fatigué. Il n'y a pas école. Je veux…

— Tu peux regarder un film dans mon lit, proposa Beckett.

— Génial ! Je peux en regarder deux ?

— On va commencer par un.

Beckett le souleva et le jeta en travers de son épaule pour le faire rire.

Lorsqu'ils eurent disparu, Owen s'étira sur le canapé.

— Et bientôt deux de plus.

— C'est dingue. Mais Beckett a l'air d'avoir la fibre paternelle. Et puis, il aura sa propre équipe de basket, si le petiot arrive à lui prendre quelques centimètres.

— Avery et moi, on en prévoit deux.

— Joli nombre bien rond, commenta Ryder avant de plonger distraitement la main dans un sachet de chips saveur barbecue à moitié déchiré. Tu as déjà prévu les dates pour la conception, l'accouchement et l'obtention des diplômes universitaires ?

Habitué à ces sarcasmes, Owen se contenta d'un haussement d'épaules un peu gêné.

— Non, je rêve. Tu l'as fait.

— Simple fourchette approximative. De toute façon, nous commençons par les chiens.

— Je ne suis pas sûr qu'un carlin soit un chien. Ça a davantage le gabarit d'un chat.

— Les carlins sont des chiens, et ils sont très doux avec les enfants. Un détail important. Quand nous avons commencé nos recherches sur les races…

— Quand *tu* as commencé *tes* recherches, corrigea Ryder.

— Enfin bref, Avery a été emballée par l'idée du carlin. Elle en a parlé à maman qui lui a suggéré l'adoption dans un refuge. Et maintenant nous allons avoir un carlin d'un an qui s'appelle Tyrone et est sourd d'une oreille.

— Un demi-chien – à cause de la taille, pas de l'oreille. Ça fait un chien et demi avec le labrador.

— Bingo, dit Owen en secouant la tête. Quel sadique peut appeler un chien Bingo ? Il n'a que quatre mois, alors nous allons lui trouver un autre nom. Lui redonner un peu de dignité.

Beckett revint et alla tout droit se prendre une bière.

— La vache ! Je m'occupe d'eux comme ça depuis presque un an et je me demande encore comment Clare arrivait à s'en sortir toute seule.

Il poussa les jambes d'Owen du canapé et s'y laissa choir.

— C'est la première fois qu'elle part toute une nuit. Ça me fait tout drôle.

— Tu l'as déjà mise enceinte, lui rappela Ryder. Elle a bien droit à un peu de repos.

— Elle veut commencer à aménager la nurserie. Elle parle de couffins et de tables à langer.

— Nerveux ?

— Peut-être, mais surtout à cause des couffins. Ça fait fille, je trouve.

— Qu'est-ce que c'est, un couffin ? demanda Ryder.

— C'est une sorte de panier sur pied.

— Tu vas mettre tes enfants dans un panier ?

— Un panier de luxe, tu peux me croire. Celui qu'elle m'a montré avait une sorte d'habillage à fanfreluches blanches avec des nœuds bleus, expliqua Beckett qui, à la recherche d'un soutien masculin, adressa un regard suppliant à ses frères. On ne peut pas mettre un garçon dans un panier avec des fanfreluches et des nœuds. Ça ne se fait pas.

— Alors enfile ton pantalon et comporte-toi en homme, lui suggéra Ryder.

— Elle est enceinte.

— C'est justement la raison pour laquelle tu nous bassines avec tes paniers à nœuds-nœuds. C'est gênant, frérot.

— Lâche-moi, tu veux, ronchonna Beckett qui se tourna vers Owen. Je me dis qu'on pourrait fabriquer un truc. Enfin, deux. Un genre de berceau sur un pied, histoire de ne pas avoir à se pencher pour prendre les bébés. Quelque chose d'élégant qui plairait à Clare et la dissuaderait d'ajouter des fanfreluches.

— Oui, on pourrait. Il faudrait prévoir qu'ils puissent se balancer.

— Et on graverait leurs prénoms dessus, suggéra Ryder.

Intrigué, Beckett se retourna vers son frère.

— Leurs prénoms.

— Comme ça, leurs berceaux seraient uniques et ça vous éviterait de les confondre. Mais mieux vaudrait trouver aussi quelque chose pour les trois que vous avez déjà, histoire d'éviter de trop les défriser.

— Je vais leur construire une cabane dans un arbre, expliqua Beckett. Mais je n'en suis encore qu'au plan. Trop de choses à faire.

— Il n'y a rien de mieux qu'une cabane dans un arbre, approuva Owen. On en a passé des heures dans la nôtre. On y stockait des bonbons et des bandes dessinées. Tu te souviens du magazine porno que tu avais acheté à Denny ? dit-il à Ryder. Le premier que j'ai lu. C'était le bon temps.

— C'est aussi là-haut que j'ai perdu ma virginité. Tiffany Carvell. Très bon temps, même, je dirais.

— Par pitié, soupira Beckett en fermant les yeux. Ne parlez pas de magazine porno ou de galipettes à Clare. Elle ne voudra jamais que je construise la cabane.

— Chochotte, se moqua Ryder.

— On en reparlera quand tu seras marié, rétorqua-t-il avec un rire narquois.

— Vous pouvez continuer votre petit bonhomme de chemin tant que vous voulez, tous les deux. Il faut bien qu'au moins un des frères Montgomery garde sa liberté pour les autres femmes de cette planète.

— Je vais aimer être marié, fit remarquer Owen.

— C'est comme si tu l'étais déjà.

— Oui. Et ça me plaît. J'aime savoir qu'elle sera là quand je rentre ou qu'elle va bientôt rentrer. Et c'est bizarre de se dire qu'elle ne viendra pas ce soir, ajouta-t-il à l'intention de Beckett.

— Elles doivent passer un bon moment. Clare ne m'a appelé qu'une fois pour prendre des nouvelles des garçons. Et puis, elle dit que Hope a besoin de se changer les idées. À propos, c'est quoi cette histoire avec le type du Wickham ? Clare ne connaissait pas tous les détails.

— Il pensait pouvoir la débaucher.

— L'ordure.

— Une ordure dans un costume à cinq mille dollars.

Owen sirota paresseusement sa bière.

— Il l'avait plaquée, c'est ça ? Pour une blonde sexy, plutôt pas mal d'ailleurs quand on aime ce genre de fille. Avery m'a montré sa photo dans la rubrique mondaine du *Washington Post*.

— La rubrique mondaine ? ricana Ryder. Sérieux ?

— Va te faire foutre. C'est Avery qui l'a trouvée et me l'a montrée. Bref, il la plaque pour la blonde, organise un grand mariage bien tape-à-l'œil avec tout le gratin, et *ensuite* il débarque ici pour essayer de nous piquer notre directrice ? Ça me donne envie de lui flanquer mon pied où je pense et de lui bousiller son costume à cinq plaques.

— Il a ajouté un avantage annexe : il était prêt à l'entretenir si elle acceptait de renouer avec lui.

Owen se redressa abruptement.

— Qu'est-ce que tu as dit ?

— Tu as très bien entendu. Il voulait en faire sa maîtresse. Lui acheter une maison, lui payer tout ce qu'elle voulait, plus un voyage à Paris ou une connerie du genre.

— Et il vit encore ? murmura Beckett. Pourquoi ne lui as-tu pas flanqué une raclée ?

— Parce que je ne savais rien de tout ça avant qu'il parte. Et puis, Hope est assez grande pour se débrouiller toute seule. Quand je suis passé, elle était en train de l'envoyer balader. Mais attendez la suite…

Il reprit une poignée de chips.

— La voilà qui s'avance vers moi, me demande de jouer le jeu et me roule une pelle d'enfer.

— Je n'étais pas au courant, s'offusqua Owen qui regarda ses frères tour à tour. Comment se fait-il que je n'étais pas au courant ? Je sais toujours tout d'habitude.

— C'est arrivé hier, et depuis, nous n'avons pas chômé. Mais le téléphone arabe doit fonctionner à plein régime en ce moment, un détail auquel elle n'a pas forcément pensé à mon avis.

— Tu as joué le jeu ? s'étonna Beckett.

— Bien sûr. Pourquoi pas ? Je n'aimais pas l'allure de ce type. Ni son costume. Je me suis dit qu'elle voulait juste lui donner une leçon, le rendre jaloux. Pour ce que ça me coûtait… Mais après son départ, elle était si retournée qu'elle en tremblait.

— Nom de Dieu, marmonna Beckett.

— C'était surtout de la colère. Elle était hors d'elle. Pas étonnant, après un affront pareil. Mine de rien, cette histoire l'a secouée.

Owen sortit son portable.

— Tu as vu sa voiture ?

— Une Mercedes C63 dernier modèle, une berline noire, répondit Ryder avant de réciter par cœur le numéro de la plaque. Je ne pense pas qu'il remettra les pieds ici – elle l'a touché là où ça fait mal –, mais ça n'empêche pas de garder l'œil ouvert.

— Tu as raison. À peine marié, ce salaud veut faire de Hope sa… Franchement, il lui a rendu un grand service en la plaquant.

— Oui. Elle en a conscience.

Beckett brandit un index triomphant.

— C'est elle qui t'a fait la tarte.

— Excellente, non ? dit Ryder avec un grand sourire. C'était sa façon de me remercier, j'imagine. Mais dans la foulée, j'ai poussé mes pions. J'aime bien avoir une longueur d'avance dans la partie.

— Tu l'as encore embrassée ? demanda Owen.

— Les autres fois, c'était sur son initiative. Ça commençait à être un peu avilissant.

Beckett pouffa de rire et Owen lui décocha un coup de poing dans le bras.

— D'accord, ce n'est pas drôle, concéda Beckett. Alors, ça y est, c'est officiel ? Tu sors avec Hope ?

Ryder prit le temps de boire une gorgée de bière.

— Je dirais que c'est à classer dans la catégorie des affaires qui ne te regardent pas, frérot.

— Elle est la directrice de notre hôtel, fit remarquer Owen.

— Avery est une locataire. Ça ne t'a pas arrêté, que je sache.

— D'accord, mais…

Owen resta le bec dans l'eau. Ryder haussa les épaules.

— Détends-toi, bon sang. Embrasser une femme disponible et consentante n'est pas interdit par la loi. Ça ne veut pas dire que je vais m'intéresser aux couffins et compagnie. Et puis, c'est elle qui m'a embrassé la première.

— Et elle est canon, commenta Beckett.

— Tu es marié et père de trois enfants, plus deux en route, lui rappela Ryder.

— Je pourrais en avoir vingt, j'aurais toujours des yeux pour voir. Elle est intelligente, canon – une ancienne reine de beauté, tu te souviens – et elle fait des tartes délicieuses. Bien joué.

— Et elle ne manque pas d'initiatives agréables, ajouta Ryder.

Owen se prit la tête entre les mains, provoquant de nouveau l'hilarité de Beckett.

— Il faut toujours qu'il s'inquiète.

— C'est la directrice de notre hôtel. La meilleure amie d'Avery et de Clare. Elle s'est fait larguer par le fils de son ancien patron.

— Tu ne me mets pas dans la même catégorie que Wickham, j'espère ?

— Non. J'énonce des faits. Un autre fait : maman l'adore. Alors si tu veux coucher avec elle, ça te regarde. Mais tu n'as pas intérêt à foirer.

— Tu commences à me gonfler, lâcha Ryder avec un calme qui ne présageait rien de bon. Donne-moi le nom d'une seule fille avec qui j'aurais foiré.

— Ce n'est pas juste une fille. C'est Hope. Et je me sens comme…

— Tu en pinces pour elle, c'est ça ? coupa Ryder.

— Oh, arrête ton char ! riposta Owen. J'ai passé plus de temps avec elle que vous deux réunis, à organiser l'hôtel et à faire des recherches sur notre résidente. Elle est comme une sœur pour moi.

— Tu es comme un frère pour moi.

— Justement, c'est pour ça que c'est bizarre. Et Avery m'a raconté les détails un peu crus de son histoire avec Wickham. Il lui en a vraiment fait voir de toutes les couleurs, Ry. Toute la fichue famille, d'ailleurs. Voilà pourquoi elle est peut-être encore un peu, disons, sensible.

— Comment ça, toute la fichue famille ?

— Ils étaient au courant. Le père Wickham, la mère, sa sœur. Ils savaient tous qu'il la menait en bateau et, qu'ils approuvent ou non, ils ont laissé glisser. Elle dirigeait leur hôtel et organisait aussi en grande partie leurs réceptions privées. Ils l'invitaient à dîner chez eux et en vacances dans leur résidence des Hamptons. D'après Avery, ils la traitaient comme un membre de la famille. Du coup, quand Jonathan l'a plaquée, elle a eu l'impression d'avoir été roulée dans la farine par toute la famille. Ils l'ont bernée en beauté.

Voilà qui mettait les points sur les i. Ryder décréta que tout le clan Wickham pouvait aller se faire voir.

— Je n'ai pas pour habitude de berner les femmes. Et ma famille non plus.

— Certainement pas. Mais maintenant, tu vois le tableau.

— Et comment. Si jamais il y a quelque chose entre nous – et je ne dis pas que ce sera le cas –, je veillerai à ce que tout soit clair de son côté. Satisfait ?

— Oui.

— Et ne cours pas voir Maman.

— Qu'est-ce que tu t'imagines ? Je ne suis pas une balance.

— Tu lui as raconté que j'avais cassé son vase en cristal en lançant le ballon dans la maison et que j'avais caché les morceaux, lui rappela Beckett.

— J'avais huit ans ! protesta Owen avec un trémolo offusqué dans la voix. Combien de temps tu vas m'en vouloir pour cette histoire ?

— Jusqu'à la fin de ma vie. Elle m'a privé de télé pendant trois jours pour avoir planqué les morceaux, et un de plus pour avoir lancé le ballon dans la maison. Du coup, j'ai raté *Les Tortues Ninja*.

— Grandis un peu et achète-toi le DVD.

— C'est déjà fait. Ça ne te dédouane pas pour autant, mon vieux. Le silence entre frères, c'est sacré.

— J'avais huit ans, bon sang.

Maintenant qu'Owen s'était enfin désintéressé de son cas, Ryder se leva.

— Réglez ça entre vous, les filles. Je rentre chez moi faire un somme.

— Le matériel arrive à 8 heures, lui rappela Owen.

— Je sais. Je serai là.

— Je vais travailler à l'atelier sur les panneaux du bar. Envoie-moi un texto si tu veux que je vienne.

— Je devrais pouvoir tenir une journée sans voir ta belle gueule. Par contre, j'aurai besoin de toi, dit-il, l'index braqué sur Beckett. 7 heures.

— Ce sera plutôt 8 heures, 8 h 30. La mère de Clare prend les garçons demain. Je dois les lever, les habiller, leur donner leur petit-déjeuner et les conduire là-bas. Clare est à l'hôtel, n'oublie pas.

— Viens, c'est tout. Allez, Nigaud, on est partis. Et ne lance pas le ballon dans la maison, hein, Beck.

Il se souvint du plat à tarte au dernier moment et revint le chercher. Puis il regagna sa maison nichée dans les bois, à quelques kilomètres de la ville.

Il aimait qu'elle soit un peu à l'écart, avec un grand terrain autour. Il avait engagé un paysagiste qui s'était chargé de l'aménagement. Sa mère avait essayé de faire de lui un jardinier, mais l'essai n'avait guère été concluant. Il ne voyait pas d'inconvénient à planter un arbre ou un arbuste de temps en temps, mais les fleurs, ce n'était vraiment pas son truc. Mieux valait s'en remettre à un spécialiste.

Le résultat lui plaisait beaucoup. Les différentes hauteurs et textures, les ombres dans l'allée et l'éclairage de la terrasse.

Il laissa Nigaud vagabonder à sa guise, renifler et faire ce qu'un chien avait à faire dans un jardin, tandis qu'il restait dehors, sous le ciel étoilé.

Il ne s'imaginait pas vivre ailleurs, ni même en avoir envie. Le fait qu'il ait grandi ici y était sans doute pour quelque chose. Mais surtout cet endroit – cet air, les bruits paisibles de la nuit – exerçait sur lui une mystérieuse attraction. Depuis toujours.

C'était là qu'il avait décidé de planter ses racines, bien en retrait de la route principale. Il connaissait par cœur ces bois qu'il avait écumés toute son enfance. Ce lieu, il l'avait choisi bien avant de devenir un homme.

Il passa par l'entrée latérale qui donnait sur la cuisine et alluma la lumière. C'était lui qui l'avait conçue avec l'aide de Beckett. Des lignes sobres et simples. Assez spacieuse pour accueillir une grande table. Il posa le portable, auquel il s'était enfin habitué, sur le chargeur et prit une bouteille d'eau.

Il allait prendre sa douche bien chaude beaucoup plus tard que prévu.

Nigaud monta à l'étage avec lui et trottina droit jusqu'au grand coussin carré qui lui servait de couche. Il tourna une fois, deux, puis une troisième, et se pelotonna en rond avec un gros soupir, serrant entre ses pattes le chat en peluche râpé qu'il adorait. Battant la queue de contentement, il ne quittait pas son maître des yeux, tandis que celui-ci vidait ses poches et retirait sa ceinture.

Ryder se déshabilla, jeta les vêtements en direction du panier à linge et pénétra dans la vaste et luxueuse salle de bains adjacente.

Un manuel tel que lui, dont les muscles et le dos étaient mis à rude épreuve, méritait la reine des douches. D'autant qu'il était entrepreneur et savait l'installer.

Sa salle de bains n'avait rien à envier à celles dont ils avaient équipé l'hôtel, avec son carrelage dans les tons gris pierre, l'imposant meuble blanc et ses vasques en inox. Il ouvrit à fond le pommeau de la douche à effet pluie avec jets massants latéraux et l'eau très chaude déferla sur ses muscles crispés par une longue journée de travail.

Tandis qu'il commençait à se détendre, il songea à Hope.

Il n'allait pas tout gâcher avec elle. Et il ne se sentait pas responsable de ses déboires passés.

Ce petit jeu, c'était elle qui l'avait commencé. C'était la pure vérité. Lui avait gardé ses distances, jusqu'à récemment. Et pour une raison simple : dès le début, il s'était passé quelque chose entre eux. Et il ne voulait rien avoir affaire avec une reine de beauté aux yeux de biche et aux pommettes saillantes qui dépensait sans doute plus pour une seule paire de ces échasses sur lesquelles elle se baladait que lui pour l'ensemble de son placard à chaussures.

D'accord, les échasses lui faisaient des jambes interminables, mais là n'était pas la question.

Cette fille n'était pas son genre, tout comme il n'était pas du tout le sien, aucun doute là-dessus. Son genre à elle, c'étaient les types qui portaient des costumes-cravates de couturiers et allaient probablement à des vernissages et à des galas. Peut-être même à l'opéra. Oui, l'abruti en Mercedes devait probablement aimer l'opéra.

C'était elle qui avait commencé, mais s'il devait y avoir une suite, il veillerait à ce que tous les deux jouent cartes sur table. Il avait pour habitude de jouer franc-jeu et, comme Owen avait quand même marqué quelques points tout à l'heure, il réfléchirait à deux fois avant de faire le prochain pas. Quel qu'il soit.

Ryder coupa l'eau et attrapa une serviette pour se sécher les cheveux. Il repensa à Hope et à son tuyau d'arrosage, et sourit. Sur le coup, sa mésaventure ne lui avait pas paru drôle. Maintenant, si.

Ainsi, la parfaite Hope n'était pas toujours parfaite. Il lui arrivait de commettre des impairs. Il la préférait ainsi. La perfection pouvait être ennuyeuse, intimidante, ou juste agaçante. Les petits défauts dans la cuirasse étaient bien plus intéressants, et il se demanda s'il en trouverait quelques autres au cas où – juste au cas où – leur relation irait plus loin.

Mieux valait prendre son temps, décida-t-il. Il avait assez à penser en ce moment sans ajouter Hope dans l'équation.

Il retourna nu dans sa chambre et repoussa le drap qu'il avait rabattu sur les oreillers ce matin – sa façon à lui de faire son lit.

Nigaud ronflait déjà. Les fenêtres ouvertes laissaient entrer la brise et les bruits nocturnes. Il ne prit pas la peine de brancher l'alarme. Il en avait une dans sa tête, et si elle ne se déclenchait pas, il pouvait compter sur Nigaud.

Il songea à allumer la télé, histoire de se détendre encore un peu. Puis il pensa de nouveau à Hope, à ce regard de braise dont elle l'avait gratifié après leur baiser.

Et il sombra dans le sommeil.

7

Ryder déverrouilla la porte de l'hôtel juste avant 7 heures, alors que les premiers rayons du soleil tombaient à l'oblique sur les cascades de roses du mur végétal. Il avait démarré la journée tôt sur le chantier, avant que la chaleur de cette fin de juin n'accable l'équipe. Le fracas des marteaux, scies et perceuses résonnait déjà par les fenêtres ouvertes de l'autre côté du parking.

Le silence régnait dans l'hôtel, ce qui ne le surprit pas. Après avoir eu l'endroit pour elles seules toute la soirée, les filles faisaient sans doute la grasse matinée.

Il n'avait qu'un vague souvenir de ce qu'était une grasse matinée.

Il entra dans la cuisine. Quelles qu'aient été leurs occupations de la veille, les filles avaient laissé l'endroit impeccable. Il posa le plat à tarte sur le plan de travail et fit demi-tour.

Puis se ravisa.

Il avait été mieux élevé que ça. Il ouvrit un ou deux tiroirs à la recherche de quelque chose pour écrire. Le troisième fut le bon : il y trouva des Post-it et un stylo.

La tarte était bonne. Nous sommes quittes.

Il colla le message sur le bord de la poêle, puis son regard tomba sur la machine à café.

À cet instant, Clare entra d'un pas traînant et laissa échapper un petit cri d'orfraie.

— Du calme, lui dit-il.

Au cas où le poids des bébés l'aurait déséquilibrée, il contourna l'îlot pour l'attraper par le bras, mais elle l'arrêta d'un geste.

— Tu m'as fichu une de ces frousses, s'écria-t-elle en riant avant de s'adosser au réfrigérateur, la main sur son ventre rebondi comme les femmes enceintes ne peuvent s'empêcher de le faire. Je ne pensais pas croiser qui que ce soit si tôt.

Ses cheveux tombaient en cascade sur ses épaules comme les roses du jardin et son visage arborait un éclat paisible.

— Je venais juste rapporter ce plat. Que fais-tu debout si tôt ? Après une nuit de débauche, j'imaginais que vous auriez toutes les trois votre compte.

— L'habitude, sans doute. Mon horloge biologique n'est pas encore passée à l'heure d'été. Et, de toute façon, les garçons sont toujours debout à cette heure-ci. Ces deux-là en tout cas, ajouta-t-elle en caressant son ventre.

L'idée de deux petits êtres faisant des galipettes là-dedans mettait Ryder vaguement mal à l'aise.

— Tu devrais t'asseoir.

— Le café d'abord. Une délicieuse dose de caféine, c'est souverain pour s'éclaircir les idées. Je n'ai droit qu'à une misérable tasse par jour.

Il essaya de s'imaginer tenir toute une journée avec une seule tasse de café. Mieux valait ne pas y penser.

— Assieds-toi. Je m'en occupe. J'allais justement m'en préparer.

Pas mécontente de se faire servir, Clare se hissa sur un des tabourets.

— Merci. C'était gentil à Owen et à toi de tenir compagnie à Beckett et aux garçons hier soir.

Il lui jeta un coup d'œil par-dessus son épaule tout en s'affairant à la machine à café – la blonde Clare, l'amour de son frère depuis toujours.

— J'ai eu droit à un bon repas en échange. Ton aîné est un tueur sur un ring.

— Et il le crie sur tous les toits. Ils adorent leurs Soirées entre hommes. En général, nous les coordonnons avec les soirées du club de lecture. Après la naissance des jumeaux, je les emmènerai avec moi, je pense, afin que la tradition puisse se perpétuer jusqu'à ce qu'ils soient assez grands pour y participer.

— Tu ne fais pas confiance à Beck pour dompter cinq garçons ?

— Il n'a pas l'habitude des tout-petits. C'est prenant.

— Il s'en sortira.

— Je sais. C'est un père merveilleux, si simple et naturel. Il a changé ma vie. Et c'est mutuel, j'imagine.

Ryder lui tendit une tasse et elle le remercia d'un sourire.

— La tarte était bonne, non ?

— Et comment, répondit-il en se remplissant un gobelet à emporter. Elle a été vite engloutie, crois-moi.

— Hope nous a raconté la visite de Jonathan. Je ne suis pas naïve. Je sais qu'il existe des gens égoïstes et méchants, mais je suis quand même surprise qu'il ait pu la traiter ainsi.

Dans l'esprit de Ryder, les bonnes âmes généreuses étaient bien plus rares que les égoïstes et les méchants.

— Il a l'habitude de tout obtenir d'un claquement de doigts. Enfin, je suppose.

— Je pense comme toi. Hope mérite mieux.

— Tu n'es pas fan non plus ?

— Non. En fait, je le connais à peine, mais je ne l'ai jamais vraiment apprécié. D'après Hope, il n'a rien à voir avec Sam.

Ryder se rappelait encore le soir où il avait fait irruption dans la chambre de Clare juste derrière Beckett, lorsqu'elle habitait sa petite maison au bout de Main Street. Il l'avait découverte blême, hébétée et chancelante après son agression par ce salaud de Sam Freemont. Il revoyait Beckett qui abreuvait ce dernier de coups de poing – Clare s'était défendue avec la seule arme qui lui était tombée sous la main : une malheureuse brosse à cheveux.

— Je confirme, la rassura-t-il. Freemont est un malade. Wickham, lui, n'est… qu'une ordure gluante, ajouta-t-il, reprenant à son compte l'expression de Hope.

— Elle a réussi à m'en convaincre. En partie. Mais quand on sait jusqu'où certains sont prêts à aller dans leur obsession… pourras-tu quand même ouvrir l'œil au cas où ?

— C'est prévu.

— Alors je me sens mieux, dit Clare qui porta son café à ses narines et en inspira les effluves. Beaucoup mieux.

— Je te laisse. Ça va aller toute seule ?

Avec un sourire chaleureux, elle se tapota le ventre.

— Tout va bien pour nous.

Ryder regagna le parking, fit sortir Nigaud du pick-up et ils allèrent ensemble au MacT. Il taquinait peut-être Beckett sur sa vie de mari et de père, mais il savait qu'avec Clare son frère avait décroché le jackpot. Une chance sur un million.

Leurs vies en avaient été changées, avait-elle dit. Mais le changement était justement le sel de l'existence : il était synonyme de progrès, d'amélioration et parfois d'heureuse surprise.

Comme lorsqu'ils avaient abattu le mur entre le restaurant et le bar, et découvert les anciennes boiseries avec deux fenêtres d'époque.

Owen aussi avait tiré le gros lot avec Avery. Au lieu de leur demander de recouvrir les boiseries, elle avait vu au premier coup d'œil quel caractère elles conféreraient au bâtiment.

D'ici quelques années, imaginait-il, Owen jonglerait lui aussi avec les enfants, le travail et la vie. Son frère avait beau être un fana des plannings, il n'était pas pour autant stupide ou rigide. Il saurait s'adapter.

Le changement était aussi le propre de son métier, songea-t-il tandis qu'il commençait une nouvelle journée de travail.

Alors qu'il s'affairait avec ses outils, il fut interrompu trois fois par le téléphone, qu'il se remit à détester. Il alla régler un problème au club de fitness, puis revint au restaurant où il tomba sur Beckett qui avait pris le relais.

— Owen a vu l'inspecteur, annonça ce dernier. On a le feu vert pour la boulangerie.

— Je suis au courant.

— En ce moment, il est avec Lacy, ajouta Beckett, faisant référence à la gérante. Ensuite, il ira chercher le permis d'aménager. Un sacré souci en moins sur la liste.

— On a encore du pain sur la planche. Tout est sous contrôle ici, déclara Ryder en jetant un regard circulaire. Tu peux venir avec moi.

— Où ça ?

— On va démolir ce fichu toit.

— C'était prévu pour le milieu de la semaine.

— Il va faire sec et la température devrait rester au-dessous des trente degrés. Autant se débarrasser de cette corvée.

Ce n'était pas le premier toit goudronné qu'ils démolissaient, mais ce serait le plus grand. Et Beckett conservait un très mauvais souvenir de ce travail laborieux, sale et épuisant.

— Tu ne préfères pas attendre Owen ? risqua-t-il.

Ryder ricana.

— Tu as peur d'un peu de sueur, chochotte ?

— D'un coup de chaleur peut-être.

Ryder ricana en guise de réponse et se dirigea vers la sortie.

Ce n'était pas aussi pénible que dans le souvenir de Beckett. C'était pire.

En nage et enduit de crème solaire, il ahanait à travers son masque antipoussière tout en s'acharnant sur les plaques goudronnées avec une pelle spéciale. Ses muscles le brûlaient tellement qu'il avait l'impression d'être couvert de braises ardentes. Les manœuvres évacuaient les gravats à la brouette ou hissaient sur la toiture des glacières d'eau fraîche.

Ils buvaient comme des chameaux, mais n'arrivaient jamais vraiment à étancher leur soif, car chaque centilitre de liquide bu devait s'évaporer aussitôt en transpiration.

— Il y a combien de couches sur ce maudit toit ? cria-t-il.

— C'est un miracle que ce truc ne se soit pas effondré l'hiver dernier, commenta Ryder qui découpait une plaque à l'aide d'un cutter de couvreur. Mais ça ne va plus tarder.

Il releva la tête, un grand sourire aux lèvres.

— S'il ne nous tue pas d'abord, rétorqua Beckett. Pourquoi souris-tu comme ça ?

— J'apprécie la vue.

Beckett fit une pause, essuya son front dégoulinant et regarda dans la même direction que son frère. Le toit en cuivre de l'hôtel rutilait sous le soleil. Il voyait la Grand-Place et la circulation, les gens qui entraient déjeuner à Vesta. Il se tourna un peu vers Main Street et aperçut le Tourne-Page.

— Je préférerais admirer la vue depuis une terrasse ombragée, une bière à la main, en compagnie de ma femme.

— Fais marcher ton imagination.

Ryder arracha son masque saturé de poussière et but de l'eau à grandes goulées. Comme il ne pouvait gaspiller toute une bouteille, il imagina qu'il se versait l'eau fraîche sur la tête.

Alors qu'il prenait un moment pour faire jouer les muscles endoloris de ses épaules, il vit Hope sortir sur la galerie du premier étage. Elle s'arrêta un instant pour observer les ouvriers à l'œuvre. Il sut à la seconde près quand son regard se posa sur lui : il aurait juré sentir une flèche lui transpercer les reins.

Elle se figea une fraction de seconde. Lui aussi. Puis elle ouvrit la porte de Jane et Rochester et disparut à l'intérieur.

— Il doit y avoir une réservation, commenta Beckett.

— Hein ?

— J'ai surpris ton regard.

Ryder attrapa un masque neuf.

— Il n'y a aucune loi qui interdit de regarder.

— Pas encore. Pourquoi ne l'invites-tu pas à sortir ?

— Occupe-toi plutôt de bosser.

— Un petit dîner, une conversation agréable. C'est vrai, quoi, elle t'a fait une tarte.

— Tu en as mangé autant que moi. Invite-la donc, toi.

— C'est déjà fait. Clare et moi l'avons déjà reçue chez nous. Besoin d'un chaperon, frérot ? On peut vous inviter tous les deux, histoire de te faciliter la tâche.

— Va te faire foutre, grommela Ryder avant de s'activer de plus belle avec son cutter.

« Il n'y a rien de mal à regarder », décida Hope. Elle entra à l'intérieur, déverrouilla Eve et Connors. De là, elle entrebâillerait les stores juste assez pour voir le toit. Ou ce qui en restait.

Elle n'avait aucune idée de la façon dont ils allaient s'y prendre pour l'enlever. Apparemment, ils utilisaient des espèces de pelles bien affûtées, d'imposants leviers et une sorte de scie. Le tout dans un boucan d'enfer.

Un travail de forçats, sans doute, mais le spectacle était loin de lui déplaire.

La plupart des ouvriers s'étaient mis torse nu. Elle espérait pour eux qu'ils faisaient un usage généreux et répété de crème solaire ou ils allaient souffrir cette nuit.

Elle hésita un instant. Et puis zut, se dit-elle.

Elle courut à son appartement, attrapa ses jumelles de théâtre et redescendit au pas de course.

Oui, c'était bel et bien un travail de forçats. Le grossissement de l'image lui en apporta la confirmation. Mon Dieu, quelle musculature, se dit-elle.

Elle s'en était déjà rendu compte lorsqu'il était en tee-shirt, l'avait sentie les quelques fois où elle s'était retrouvée plaquée contre lui. Mais... il n'y avait rien de mieux que ce plan rapproché d'un homme torse nu dont les muscles luisants de sueur ondulaient sous l'effort.

Aucune femme sur terre ne pouvait nier ressentir un petit frisson, même si les hommes baraqués et transpirants n'étaient pas son genre.

Elle le vit regarder dans sa direction et ôter son masque pour crier quelque chose à l'un des ouvriers. Beau visage aussi – un peu négligé et mal rasé sur une ossature robuste, mais sacrément craquant. Et quand il se mit à rire, un autre délicieux frisson la parcourut.

— Hope ? Je ne sais pas trop ce que vous voulez faire avec…

Hope pivota d'un bloc. Pour un peu, elle aurait caché les jumelles derrière son dos, mais son cas n'était pas tout à fait aussi désespéré. Elle opta donc pour un sourire, un peu penaud certes, tandis que Carol-Ann s'immobilisait sur le seuil.

— J'épie nos voisins.

— Vraiment ? fit Carol-Ann en agitant les sourcils d'un air intéressé.

Elle rejoignit Hope.

— Qu'est-ce que… Oh, le toit ! Mon Dieu, ils doivent crever de chaud et transpirer comme…

Elle éclata de rire.

— Ah d'accord, je vois… Laissez-moi jeter un coup d'œil.

Elle s'empara des jumelles et les braqua vers le toit.

— Ils sont beaux gosses, n'est-ce pas ? Je ne vois que deux des garçons – ceux de Justine. Owen a dû trouver le moyen de s'éclipser. Quel travail éprouvant. Nous devrions leur préparer de la limonade.

— Oh, je ne sais pas si…

— Mais si ! coupa Carol-Ann, radieuse, en rendant ses jumelles à Hope. Nous allons remplir une ou deux glacières et prendre des gobelets en plastique. Nous avons une table pliante en bas. C'est une bonne action.

— Ils devraient faire payer pour le spectacle, vous ne croyez pas ?

Carol-Ann lui donna une tape sur le bras.

— Je n'irais pas jusque-là. Venez, ça ne va pas prendre longtemps. Il nous reste encore au moins deux heures avant les premières arrivées.

Hope ne pouvait refuser, d'autant qu'elle avait été prise la main dans le sac à reluquer son neveu. À elles deux, elles préparèrent plusieurs litres de limonade et transportèrent la table, les glacières et les gobelets jusqu'au chantier. Carol-Ann appela l'un des ouvriers et un roulement s'organisa, du toit et de l'intérieur.

— Vous nous sauvez la vie, avoua Beckett qui vida un verre d'un trait et adressa un clin d'œil à sa tante.

— Soyez prudents là-haut.

— Ne t'en fais pas. Nous avons presque fini. Nous sommes arrivés à la couche de caoutchouc. Bravo pour le timing. On va faire une pause pour le déjeuner et on finira après.

— Balaie ce coin à cause des clous, ordonna Ryder à un ouvrier, avant d'attraper un gobelet qu'il vida lui aussi. Merci.

— Je vais passer la commande du déjeuner, annonça Beckett en s'éloignant avec son téléphone.

— Tiens, Ryder, prends-en un autre, proposa Carol-Ann. Ta mère doit faire un saut tout à l'heure.

— Pourquoi ?

— Je lui ai dit que vous démolissiez le toit et elle veut voir. Je vais refaire de la limonade, que vous en ayez pour le déjeuner.

— Elle va vouloir voir le restaurant. Et la boulangerie, marmonna Ryder. Où est passé Owen, bon sang ?

Hope lui remplit un autre verre.

— Tiens, fit-elle en le lui tendant. Ça va te rafraîchir.

— Toute la limonade du monde n'y suffirait pas, assura-t-il, mais il but quand même. On sera venu à bout de cette saloperie avant qu'il fasse trop chaud. C'est le principal.

Entendant la voix de son maître, Nigaud s'approcha et se frotta contre sa jambe. Hope sortit un biscuit pour chien de sa poche.

— Il va finir par quémander une friandise chaque fois qu'il te voit.

— Tu as bien de la limonade.

— Il n'a pas arraché un toit en plaques bitumées et perdu cinq kilos de transpiration.

Elle se pencha pour caresser le chien et leva la tête, un pétillement malicieux dans le regard.

— Je devrais peut-être sortir mon tuyau d'arrosage.

— Il se pourrait que j'en aie besoin à la fin de la journée. Il y a des réservations pour ce soir ? demanda-t-il après une hésitation.

— Oui. Trois chambres, dont une pour le week-end.

— D'accord.

— Tu as une raison particulière pour me demander cela ?

— Non.

« Nous voilà revenus aux réponses monosyllabiques », se dit Hope qui tenta une autre approche.

— J'ai entendu dire que tu avais partagé ta tarte à la Soirée entre hommes.

— Les gamins étaient comme des vautours. Je les avais sous-estimés.

— Il m'en reste la moitié d'une. Tu peux l'avoir.

— Avec plaisir.

— Passe la prendre avant de partir. Je dois retourner travailler.

— On rapportera la table et le reste. Merci pour la limonade.

— De rien. Oh, et je suis sûre que je trouverai un peu de temps si tu veux que je t'arrose !

Avant de tourner les talons, Hope eut la satisfaction de le voir plisser le front d'un air perplexe. Elle se considérait comme une bonne psychologue, et son petit doigt lui soufflait qu'il y avait un sérieux flirt entre Ryder Montgomery et elle.

Elle verrait bien où ce petit jeu les mènerait.

Owen se montra alors que Ryder descendait du toit pour la dernière fois de la journée. Il aurait pu râler, mais il remarqua que son frère était lui aussi poussiéreux et en sueur, et qu'il portait encore sa ceinture à outils.

Mais, bon sang, un peu d'asticotage entre frères n'avait jamais fait de mal à personne ! C'était une marque d'affection.

— Je me disais bien que tu te pointerais une fois le sale boulot terminé.

— Il fallait que quelqu'un s'occupe de l'autre chantier, avec ton idée saugrenue de bousculer le planning. Le carrelage atroce a disparu et, franchement, j'ai déjà vu plus marrant.

Ryder voulait bien le croire. Il ne put s'empêcher d'être soulagé d'avoir évité cette corvée.

— Si tu arrives à avoir les matériaux pour demain matin, on pourra commencer la nouvelle toiture.

— Les livreurs seront là à 8 heures, répondit Owen qui balaya son frère du regard avant d'ajouter : Tu donnes l'impression d'avoir mérité une bière.

— Un pack de six, tu veux dire.

— Avery fait la fermeture ce soir. Je vais aller traîner un peu là-bas. C'est au tour de Beckett de payer son coup.

— Beckett va rentrer à la maison, annonça celui-ci. Et prendre une douche de cinq heures. Je vais peut-être même manger et dormir sous la douche.

— Il n'y a plus que nous deux, on dirait, Ry.

— Plus que toi, corrigea Ryder. Pour moi, même programme que Beckett. Et mon chien aussi.

— Bonne idée, vu votre odeur de fauve à tous les deux. Ce sera pour une autre fois. Mais il faudra faire le point sur les deux chantiers. Demain matin avant l'arrivée des gars, ou alors en fin de journée.

— En fin de journée, trancha Ryder d'un ton catégorique.

— Un vendredi soir ? s'étonna Beckett. Pas de rendez-vous galant ?

— Mes rendez-vous galants, comme tu dis, ne commencent pas si tôt.

Mais il n'en avait pas et n'y avait pas songé un seul instant. Il y réfléchirait peut-être après s'être débarrassé de la couche de crasse qui lui collait à la peau.

— On se voit demain donc, conclut Owen.

Alors qu'il s'éloignait, Beckett se retourna vers le bâtiment. Ryder et lui ressemblaient à deux rescapés de l'enfer.

— On tire au sort pour savoir qui fait un dernier tour avant de fermer.

Se rappelant le café qu'il avait bu avec Clare le matin dans la cuisine de l'hôtel, Ryder haussa les épaules.

— Va rejoindre ta femme et tes enfants. Je m'en occupe.

— Merci. Je suis déjà parti.

Ryder regagna le chantier et récupéra son écritoire à pince. Il avait encore quelques notes à consigner avant de s'autoriser à se détendre. Ensuite, il vérifia la porte du côté de St. Paul Street et récupéra sa glacière.

Il pensa à la limonade.

Pas le temps, se raisonna-t-il. Il n'aurait pas été contre la demi-tarte promise par Hope, mais pas question de se pointer à l'hôtel dans cet état. Sa visite devrait attendre, elle aussi.

À l'instant où il sortait, un pick-up entra sur le parking.

Willy B, avec sa mère comme passagère. Il s'efforça de ne pas penser au fait que le père d'Avery couchait avec sa mère. Il préférait continuer de considérer Willy B comme il l'avait toujours fait : un vieil ami de la famille – un type bien qui avait été le meilleur copain de Tommy Montgomery depuis l'enfance.

S'il considérait le grand rouquin barbu comme l'amant de sa mère, le terrain devenait glissant.

Justine sauta de l'habitacle. Elle portait un de ces pantalons qui s'arrêtent à quelques centimètres au-dessus des chevilles et un tee-shirt de fille avec des tralalas sur l'encolure.

Toute pomponnée – bien coiffée et maquillée –, elle était drôlement jolie.

— Ne t'approche pas trop, la prévint-il, la main levée. Je ne suis pas en état.

— Je t'ai déjà vu pire, mais ce tee-shirt est neuf, alors…

Elle lui souffla un baiser de loin.

— Je t'embrasse aussi, lui dit-il. Comment va, Willy B ?

— Bien, bien, répondit le colosse de presque deux mètres à la tignasse aussi rousse que sa barbe. Le toit n'a pas fait un pli, commenta-t-il, observant le bâtiment, les pouces coincés dans les poches de son pantalon. Un travail propre et net.

— Il n'avait pourtant rien de propre. J'imagine que vous voulez jeter un coup d'œil à l'intérieur.

— Je ne serais pas contre, admit Justine. Si tu veux y aller, je fermerai.

— C'est bon, ne t'inquiète pas.

Il les précéda dans le bâtiment. Willy B dut se baisser, puis regarda en tous sens.

— Tu as une sacrée imagination, dis donc, Justine.

— Cet endroit va être fabuleux. Mes fils y veilleront.

— Elle ne nous laisse pas le choix, fit remarquer Ryder. Les matériaux pour la nouvelle toiture arrivent demain matin, nous allons nous y mettre dans la foulée.

Il parla couverture et fenêtres avec Willy B, puis laissa sa mère faire la visite et montrer où se trouveraient les vestiaires, la petite salle de cours, l'accueil.

— J'espère que tu t'inscriras, dit-elle au père d'Avery.

— Tu rigoles ?

— Pas de « tu rigoles ? » avec moi, le réprimanda Justine en agitant l'index. Je t'accorderai un tarif préférentiel puisque nous allons être beaux-parents.

Il lui sourit.

— C'est quelque chose, hein ? Ma fille et ton garçon. C'est Tommy qui aurait été content.

C'était du Willy B craché, songea Ryder. Il pensait à son ami. Toujours.

— Oh que oui ! acquiesça Justine. Et il m'aurait dit que j'étais folle d'acheter cet endroit. Puis il aurait bouclé sa ceinture à outils et se serait lancé dans les travaux. Ce lieu va être superbe, je vous le garantis. J'ai de grands projets pour les vestiaires.

— Pour les casiers, je connais un artisan qui fait un excellent travail, intervint Willy B.

— Owen a commencé à chercher, dit Ryder. Vous devriez lui communiquer ses coordonnées.

— D'accord. Nous allons manger un morceau à Vesta. Je les donnerai à Avery.

— Owen est là-bas.

— Parfait, dit Justine avec un hochement de tête. Nous aimerions voir aussi le nouveau restaurant avant le dîner.

— C'est Owen qui a la clé. Il vous fera visiter.

— Je te paie une bière, proposa Willy B. Et une pizza si tu veux.

— Pas dans cet état, dit Ryder. Les services d'hygiène risqueraient de faire fermer l'établissement. Mais merci pour l'invitation.

— Quand le club sera terminé, tu pourras prendre une douche et un bain de vapeur, fit remarquer Justine avec un sourire. J'ai entendu dire que tu draguais notre directrice.

— Justine, murmura Willy B.

Ryder se renfrogna.

— Pas du tout.

— Peut-être est-ce ton sosie qui l'a embrassée sur le parking pas plus tard qu'hier ?

— C'était juste… rien du tout.

Il aurait dû se douter que la nouvelle se répandrait, mais n'imaginait pas qu'elle atteindrait sa mère si vite.

— Les gens feraient mieux de s'occuper de leurs oignons.

— Ça n'arrive jamais, riposta Justine d'un ton guilleret. Et bizarrement, j'ai appris de première main par Chrissy Abbot qui promenait son chien qu'il s'était déjà produit un autre « rien du tout » entre vous plus tôt. Il m'a suffi de creuser un peu pour apprendre que le type présent à ce moment-là dans son beau costume n'était autre que Jonathan Wickham.

— Il était là pour tenter de débaucher Hope. Et de la convaincre de revenir dans son lit.

— Je croyais qu'il était marié, s'étonna Willy B.

— Oh, Willy B, ne sois donc pas si naïf ! Quelle ordure ! s'emporta Justine. Pourquoi est-ce que j'apprends que tu as embrassé Hope et pas cassé la figure à ce malpropre ?

Un grand sourire illumina le visage de Ryder, qui venait du fond du cœur.

— Je t'adore, maman. Sérieux.

— Ce n'est pas une réponse.

— Parce que je n'en savais rien avant qu'il se carapate. Mais Hope l'a remis à sa place.

— Je n'en attendais pas moins d'elle. Si ce malotru montre encore son nez par ici, je veux que tu le chasses de notre propriété. Ou tu m'appelles et je m'en occuperai moi-même. Voilà qui me plairait bien. Je devrais aller parler à Hope.

— Elle a des clients.

— Alors, je la verrai demain.

Justine prit deux longues inspirations pour se calmer avant d'ajouter :

— Si tu veux draguer Hope sans que les gens en parlent, sois plus discret.

— Je ne la drague pas.

— Dans ce cas, tu me déçois. Bon, va te laver et te reposer. Je te parlerai plus tard. Et, Ryder, c'est du beau travail. Ça se voit déjà.

Elle voyait toujours tout, songea Ryder, tandis qu'ils s'éloignaient. Au point que parfois il pouvait en être mal à l'aise.

— Draguer Hope… Tu me déçois… Qu'est-ce qu'il ne faut pas entendre ? bougonna-t-il.

Décidément, il ne comprenait rien aux femmes. Et encore moins aux mères.

— Viens, Nigaud, on va prendre une douche.

Le chien reconnut le mot et, agitant la queue, sortit du bâtiment en trottinant, suivi par Ryder.

Après avoir verrouillé la porte, celui-ci se retourna et vit Hope qui se dirigeait vers son pick-up avec un autre plat à tarte.

Pourquoi tout le monde se donnait-il rendez-vous sur ce fichu parking ?

— Tu viens de manquer ma mère et Willy B.

— Ah, bon ? J'aurais aimé qu'ils passent.

— Je croyais que tu avais des clients.

— J'en ai, confirma-t-elle en désignant les deux voitures garées près de la sienne et de celle de Carol-Ann. Et je parie qu'eux aussi auraient aimé la rencontrer. Tiens, voilà la tarte promise.

— Merci.

— Carol-Ann sert du vin et du fromage aux clients, et je dois aller l'aider, mais j'ai d'abord une question à te poser.

— D'accord.

— Est-ce dans tes projets de faire l'amour avec moi ?

— Qu'est-ce que je suis censé répondre à *ça* ?

— La vérité m'irait très bien. Je suis très à cheval sur l'honnêteté dans une relation, si flexible soit-elle. Je l'ai appris à mes dépens. Donc, j'aimerais savoir si tu l'envisages, parce que moi, je ne serais pas contre. Réponds-moi franchement, insista-t-elle, tandis qu'il restait comme deux ronds de flan. Sans conditions, sans complications. Si tu n'en as pas envie, aucun problème. Je voudrais juste qu'on soit sur la même longueur d'onde.

Dans le genre jouer cartes sur table, elle faisait fort.

— La même longueur d'onde ? Je ne sais déjà plus sur quelle planète j'habite.

Il était claqué, crasseux, et c'était *elle* qui le draguait à mort sur ce maudit parking. Et lui qui ne voulait pas la brusquer. Il était carrément à côté de la plaque.

— Très bien. Quand tu le sauras, donne-moi juste ta réponse.

— Ma réponse, répéta-t-il. Tu veux dire oui ou non ?

— C'est plus simple, non ? Tu as l'air vanné, enchaîna-t-elle. Tu te sentiras mieux après avoir pris une douche et mangé un morceau. Bon, j'y retourne. Bonsoir.

— C'est ça.

Il ouvrit la portière et fit monter le chien. Après réflexion, il décida de conduire avec la tarte sur les genoux. Sinon, Nigaud ne pourrait s'empêcher d'y fourrer le museau.

Il s'assit au volant et resta là sans bouger.

— Décidément, les femmes me dépassent, Nigaud. Elles me dépassent complètement.

8

Une fois les clients sortis, les chambres faites, et Carol-Ann partie faire les courses au marché, Hope profita d'un moment de tranquillité pour régler les tâches administratives. Elle devait s'occuper des salaires et des factures. Puis il y avait le site, la page Facebook, les mails, les réservations... tout cela, bien sûr, en plus des tâches quotidiennes. La clientèle ne tarissait pas d'éloges sur l'excellente tenue de l'établissement – une réussite qui exigeait un investissement de tous les instants.

Après les salaires, elle téléchargea quelques nouvelles photos sur la page Facebook, ajouta un bref commentaire engageant, puis passa aux mails.

Hope cliqua sur « Envoyer » à la seconde même où la sonnerie de la réception retentissait. Une petite pause serait la bienvenue, décida-t-elle. Alors qu'elle se levait, il lui vint à l'esprit qu'il s'agissait peut-être de Jonathan. Après tout, si elle le trouvait à la porte, tant mieux. Elle finirait de lui dire sa façon de penser.

Elle s'arma mentalement pour le face-à-face, presque impatiente, mais tomba sur Justine.

— Bonjour, la salua-t-elle en s'effaçant pour la laisser entrer. Je croyais que vous aviez la clé.

— J'en ai une, mais je n'aime pas l'utiliser, répondit-elle avant de couler un regard par-dessus son épaule en direction des ouvriers qui s'affairaient sur la charpente avec leurs marteaux et leurs scies. J'espère que le bruit n'est pas un problème.

— Ce n'est pas grave et la vue s'améliore de jour en jour. La perspective d'avoir un club de fitness en ville suscite beaucoup d'intérêt et d'attentes.

— Voilà ce que j'aime entendre.

— Désolée de vous avoir ratés hier, Willy B et vous.

— Je me rattrape aujourd'hui. Ça sent toujours si bon ici.

Justine gagna tranquillement la cuisine et alla chercher un Pepsi light dans le réfrigérateur.

— Cela me remonte le moral chaque fois que je viens. Oh, savez-vous que Lacy est en train d'installer l'équipement dans la boulangerie-pâtisserie ? L'ouverture devrait avoir lieu d'ici une dizaine de jours.

— Nous sommes très impatientes, Carol-Ann et moi. D'autant que notre future voisine fait, paraît-il, de délicieuses brioches aux raisins.

— À en croire Avery, nous allons adorer. Nous avons aussi loué les deux appartements au-dessus de la boutique. Encore de nouveaux voisins en plus pour vous. Vous avez le temps de vous asseoir un peu ?

— Bien sûr.

Réorganisant sa liste de tâches, Hope rejoignit Justine près de l'îlot.

— Il y a du monde ? s'enquit celle-ci.

— Nous avons un couple adorable pour le week-end dans Jane et Rochester. Lui est un passionné de la guerre de Sécession. En fait, ils sont passés au Tourne-Page hier avant la fermeture et il a acheté des ouvrages d'auteurs locaux. On aurait dit qu'il venait de découvrir une mine d'or. En ce moment, ils visitent le champ de bataille. Ils ont pris le forfait Aventure historique. La totale. Mais en échange, il a promis à sa femme d'aller faire les antiquaires demain.

— Un arrangement équitable, je dirais.

— Il connaît des tas d'anecdotes. Hier soir, il y avait deux autres couples, et il a assuré le spectacle jusqu'après minuit. Oh, et il adore le jeu d'échecs sur le thème de la guerre de Sécession dans le salon ! Il espère qu'un de nos clients du jour saura jouer.

— Tommy et Willy B jouaient ensemble aux échecs. Moi, je préfère le Monopoly, avoua Justine avec un rire sonore.

— Vous y jouez vraiment très bien, je dois dire. J'allais vous envoyer un mail une fois fixée, mais puisque vous êtes là... Quelqu'un voudrait réserver pour des mariés et leur suite.

— Un mariage ?

— Non, ils ont déjà le lieu pour la cérémonie et la réception. Ils souhaiteraient dormir ici la veille. Les mariés, les témoins et les parents. De même pour la nuit du mariage. J'ai bloqué les dates. Ils doivent confirmer d'ici lundi.

— Voilà qui semble intéressant. Comment s'est passée votre Soirée entre filles ?

— Très bien. J'apprécie vraiment de pouvoir organiser quelque chose de ce genre ici. J'aimerais recommencer, cette fois avec Carol-Ann et vous, peut-être aussi Darla. Ma mère et ma sœur si j'arrive à tout combiner.

— Encore mieux, dit Justine avec un hochement de tête satisfait. Vous êtes heureuse, je vois.

— C'est un travail de rêve, Justine. Je ne pourrais être plus heureuse.

— Alors, pas tentée d'accepter l'offre de Jonathan Wickham ?

Hope fit la grimace.

— Aurais-je dû vous en parler ?

— Pas nécessairement, répondit Justine qui balaya la question d'un revers de main. Je finis toujours par apprendre ce qui en vaut la peine.

— Je m'en doute, et, non, je ne suis pas tentée le moins du monde. Mon foyer, c'est ici. Jonathan peut bien croire que je n'existe pas en dehors de Georgetown, et de lui, il se trompe sur toute la ligne. Ici, je suis plus... moi-même que je ne l'ai été depuis bien longtemps.

— Je me réjouis d'entendre cela. Et d'apprendre que ses propositions n'ont, ni l'une ni l'autre, retenu votre attention.

— Oh ! Ne me forcez pas à ouvrir la porte numéro deux.

Justine éclata à nouveau de rire.

— C'est exactement pour cela que je suis là. Vous faire ouvrir la porte numéro deux. Les hommes sont toujours tellement avares de détails.

— Je me demande franchement avec quel genre d'homme je m'étais embarquée, soupira Hope qui s'écarta du comptoir pour aller se chercher un soda. Je savais qu'il avait des défauts. Tout le monde en a. Et j'avais aussi conscience de certaines faiblesses, que j'espérais réussir à corriger, bien entendu. Je n'étais pas dupe, mais…

— Vous étiez habituée à lui. Vous teniez à lui.

— En fait, oui. Rétrospectivement, je comprends que c'était tout un ensemble. L'endroit, Jonathan, les gens. Quand je pense que je considérais sa sœur comme une de mes meilleures amies. Je me suis trompée du tout au tout. Je croyais être à ma place, et le style de vie était… plus qu'agréable, mais au fond, tout cela était très superficiel. C'est difficile à admettre, mais il n'y avait rien de profond.

— Comment peut-on s'en apercevoir quand on est dedans ?

— En ouvrant les yeux, répondit Hope. Mais j'ai eu beau finir par me rendre à l'évidence et voir enfin clair, il a réussi à me sidérer en me suggérant de reprendre notre vie d'avant – avec des tas d'avantages, y compris une sorte de *salaire*.

— L'ordure.

— Le mot est faible. Une fois à peu près calmée, j'ai téléphoné à ma mère et je me suis défoulée pendant presque une heure. Il avait toujours été si charmant avec ma mère, ma famille. C'était important pour moi. Elle m'a soutenue quand tout est parti en vrille, mais je sais qu'elle avait un petit faible pour lui. Jusqu'à ce que je vide mon sac. Après, elle était encore plus furieuse que moi.

— J'ai l'impression que je m'entendrais bien avec votre mère.

— Sans aucun doute. Oser débarquer ici en costume Versace et cravate Hermès, arborant encore son bronzage de lune de miel, et déclarer que je ne suis pas à ma place à Boonsboro, que je ne m'y épanouirai pas, que je devrais revenir au Wickham avec une augmentation substantielle à la clé – et autres avantages en nature. Quel salaud.

— C'est un compliment à côté des qualificatifs qui me viennent à l'esprit.

— Jamais je n'aurais imaginé plaindre Sheridan – sa femme. Mais là, franchement, je ne peux pas m'en empêcher.

— Pourtant, elle ne vous avait pas ménagée, il me semble. Alors qu'elle était parfaitement au courant de votre relation avec Jonathan, n'a-t-elle pas été jusqu'à vous demander d'organiser leur mariage à l'hôtel ?

— En effet, confirma Hope, les sourcils froncés. Je raye le mot plaindre. Ces deux-là se méritent.

— Tout à fait d'accord. Je suis contente que Ryder soit passé au bon moment pour que vous puissiez rendre la monnaie de sa pièce à ce… goujat.

Hope croisa le regard amusé de Justine, et but une gorgée de soda avant de lâcher :

— Vous êtes aussi au courant de ça ?

— J'ai l'oreille collée au sol.

— Je suppose que ce n'est pas Ryder qui vous en a parlé. Ce n'est pas le genre de sujet qu'il aborderait.

— Je l'ai appris d'une autre source. Ensuite, je lui en ai touché un mot. Ainsi qu'au sujet du deuxième rendez-vous.

— Il ne s'agit pas… Vous avez aussi entendu parler de cela ?

— Boonsboro est une petite ville. Si vous embrassez un homme sur un parking, il y a toujours des yeux qui traînent.

Elle qui croyait s'être habituée aux usages des petites villes. À l'évidence, elle avait encore beaucoup à apprendre.

— Je comprendrais si vous préfériez que je… que nous n'ayons pas ce genre de relation. Je…

— Et pourquoi donc ? s'étonna Justine, les sourcils en accents circonflexes. Vous êtes tous deux adultes et vaccinés.

— C'est votre fils. Je suis votre employée.

— J'aime mon fils. Je l'aime assez pour le croire capable de prendre ses propres décisions et de mener sa vie comme bon lui semble. J'aime cet hôtel – pas autant que mes fils, mais il compte énormément pour moi. Jamais je n'aurais mis à sa tête quelqu'un en qui je ne croirais pas. Qui n'aurait pas mon respect et ma confiance. Si Ryder et vous décidez d'avoir une relation quelle qu'elle soit, c'est votre affaire.

Elle se tut et son sourire s'épanouit.

— J'ai vu les étincelles, ma chère. Je me demandais ce que vous attendiez, tous les deux.

— Je n'étais pas sûre que nous soyons seulement capables de nous supporter. Je n'en suis pas encore tout à fait persuadée.

— Je suis sans doute de parti pris, mais je dirais qu'il y a beaucoup à apprécier des deux côtés. Vous trouverez. Et si votre relation s'avère purement physique, eh bien, faites-vous plaisir.

— Voilà un conseil que je n'attendais pas de la bouche d'un employeur, ni de la mère de l'intéressé.

— Je suis Justine avant tout. Maintenant que ce détail est réglé, y a-t-il une quelconque question que nous devions examiner concernant l'hôtel avant que j'aille fourrer mon nez à la librairie m'assurer que Clare prend bien soin d'elle-même et de mes petits-fils ?

— À ce propos, serait-il possible d'organiser la *baby shower* ici ? Ce ne serait pas avant l'automne, je sais, mais si vous êtes d'accord, je voudrais pouvoir bloquer une date.

— Excellente idée. Dites-moi ce que je peux faire pour aider.

— Vous pourriez rester. Vous, Clare, sa mère, Avery, Carol-Ann. Il y aurait de la place pour trois autres invitées si Clare le souhaite.

— Une *baby shower* suivie d'une Soirée entre filles ? Encore mieux. J'en suis. Prévenez-moi juste quand vous aurez fixé la date avec Clare. Nous pourrions faire la même chose pour le mariage d'Avery.

— J'espérais que vous le proposeriez. Dieu que ça va être amusant !

— Je crois qu'Elizabeth tient à s'assurer qu'elle sera de la fête.

— Je n'ai rien remarqué, dit Hope qui sentit le chèvrefeuille au même instant. L'habitude, sans doute. Elle fait tellement partie de cet endroit.

— J'en conclus que vous êtes à l'aise avec elle.

— Je le suis. J'attends des nouvelles d'une cousine qui écrit une biographie sur Catherine Darby. Et j'ai pris contact avec la bibliothèque de l'institution dans l'espoir qu'ils aient gardé des lettres ou d'autres documents dans leurs archives. Trouver Billy à partir d'informations aussi restreintes, ce n'est pas une mince affaire, soupira Hope avec une frustration teintée d'agacement. J'aimerais tant qu'elle puisse nous en dire davantage. Le patronyme, quelque chose. Elle a parlé à Owen. Si seulement elle pouvait recommencer.

— Qui sait quelles barrières existent entre son monde et le nôtre ? Je me plais à penser qu'elle vous dira ce qu'elle pourra dès qu'elle en aura la possibilité.

— À moi ?

— De nous tous, c'est vous qui êtes le plus souvent avec elle. Et elle est votre ancêtre, de surcroît, lui rappela Justine. Certains clients ont-ils fait des remarques ?

— Une femme m'a dit qu'elle avait entendu de la musique au milieu de la nuit et pensait avoir senti un parfum de chèvrefeuille. Elle s'était réveillée en sursaut, et comme elle ne réussissait pas à se rendormir, elle s'est rendue à la bibliothèque. C'est là, pendant sa lecture, qu'elle a entendu la musique.

— Intéressant.

— Elle pense s'être assoupie et avoir rêvé, ce qui n'est pas impossible, car la musique n'a jamais fait partie du répertoire d'Elizabeth jusqu'à présent.

— Je ne serais pas autrement étonnée qu'elle se soit diversifiée. Bon, je vais vous laisser tranquille. N'oubliez pas de me donner ces dates, que je les inscrive dans mon agenda à l'encre indélébile.

— Je n'y manquerai pas.

Hope la raccompagna à la porte. Sur le seuil, elles observèrent un instant les hommes qui travaillaient de l'autre côté du parking.

— La première fois que j'ai vu Tommy Montgomery, il était torse nu sur une échelle, murmura Justine. Je venais de commencer mon premier travail, et je tenais à me montrer professionnelle et digne. Je l'ai vu et je me suis dit « aïe ». Pour moi, ajouta-t-elle en riant, la main sur le cœur, ce fut à la fois une fin et un commencement.

— Je regrette de ne pas l'avoir connu. Tous ceux qui parlent de lui ne tarissent pas d'éloges.

— C'était un homme bien. Il avait ses défauts, comme tout le monde. Il me rendait folle parfois, et me faisait beaucoup rire. Mais je ne l'aurais pas voulu différent, confessa Justine.

Elle entoura les épaules de Hope et l'étreignit.

— Si Ryder ne vous fait pas rire, renvoyez-le d'où il vient. Le sexe seul ne suffit pas. Je crois que je vais aller interrompre sa journée avant d'asticoter Clare.

Hope la regarda traverser le parking avec ses tennis rouge vif, et héler Ryder en chemin. Il se redressa et secoua la tête en lui adressant un grand sourire. Quelle femme n'aurait rêvé d'être à la place de Justine et d'avoir trois fils comme les siens ? songea Hope en retournant à l'intérieur.

Une fois que les arrivées du vendredi commencèrent à se succéder, elle n'eut pas une minute pour penser à un amant potentiel ou à des histoires de fantôme. Elle monta et descendit les marches un nombre incalculable de fois, parfois au pas de course, et se dit que d'ici l'ouverture du club de fitness, elle aurait déjà eu droit à un bon entraînement de cardio. Elle montra leurs chambres aux nouveaux venus, répondit à leurs questions, accepta les compliments sur la décoration au nom de sa patronne, servit les rafraîchissements, fit part de ses suggestions concernant la restauration et le shopping dans les environs.

Lorsque le passionné de la guerre de Sécession et sa femme revinrent, elle les installa dans le jardin avec, à leur demande, une bouteille de vin.

D'expérience, elle savait que certains clients préféraient leur tranquillité et appréciaient que le personnel soit presque aussi invisible qu'Elizabeth. D'autres tenaient à partager leurs aventures de la journée.

Elle prêtait donc une oreille attentive et faisait la conversation lorsque cela s'imposait et s'éclipsait dans le cas contraire. Tout comme Justine avec la ville, elle se tenait à l'écoute de l'Hôtel Boonsboro.

À 17 heures, l'hôtel était complet, et les clients étaient éparpillés dans le jardin ou au salon.

— Je peux rester, proposa Carol-Ann. Cette femme, dans Elizabeth et Darcy, n'arrête pas de vous faire courir. Elle s'imaginait que nous avions une carte des vins, ajouta-t-elle en prenant un accent snob. Et elle espérait aussi que nous aurions des yaourts grecs. Cela ne m'aurait pas dérangée d'aller en acheter, mais elle aurait pu le demander gentiment – ou à l'avance.

Hope remplit un autre bol de biscuits à apéritif.

— Je sais, je sais. C'est une plaie. Elle n'est là que pour deux jours. Elle finira peut-être par être moins pénible.

— Ce genre-là est né pour être pénible. Elle vous a même appelée d'un claquement de doigts.

Hope ne risquait pas de l'oublier, mais, bizarrement, la chose l'avait fait rire.

— « Dites-moi, ma fille – c'est parce que je suis trop importante pour me rappeler votre nom ou daigner le prononcer –, avez-vous au moins des crackers ? » Je lui en donnerais, des crackers !

Ce fut au tour de Carol-Ann de rire.

— Heureusement, tous les autres semblent sympathiques, et prêts à se détendre et à profiter de leur séjour. Je peux rester, répéta-t-elle.

— Non, rentrez plutôt chez vous et revenez tôt demain matin en pleine forme pour m'aider à préparer les petits-déjeuners. Bob, notre fana de la guerre de Sécession, va encore amuser la galerie.

— Il n'arriverait pas à amuser cette femme-là, même s'il jonglait nu avec des boules de feu. Appelez-moi en cas de besoin. Je peux aussi dormir dans la chambre libre s'il le faut.

— Vous êtes la meilleure, la complimenta Hope, sincère, avant de la serrer dans ses bras. Je vais me débrouiller, ne vous en faites pas.

Elle sortit avec les biscuits à apéritif et une autre bouteille de vin, et arbora un sourire aimable quand la Plaie lui demanda des olives. Comme elle en avait, elle en disposa dans une jolie coupelle qu'elle déposa sur sa table. Après avoir échangé quelques mots avec ceux qui en avaient envie, elle rentra s'occuper des clients installés au salon.

Elle s'affaira ainsi entre l'intérieur et l'extérieur jusqu'à ce qu'elle puisse souffler une minute et remercia le ciel quand la Plaie et son mari sortirent dîner.

Ce brave Bob avait convaincu sa femme et deux autres couples de se faire livrer des pizzas au salon pour une soirée jeux. Elle entendait leurs rires et savait que, de ce côté-là, elle n'aurait pas à supporter des claquements de doigts.

Elle allait monter manger un morceau, elle aussi, et en profiterait pour faire quelques recherches – tout en restant aux aguets au cas où ses services seraient requis. Mais avant cela, elle devait récupérer vaisselle et serviettes dans le jardin.

Elle sortit dans l'air doux du soir. La lumière était très belle, nota-t-elle, et les lieux avaient retrouvé leur sérénité depuis le départ des ouvriers en face. La prochaine soirée sans clients, elle s'offrirait un dîner dans le jardin, se promit-elle. Un bon petit plat pour elle toute seule, mijoté par ses soins, arrosé d'une ou deux flûtes de champagne. Une petite gâterie pour la directrice, décréta-t-elle tout en rassemblant les bouteilles vides pour le recyclage.

Peut-être était-il plus bruyant, ou alors elle s'était habituée, mais elle leva la tête juste au moment où Ryder passait sous l'arche recouverte de glycine.

— Que de monde tout à l'heure, lança-t-il.

— L'hôtel est complet, et plusieurs clients ont voulu profiter de cette belle soirée. Encore en ville à cette heure-ci ?

— J'avais quelques trucs à terminer. Il y a réunion à Vesta.

— Indispensable, avec tous ces chantiers en parallèle.

— C'est ce que prétend Owen.

— Il a raison. Le toit a déjà fière allure, ajouta-t-elle en désignant le bâtiment en construction. J'imagine déjà cette partie finie. Ce sera beaucoup plus grand. Et beaucoup plus beau.

Il prit le bac dans lequel elle avait rassemblé les bouteilles.

— Je m'en occupe.

— C'est bon, assura-t-elle.

— Je m'en occupe, répéta-t-il, joignant le geste à la parole.

Il le porta sans effort jusqu'au cabanon et vida les bouteilles dans la poubelle destinée au verre. Avant qu'elle ait le temps de le ramasser, il s'empara du sac-poubelle qu'elle avait fini de remplir.

— Merci.

Il referma la porte du cabanon et pivota face à Hope, le regard scrutateur.

— Y a-t-il quelque chose que…

— Oui, la coupa-t-il.

Comme il en restait là, elle arqua les sourcils.

— D'accord. Quoi ?

— Je réfléchis à ta proposition.

— Tu… Ah…

Ce n'était pas le genre de conversation qu'elle s'attendait à avoir alors que l'hôtel était plein de clients jouant au gin-rummy.

— En fait, ce n'est pas tout à fait exact. J'ai fini de réfléchir à ta proposition.

— Je vois. Et quelle est ta conclusion ?

Il lui décocha un sourire. Enfin, pas vraiment un sourire. Plutôt un genre de rictus un peu narquois.

— À ton avis ?

— Je vais me jeter à l'eau et répondre que tu es d'accord.

— Bien vu.

Il tendit la main vers elle, mais elle recula.

— Il y a du monde à l'intérieur. Le moment n'est peut-être pas le plus opportun pour faire avancer les choses.

— Je n'avais pas prévu de te renverser par terre là tout de suite.

Mais il fourra les mains au fond de ses poches, tant l'idée était tentante.

— Alors, selon toi, quel serait le moment le plus opportun... Bon sang, voilà que je me mets à parler comme toi. Quand est-ce que ça t'irait ?

— Je...

Il balaya sa question d'un geste. Il s'était déjà montré plus inspiré avec une femme, nom d'un chien. Elle avait réussi à le déstabiliser.

— Tu veux qu'on aille dîner quelque part ? Quand tu auras une soirée de libre. À moins que tu n'aies changé d'avis, conclut-il avec un haussement d'épaules, comme elle hésitait.

Une relation simple, directe, sans fioritures, se rappela Hope. C'était ce qu'elle voulait, n'est-ce pas ?

— Non, je n'ai pas changé d'avis.

— Parfait. Dans ce cas, tu as sûrement ton emploi du temps inscrit au détail près dans ton cerveau formaté en tableur. J'ai un frère qui a le même.

— Mardi, ce serait bien.

— Mardi ? Ça marche. On pourrait...

Elle aperçut un client qui traversait le hall en direction de la cuisine.

— Zut, excuse-moi... Je dois aller voir si on a besoin de moi.

Elle se précipita à l'intérieur et Ryder regarda son chien.

— Attends ici. Tu sais qu'elle ne veut pas de chien à l'intérieur quand il y a du monde.

Avec un soupir, Nigaud se laissa tomber lourdement sur le sol et posa la tête sur ses pattes, l'air malheureux.

Ryder entra. Il y eut une explosion de rire dans le salon, suivi d'un brouhaha de voix. D'autres, plus assourdies, lui parvinrent de la cuisine.

« C'est vivant ici », se dit-il. Il n'était jamais venu lorsqu'il y avait des clients. C'était gratifiant de constater qu'ils avaient l'air de s'amuser. Il aurait juste voulu qu'ils débarrassent le plancher quelques minutes, le temps de finaliser leur arrangement.

Ou, mieux encore, quelques heures, histoire de passer aux choses sérieuses. Des effluves de chèvrefeuille lui chatouillèrent les narines. Il leva les yeux au ciel.

— Ne t'en mêle pas, ma vieille, bougonna-t-il.

Hope revint avec un homme vêtu de ce que Ryder appelait un jean à papa – bien que son père n'en ait jamais porté. Il tenait une bière dans chaque main, et elle, deux verres de vin rouge.

— Ah, un nouveau client, Hope ! dit-il, tout sourire. Vous allez devoir sortir un lit de camp.

— C'est Ryder. Euh… Bob Mackie, je vous présente Ryder Montgomery. Sa famille est propriétaire de l'hôtel.

— Bien sûr, oui. Vous nous en avez parlé, dit Bob qui serra les goulots des bouteilles entre les doigts d'une seule main et tendit l'autre. Enchanté. Vous avez fait un sacré travail ici. Un sacré travail. Ma femme et moi ne sommes pas encore partis que nous pensons déjà à revenir.

— Content que l'hôtel vous plaise.

— Rien que les salles de bains, s'extasia Bob, qui sourit de nouveau jusqu'aux oreilles. Et l'histoire de cet endroit. J'adore ces vieilles photos que vous avez. Je m'intéresse à la guerre de Sécession, voyez-vous. Connie et moi avons passé la journée à Antietam. Le site est superbe. Tout bonnement superbe.

— C'est vrai.

— Une bière, ça vous tente ?

— J'allais justement…

— Venez donc. Un homme a toujours le temps pour une bière. Il faut que vous rencontriez Connie. Et Mike et Deb. Et Jake et Casey. Ce sont des gens bien, assura Bob en fourrant une bouteille dans la main de Ryder. Nous sommes dans Jane et Rochester. Je parie que cette baignoire en cuivre a été une torture à monter.

Il poussa Ryder vers le salon tel un colley un mouton récalcitrant.

Il fallut un instant à Hope pour se ressaisir. Non, elle ne rêvait pas : Ryder qui, d'après son expérience, n'était pas l'homme le plus sociable de la terre, était en train de se faire embringuer par Bob.

Ryder essaya de se débiner. Ce n'était pas qu'il n'appréciait pas l'homme ; Bob Mackie était charmant. Il prit comme prétexte que son chien était dans le jardin, avec pour seul résultat que tout le monde insista pour le faire entrer.

Nigaud fut accueilli comme un prince en visite.

Mike, de Baltimore, voulut parler menuiserie. Ryder finit par leur faire une visite groupée, leur montrant certains détails, expliquant comment ils s'y étaient pris, pourquoi, quand. Ils avaient un million de questions. Avant qu'il ait fini, quatre autres personnes se joignirent à eux. Avec un million de questions supplémentaires.

Hope ne lui fut d'aucun secours, tant s'en faut. Elle se contentait de sourire, nettoyait derrière eux ou, pire, relançait la discussion sur un autre sujet.

Lorsqu'il réussit enfin à s'échapper, il faisait nuit noire et il avait le cerveau en compote. Pas à cause de la bière ; il avait fait attention. Non, à cause de la *conversation*.

Il n'avait pas atteint le jardin que la porte d'entrée s'ouvrit. Il se détendit – un peu – lorsqu'il reconnut le cliquetis des talons de Hope.

— Comment fais-tu ? demanda-t-il. Tout le temps ?

— Quoi donc ?

— Parler à de parfaits inconnus.

— J'aime bien.

— Je m'inquiète pour toi.

— C'est un groupe très sympathique, à part ceux qui sont montés droit dans leur chambre à leur retour. Tu as eu de la chance. Elle t'aurait sans doute demandé de revoir sur-le-champ quelque chose à la décoration de la chambre. Je l'appelle la Plaie – dans ma tête. Tu as été très poli, ajouta-t-elle en lui touchant le bras avec un sourire. Amical, presque. C'est gratifiant quand des inconnus admirent ton travail, non ?

— C'est vrai, mais je n'ai pas pour autant envie de faire la causette.

Elle rit.

— Tu as apprécié Bob.

— Lui, ça va. Mais la prochaine fois, je saurai me tenir à l'écart quand l'hôtel sera plein. Mardi, c'est ça ? Il n'y aura personne, tu es sûre ?

— Juste moi. Et Elizabeth.

— Toi et Elizabeth, ça me va.

Il l'attira contre lui avant qu'elle ait le temps de s'écarter.

À l'ombre de l'hôtel, sous le ciel étoilé où brillait la lune, dans les senteurs des roses. Elle ne recherchait pas une idylle sentimentale, mais que faire si elle vous tombait dessus ?

Elle referma les bras autour de lui et savoura l'instant. La chaleur et la douce splendeur de la nuit riche de promesses.

Le corps de Hope se moulait à la perfection au sien, nota Ryder. Et son parfum se mêlait à celui des roses. Un parfum capable à lui seul d'enivrer un homme.

Mieux valait éviter.

Il la lâcha.

— À mardi, dit-il. Tu veux dîner dehors ou pas ?

— Nous commanderons un repas pour ici.

Il lui adressa un grand sourire.

— Ça marche pour moi. Viens, Nigaud, on rentre à la maison.

Elle ne le regarderait pas traverser le parking, décida-t-elle. C'était idiot et pas du tout approprié à la situation – quelle qu'elle fût. Mais elle jeta quand même un petit coup d'œil par-dessus son épaule, juste une fois, avant de rentrer.

Dans l'hôtel, elle retrouva les voix et les rires. Avec le sourire de celle qui dissimule un petit secret, elle alla à la cuisine préparer un plat de cookies pour ses clients.

9

Le hurlement fit bondir Hope dans son lit à 2 heures du matin. Avait-elle rêvé ? Ou était-ce…

Au second cri, elle se leva en hâte et se rua vers la porte. Attrapant son portable au passage, elle fonça dans le couloir en débardeur et short de pyjama en coton. Le cœur battant, elle dévala l'escalier et tomba en pleine hystérie collective au premier étage.

La Plaie poussait des cris d'orfraie, tandis que son mari, en caleçon, l'agrippait par les épaules et lui ordonnait de se taire. Les autres clients jaillissaient de leurs chambres en tenue plus ou moins légère, s'inquiétant bruyamment de la cause de tant d'agitation.

« Reste calme », s'ordonna Hope. Au milieu de ce chaos, quelqu'un devait garder son calme.

— Que se passe-t-il ? Quel est le problème ? Madame Redman. Madame Redman ! Lola, *arrêtez* !

L'ordre était cinglant, mais dans l'idée de Hope, moins humiliant qu'une gifle. La femme inspira un grand coup. Son visage reprit des couleurs.

— Je vous interdis de me parler sur ce ton.

— Je vous présente mes excuses. Êtes-vous blessée ?

La femme blêmit de nouveau, mais au moins elle ne hurla pas.

— Il y a quelqu'un – quelque chose – dans cette chambre. Cette… créature se tenait juste à côté du lit. Elle m'a *touchée* !

— Lola, voyons, il n'y a personne, objecta son mari.

— Je l'ai *vue*. La porte de la galerie était ouverte. Grande ouverte ! Elle est entrée par là !

Comme tout le monde se mettait à parler en même temps, Hope leva les mains.

— Juste une minute, s'il vous plaît.

Elle ouvrit la porte d'Elizabeth et Darcy, maudissant Elizabeth, et alluma la lumière. Tout semblait normal, mais une nette odeur de chèvrefeuille flottait dans la pièce. Mme Redman entra à sa suite, Jake Karlo sur ses talons. La femme de Jake, Casey, tint la porte ouverte, aux aguets, tout en resserrant la ceinture du peignoir de l'hôtel qu'elle avait enfilé à la hâte.

— Il n'y a personne ici, assura M. Redman qui vérifia les deux portes donnant sur la galerie. Elles sont encore fermées de l'intérieur.

— Rien dans la salle de bains non plus, annonça Jake qui se mit à quatre pattes et jeta un coup d'œil sous le lit. Rien à signaler.

— Ma femme a juste fait un cauchemar, dit M. Redman en passant la main dans ses cheveux gris coupés en brosse. Désolé pour tout ce dérangement.

— Je vous en prie, monsieur Redman, ne vous excusez pas.

— Appelez-moi Austin, dit-il à Hope. D'autant que je me présente devant vous en sous-vêtements. Désolé pour cela aussi.

Avec un soupir, il gagna la salle de bains et décrocha un des peignoirs suspendus à la patère.

— Nous avons tous des tenues, disons, décontractées, fit remarquer Jake qui avait enfilé son jean à la hâte sans prendre le temps de boutonner la braguette. Y a-t-il quoi que ce soit que nous puissions faire ?

— Ça va aller maintenant, j'en suis sûre, répondit Hope. Mais merci.

Elle rejoignit Mme Redman, restée dans le couloir, les bras croisés sur la poitrine, toute frémissante, les mains crispées sur les coudes. Cette femme était peut-être une plaie, mais, à l'évidence, elle avait eu la peur de sa vie.

— Austin, votre épouse souhaiterait peut-être un peignoir.

— Je me moque qu'il n'y ait personne là-dedans maintenant, articula Lola Redman, le menton levé quoique tremblant. Vous avez beau dire que les portes étaient fermées, je vous affirme qu'il y avait quelqu'un.

Avec une patience que Hope trouvait admirable, Austin Redman drapa un peignoir sur les épaules de sa femme.

— Lola, voyons, tu as fait un cauchemar, c'est tout.

— Je l'ai *vue*, je te dis. La porte était ouverte et la lumière passait à travers cette… chose. Nous partons. Nous partons sur-le-champ !

Une pointe d'agacement et d'embarras vint fissurer la façade patiente qu'affichait son mari.

— Il est 2 heures du matin. Il n'en est pas question.

— Et si je descendais vous préparer un thé ? suggéra Hope.

— Je vous en serais reconnaissant, répondit Austin, tandis que sa femme se murait dans un silence obstiné. Merci.

— Je vais vous aider, proposa Casey en emboîtant le pas à Hope.

— Ne vous dérangez pas.

— Cela ne me dérange pas. Je boirais bien quelque chose moi aussi. À votre place, ajouta-t-elle à voix basse dans l'escalier, je verserais une bonne dose de ce whisky que vous avez dans la bibliothèque.

« Tentant », songea Hope.

Elle entra dans la cuisine et alla brancher la bouilloire.

— Je le lui suggérerai, répondit-elle. Que puis-je pour vous ?

— Je m'en occupe, ne vous dérangez pas. Elle vous a assez fait courir aujourd'hui. Ne dites rien, enchaîna-t-elle. Je connais ce genre de personne, c'est tout. Pendant mes études, j'ai été serveuse.

À l'aise, Casey sortit une bouteille de vin ouverte du réfrigérateur et ôta le bouchon.

— C'est le genre qui rectifie toujours sa commande, se plaint de la nourriture, du service, laisse un pourboire à la limite de l'insultant et se comporte comme si elle venait de vous faire une grande faveur.

Elle sortit deux verres qu'elle remplit.

— Cet endroit est magnifique et vous vous êtes pliée en quatre – au-delà même de vos attributions – pour satisfaire ses exigences. Avec élégance, de surcroît. Il y a des gens à qui vous donnez une gourde dans le désert parce qu'ils meurent de soif et ils vont encore se plaindre que l'eau n'est pas assez mouillée.

— Malheureusement vrai, approuva Hope qui, par discrétion, décida de s'en tenir là. En tout cas, je suis navrée que votre nuit ait été perturbée.

— Ce n'est rien. Un peu d'animation est toujours un plus. Et Jake et moi ne dormions pas. Pas encore, précisa-t-elle avec un sourire en sirotant son vin.

Elle se percha sur un tabouret.

— Alors, Hope, parlez-moi un peu de ce fantôme.

— Je…

À cet instant, Jake entra d'un pas tranquille.

— Les autres femmes s'occupent de Lola dans la bibliothèque. Austin boit un whisky avec Bob sur la terrasse. Je crois qu'elle commence à se calmer.

— Espérons que le thé achèvera de la calmer tout à fait.

— Hope s'apprêtait à me parler du fantôme.

— Ah oui ? dit Jake qui prit le verre de sa femme et but une gorgée. Quelle est sa spécialité ?

— Jake se passionne pour le paranormal, expliqua Casey. Chaque fois que nous trouvons un peu de temps pour une escapade, nous cherchons un vieil hôtel intéressant ou une maison d'hôtes avec du potentiel. Comme celle-ci.

— Nous étions dans la galerie, il y a une heure ou deux. Il m'a semblé la voir. Jeune, en robe ancienne. Peut-être du XIXe. Juste un flash, dit Jake avec un claquement de doigts. Et il y avait un parfum sucré dans l'air.

— Je n'ai rien vu, mais il a raison pour le parfum, confirma sa femme. Sucré et agréable.

— Quelle nuit, murmura Hope en versant de l'eau chaude dans une des théières.

— Elle n'était ni menaçante ni effrayante, précisa Jake. Mais lorsque quelqu'un qui n'y connaît rien est réveillé par un spectre, hurler est une option logique, j'imagine.

Casey récupéra son verre.

— Elle a fait fort, tout de même, dit-elle. Elle hurlait comme si un chien avait mâchouillé les talons de ses Jimmy Choos. Elle braillait si fort qu'elle a réveillé Bob et Connie qui dorment pourtant sur l'arrière.

— Cela dit, si elle n'avait pas crié, nous aurions raté le caleçon Mickey Mouse de Bob. Ça valait le coup d'œil. Merci, ajouta Jake comme Hope lui servait un verre de vin. Que savez-vous d'elle ? Vous devez la connaître un peu. Vous vivez avec elle.

Peut-être était-ce l'heure tardive ou la conversation conviviale après ce réveil en sursaut qui lui avait mis les nerfs à vif, quoi qu'il en soit, Hope se surprit à leur raconter l'histoire.

— Elle s'appelle Eliza Ford. Elle est venue de New York et est décédée ici en septembre 1862. Le parfum que vous avez senti, c'est du chèvrefeuille. Son préféré.

— Chèvrefeuille, c'est ça ! Je n'arrivais pas à mettre le doigt dessus, dit Jake. C'est passionnant.

— Comment est-elle morte ? s'enquit Casey.

— D'une fièvre. Elle était jeune et issue d'une famille aisée. Elle était venue ici retrouver un certain Billy. Elle l'attend toujours.

— C'est si triste. Et si romantique. Comment êtes-vous au courant pour ce Billy ?

— Elle nous l'a dit, répondit Hope sans détour en finissant de préparer le thé. Elle est loyale, drôle. Romantique aussi, vous l'avez dit – et parfaitement inoffensive. Il se trouve également que c'est une de mes ancêtres.

Casey en resta bouche bée.

— Vous êtes sérieuse ?

— De plus en plus cool, commenta Jake.

— C'est à peu près tout ce que je peux vous dire. Je dois aller porter son thé à Mme Redman.

— Laissez-moi m'en charger, proposa Jake en s'emparant du plateau qu'elle avait préparé. Eliza aurait mieux fait de venir dans notre chambre. Nous n'aurions pas ameuté toute la maison.

— Je ne pense pas que Mme Redman trouverait la chose aussi divertissante que vous, dit Hope.

Et, songea-t-elle dans l'escalier, elle ne pensait pas qu'elle ait voulu se montrer divertissante.

Il était presque 3 h 30 quand le calme revint enfin après que chacun eut regagné ses pénates. Le whisky dans le thé – Austin en personne y ajouta une généreuse rasade – eut l'effet escompté. Lorsque Jake et Casey proposèrent un échange des chambres, il guida avec reconnaissance une Lola à demi endormie dans Titania et Oberon.

De retour dans son appartement, Hope poussa un long, très long soupir.

— Eliza, qu'est-ce qui vous a pris ?

Avec un bâillement à s'en décrocher la mâchoire, elle gagna sa chambre d'un pas traînant.

— Oh, je sais ! Cette femme était grossière, exigeante, ingrate, bref une vraie harpie. Vous l'avez effrayée à dessein. Un genre de représailles occultes.

Elle reposa son portable sur le chargeur, brancha l'alarme par précaution et se glissa de nouveau dans son lit.

— C'est réussi. Grâce à un ou deux doigts de whisky irlandais, nous l'avons peut-être convaincue de retourner au lit, mais jamais son mari n'arrivera à la dissuader de partir demain, avec un jour d'avance. Je ne pense pas qu'il en ait envie, mais il a eu sa dose. Et moi aussi. Je rectifierai leur facture et leur dirai au revoir demain. À mon avis, on n'est pas près de les revoir.

Alors qu'elle tendait la main vers l'interrupteur, Hope se pétrifia.

Lizzy n'apparut pas dans un scintillement ou peu à peu comme une photographie dans un bain de révélateur. Elle était là, tout simplement, ses cheveux blonds sagement ramassés en chignon sur sa nuque, la jupe de sa robe grise – non, bleue – ondoyant légèrement. Ses lèvres s'incurvèrent en un sourire espiègle.

— Bon débarras, déclara-t-elle.

— Vous êtes là, parvint à articuler Hope.

— Je n'ai pas d'autre endroit où aller. Mais je me plais ici, surtout maintenant que vous y êtes.

— Vous devez m'en dire plus afin que je puisse retrouver Billy. Nous tenons tous à le retrouver pour vous.

— C'est de plus en plus flou, dit Eliza.

Elle leva ses mains dont les contours devenaient indistincts.

— Je suis de plus en plus floue. Mais l'amour demeure. Vous trouverez l'amour. Vous êtes mon espoir, Hope[1].

— Son nom, dites-moi le reste de son nom.

— Ryder. Est-il venu ?

— Plus tôt, oui. Il reviendra. Dites-moi le nom entier de Billy.

— Il était ici, répondit la revenante, les mains croisées sur le cœur. Proche, mais trop loin. J'étais malade, et tout devient flou comme une vieille lettre fanée. Reposez-vous maintenant.

— Eliza…

Mais la jeune femme disparut comme par enchantement. Hope rejeta le drap et se leva d'un bond. Tant que les souvenirs étaient frais, elle nota cette conversation aussi brève que surréaliste.

« Je ne vais jamais réussir à dormir », se dit-elle, allongée dans le noir, guettant le retour d'Eliza. Mais à la seconde où elle ferma les yeux, elle sombra dans le sommeil.

Le lendemain matin, Hope ne se traîna quand même pas hors de son lit, mais tout juste. Elle régla sa douche sur puissance et chaleur maximales, puis serra les dents et termina par un jet d'eau

1. *Hope* signifie « espoir » en anglais. *(N.d.T.)*

froide dans l'espoir de sortir son corps et son cerveau de leur léthargie.

Un seul regard à son reflet lui arracha un gémissement. Elle allait devoir forcer la dose sur le fond de teint.

Le temps qu'elle descende à la cuisine, Carol-Ann était déjà là. Elle préparait la pâte à gaufres en fredonnant.

— Désolée, je suis un peu en retard.

— Mais non. Prenez un café et dites-moi comment s'est passée la soirée.

— Si vous saviez.

— Je me doutais que cette harpie serait source d'ennuis.

— Vous n'imaginez pas ! s'exclama Hope.

Elle se servit un café et se força à boire la première tasse sans lait. Puis elle entreprit de disposer sur un plat les tranches de fruits frais qu'elle avait coupées la veille tout en racontant en détail les événements de la nuit à Carol-Ann.

Elle récolta une foule de *oh, mon Dieu !*, *vous plaisantez !*, *je n'arrive pas à y croire !*, mais réussit à boucler son récit en même temps que la préparation du petit-déjeuner.

— Vous devez être épuisée !

— Ce ne serait pas si grave, mais il y a dans ce groupe une belle collection d'oiseaux de nuit.

— Justine n'a-t-elle pas dit clairement que ce n'est pas parce qu'un client veut rester debout la moitié de la nuit que vous êtes obligée d'en faire autant ?

— Je sais, mais je suis incapable de me poser avant que tout le monde se soit retiré. Je promets de faire un effort.

— Dès que nous en aurons fini avec le petit-déjeuner, vous remonterez faire un somme.

— Nous verrons. En tout cas, nous n'avons plus que sept chambres de réservées ce soir.

— Bon débarras, marmonna Carol-Ann, ce qui fit sourire Hope.

— C'est exactement ce qu'a dit Elizabeth.

— Elle vous a parlé ? Comme c'est excitant ! Je savais qu'elle le ferait un jour ou l'autre. Et si elle me laissait faire, je lui taperais dans la main pour la féliciter d'avoir chassé ce dragon.

— Des clients casse-pieds, nous en aurons d'autres. Dans l'hôtellerie, c'est inévitable. Mais je ne regretterai pas son départ, moi non plus.

— Asseyez-vous, buvez une nouvelle tasse de café. Je m'occupe de dresser les tables.

— C'est fait. J'ai eu tout le temps hier soir. Et si vous remplissiez la cafetière ? Je me charge des œufs.

Hope appréciait le rythme de travail que Carol-Ann et elle avaient établi quand l'hôtel était complet. Et les bribes de conversation qu'elles parvenaient à échanger pendant le service.

Malgré la nuit mouvementée, plusieurs clients se réveillèrent tôt et affamés. Hope resservit elle-même Lola Redman en café comme elle passait dans la salle à manger.

— Comment vous sentez-vous ce matin ?

— Bien, merci.

Le ton était sec, mais Hope y détecta davantage d'embarras que d'impolitesse.

Elle vérifia les plats chauffants, alla remplir les pichets de jus de fruits qu'elle rapporta, parla avec Connie des meilleurs antiquaires de la région, et avec Mike et sa femme de leur visite aux Cunningham Falls.

Elle accorda un bon point à tous pour avoir évité d'évoquer l'épisode de la nuit, même si elle se doutait qu'ils ne devaient pas s'en priver dès que Lola était hors de portée de voix.

Tandis que quelques-uns prolongeaient tranquillement le petit-déjeuner et que d'autres montaient préparer leurs affaires pour la journée, Hope alla éditer la facture des Redman.

Austin frappa à la porte de son bureau.

— Je charge la voiture, annonça-t-il. Voici la clé.

— Merci. Je suis navrée que votre séjour n'ait pas été aussi agréable que vous l'espériez.

— Vous n'y êtes pour rien. J'ai beaucoup apprécié.

— Tant mieux. Souhaitez-vous régler par carte bancaire ?
— Oui, s'il vous plaît.
— Un moment, je vous prie.
— Je crois que je vais prendre deux bouteilles d'eau pour la route.
— Servez-vous.
Lorsqu'elle le rejoignit à la cuisine, Austin discutait avec Carol-Ann.
— Merci, Austin, lui dit-elle. Faites attention sur la route.
Il se tourna vers elle et lui glissa quelques billets dans la main.
— Pour tout le mal que vous vous êtes donné.
— Ce n'est pas nécessaire, voyons.
— S'il vous plaît, prenez-les. Je considérerai cela comme une faveur de votre part. J'ai été enchanté de vous rencontrer toutes les deux. Et maintenant, je file.
Lorsqu'il sortit, Hope fixa avec perplexité les deux billets de cinquante dollars pliés dans sa paume.
— C'est sa façon de s'excuser, dit Carol-Ann. On ne refuse pas des excuses sincères.
— Quand même, ce n'était pas nécessaire. Tenez. Votre moitié.
Carol-Ann secoua la tête.
— Ils sont à vous.
— Carol-Ann…
— Non, coupa celle-ci, l'index levé avec autorité. Ils sont à vous, et vous les avez bien mérités. Et si vous montiez vous reposer un peu, à présent ?
La fatigue associée à la caféine lui donnait l'impression d'être un hamster épuisé incapable de s'empêcher de courir dans sa roue.
— J'ai bu trop de café. Peut-être plus tard. Avery fait l'ouverture aujourd'hui. Je vais aller papoter avec elle.
— Excellente idée.
Un moment passé avec une amie était aussi revigorant qu'une sieste, songea Hope en traversant Main Street. Et elle avait besoin d'un avis, d'une opinion, d'un conseil. Elle tapota à la porte

vitrée des cuisines et attendit qu'Avery vienne lui ouvrir, en tablier, les cheveux attachés à l'aide d'une pince.

— Que se passe-t-il ? demanda-t-elle d'emblée. Je croyais que l'hôtel était complet.

— Carol-Ann est aux commandes. Je fais une pause. Et j'ai des tonnes de trucs à te raconter, tu ne vas pas en croire tes oreilles. J'aimerais que Clare soit là.

— Du lourd ? Du croustillant ?

— Tout ça et bien plus.

— Suis-moi. Il y a eu une razzia sur les pizzas hier soir et je prépare de la pâte supplémentaire.

— Je prends un Coca. Je ne devrais pas, avec toute la caféine que j'ai déjà ingurgitée, mais il faut faire marcher la mécanique.

— La nuit a été dure ?

— Tu n'imagines pas.

Hope rejoignit Avery à la table en inox où elle était occupée à découper les pâtons qu'elle plaçait ensuite dans des moules à lever.

— Pour commencer, il y a eu la Plaie, reprit-elle.

— Quelqu'un s'est blessé ?

— Mais non !

Elle lui fit un bref portrait de Lola Redman.

— Oh, je vois ! Nous avons aussi ce genre de clients parfois. C'est obligé quand on est en contact avec le public. Je ne t'ai pas parlé du type, la semaine dernière, qui… Pardon, c'est toi qui racontes.

— Je me demande si je dois procéder par ordre chronologique ou par importance d'impact.

— Impact.

— Même comme ça, c'est difficile de juger. Je vais commencer par le sexe.

Avery planta sur ses hanches ses poings couverts de farine.

— Comment ? Tu as fait des folies de ton corps et tu ne m'as rien dit ? Et puis d'abord, quand en as-tu trouvé le temps depuis qu'on s'est parlé ?

— Je n'ai rien fait. Mais c'est dans l'air. Dieu merci. Mardi prochain, le soir.

— Tu as fixé un *rendez-vous* ? s'écria Avery, avant de laisser échapper un soupir, le regard compatissant. C'est tout toi.

— C'est une question de logistique, se défendit Hope. Il n'y a pas de réservations pour mardi. Je ne peux pas quand il y a des clients.

— Pourquoi ? Tu as un appartement avec une porte et une serrure. Traite-moi de dingue si tu veux, mais je soupçonne fort certains de tes clients de faire des galipettes derrière leur porte close.

— C'est vrai, mais je ne veux pas courir le risque la première fois. Nous pourrions tomber sur un autre groupe bien décidé à faire la fiesta jusqu'à 1 heure du matin. Je préférerais davantage d'intimité.

— Tu prévois de faire du boucan ?

— Ça fait plus d'un an, rappela Hope à son amie. Ce n'est pas impossible. Il faut que je m'achète de la nouvelle lingerie. De la lingerie sexy. Cela ne m'est pas arrivé depuis un an. Quelle tristesse. Il me faut du neuf, tu ne crois pas ?

— Absolument. Même si Ryder risque de ne pas y prêter beaucoup d'attention avant de te l'arracher.

— Je n'ai pas dit que l'heureux élu était Ryder.

— Je lis les sous-titres, rétorqua Avery.

Elle rangea les moules au frais sous le plan de travail et remua la sauce qui mijotait déjà sur le piano.

— Vous sortez d'abord – resto, cinéma ? Ou vous passez tout de suite aux choses sérieuses ?

— J'ai suggéré de nous faire livrer le dîner à l'hôtel et il a approuvé. Et tout de suite après, les choses sérieuses.

— Comme c'est mignon, s'extasia Avery. Et si je vous préparais quelque chose ? Un dîner de grands. Pourquoi pas une des entrées du MacT ?

— Tu n'es pas obligée. Des pâtes, ce sera très bien.

— Les pâtes de Vesta sont mieux que bien, mais je te propose de hausser le niveau d'un cran. Ce sera ma contribution à la « fin de traversée du désert ».

— Merci pour ton soutien.

— Je m'occupe de tout. Tu me revaudras ça avec un coup de fil ou un texto dès que possible pour confirmer le décollage.

— D'accord. Je devrais m'inquiéter de complications, tu crois ? Avec Ryder ?

— Ryder n'est pas quelqu'un de compliqué. Lui, homme, toi, femme. Je suis sûre qu'il va très bien le prendre. Je connais certaines filles avec qui il est sorti dans le passé.

— À quoi ressemblent-elles ? Allez, raconte, insista Hope. Qui ne voudrait pas savoir ?

— Hope, il « sort » depuis l'adolescence, expliqua Avery qui dessina des guillemets dans l'air. Il aime la diversité. Ce que je peux dire, c'est qu'il réussit à garder des relations amicales après.

— C'est tout ce que je veux. Une relation sans complication avec un homme que j'aime bien – ce qui est une surprise – et qui m'attire physiquement – ce qui n'en est pas une. Bon, eh bien, c'est réglé. Passons maintenant au reste de l'histoire. Je me suis couchée vers minuit et demi hier. Et j'ai été réveillée en sursaut peu après 2 heures par un hurlement.

Avery s'arrêta de remplir ses bacs de garnitures.

— Mon Dieu, que s'est-il passé ?

— Laisse-moi te raconter, dit Hope.

Ce qu'elle fit.

À un moment du récit, Avery ne put s'empêcher d'éclater de rire. Hope secoua la tête.

— J'aurais dû me douter que tu trouverais ça drôle. Elizabeth et toi avez beaucoup en commun.

— Elle l'a fait exprès. Elle nous aime et n'a pas apprécié que la Plaie te traite comme son larbin. Elle méritait une bonne frayeur.

— Elle l'a eue, tu peux me croire. Tout le monde s'est retrouvé sur le palier du premier, qui en peignoirs, qui en sous-vêtements ou, comme moi, en tenue de nuit un peu légère. Elle braillait comme si quelqu'un lui avait planté un pic à glace dans l'œil. Je me sens coupable de ne pas lui avoir avoué qu'elle avait vraiment vu quelqu'un, mais…

— Elle aurait eu encore plus la frousse.

— C'est ce que je me suis dit. En revanche, j'en ai parlé à un couple, Jake et Casey. Lui s'intéresse aux histoires de fantômes. Il affirme avoir aperçu Elizabeth dans la galerie un peu plus tôt. Je suis certaine qu'il va traîner dehors cette nuit dans l'espoir qu'elle se manifeste de nouveau. Enfin bref, deux tasses de thé arrosé de whisky plus tard, nous avons enfin réussi à coucher Lola. Dans Titania et Oberon. Jake et Casey ont échangé leur chambre avec les Redman, ce qui m'a bien entendu forcée à remplacer les draps et le linge de toilette, mais la paix de tous était à ce prix.

— À quelle heure t'es-tu recouchée ?

— Pas loin de 4 heures.

— Tu dois être vannée !

— Merci, la caféine, fit Hope en brandissant son Coca. Aujourd'hui, c'est ma meilleure amie – en plus de toi. Mais ce n'est pas encore tout à fait la fin de l'histoire. Je l'ai vue. Elizabeth. Eliza. Je lui parlais à voix haute en me couchant, comme ça m'arrive parfois, histoire de l'inciter à communiquer. Et là, ça a marché.

— Elle était dans ton appartement ?

— Ce n'est pas la première fois. Mais la voir, c'était inédit. Et figure-toi qu'elle m'a parlé.

Les yeux écarquillés, Avery agrippa la main de son amie.

— Qu'a-t-elle dit ? Tu lui as demandé pour Billy ?

— Tout de suite, ce qui a réclamé de ma part une présence d'esprit et un sang-froid admirables, tu ne trouves pas ?

— Félicitations. Que t'a-t-elle dit ?

— J'ai tout noté. Mot pour mot, je pense.

Hope sortit la feuille pliée dans sa poche et la lut à voix haute.

— Quel est le rapport avec Ryder ?

— Je n'en sais rien. Je suppose que c'est encore son côté romantique. Elle doit avoir envie de nous voir ensemble, Ryder et moi.

— Elle sera ravie mardi soir.

— Possible, mais la nature de notre relation risque de la décevoir.

— Peut-être pas, objecta Avery qui haussa les épaules. Je disais ça comme ça. Pauvre Elizabeth qui devient floue. Ses souvenirs semblent aller et venir comme sa présence.

— C'est l'impression que cela donne.

— Je t'avais dit, non, que je percevais sa présence, sentais son parfum, quand j'étais ado et me glissais en cachette dans l'auberge ? Et Beckett l'a sentie, lui aussi, au début des travaux. Lorsqu'il vivait encore en face, il passait faire un tour la nuit et lui parlait. C'est lui qui lui a donné son nom. C'est sans doute puissant, un nom.

— D'autant qu'il est pour ainsi dire tombé pile sur le vrai.

— Tu m'en diras tant.

— Quoi ? fit Hope.

— Bizarre, bizarre, non ? dit Avery. En tout cas, elle semble avoir repris des forces lorsqu'ils ont rénové l'auberge.

— Les travaux l'auraient aidée à revenir, tu crois ?

— D'une certaine façon, oui. C'est chez elle et l'endroit n'était guère reluisant. C'était sale, négligé, en ruine. Vitres cassées, gravats et fientes de pigeon dans tous les coins. Une sorte d'énergie négative, tu ne trouves pas ?

— Très négatif, les fientes de pigeon.

— Et puis, les Montgomery ont ramené cette vieille bâtisse à la vie, pas à pas. Avec beaucoup de soin et d'amour. Ça va au-delà du travail.

— Et ça se voit.

— Et ça se *ressent*, renchérit Avery. Carol-Ann et toi apportez aussi chaque jour votre pierre à l'édifice. Avec soin et amour. Owen pense qu'Elizabeth apprécie que l'hôtel ait retrouvé sa splendeur et soit occupé. Moi aussi. Mais c'est peut-être également une question d'énergie. D'énergie positive, cette fois.

Songeuse, Hope hocha la tête.

— L'énergie de cet endroit, des gens qui le fréquentent, l'aide à revitaliser l'énergie de son esprit. Ce n'est qu'une théorie.

— Et tu vis là-bas, toi, sa descendante, fit remarquer Avery. Cela ajoute un surcroît d'énergie.

— Et de responsabilité. Je le sens. Elle a tellement confiance en moi, Avery. Je ne veux pas la décevoir.

— Tu dois en parler à Owen, bien sûr, mais aussi à Ryder, puisqu'elle a mentionné son nom. Elle reviendra peut-être s'il est ici avec toi. Il se peut qu'elle vous parle à tous les deux. À deux, vous émettez peut-être une énergie plus puissante. Je ne sais pas. C'est possible. Et elle sera peut-être en mesure de vous donner le nom entier de Billy.

— Ça vaut la peine d'essayer. Tiens, tu transmettras ceci à Owen, fit Hope en tendant la feuille à Avery. J'en ai une copie.

— D'accord. Ils travaillent tous à la fabrication du comptoir aujourd'hui. Et à celle des aménagements sur mesure. Tu pourrais aller leur parler.

— Je ne peux pas laisser Carol-Ann seule avec tant de travail.

— Je passerai ce soir en rentrant. Ils ont prévu une nouvelle séance à l'atelier demain. Je te tiendrai au courant.

— Demain après-midi, il n'est pas impossible que je puisse me libérer une heure ou deux. Ils travailleront chez leur mère, n'est-ce pas ? Dans ce grand bâtiment qui ressemble à une deuxième maison ?

— C'est ça. Je ne travaille pas demain, n'importe quelle heure me conviendra. Je peux prévenir Clare. Si elle n'a rien de prévu, nous pourrions programmer une réunion générale sur notre revenante.

D'autres opinions, d'autres théories, se dit Hope. Tout ce qui pouvait faire avancer les recherches était bon à prendre.

— Je m'arrangerai avec Carol-Ann. Je ferais mieux d'aller la rejoindre. Les clients vont bientôt libérer les chambres. Nous allons avoir une montagne de draps et de serviettes à changer.

— Je sais que tu n'as pas l'habitude de te reposer dans la journée, mais fais donc une exception aujourd'hui. Tu as l'air fatiguée.

— J'ai pourtant plus de deux kilos de fond de teint sur la figure, appliqués d'une main experte.

— Je te connais, alors le fond de teint ne fait pas illusion avec moi. Fais un somme ou demande au moins à Carol-Ann de te remplacer ce soir.

— Puisque nous sommes débarrassées de la Plaie, je vais peut-être l'envisager. Elle passera un bon moment avec le reste du groupe. Mets Clare au courant. Je te vois demain.

— Si Elizabeth revient, appelle-moi !

— D'accord.

Hope sortit d'un pas plus léger, puis leva les yeux vers le ciel avec un froncement de sourcils.

Des nuages commençaient à masquer le soleil. La météo n'avait peut-être pas prévu de pluie, mais elle savait reconnaître un orage qui menaçait quand elle en voyait un.

Cela signifiait que les clients rentreraient sans doute plus tôt que prévu d'excursion, ou ne sortiraient même pas du tout.

Elle pouvait faire une croix sur sa sieste.

10

Le dimanche après-midi, Hope s'engagea, avec un peu de retard sur son planning, dans l'allée menant chez Justine. Elle n'en avait pas moins apprécié le trajet dans la campagne ensoleillée, sur les petites routes sinueuses, vitres baissées et cheveux au vent.

La journée idéale pour rouler en décapotable, songea-t-elle. Lorsqu'elle habitait à Georgetown, elle avait caressé l'idée de s'en offrir une, mais n'avait pu justifier pareil achat dans la mesure où elle vivait en ville. Et maintenant, elle ne le pouvait pas plus à cause des longs hivers souvent neigeux du Maryland.

C'était terrible d'avoir l'esprit pratique.

Elle aimait la façon dont la maison de Justine semblait nichée dans les bois tout en donnant une impression d'espace. Et l'immense jardin ajoutait une touche vraiment spectaculaire à l'ensemble.

Elle comprit pourquoi lorsqu'elle aperçut la maîtresse des lieux occupée à désherber, un chapeau de paille à large bord sur la tête, des gants mauves aux mains et un bac rouge vif à côté d'elle.

Quand Hope se gara derrière un trio de pick-up, une meute de chiens se précipita pour lui faire la fête en remuant la queue. Elle fit le décompte tandis qu'elle ouvrait sa portière. Il y avait les deux labradors de Justine, Atticus et Finch. Yoda et Ben, de chez Clare et Beckett. Nigaud, bien sûr. Et… oh, le nouveau chiot !

Les chiens la reniflèrent tandis qu'elle distribuait les caresses.

— Bonjour, toi. Tu dois être Spike. Comme tu es mignon !

Justine frappa dans ses mains.

— Doucement, les garçons ! On laisse Hope respirer !

À cet instant, un petit carlin contourna le bac rouge en se dandinant.

— Il y a vraiment des chiens partout, s'esclaffa Hope en rejoignant Justine, qui soulevait le bac rempli de mauvaises herbes.

— N'est-ce pas ? Celui-ci, c'est Tyrone. Le pauvre est un peu dépassé.

— Tous les autres sont si grands. Bonjour, Tyrone.

— Il n'entend que d'une oreille. Et en prime, il est timide. Mais c'est une bonne bête. Il a juste besoin d'un peu de temps pour trouver ses repères.

Les trois fils de Clare arrivèrent en courant de l'atelier. Murphy tricotait de toutes ses forces avec ses petites jambes pour ne pas se laisser distancer. Aussitôt, les chiens – excepté Tyrone – se ruèrent vers eux.

— Maman arrive, annonça Harry. On a soif.

— On peut avoir un Spécial, mamie ?

Justine donna une chiquenaude à la visière de la casquette de base-ball de Liam. Depuis qu'ils venaient à la maison, elle avait pris l'habitude de stocker des bouteilles de V-8 Splash et son « Spécial » consistait à ajouter une goutte de soda au gingembre aux différents jus de fruits.

— Ça marche. Emmenez celui-ci avec vous, dit-elle aux garçons, désignant Tyrone. Et attention qu'il ne fasse pas ses besoins sur mon carrelage.

— D'accord !

Murphy enroula les bras autour des jambes de Hope et leva vers elle un visage radieux.

— On a beaucoup de chiens, hein ? On en a plus que tout le monde dans tout l'univers.

— Je vois ça.

— Attendez-moi ! cria-t-il à ses frères qui repartaient déjà au pas de course.

— Quand je pense qu'avant il n'y avait que moi et mes deux chiens, fit Justine en allant vider les mauvaises herbes dans le bac à compost. Même si les garçons trouvaient toujours de bonnes raisons pour venir voir comment j'allais. Et maintenant, il y a ces trois lascars et une meute de loups.

— Et vous adorez ça.

— J'en savoure chaque seconde. Clare ! cria Justine, un poing calé sur la hanche, tandis que sa belle-fille descendait l'allée de l'atelier. J'ai autorisé les enfants à aller boire un jus de fruits.

— Merci. Un peu d'exercice me fait du bien, mais j'apprécie d'être assise à l'intérieur. Je ne t'avais pas entendue arriver, dit-elle à Hope. C'est bruyant dans l'atelier.

— Attends d'être dans la maison, fit remarquer Justine.

— J'ai l'habitude, fit Clare. De toute façon, vos fils m'ont chassée de l'atelier. Ils vont commencer à vernir et ne veulent pas que j'inhale les vapeurs.

— Je n'ai pas élevé des idiots. Entre, je te rejoins. J'ai presque fini ici. Je pourrai t'aider à garder la petite troupe à l'œil. Hope, si vous alliez à l'atelier leur demander quand ils comptent faire une pause ?

— D'accord.

Elle prit la direction de l'atelier et les chiens s'élancèrent à sa suite. Le regard fou, Finch la rattrapa, une balle miteuse et dégoulinante de bave dans la gueule.

— Je ne touche pas à ce truc, le prévint-elle.

Il la déposa à ses pieds.

— Je n'y touche pas, je t'ai dit.

Il répéta son manège tous les trois pas jusqu'à la terrasse de l'atelier encombrée de vieilleries – chaises, tables, encadrements de fenêtre et autres objets de récupération qu'elle ne put identifier. Une musique tonitruante jaillissait des fenêtres ouvertes, par-dessus laquelle on entendait des voix d'hommes qui discutaient avec animation.

Elle passa la tête dans l'embrasure de la porte et découvrit les trois frères au milieu d'une impressionnante collection d'outils à dents, piles de bois et pots de peinture. Les murs étaient couverts d'étagères remplies de matériel et récipients en tout genre.

Finch fonça à l'intérieur et lâcha sa balle aux pieds de Ryder qui y jeta à peine un coup d'œil avant de la lancer par la fenêtre.

Le chien bondit et suivit le même chemin. Il y eut un fracas, puis un choc mat. Hope se précipita sur la terrasse pour s'assurer que le chien n'avait rien. Sous son regard sidéré, il exécuta un roulé-boulé avec la balle serrée entre les mâchoires et fila de nouveau dans l'atelier.

— Je rêve, murmura-t-elle.

Elle rebroussa chemin et, cette fois, franchit le seuil. Elle eut à peine le temps de lever les mains en geste de défense et d'attraper la balle avant qu'elle ne l'atteigne en pleine figure.

— Bons réflexes, commenta Ryder.

— Beurk, fit-elle en lançant la chose gluante dehors.

Fou de joie, Finch galopa de plus belle après son jouet.

— Pas mal, ce jeu de bras.

— Tu pourrais regarder où tu lances ce truc répugnant.

— Ce « truc » serait passé par la fenêtre si tu ne l'avais pas arrêté, fit-il remarquer.

Il extirpa de sa poche un bandana qu'il lui tendit.

— Non, merci, dit Hope qui n'y jeta qu'un vague coup d'œil et sortit de son sac un mini-flacon de gel antibactérien.

— Hope ! Regarde mon bar ! s'exclama Avery.

En short cargo, chaussures de randonnée et bandana vert vif noué sur ses cheveux, elle ressemblait davantage à une randonneuse tout droit descendue de la piste des Appalaches qu'à une restauratrice.

Contournant l'outillage électrique et les piles de bois, elle attrapa son amie par la main et l'attira à sa suite.

— Ce sont les panneaux qui iront sous le comptoir. Ils ne sont pas sublimes ?

Hope n'y connaissait pas grand-chose en menuiserie, mais elle devinait le potentiel du bois encore nu, rehaussé de détails très fins.

— Il y en a autant ? Ce bar va être plus vaste que je ne l'imaginais.

— Dans la vie, il faut voir grand ! s'exclama Avery en se trémoussant joyeusement. J'ai presque décidé ce que je veux pour le dessus. Nous allons commencer à teinter certains panneaux aujourd'hui afin que je voie ce que ça donne.

— Il n'y a pas de *nous* qui tienne, corrigea Owen.

— Mais je…

— Est-ce que je viens t'embêter dans ta cuisine ?

— Non, mais…

— Pourquoi ?

Avery leva les yeux au ciel.

— Parce que tu es trop maniaque et minutieux à vouloir toujours que tout soit parfaitement organisé. Et que tu n'aimes pas faire des expériences.

— Toi, si. Voilà pourquoi tu es une si bonne cuisinière. Et c'est parce que je suis maniaque et minutieux que je suis un si bon menuisier.

Maniaque et minutieux comme l'était Owen, Hope ne s'attendait pas qu'il humecte son pouce et le passe sur le bois brut, en faisant ainsi ressortir le veinage riche et profond.

— Joli, n'est-ce pas ? dit-il. Allez, à tes fourneaux.

Le sourire carnassier qu'elle lui décocha le fit rire, et il l'embrassa à pleine bouche, les mains plaquées sur ses fesses.

Beckett surgit d'un recoin de l'atelier, portant deux grands bidons.

— Je vous avais bien dit que je savais où était ce vernis. Salut, Hope.

— Si tu les avais laissés où je les avais mis, tu n'aurais pas eu besoin de chercher, commença Owen.

— Ces bidons gênaient le passage, et je savais très bien où ils se trouvaient.

— Ils ne pouvaient pas gêner le passage s'ils étaient rangés dans la zone vernis, peintures, lasures.

— Mesdemoiselles !

Hope pivota vers Ryder.

— Pas toi. Je parle aux deux chochottes, là. Vous les ouvrez, ces bidons ? lança-t-il à ses frères. J'aimerais bien finir de teinter ces panneaux avant la fin du siècle.

Avery revint à la charge avec son sourire le plus enjôleur.

— Laissez-moi vernir un peu. Juste un petit coin sur un petit panneau. Comme ça, je pourrai dire que j'ai mis la main à la pâte. Allez, Owen, décoince-toi.

— C'est vrai, approuva Beckett. Décoince-toi, Owen.

Les chicaneries reprirent de plus belle.

— C'est toujours comme ça ? demanda Hope à Ryder.

Il but une longue gorgée de sa bouteille de Gatorade.

— Comme quoi ?

Avant qu'elle ait le temps de répondre, Finch rentra avec sa balle sale et dégoulinante. Elle sauta de justesse en arrière pour éviter de la recevoir sur le pied. Ryder shoota dedans, l'envoyant par la fenêtre, et le chien hystérique recommença son joyeux manège.

— Tu n'as pas peur qu'il se blesse ? demanda Hope avec un froncement de sourcils.

— Jusqu'à présent, il ne lui est rien arrivé. Rends-nous service, emmène donc le Petit Chaperon rouge loin d'ici. Tout prend trois fois plus de temps avec des femmes dans les pattes.

— Ah oui, vraiment ?

— À moins qu'elles ne sachent utiliser certains des outils ici présents, oui, je confirme. Si tu veux que ta réunion spéciale revenante ait lieu avant la tombée de la nuit, emmène-la.

— Connaissant Avery, tu sais qu'elle ne partira pas avant d'avoir verni son coin. Après, je l'emmène.

— D'accord.

Il s'empara d'un pistolet à colle, déposa un filet le long de l'arête d'un meuble qui ressemblait à une sorte de comptoir avec des étagères au-dessus.

— C'est quoi ?

— Les rangements intégrés pour le personnel de service. Puisque tu tiens à rester plantée là, passe-moi donc ce serre-joint.

Elle jeta un coup d'œil sur la table couverte de vis, outils, chiffons, tubes de colle et localisa un serre-joint. Alors qu'elle était tournée, quelque chose lui effleura les cheveux.

— Je rêve ou tu viens de me renifler ?

— Si tu prends la peine de sentir si bon, tu dois t'attendre à te faire renifler, rétorqua Ryder du tac au tac.

Leurs regards se croisèrent au-dessus du serre-joint.

— Et si tu venais faire un tour chez moi quand nous aurons terminé ici ? reprit-il.

— J'ai des clients.

— Il y a Carol-Ann.

Très tentant, dut-elle admettre, des papillons au creux du ventre, mais elle secoua la tête.

— Mardi soir.

Elle décida de partir avant de changer d'avis.

— Avery, viens. Laissons-les travailler.

— Tu as fait ton coin, la Rouquine, lança Ryder. Débarrasse le plancher. L'atelier est interdit aux filles.

— Les garçons sont méchants, protesta Avery.

Et elle vrilla un index vengeur dans l'estomac de Ryder en passant.

Lorsqu'elles se retrouvèrent dans le jardin où les enfants et les chiens s'ébattaient à qui mieux mieux, elle glissa le bras sous celui de Hope.

— Dis donc, c'était torride entre vous.

— Arrête.

— Je sais reconnaître des vibrations sexuelles quand elles crépitent dans l'air. Il n'habite qu'à quelques minutes d'ici, tu sais.

— J'ai…

— Des clients. N'empêche, on a tendance à sous-estimer un petit coup vite fait, bien fait.

— Tu es vraiment obsédée.

— Je suis fiancée. C'est normal de penser au sexe.

— Tu es censée penser à ta robe de mariée et au traiteur.

— Et au sexe, insista Avery qui ôta son bandana en riant et se passa les doigts dans les cheveux. Je n'ai pas envie de décider maintenant pour la robe. Pour l'instant, je feuillette les magazines et je glane des idées sur Internet. J'essaie de trouver un style qui me convienne. Comme pour le dessus du bar.

Hope leva les yeux au ciel, choquée par le manque de romantisme de son amie.

— Avery, ta robe de mariée n'a rien à voir avec un dessus de bar.

— Ce que je veux dire, c'est que l'un comme l'autre doivent être exactement à mon goût. Fabuleux et enthousiasmants.

— D'accord, ta robe de mariée est comme ton dessus de bar.

Avery entra dans la maison par la porte de la cuisine où elle trouva Clare assise devant le plan de travail, occupée à éplucher des carottes. Debout, Justine émincait du céleri, le carlin en boule à ses pieds. Quelque chose mijotait sur le feu.

— On prépare le barbecue, annonça-t-elle. Ryder a fait des allusions à peine voilées au manque de salade de pommes de terre dans sa vie. Avec trois filles sous la main, je me suis dit qu'on devrait s'en sortir.

— C'est avec plaisir que je donnerais un coup de main, dit Hope, mais je dois rentrer d'ici une petite heure.

— J'ai appelé Carol-Ann. Elle tiendra le fort jusqu'à votre retour.

— Vraiment, je devrais y aller. C'est à elle d'être ici, en famille.

— Tout va bien, assura Justine. Avery, pourrais-tu préparer ta marinade pour le poulet ? La recette épicée. Nous prévoirons quelque chose de plus doux pour Harry et Liam. Pas de problème pour Murphy : plus c'est épicé, mieux c'est. Si on le laissait, il goberait des piments comme des bonbons.

— Il préfère les piments aux bonbons, précisa Clare. Détends-toi, Hope, enchaîna-t-elle. Si tu restes, nous aurons plus de temps pour réfléchir à Elizabeth.

Bien vu, dut admettre Hope. Mais si elle avait su qu'elle aurait davantage de temps, elle aurait peut-être accepté l'invitation de Ryder.

Qui était l'obsédée finalement ?

— J'adore les barbecues, dit-elle avec un sourire à Justine. Que puis-je faire pour aider ?

Justine lui tendit un couteau économe.

Ryder entra avec ses frères, la petite troupe de garçons et la meute de chiens. Un chaos immédiat s'ensuivit. La maison résonnait de cris, de courses, de chamailleries. Les enfants réclamaient à manger et à boire. Comme il s'y attendait, sa mère restait stoïque en pleine tempête, ou surfait sur la vague. Au milieu du bazar, Avery en rajoutait une couche – ça aussi, il s'y attendait. Clare contrait l'hystérie du trio avec un regard qui réduisait presque de moitié les décibels – le truc des mamans – tandis que Beckett attrapait des gobelets pour faire face aux demandes des garçons qui prétendaient mourir de soif.

Rien de tout cela ne surprenait Ryder.

L'attitude de Hope, en revanche…

Elle prit le petit dernier sur ses genoux et l'écouta avec attention, affichant les réactions appropriées de choc ou d'admiration, tandis qu'il lui racontait en détail sa dernière heure de jeu.

Les femmes étaient passées au vin, mais ce n'était pas là, de l'avis de Ryder, la raison de son égalité d'humeur. À l'observer, il devina qu'elle prenait juste les choses comme elles venaient.

Liam tira sur la manche de Justine.

— On peut manger quelque chose ? On *meurt* de faim.

— Nous allons manger dès que vous vous serez lavé les mains et que Willy B sera là.

— Il va falloir attendre jusqu'à la saint-glinglin.

— Je crois que ce sera plus tôt, répondit Justine. En fait, j'entends son pick-up.

Les chiens l'avaient entendu, eux aussi. Ils se ruèrent dehors – sauf Tyrone qui resta collé à Justine.

— Allez vous laver les mains, les garçons. On va manger sur la terrasse.

Lorsque Ryder ouvrit le réfrigérateur pour se prendre une bière, il aperçut la salade de pommes de terre et sourit.

— Pas touche, ordonna sa mère qui le connaissait. Va te laver les mains, toi aussi.

Par cette belle soirée, Hope mangea donc du poulet grillé avec de la salade de pommes de terre, à côté de Ryder, tandis que les chiens passaient de l'un à l'autre en quémandant.

Tous sauf Tyrone. Malgré les protestations de Justine, il ne quittait pas les genoux de Willy B et contemplait ce dernier d'un regard où brillait un amour ardent.

— Il est vraiment gentil, celui-ci.

Justine haussa les sourcils.

— Tu lui donnes à manger en cachette, je suis sûre.

— Mais non, Justine. C'est un bon chien – tu es un bon chien, hein ? Il ne réclame même pas.

Tyrone planta ses pattes de devant sur le large torse de Willy B et le gratifia de grands coups de langue sur le visage.

Puis il posa la tête sur son épaule.

— Alors là, la preuve est faite, déclara Avery. Papa, c'est ton chien.

Le même amour ardent s'alluma dans les yeux de son père qui caressa le dos du jeune carlin.

— En attendant les petits-enfants, c'est mon premier petit-chien.

— Non, c'est *ton* chien. Tu dois le prendre.

— Avery, voyons, je ne vais pas prendre ton chiot !

— Vous êtes faits l'un pour l'autre. Je sais reconnaître un coup de foudre quand j'en vois un, et là c'est le cas. Il m'aime bien, mais avec toi, c'est carrément le grand amour. Et c'est réciproque. Tu l'adoptes.

— Elle a raison, approuva Owen. Vous êtes faits l'un pour l'autre.

Le petit chien se nicha dans les bras du colosse.

— J'ai quand même des scrupules…

Tyrone inclina la tête et fixa Willy B de ses yeux noirs globuleux.

— Tu es sûre ? demanda celui-ci pour la forme.

— Au retour, tu passeras à la maison prendre ses affaires. Tu viens d'avoir un cadeau supplémentaire pour la fête des Pères.

— Le plus beau de ma vie. Mais si tu changes d'avis…

— Papa, coupa Avery en grattant le jeune carlin avec affection, on ne peut rien contre l'amour.

« Comme c'est vrai », songea Hope. Et il y en avait plein dans l'air en cette douce soirée estivale.

Après le repas, ils parvinrent à intéresser les garçons aux jouets que Justine avait commencé à rassembler dans une pièce libre. Une pièce qu'elle considérait désormais comme leur salle de jeux.

Les adultes restèrent dehors, et écoutèrent Hope faire le récit de sa nuit mouvementée.

— Avant que nous discutions de la signification possible de tout ceci, j'aurais une question à vous poser, Justine : devons-nous établir une sorte de règle à l'hôtel à propos d'Elizabeth ? Puis-je parler d'elle aux clients ou pas ?

— Une règle serait trop restrictive, je crois. À mon avis, il vaut mieux décider au coup par coup, comme vous l'avez fait. C'est la première fois qu'elle dérange quelqu'un, réfléchit Justine. Et elle semble l'avoir fait volontairement. Elle n'a apparemment pas apprécié que cette femme se montre désagréable avec vous.

— Elle n'avait qu'à avoir de meilleures manières, commenta Willy B en chatouillant Tyrone sous le menton, ce qui lui valut un grognement ravi de son nouveau compagnon.

— Les bonnes manières ne sont pas obligatoires pour la clientèle, fit remarquer Hope. Elles ne sont qu'un plus bienvenu. J'ai déjà eu affaire à des personnes plus grossières.

— Nous ne parlons pas de Ryder, plaisanta Beckett qui sourit comme son frère lui décochait un rictus mauvais.

— À mon avis, Lizzy essaie de nous rendre service, continua Hope. J'ai tenté de lui faire comprendre que nous pouvions aussi l'aider en retour.

— Tu lui avais déjà parlé avant ? demanda Owen.

— Pas exactement. Je pense à voix haute de temps en temps, mais elle ne répond pas. Jusqu'à vendredi soir.

— C'est bouleversant, ce qu'elle a dit sur tout qui devient de plus en plus flou, murmura Clare.

— Pourtant, elle semble rarement triste. Elle garde espoir, et pas seulement depuis ton arrivée, dit Beckett avec un sourire à Hope. Mais je ne comprends pas pourquoi elle a mentionné Ryder. Il est moins concerné par elle qu'Owen et moi.

— Qu'est-ce que tu en sais ? demanda l'intéressé.

— Je n'ai pas souvenir que tu aies beaucoup parlé d'elle avant qu'elle vous joue ce tour, à Hope et à toi, dans la suite.

— Nous avons tous passé beaucoup de temps dans cet endroit, ensemble ou séparément. Je me suis toujours bien entendu avec elle. On se fiche la paix.

— Tu l'as déjà vue ? voulut savoir Owen.

— Pas besoin de la voir pour savoir qu'elle est là. Elle n'aimait pas Chris – vous vous rappelez, le menuisier qu'on avait engagé au tout début ?

— Personne n'aimait Chris, et encore moins quand on a découvert qu'il piquait du matériel pour ses chantiers au noir, fit remarquer Owen.

— Et qu'il draguait la femme de Denny, ajouta Beckett. Il faut être barjo pour aller faire du gringue à la femme d'un flic municipal, surtout quand ledit flic est l'ami de ses patrons – et qu'en prime la femme n'est pas intéressée.

— Avant qu'on finisse par le virer, Elizabeth ne l'aimait déjà pas, rappela Ryder. Elle avait l'habitude de lui cacher ses outils, sa cantine du déjeuner ou ses gants. Au début, je le croyais juste négligent, puis j'ai découvert certaines de ses affaires dans la vieille cave où il n'avait jamais mis les pieds. Le tout était empilé avec soin – et sentait le chèvrefeuille.

— Elle a été plus psychologue que nous sur ce coup-là, reconnut Owen.

— On dirait. Il lui arrive de temps en temps de flanquer la frousse à un ouvrier ou à un autre, mais c'est une sorte de jeu. Et…

Ryder se tut.

— Oh, oh, fit Beckett, l'index braqué sur lui. Tu nous caches quelque chose.

— Ça ne me semblait pas pertinent. Mais puisqu'on en parle, fit Ryder avec un haussement d'épaules. La fois où je me suis retrouvé enfermé avec Hope dans la suite n'était pas la première. C'était déjà arrivé avant. Le jour où maman l'a engagée.

— La preuve que moi, je suis bonne psychologue.

— Mouais, bon, d'accord. Enfin bref, j'étais peut-être un peu furax que tu aies embauché quelqu'un si vite, sans même nous consulter.

— Ce jour-là, tu as été grossier, lui rappela sa mère. Grossier et têtu.

— Exprimer son opinion, ce n'est pas être têtu, contra-t-il. Grossier, d'accord. Je vous présente mes excuses. Lorsque je suis remonté travailler, la porte a claqué derrière moi et ne voulait plus s'ouvrir. On n'avait même pas encore installé les serrures, mais cette maudite porte était comme coincée.

— C'était Elizabeth qui te donnait une leçon de politesse, déclara Avery.

— Tu ne m'apprends rien. J'ai senti son parfum, ce qui m'a encore plus énervé. Les fenêtres ne s'ouvraient pas, la porte non plus. Comme si j'étais puni. Il faut reconnaître qu'elle sait y faire, ajouta-t-il avec un rire désinvolte. Et puis, elle a écrit ton prénom sur la vitre, ajouta-t-il à l'adresse de Hope. Avec un petit cœur autour.

Hope cligna des yeux, surprise.

— Mon prénom ?

— Dans un cœur. J'ai compris le message. Tu lui plaisais, elle voulait que tu restes, et j'avais intérêt à être du même avis. J'étais encore plus furax, mais c'est difficile de se disputer avec un fantôme.

— Donc, tu as décidé de me prendre de haut. La directrice par-ci, la directrice par-là.

Ryder haussa les épaules.

— Apparemment, Elizabeth ne trouvait rien à y redire.

— Hmm.

— Tu devrais peut-être essayer de lui parler, Ryder, suggéra Clare. Elle a quand même mentionné ton nom en particulier. Et puis, Hope et toi êtes… en meilleurs termes maintenant.

— Inutile de parler en langage codé, intervint Justine. Mais tu as raison.

— Je n'ai déjà pas grand-chose à dire aux vivants.

— Ça ne coûte rien d'essayer, insista Hope. Elle a un lien avec vous trois, dit-elle aux frères. Avery et moi en avons déjà parlé. À notre avis, c'est parce que vous avez redonné vie à l'hôtel. Cet hôtel, c'est chez elle. Elle n'a nulle part où aller, m'a-t-elle dit. Grâce à votre travail, elle est du coup un peu plus *présente*. Vous avez participé tous les trois à cette renaissance, mais c'est toi, Ryder, qui as effectué le plus gros des travaux. Elle te confiera peut-être ce qu'elle semble incapable de nous dire à nous.

— D'accord, d'accord. Je poserai la question à la morte.

— Avec respect, le prévint Justine.

— Sinon, continua Hope, j'ai eu des nouvelles de ma cousine. Elle m'a promis de m'envoyer les documents dont elle dispose. Elle ne croit pas une seconde à une histoire de revenante. Sa réponse était très amusée et *franchement* condescendante, mais elle se réjouit qu'un autre membre de la famille s'intéresse à ses recherches – qu'elle mène avec grand enthousiasme. Même si elles concernent l'autre sœur. Quant à la bibliothécaire de l'institution, elle se heurte à une bureaucratie tatillonne, mais vu le rôle de notre famille dans l'histoire de l'école, elle pense pouvoir faire sauter les verrous. Il existe des lettres. Elle espère réussir à me les scanner d'ici quelques semaines.

Owen se cala contre son dossier.

— Tu as progressé, la félicita-t-il. Plus que moi.

— Si je me retrouve avec des piles de documents, je t'en refilerai la moitié.

— Avec plaisir.

Des voix d'enfants en colère leur parvinrent par les portes-fenêtres ouvertes.

— La paix des braves ne pouvait pas durer éternellement, soupira Clare.

— Je m'en occupe, intervint Beckett comme elle faisait mine de se lever.

— Profite, dit Justine à Clare. La grossesse ne dure pas éternellement non plus. Et puis, j'ai de la glace pour les amadouer. D'autres amateurs ?

Les mains se levèrent avec un bel ensemble autour de la table.

— J'aimerais bien, dit Hope, mais je dois vraiment rentrer. Carol-Ann a tenu le fort assez longtemps. Merci pour le repas, pour tout. C'était formidable.

— Nous recommencerons, promit Justine. Et je serai contente de voir ces lettres quand vous en aurez des copies.

— Je vous préviens dès qu'elles arrivent. Bonsoir.

Ryder pianota du bout des doigts sur son genou une bonne vingtaine de secondes, puis se leva à son tour.

— Je reviens.

Owen simula des bruits de baiser exagérés. Sans se retourner, Ryder lui adressa un doigt d'honneur et continua son chemin.

— Ah, mes fils ! soupira Justine. L'élégance même.

Ryder rattrapa Hope avant qu'elle atteigne sa voiture.

— Attends…

Elle pivota vers lui, sa chevelure lui balayant l'épaule.

— À quelle heure es-tu libre mardi ?

— Je devrais avoir fini pour 17 heures. Peut-être même 16 h 30.

— Ça marche, si je peux utiliser une des douches.

— C'est ton hôtel.

— Là n'est pas la question.

— Alors oui, tu peux utiliser une des douches. Celle de ton choix.

— D'accord.

Comme il restait planté là à la dévisager sans mot dire, Hope se sentit toute chose. Elle inclina la tête.

— Alors ? Tu ne m'embrasses pas pour me dire au revoir ?

— Maintenant que tu le dis…

Le baiser la laissa pantelante et étourdie. Sur sa faim, aussi. L'épilogue idéal d'une soirée inattendue, songea-t-elle.

— Ça devrait te suffire pour l'instant, plaisanta-t-il.

Elle rit en s'asseyant au volant.

— Espérons que ça te suffira à *toi*, rétorqua-t-elle. Bonsoir.

Ryder la regarda reculer et faire demi-tour. Elle lui adressa un salut joyeux en descendant l'allée. Il demeura immobile. Nigaud vint s'asseoir à ses pieds et regarda dans le vide. Comme lui.

— Bon sang, Nigaud, cette fille est une énigme. Qu'est-ce qui lui arrive ?

Un peu mal à l'aise à l'idée de le découvrir bientôt, il regagna la maison avec son chien.

11

Les travaux prirent plus de temps que prévu, mais il en avait l'habitude. Rien de nouveau sous le soleil. Les chantiers de rénovation avaient leur propre rythme, et lorsqu'il fallait jongler entre deux gros projets, l'organisation des plannings devenait infernale.

Sauf si on s'appelait Owen Montgomery.

Mais bon. La charpente du club de fitness était prête à recevoir la couverture, et sur le chantier du restaurant, ils allaient passer à la pose des cloisons sèches et à l'isolation des murs en brique. Il jeta un coup d'œil de l'autre côté du parking, au-delà de la grande grue. La nouvelle toiture changeait tout : la forme, le volume, l'équilibre. À présent, même un œil inexpérimenté ne pouvait que voir le potentiel du bâtiment.

Il chassa le travail de son esprit. Finis les cloisons et les bardeaux. Il ne voulait plus penser qu'à une chose : plonger sous la couette avec Hope Beaumont.

En fait, il ne voulait pas y penser. Il avait juste hâte d'y être.

Il entra à la réception et jeta un rapide regard à la ronde. Tout était à sa place, comme toujours. L'espace d'un instant, il s'imagina dans la peau d'un client qui venait pour la première fois. Oui, décida-t-il, il aurait envie de descendre ici. Aucun doute.

Il se dirigeait vers la cuisine, quand Hope sortit de son bureau et vint à sa rencontre.

Tout était parfait ici aussi, de la courte robe d'été et talons hauts sexy jusqu'aux beaux cheveux bruns soyeux.

Elle s'arrêta net en voyant son chien gambader vers elle, la queue frétillante.

— Où je vais, Nigaud vient aussi, la prévint Ryder.

— Comme tu veux, répondit-elle avec une caresse distraite au corniaud. J'ai essayé de te joindre sur ton portable.

— J'ai oublié de le recharger.

Et le fait qu'il n'ait pas sonné un millier de fois au beau milieu de son travail n'avait pas été pour lui déplaire.

— Si tu veux que j'aille chercher quelque chose, pas de problème, tant que ça peut se faire vite.

— Ce n'est pas ça. Je…

Il la rejoignit, l'attira dans ses bras. Jolie comme elle était, elle devait se douter qu'il aurait envie d'un échantillon ?

Au bout de deux secondes, il se ravisa. Autant monter tout de suite à l'étage et passer aux choses sérieuses. Si elle tenait à faire la conversation, ils parleraient après.

Bien après.

— Montons. Choisis une chambre. Prends une clé.

— Ryder, attends.

Il se rappela avec un temps de retard qu'il trimbalait une journée de poussière et de sueur.

— Je vais d'abord prendre une douche. Ou, mieux encore, tu peux te doucher avec moi.

— Seigneur, soupira-t-elle en se libérant de son étreinte. C'est très tentant. Exceptionnellement tentant. Mais j'ai des clients.

Quelle langue parlait-elle donc ?

— Tu as *quoi* ?

— Des clients. Dans Westley et Buttercup. Ils sont arrivés sans réservation il y a deux heures. J'ai essayé de te prévenir, mais…

— Tu étais censée n'avoir personne ce soir.

— Je *sais*. C'est ce qui était prévu. Mais je ne peux pas refuser les clients de passage. Tu ne voudrais pas que je refuse des clients, n'est-ce pas ?

Ryder la regarda d'un air ébahi. Petite robe d'été, jambes interminables, des yeux brun chocolat à damner un saint.

— Tu es sérieuse ?

— Ryder, c'est mon travail. Crois-moi, j'avais envie de dire non, mais je ne peux pas.

— Quelle directrice responsable tu es.

— En effet. C'est une des raisons pour lesquelles ta mère m'a engagée. Ces deux-là se sont enfuis ensemble. Ils se marient demain et ont roulé pendant des heures.

— Pourquoi pas un motel ? Je vais les emmener dans un motel. Je paierai la chambre.

— Ryder…

Hope ne put s'empêcher de lâcher un rire un tantinet contrarié.

— Comme elle n'aura pas un vrai mariage, il voulait lui offrir quelque chose de particulier. Il a fait des recherches sur son iPad à un arrêt sur une aire d'autoroute, et c'est ainsi qu'il nous a trouvés. Il n'a pas appelé parce qu'il voulait lui faire la surprise. Ils ont réservé pour deux nuits, afin d'avoir quand même une sorte de mini-lune de miel, parce qu'ils vont devoir ensuite retourner travailler – et affronter leurs familles.

— Pourquoi t'ont-ils raconté leur vie ?

— Tu serais surpris de tout ce que les gens racontent à une directrice d'hôtel. Ils sont en outre jeunes, enthousiastes, amoureux. Et ils craignaient peut-être que je refuse de leur louer une chambre sans une histoire romantique à la clé. Même si ce n'était pas mon métier, je n'aurais pas eu le cœur. Le père de la fille n'aime pas le garçon.

— Moi non plus, je ne l'aime pas.

— Mais si, tu l'aimerais. Je suis vraiment désolée, mais…

— Qu'est-ce que c'était ? la coupa-t-il en s'approchant de la porte. C'est un cri que j'ai entendu ?

— Voilà qu'ils recommencent, dit Hope qui haussa les épaules quand il la regarda avec un froncement de sourcils. Tu vois, ils avaient *vraiment* besoin d'une chambre.

La tête inclinée, il écouta encore un moment.

— Dis donc… On a pourtant installé une double isolation – sols, plafonds, murs. Tu as toujours droit à l'animation sonore ?

— Non. Non ! Dieu merci. C'est exceptionnel. À mon avis, c'est la fréquence.

— Combien de fois peut-il la faire grimper aux rideaux en deux heures ?

— Pas ce genre de fréquence, objecta-t-elle, puis elle remarqua son sourire. Quoique ça marche aussi, admit-elle, amusée. Je parlais de la radiofréquence. En plus, ils ont laissé les fenêtres ouvertes.

Il sortit dans la rue et écouta les cris et gémissements. Hope le tira par le bras en s'esclaffant.

— Arrête ! C'est mal élevé et indiscret. Reviens à l'intérieur.

— Ce n'est pas moi qui baise avec les fenêtres ouvertes. Je mérite de prendre mon pied au moins par procuration.

— N'importe quoi. Allez viens.

Elle parvint à le faire rentrer, puis se précipita au comptoir et alluma son iPod.

— Pourquoi fais-tu ça ? s'étonna-t-il.

— Je ne suis pas comme toi, moi. Je n'écoute pas aux portes.

— Mon œil.

— Jusqu'à ce que je réalise de quoi il s'agissait. Et peut-être un court moment après. Je suis vraiment désolée, Ryder, mais…

— On peut contourner le problème.

— Pardon ?

— Ces deux-là m'ont l'air bien occupés, dit-il, indiquant le plafond du pouce. Ils ne risquent pas de s'intéresser à ce que nous faisons, nous.

— Je ne peux pas. C'est non seulement gênant – et pas du tout professionnel –, mais je dois rester disponible pour eux. Ils finiront par sortir. Voudront manger.

— Normal, après avoir brûlé autant de calories.

— J'imagine. Et à ce moment-là, il faudra que je sois disponible.

Il la dévisagea, les yeux étrécis.

— Je parie que tu as été chez les scouts.

— Ne parie pas, tu perdrais. Je n'avais pas le temps pour les scouts. Écoute, Avery nous a préparé un délicieux repas que je n'ai plus qu'à réchauffer. Tu pourrais au moins rester dîner.

Il n'avait aucune envie de rentrer se bricoler quelque chose à manger.

— J'ai d'abord besoin d'une douche.

Elle lui sourit.

— Choisis ta chambre – à l'exception de Westley et Buttercup.

— Je prendrai celle du bas – c'est la plus éloignée de tes... clients.

— Bien vu. Je vais chercher la clé.

— J'ai des vêtements de rechange dans mon pick-up.

Il était parti avant qu'elle ait eu le temps de lui dire d'emmener son chien.

— Reste ici, ordonna-t-elle à Nigaud.

Elle récupéra la clé dans son bureau, puis, espérant que le chien se montrerait obéissant, alla ouvrir la chambre Marguerite et Percy. Après avoir allumé les lumières, elle fit une rapide inspection.

Lorsque Ryder revint avec un petit paquetage, elle lui tendit la clé.

— Tu sais comment tout fonctionne ?

— Tout sauf toi, mais je trouverai bien.

— Ce n'est pas si compliqué.

Ils demeurèrent face à face sur le seuil un instant, puis :

— Tu sais, il te suffirait de leur laisser un mot avec les coordonnées de Vesta et un pack de bières.

— Oui, c'est le genre de service dont nous sommes fiers à l'Hôtel Boonsboro. Demain, c'est mon jour de congé, enchaîna-t-elle en lui touchant le bras. J'aurai quartier libre jusqu'à 9 ou 10 heures le soir. Je pourrais venir chez toi.

— Ça pourrait marcher. Je n'accepte pas les clients sans réservation.

— Considérons que c'en est une.

Hope recula afin qu'il puisse fermer la porte.

Il l'avait mieux pris qu'elle ne s'y attendait. Et, à dire vrai, mieux qu'elle-même au début.

Elle se rendit à la cuisine, sortit les plats qu'Avery avait préparés et les fit réchauffer à four doux. Elle déboucha ensuite une bouteille de vin pour l'aérer.

Elle avait bien mérité un verre.

Demain, se promit-elle, elle se rendrait chez Ryder. Ce serait mieux de toute façon. Pas de risque d'interruption, pas de revenante qui pouvait décider de leur jouer des tours.

Demain, il n'y aurait qu'eux deux. Elle jeta un coup d'œil à Nigaud qui faisait un petit somme sur le carrelage.

Enfin, eux trois.

Elle sortit deux verres du buffet et allait remplir le sien, quand elle entendit des pas dans l'escalier.

Évidemment. Elle reposa son verre.

Chip Barrow avait ses cheveux blonds dressés sur le crâne. Sur son jean déchiré, il portait le tee-shirt délavé des Foo Fighters qu'il avait à leur arrivée. Sauf que maintenant il était à l'envers. Elle doutait qu'il s'en soit rendu compte.

Il lui adressa un sourire ensommeillé et repu qu'elle lui envia amèrement, puis s'éclaircit la voix.

— Désolé de vous déranger.

— Vous ne me dérangez pas. Que puis-je pour vous ?

— Marlie et moi, on mangerait bien un morceau. Alors je me suis dit que je pourrais peut-être commander un truc à emporter et…

— Il n'y a pas plus facile.

Bien qu'il dût y en avoir un dans leur chambre, Hope ouvrit un tiroir et sortit un menu de Vesta.

— C'est juste en face, de l'autre côté de la rue. Ils livrent si vous le souhaitez.

— C'est vrai ? Génial. Des pizzas, c'est juste ce qu'il nous faut. Elles sont bonnes, au moins ?

— Excellentes. Je serais heureuse de passer la commande pour vous quand vous aurez fait votre choix.

— Je connais les goûts de Marlie, dit-il, radieux. On aimerait une grande pizza aux poivrons et olives noires. Et ce dessert, là : *décadence au chocolat*. Ça a l'air génial aussi.

— Ça l'est, croyez-moi.

— Hmm, ils livrent dans les chambres ? Devant la porte, ce sera très bien.

— Pas de problème. Souhaitez-vous une bouteille de vin pour accompagner la pizza ? C'est aux frais de la maison.

— Sérieux ? Alors oui, super.

— Rouge ou blanc ?

— Euh… je vous laisse choisir. Et pourrions-nous avoir aussi deux Coca ?

— Juste une petite minute.

Elle prit un plateau, un seau à glace et enfonça deux bouteilles de Coca dans le lit de glace. Elle ajouta le vin qu'elle avait débouché pour elle, plus les deux verres.

— C'est cool ici. Marlie a été sciée par la chambre. On a même allumé la cheminée. Comme il faisait plutôt chaud, du coup on a ouvert les fenêtres, mais bon, vous comprenez, c'est plus romantique avec le feu.

Hope se mordit l'intérieur de la joue.

— Je n'en doute pas. Je vais… Oh, Ryder, voici Chip !

— Salut, dit celui-ci.

— Comment ça va ?

— Génial.

— Voulez-vous que je monte ce plateau dans votre chambre ? s'enquit Hope.

— Non, merci. Je m'en charge. Vous vous occupez de la pizza et du dessert ?

— Tout de suite. Comptez une vingtaine de minutes.

— Cool. Marlie va kiffer le vin. Merci.

— De rien.

Tandis qu'il rebroussait chemin avec le plateau, Hope pinça les lèvres pour s'empêcher de rire.

— Génial, murmura-t-elle.

— Il a quel âge ? Douze ans ?

— Vingt et un. Les deux. L'anniversaire de la fille était la semaine dernière. Ils font si jeunes que je leur ai demandé leurs cartes d'identité, expliqua Hope tout en sortant une autre bouteille de vin. Et si tu débouchais cette bouteille pendant que je passe leur commande ? Si tu préfères de la bière, il y en a au frais.

— Du vin, c'est très bien.

Un petit changement de rythme ne pouvait pas faire de mal, décida-t-il. Il remplit deux verres, goûta le sien. Et décida qu'il était fin prêt pour ce fameux changement.

Une fois la commande passée, Ryder désigna le four du menton.

— Qu'est-ce qui cuit ?

— Je fais juste réchauffer. C'est Avery qui a tout préparé. Des tournedos de bœuf avec pommes de terre fingerling sautées, carottes glacées et petits pois. Et en entrée, un gratin aux coquilles Saint-Jacques.

— Très appétissant.

Elle sortit le gratin.

— Tiens, goûte.

Il prit une bouchée.

— Délicieux. Décidément, la Rouquine est douée.

— Et comment. Quand nous étions à la fac, elle travaillait dans une pizzeria. Je savais toujours quand c'était elle qui préparait les pizzas parce qu'elles étaient tellement meilleures.

— Elle s'est lancée tête baissée dans Vesta et ça marche.

— C'est une fonceuse.

Décidant de profiter quand même de la première partie de son plan pour la soirée, Hope ajouta une coupelle d'olives et se percha sur un tabouret. Apéritif dans la cuisine. Dîner dans la salle à manger. La phase trois devrait attendre le lendemain.

Le chien se coucha sous les tabourets.

— As-tu été étonné quand Avery et Owen sont sortis ensemble ? demanda-t-elle.

— Pas vraiment. Il avait le béguin pour elle depuis qu'on était gamins.

— Comme Beckett pour Clare depuis le lycée. Sans jamais le laisser paraître toutes ces années.

— Il savait qu'elle était avec Clint et n'a jamais voulu interférer. Il a souffert en silence. Enfin, pas vraiment pour ceux qui vivaient avec lui, ajouta Ryder. Il avait l'habitude d'écrire des chansons d'amour à fendre le cœur qu'il beuglait dans sa chambre en s'accompagnant à la guitare jusqu'à ce qu'Owen et moi, on menace de le lapider.

— C'est vrai ? fit Hope qui tenta d'imaginer la scène. Comme c'est mignon. Les chansons, je veux dire, pas la lapidation. Vous étiez amis avec Clint ?

— Oui, mais pas vraiment proches. On jouait au foot ensemble, on a même pris une cuite ou deux. Mais la plupart du temps, il n'avait d'yeux que pour Clare, et c'était réciproque. Et il pensait déjà à s'engager.

— Si jeunes, tous les deux. Comme Chip et Marlie.

— Qui ?

— Ceux de Westley et Buttercup ; les presque jeunes mariés. Je n'ai fait la connaissance de Clare – par l'intermédiaire d'Avery – qu'à son retour à Boonsboro. Après le décès de Clint.

— Une rude période pour elle. Elle semblait…

— Vas-y, continue, insista Hope comme il se taisait.

— Fragile, j'imagine. On aurait dit qu'un seul regard suffirait à la briser en mille morceaux. Elle avait déjà les deux plus grands, presque des bébés encore, et attendait le troisième. Mais au fond, elle ne l'était pas. Fragile. Je ne connais personne ayant autant de cran que Clare.

C'était le plus long discours qu'il lui ait jamais tenu à propos d'une personne, réalisa Hope. La profonde affection et l'admiration qu'il portait à Clare la touchèrent.

— Je suis contente de les avoir dans ma vie, Avery et elle, avoua-t-elle. Sans elles, je serais sans doute à Chicago à l'heure qu'il est. Je pensais que ma boussole me mènerait là-bas après Jonathan. Je suis tellement mieux ici.

— Je ne comprends vraiment pas ce que tu trouvais à ce type.

Hope sirota son vin et étudia Ryder.

— Tu veux le savoir ?

— Puisque nous sommes là.

— D'accord. Loin de moi l'idée de me comparer à Clint – son engagement, son sacrifice –, mais comme lui, j'avais un projet de vie. Une tradition dans ma famille. Ma sœur rêvait de devenir vétérinaire depuis l'âge de huit ans et mon frère a toujours voulu faire du droit. Moi, j'adorais les hôtels, l'animation, les mystères, le flot incessant de voyageurs. Mon projet de vie consistait donc à diriger un hôtel. Un bel hôtel, au bon endroit. Ce fut le Wickham. Jonathan, pensais-je, faisait partie de ce décor luxueux et élégant.

— C'est bien ton genre.

— Le luxe et l'élégance ont leurs attraits, se défendit-elle. Et il était charmant, crois-moi. Il connaissait l'art, la musique, le vin, la mode. J'ai appris. Je ne demandais que ça. Il m'a fait la cour, et j'ai trouvé son attention flatteuse. Sa famille m'a ouvert des portes, et là, c'était carrément grisant. Mon projet de vie a gagné en ambition. Je dirigerais le Wickham, j'épouserais Jonathan. Nous formerions un des couples en vue de Washington. J'organiserais de brillantes réceptions. Nous aurions deux enfants que nous adorerions tous les deux et blablabla… Je sais à quel point tout cela paraît superficiel.

— Je n'en sais rien. Ce n'était qu'un projet.

— Je croyais l'aimer, c'est un facteur de poids. Mais je me trompais, continua Hope, réalisant que c'était à la fois un réconfort et une douleur. Il ne m'a pas brisé le cœur, alors qu'il aurait dû. Il a ruiné ma confiance en moi, l'humiliation suprême. Il a ruiné mon amour-propre, et c'est difficile de remonter la pente ensuite. Mais il ne m'a pas brisé le cœur. D'une certaine façon, je le comprends maintenant, je me suis aussi servie de lui.

— N'importe quoi.

La réaction tranchée de Ryder la surprit.
— Sérieux ?
— Sérieux. Il t'a couru après et sa famille a joué le jeu. Tu avais toutes les raisons de penser que ton plan suivait son cours. Et tu croyais l'aimer. C'était peut-être stupide de ta part, mais tu n'as pas profité de lui.
Elle réfléchit.
— Je préfère l'idée de m'être servie de lui à celle d'être stupide.
— C'est du passé, de toute façon.
— Oui, c'est vrai. Alors, et toi ? As-tu aussi un béguin de longue date comme tes frères ?
— Moi ?
L'idée l'amusa un peu.
— Non. Je laisse ça à Owen et à Beckett.
— Pas de cœur brisé ?
— Si, pour Cameron Diaz. Elle ne sait pas que j'existe. C'est dur à encaisser.
Elle rit de nouveau.
— J'ai le même problème avec Bradley Cooper, répliqua-t-elle. Qu'est-ce qui cloche chez ces acteurs ?
— C'est vrai, quoi, on est aussi canon qu'eux.
— Absolument. Et puis, tu parais sans doute plus naturel que Bradley avec une ceinture à outils. Une ceinture à outils, c'est tellement sexy, expliqua-t-elle. Ça me fait toujours penser aux cowboys du Far West avec le colt à la ceinture. Dans l'esprit d'une femme, un homme qui en porte une sait se défendre et se faire respecter.
— C'est accorder beaucoup d'importance à une ceinture à outils.
Elle braqua l'index sur lui.
— Tu aimes bien mes chaussures.
— Les échasses ?
— Oui, les échasses. Tu en parles souvent, ce qui me laisse à penser qu'elles ne te laissent pas indifférent. Et tu remarques aussi sans doute l'effet produit, ajouta Hope qui tendit

la jambe et tourna le pied d'un côté, puis de l'autre. Elles ne sont peut-être pas aussi longues que celles de Cameron, mais pas mal quand même, non ? conclut-elle avec un sourire, la tête inclinée.

— Ce n'est pas faux.

Ryder lui attrapa le mollet et la fit pivoter vers lui sur le tabouret. Lorsque sa main commença à remonter, Hope libéra sa jambe et se leva en hâte.

— On ferait mieux de manger. Je pensais mettre le couvert dans la salle à manger.

En guise de réponse, il tendit la main derrière elle et éteignit le four. Il s'avança d'un pas et elle se retrouva le dos plaqué contre le plan de travail.

Cette fois, ce fut bien davantage qu'un baiser. Vives et impatientes, à la limite de la brusquerie, les mains de Ryder furent aussi de la partie. Couvant toujours sous la surface lorsqu'il était dans les parages, le désir la prit au dépourvu, violent, et la laissa chancelante.

Dans un recoin de son esprit, elle réalisait l'inconvenance de la situation si jamais l'un de ses clients les surprenait. Mais cette parcelle de raison n'était pas assez puissante pour étouffer l'attraction primale.

— Reste ici, ordonna-t-il à Nigaud qui se recoucha avec un soupir résigné.

Hope vacillait encore sur ses jambes lorsqu'il lui agrippa la main et l'entraîna dans le couloir.

— Ryder…

— Ils ont du vin, des pizzas et de quoi s'occuper. Ce serait un miracle s'ils montraient leur nez avant demain matin.

Il marqua un temps d'arrêt devant son bureau. Pas Marguerite et Percy, réfléchit-il, c'était une chambre à deux lits.

— Pas ici en bas. Il va nous falloir un plus grand lit.

— Voyons, je ne peux quand même pas…

— Tu paries ?

Pas dans son appartement non plus. Il n'allait pas la traîner jusqu'au deuxième. Il attrapa la clé de Titiana et Oberon et tira Hope vers l'escalier.

— Mais s'ils ont besoin de quelque chose…

— Ils ont tout ce qui leur faut. À notre tour de penser à nous.

Sur les marches, il la plaqua contre le mur et l'embrassa avec fougue jusqu'à ce que toute idée de protestation lui semble non seulement inconcevable, mais absurde.

Si elle ne l'avait pas là, maintenant, tout de suite, elle risquait l'implosion. Et il n'y aurait plus de directrice pour personne.

— Dépêche-toi, parvint-elle à articuler en le tirant vers l'étage.

À peine sur le palier du premier, elle se pendit à son cou, le souffle court – et la volée de marches montées à toute allure n'était pas seule en cause. Comme mues par une force propre, ses mains se promenaient avec fièvre sur les hanches de Ryder, remontaient le long de son dos, tandis qu'ils tentaient de gagner la porte en titubant presque.

— Vite, vite, vite, répétait-elle comme une litanie, la bouche contre son épaule, tandis qu'il se débattait avec la clé.

Il avait la main qui tremblait – détail qu'il aurait trouvé mortifiant s'il avait été en mesure de penser. Mais le désir annihilait toutes ses facultés. Lorsque la clé tourna dans la serrure, il poussa Hope dans la chambre et eut à peine la présence d'esprit de fermer à double tour avant de s'affaler avec elle sur le lit à baldaquin.

— Garde tes échasses, lui souffla-t-il.

Elle ne put s'empêcher de rire et l'attira à lui. Son rire se mua en un petit cri ravi lorsque, d'un geste brusque, il lui abaissa sa robe jusqu'à la taille.

Sa bouche, ses mains, son poids, son odeur. Tout ce qu'elle désirait si désespérément, davantage même que l'air qu'elle respirait. Elle voulait le sentir en elle, sentir ses coups de boutoir puissants. *Furieux.*

Elle pressa le visage contre sa gorge.

— Oui, oui… tout ce que tu veux, où tu veux…

C'était comme une lame de fond qui la submergeait. Enfin. Finie la traversée du désert. La chaleur, le désir, les brusques élancements de panique et de déraison. Des mains rugueuses sur sa peau, une bouche avide sur son sein. Un déchaînement des sens ravageur et irrésistible.

Encore. Encore. Encore.

Il sentit ses mains s'activer avec impatience sur son ceinturon, son souffle chaud sur sa gorge, contre son oreille. Tout devint flou – les contours de son corps aussi doux que la soie, aussi brûlant que la lave. Il remonta fiévreusement le bas de sa robe et elle laissa échapper un halètement de désir, lorsque ses mains explorèrent ses hanches, ses cuisses, son ventre.

Elle captura ses lèvres et l'embrassa avec ardeur tout en se cambrant lascivement contre lui. Tandis que le désir le transperçait telles des lames de couteau, elle baissa jean et caleçon, et referma la main sur lui.

Ses longues jambes s'enroulèrent autour de sa taille et ils se donnèrent l'un à l'autre avec une frénésie presque désespérée. Vite, toujours plus vite…

Elle s'accrocha à lui de toutes ses forces lorsqu'elle chavira, ivre de volupté, le corps secoué de spasmes et de tremblements délicieux, tandis qu'il se tendait en elle une dernière fois. Comblée, elle laissa les mains glisser sur les draps. Ryder s'effondra sur elle de tout son poids et resta là, pantelant, jusqu'à ce que son esprit se reconnecte avec son corps.

Elle l'avait… anéanti, réalisa-t-il. Et c'était une première.

Il réalisa confusément qu'il avait encore ses boots aux pieds et son jean sur les chevilles, tandis que la robe de Hope n'était plus qu'un fragile chiffon autour de sa taille.

Pas exactement le scénario qu'il avait prévu. Et pas du tout, mais alors pas du tout, ce qu'il attendait d'elle.

Au bout d'un moment, elle laissa échapper un souffle, entre le gémissement et le soupir.

— Mon Dieu, mon Dieu… Merci, mon Dieu.

— Tu pries ou tu me remercies ?

— Les deux.

Il la délesta de son poids et ils se retrouvèrent allongés côte à côte, quasiment habillés. Hébétés et comblés.

— J'étais un peu pressée, concéda-t-elle.

— À qui le dis-tu.

Elle soupira de nouveau et ferma les yeux.

— Côté sexe, j'étais en pleine traversée du désert. Depuis plus d'un an.

— Un an ? Bon sang, j'ai de la chance d'être encore en vie.

Un rire grave roula dans la gorge de Hope.

— En effet, confirma-t-elle. Quand je pense à la petite fortune que j'ai dépensée en lingerie. Aucun de nous deux n'a pu l'apprécier.

Non, décidément, rien ne s'était passé comme il l'avait prévu. C'était beaucoup mieux. À tous les niveaux.

— Tu portais de la lingerie ?

— Tu vois ? Et je la porte encore. Mais pas là où elle est censée se trouver.

Toujours allongé sur le dos, Ryder effleura du bout des doigts le soutien-gorge en dentelle qui avait rejoint la robe autour de sa taille.

— Tu peux le remettre. Je l'admirerai plus tard avant de te l'enlever. La prochaine fois, on tentera le nu intégral.

— Nu intégral, je ne serais pas contre. Tu as un corps d'athlète, mais… dans l'urgence…

Elle tourna la tête vers lui, étudia son profil – son ossature puissante, ses traits volontaires. Au bout d'un moment, il fit de même et ils se regardèrent dans les yeux.

Belle à damner un saint, songea-t-il. Une telle beauté devrait être interdite par la loi. Comment un homme pouvait-il ne pas perdre la tête ?

— Nous devons avoir l'air ridicule, murmura-t-elle.

— Ne regarde pas.

— D'accord, si tu ne regardes pas non plus. Tu as faim ?

— C'est une question tendancieuse, quand on y réfléchit.

Avec un sourire, elle remit son soutien-gorge en place.

— Et si on descendait dîner ? On ferait semblant d'être des adultes civilisés.

— Trop tard pour la deuxième partie.

— Il n'est jamais trop tard pour être civilisés.

— Toi, tu commences à penser aux gamins dans Westley et Buttercup.

— Avery nous a préparé un délicieux repas, ce serait la moindre des choses de lui faire honneur. Et cela me permettra d'être disponible au cas où. Ensuite, nous remonterons avec le vin – s'il en reste. Tu pourras admirer mes nouveaux sous-vêtements.

— Bon plan, approuva-t-il en se soulevant légèrement pour remonter son caleçon et son jean. Et la prochaine fois, j'arriverai peut-être à enlever mes boots avant que tu me sautes dessus.

Hope, qui renfilait sa robe en se contorsionnant, lui sourit.

— Je ne peux rien te promettre.

12

Ryder ne savait trop comment définir sa relation avec Hope. Ils ne sortaient pas vraiment ensemble. Ils n'étaient pas non plus de simples amis. Et n'étaient pas non plus en couple, comme aurait dit Carol-Ann.

Mais quelle que soit la perspective sous laquelle il la considérait, cette relation lui plaisait.

Elle impliquait quelques bizarreries, comme sa nouvelle habitude de garer son pick-up derrière Vesta ou près du futur club de fitness, et non juste derrière l'hôtel.

Ce n'était pas qu'il voulait agir en cachette. Dans une petite ville comme Boonsboro, c'était de toute façon chose impossible : il y avait toujours un œil qui traînait. Mais il n'avait pas non plus envie d'étaler sa vie privée au vu et au su de tous.

Petite bizarrerie supplémentaire : il montait au deuxième étage directement par l'escalier extérieur côté jardin. Certains soirs, il entendait des voix en bas et s'introduisait avec Nigaud dans l'appartement de Hope jusqu'à ce qu'elle ait fini son travail.

À sa grande surprise, il se mit à s'intéresser davantage qu'il ne s'y attendait au fonctionnement de l'hôtel – logique, au fond, vu qu'il y passait davantage de temps. Sans surprise en tout cas, le travail y était organisé avec une précision de coucou suisse. Logique, là encore, car par bien des côtés, Hope était un Owen en jupons.

Elle s'envoyait des mails, procédait à l'inspection quotidienne des chambres, son téléphone portable à la main : elle y entrait des notes dont elle faisait ensuite des listes sur son ordinateur. Piles neuves pour la télécommande dans Nick et Nora, davantage de papier toilette dans Westley et Buttercup, nouveaux dépliants ou menus ici, changer les ampoules là. Cette organisation lui évitait sans doute de courir plus qu'elle ne le faisait déjà. Inimaginable, le nombre de fois où elle montait et descendait des escaliers dans une journée : pour remplir la machine à café de la bibliothèque, rapporter le vin, l'eau et les sodas de la réserve au sous-sol.

Elle ne vivait que par ses sempiternelles listes. Et, comme Owen, c'était une maniaque du Post-it. Invariablement, il en trouvait quelques-uns quand il entrait dans son appartement alors qu'elle était occupée en bas. *Bière dans le frigo* – collé sur la porte du réfrigérateur, comme s'il risquait de ne pas penser à regarder de lui-même. *Reste de pâtes à réchauffer si tu as faim*, cette fois collé sur la porte du four.

Mais il devait admettre que c'était agréable d'être l'objet de tant d'attentions.

Il s'était imaginé que, dans la vie, elle était rigide, et avait découvert qu'au contraire elle savait s'adapter, énormément même, en fonction des circonstances. Il admettait aussi qu'il s'était attendu qu'elle dicte sa loi et ait certaines exigences concernant leur... relation. En fait, à sa grande surprise, elle aimait se laisser porter par la vague – et lui laissait aussi une certaine autonomie. Tel était le fil de ses pensées, tandis qu'il finissait de poser l'une des fenêtres du club de fitness.

Alors qu'il pensait à elle, Hope sortit, aidant l'employé de la blanchisserie à porter une cargaison de draps et de serviettes.

Elle était si pétillante et jolie. Même ébouriffée après leurs ébats, il émanait d'elle un charme fou qui ne pouvait que subjuguer un homme.

Elle pivota sur elle-même quand la porte de la réception s'ouvrit. L'hôtel était complet, il le savait. Week-end du 4 Juillet oblige. Il était trop loin pour l'entendre, mais il la vit rire et s'animer tandis qu'elle discutait avec les trois femmes qui venaient de sortir.

— Un problème avec la fenêtre ?

— Hein ?

Il jeta un coup d'œil par-dessus son épaule quand Beckett arriva derrière lui.

— Oh oui, jolie vue ! Clare m'a dit qu'il y a seize clients pour le week-end.

— Normal, c'est la fête nationale, riposta Ryder avant de se concentrer sur sa fenêtre.

— Les garçons ont hâte d'aller au parc demain. On y va tôt afin qu'ils puissent pique-niquer et se défouler un peu avant le feu d'artifice. Et tout le monde est le bienvenu. Dommage que Hope ne puisse pas venir.

— Elle verra le feu d'artifice depuis la galerie de l'hôtel.

N'empêche, quelle guigne. Il ne se souvenait pas d'avoir passé un 4 Juillet sans une fille. Bien sûr, il pouvait toujours inviter quelqu'un d'autre – en théorie.

— Tu n'as rien à faire ? demanda-t-il à Beckett.

— J'ai terminé. Les couvreurs ont commencé la pose des bardeaux. Ça rend bien aussi. Owen a envoyé un texto du MacT. Les poutrelles en acier sont en route. On devrait les recevoir aujourd'hui.

— Il va y avoir du monde sur le chantier la semaine prochaine, commenta Ryder en reculant pour étudier la fenêtre. Tu ne lâches pas maman tant qu'elle n'a pas choisi le style et la finition des rambardes pour ici.

— Pourquoi moi ?

— Parce que j'y ai pensé le premier.

Il consulta sa montre. C'était presque l'heure du déjeuner. Il pouvait prendre sa pause, mais ne voulait pas quitter le chantier si les poutrelles étaient en route.

— Et tu peux aussi aller nous chercher à manger.

— Ah bon ?

— J'ai trop à faire pour partir. Et j'ai aussi un ou deux trucs à vérifier sur les plans avec toi.

Beckett crispa les mâchoires.

— Des changements, tu veux dire ?

— Pas la peine de piquer une crise, petit cœur. Il s'agit juste de quelques ajustements ou de clarifications. Si nous voulons commencer les cloisons, je dois connaître chaque détail pour l'éclairage.

— On s'en occupe tout de suite alors. Je commande le déjeuner. Qu'est-ce que tu veux ?

— Tant que ça se mange, ça me va.

Un des ouvriers l'appela et Ryder s'éloigna.

Après quoi, ils déroulèrent les plans dans un coin au fond de ce qui deviendrait la salle de circuit training. Ryder voulait toujours des changements, mais il savait que son frère n'hésiterait pas à les refuser s'ils venaient perturber la vision d'ensemble ou contredisaient la logique architecturale.

— Je dresse une liste pour maman, commença Beckett. Nombre et types de luminaires. Zones concernées. Elle sait déjà le style qu'elle souhaite.

— Ne la laisse pas commander avant d'avoir vérifié la puissance.

— Ce n'est pas mon premier rodéo, protesta Beckett qui sortit son portable. C'est Owen. Il est dans la cour intérieure de l'hôtel avec le déjeuner.

— Qu'est-ce qu'il fait là-bas ?

— Tu as faim ? Allons voir.

Il avait faim, ça oui. Il serait dans les parages si la livraison arrivait. Et comme les plans étaient gravés dans son cerveau, il n'avait pas besoin de les avoir sous les yeux pour casser les pieds à Beckett.

Ils sortirent du bâtiment.

— À propos du parquet en bambou…

— Maman est fixée sur le bambou, le coupa Beckett. Moi aussi, d'ailleurs. N'essaie même pas.

— Ce serait un gain de temps et d'argent, et tout aussi bien, si on prolongeait le sol souple spécial salle de gym sur toute la surface.

— L'effet serait banal et sans imagination. Le bambou apportera une touche d'originalité à la salle de formation, ainsi qu'aux couloirs et escaliers intérieurs.

— Je vais en baver avec les marches si on utilise du parquet.

— Je ne changerai pas d'avis, déclara Beckett. Et je te parie que maman non plus.

Dans la cour intérieure, ils trouvèrent Owen assis sous un parasol pimpant avec trois cartons de plats à emporter et une pile de dossiers.

— Hope m'a vu passer et m'a proposé de manger ici. Sympa.

— J'ai quoi ? demanda Ryder.

Il souleva le couvercle d'une boîte et hocha la tête devant le panini-frites.

— J'étais en train de réfléchir aux peintures extérieures, reprit Owen. Il y a des tas de marches. Pas évident de faire en sorte que ces parpaings ressemblent à autre chose qu'à de vulgaires parpaings.

— Ne commence pas, toi non plus, l'avertit Beckett en s'emparant de son propre panini. Pas question de se contenter d'une bête couche de peinture et basta. Ce sera toujours aussi hideux.

— Ça le sera déjà moins, fit remarquer Ryder. Mais je suis de ton côté sur ce coup-là, ajouta-t-il.

— Je n'ai pas dit que je ne l'étais pas, se défendit Owen, qui étira les jambes et fit pivoter son cou endolori. Je dis juste que, à mon avis, nous devrions engager un artisan qui s'y connaît. Ce travail nous prendrait trop de temps, sans compter les risques de ratage.

Avant que Ryder puisse contester, Hope sortit avec un plateau sur lequel se trouvaient un grand pichet, des verres et un plat de cookies.

— Thé glacé, annonça-t-elle. Et il y en a encore si besoin est. Le mois de juillet vient à peine de commencer et c'est une vraie fournaise. On annonce trente-huit degrés pour dimanche.

Owen la remercia.

— Ce n'était pas la peine de te déranger pour nous, ajouta-t-il. Avery m'a dit que l'hôtel est plein à craquer ce week-end.

— En effet. Tous les clients sont sortis pour l'instant, ce qui me laisse une minute pour souffler. Le club de fitness et le nouveau restaurant suscitent beaucoup d'intérêt. Tout le monde veut connaître les dates d'ouverture.

— Tout le monde va devoir attendre, bougonna Ryder.

— Je les invite à consulter les sites Web et notre page Facebook. Prévenez-moi si vous avez besoin d'autre chose.

Ryder vida d'un trait la moitié d'un verre de thé lorsqu'elle rentra à l'intérieur.

— Je reviens tout de suite, dit-il avant de lui emboîter le pas.

— Réalise-t-il qu'il est ferré comme un poisson ? demanda Owen.

— Ryder ? Tu rigoles ? Bien sûr que non.

— C'était une question rhétorique. Mi-août pour le MacT, ajouta Owen, la bouche pleine. Les travaux avancent bien, et je sais comment est Ryder avec les délais, mais il n'y aura pas de problème. Il lui faudra à peu près autant de temps pour s'en rendre compte que pour réaliser qu'il est ferré.

Hope allait entrer dans son bureau, quand elle entendit la porte s'ouvrir et se refermer. Elle revint vers la cuisine et sourit en découvrant Ryder.

— J'ai suggéré à Owen que vous mangiez au frais à l'intérieur. Si tu veux, je peux…

Il l'attrapa – il avait toujours l'impression de l'attraper comme si elle risquait de lui échapper. Le baiser fut aussi torride que ce début de juillet.

— J'en mourais juste d'envie, lui dit-il. Maintenant, je ne serai plus aussi distrait.

— C'est drôle, avec moi, c'est tout le contraire.

— Eh bien, puisque tout le monde est sorti…

Elle le repoussa gentiment en riant.

— Non. C'est tentant, mais non. Je suis débordée.

— Carol-Ann…

— Elle se fait dévitaliser une dent.

Ryder grimaça, de tout cœur avec elle.

— Je n'étais pas au courant.

— Elle a fini par y aller ce matin sur mon insistance. Elle comptait se bourrer de calmants et serrer les dents jusqu'à lundi. Laurie, l'employée de Clare, viendra me donner un coup de main tout à l'heure.

— Tu as besoin d'aide d'ici là ? Je peux me passer de Beckett.

— Non, ça ira.

Il savait maintenant à quel point ses journées pouvaient être chargées – et un week-end avec seize clients n'allait pas lui laisser une seconde de répit.

— Un peu de vacances ne te feraient pas de mal, observa-t-il. Un long week-end, je ne sais pas.

— J'envisage de prendre quelques jours en septembre et de me tourner les pouces du matin au soir.

— Bloque-les dès maintenant. Ma mère n'y verra aucun inconvénient.

— J'y réfléchirai. Mais nous sommes un établissement très couru, ajouta-t-elle en indiquant son bureau où le téléphone venait de se mettre à sonner.

— Bloque-les, répéta-t-il avant de la laisser aller.

De retour dans le jardin, il se laissa choir dans son fauteuil et prit son panini.

— Carol-Ann se fait dévitaliser une dent et notre directrice frise le surmenage.

— Tu peux l'appeler Hope, fit remarquer Owen. Tu couches avec elle.

— Dévitaliser une dent ?

Comme son frère, Beckett fit la grimace.

— A-t-elle besoin d'aide ? Hope ?

— Je n'en sais rien. Ce n'est pas mon rayon. Mais même quand il n'y a personne, elle prépare l'arrivée des clients suivants ou se casse la tête avec ces histoires de marketing. Elle a besoin de faire une pause.

— Cette soudaine sollicitude ne cacherait-elle pas un intérêt personnel ? avança Owen.

— Notre relation n'est pas le problème. Si elle s'épuise au boulot, là on sera mal.

— D'accord. Tu marques un point. Et puis personne ne veut qu'elle se surmène. Donc…

À cet instant, Hope jaillit de la maison.

— J'ai les documents ! s'exclama-t-elle. Ma cousine a tenu parole. Il y en a tout un tas. Je ne sais pas comment je vais faire pour étudier tout cela, mais…

— Transmets-les-moi sur mon ordinateur, proposa Owen. Je vais commencer à les éplucher.

— D'accord, et je garderai un peu de temps pour m'y mettre de mon côté. Nous progressons, dit-elle, posant machinalement la main sur l'épaule de Ryder. Je veux croire que nous trouverons du nouveau.

— Et si tu t'asseyais une minute ?

Sans lui laisser le temps de répondre, Ryder l'attira sur ses genoux. Lorsqu'elle essaya de se libérer, il raffermit sa prise et sourit à ses frères.

— Tant pis pour sa dignité.

— Ma dignité est intacte, se défendit-elle. Tu es en nage.

— Il fait chaud. Mange quelques frites.

— Je viens juste d'avaler un yaourt…

— Les frites, c'est délicieux après le yaourt.

Elle savait pertinemment qu'il la garderait prisonnière jusqu'à ce qu'elle cède. Elle pêcha donc une frite dans son carton.

— Voilà. Et maintenant…

— Bois un coup pour faire passer.

Il prit son verre et le lui fourra dans la main.

Elle but, puis le reposa.

— D'après Ryder, tu aurais besoin d'un peu d'aide, commença Owen.

Hope se redressa, droite comme un i.

— Y a-t-il eu des plaintes ?

— Non, mais…

— Me suis-je plainte ? Non, répondit-elle. Je suis la mieux placée pour savoir quelle charge de travail je peux supporter. Mets-toi ça dans le crâne, dit-elle à Ryder en lui flanquant un coup de coude dans le ventre avant de se lever. Je dois retourner travailler.

Et elle s'en alla d'un pas furibond.

— Tu as perdu une belle occasion de te taire, Owen.

— C'est toi qui viens de dire que…

— Tu ne pouvais pas la fermer, non ? Voilà les poutrelles.

Ryder prit son sandwich et s'en alla à son tour.

— C'est quand même lui qui nous a dit qu'elle était surchargée de travail.

— Ferré comme un poisson, lui rappela Beckett.

Ryder lui fit livrer des fleurs. C'était une théorie dont il avait pu vérifier l'efficacité : quand une femme était fâchée, quelle qu'en fût la raison, un homme lui offrait des fleurs, point. La plupart du temps, cela suffisait à arranger les choses. Ensuite, il oublia l'incident dans la sueur et l'effort jusqu'à ce qu'il ferme le bâtiment pour la nuit et passe à l'hôtel.

— Les fleurs sont magnifiques. Merci.

— De rien.

— Je n'ai qu'une minute, ce qui ne signifie pas que je suis débordée. Je travaille, c'est tout.

Maudit Owen, songea-t-il.

— D'accord.

— Je ne veux pas que tu racontes à ta famille que je ne suis pas à la hauteur de mon job.

— Je n'ai jamais dit une chose pareille.

— S'il me faut de l'aide, j'en parlerai à Justine. Je n'ai pas besoin qu'on parle à ma place.

— Je sais.

Un homme espérait toujours que les choses en resteraient là, mais, comme de bien entendu, elle insista.

— Ryder, j'apprécie ta sollicitude. C'est gentil. Et inattendu. Mais parfois, le travail implique beaucoup de stress et de pression. Je suis sûre que c'est pareil pour toi.

— Je ne peux pas dire le contraire.

— Quelques vacances ne te feraient pas de mal. Un long week-end, je ne sais pas.

Il rit de s'entendre jeter ses propres paroles au visage.

— Oui, sans doute. En fait, les deux jours qui viennent, je ne travaille pas.

— Combien vas-tu passer de temps à l'atelier, ou à planifier le travail de la semaine prochaine, ou à parler du chantier avec ta mère ?

Elle venait de marquer un point.

— Un peu.

Nigaud s'approcha en se dandinant et fourra le museau dans la main de Hope.

— Il me croit fâchée contre toi. Ce que je ne suis pas.

— C'est bon à savoir.

Hope s'avança et embrassa Ryder sur la joue.

— Tu pourrais passer demain après le feu d'artifice.

— Ça peut se faire.

— À demain, alors.

— Hé ! lui lança-t-il comme elle tournait les talons. Ça te dirait d'aller au cinéma ? Pas ce soir, ajouta-t-il devant sa mine perplexe. La semaine prochaine, ton soir de congé.

— Euh… je pourrais. Oui, bien sûr. Ça me plairait.

— Quand tu veux, alors. Tiens-moi au courant.

— D'accord.

Elle sourit, mais l'expression perplexe demeura.

— Tu comptes acheter un ticket pour ton chien ?

— Je pourrais, mais ils ne le laisseront pas entrer.
— Tu as un lecteur de DVD ?
— Bien sûr.
— Un micro-ondes ?
— Comment je cuisinerais sinon ?
— Et si je venais plutôt chez toi ? On regarderait un film là-bas – tous les trois.

Ce fut au tour de Ryder de paraître perplexe.
— D'accord, si c'est ce que tu veux.
— Mercredi soir ?
— Ça me va. Tu veux dîner ?
— Pas si tu cuisines au micro-ondes.
— Je peux faire des grillades.
— Alors c'est oui. Je viendrai vers 18 heures, je te donnerai un coup de main. Bon, je dois y retourner. Laurie est seule.
— À plus tard.

Ryder fourra les mains dans ses poches et la regarda s'éloigner.
— Chaque fois que je crois la comprendre, je me plante sur toute la ligne, murmura-t-il à Nigaud.

Le lendemain soir, au crépuscule, Ryder donna la seconde moitié de son sandwich au bœuf à Murphy.
— Tu es un puits sans fond.
— C'est bon. Et ils n'ont plus de glace.
— Ça devrait être illégal.
— On pourrait les mettre en prison, suggéra Murphy en grimpant sur les genoux de Ryder, les mains collantes de jus de viande. Maman dit qu'on ira chez le glacier si c'est encore ouvert tout à l'heure. Tu veux venir avec nous ?

Une glace par une chaude soirée de juillet. Tentant.
— Peut-être.
— Maman dit que Hope n'a pas pu venir parce qu'elle a du travail.

Murphy lécha le jus de viande qui lui dégoulinait sur les paumes avant d'ajouter :

— Hope, c'est ta petite amie ?

— Non.

Ou bien si ?

— Pourquoi ? Elle est très jolie, et elle a presque toujours des cookies.

— Voilà d'excellents arguments.

— Ma petite amie aussi, elle est jolie. Elle s'appelle India.

Décidément, ce gamin était marrant.

— India ? C'est un prénom, ça ?

— C'est le sien. Elle a les yeux bleus et elle aime Captain America.

Il attira la tête de Ryder à lui pour lui murmurer à l'oreille :

— Je l'ai embrassée sur la bouche. C'était bien. Toi aussi, tu as embrassé Hope sur la bouche, alors c'est ta petite amie.

— Si tu ne la fermes pas, c'est moi qui vais t'embrasser sur la bouche.

Murphy éclata d'un rire sonore qui fit sourire Ryder.

— Ça va commencer bientôt, hein, dis ?

— Dès qu'il fera nuit.

— La nuit met drôlement longtemps à tomber, sauf quand on ne veut pas.

— Tu es un sage, jeune Jedi.

— Je vais jouer avec mon sabre lumineux, décréta Murphy, qui descendit des genoux de Ryder en se contorsionnant et ramassa son arme en plastique.

Ses frères lancèrent aussitôt une attaque.

— C'est toi quand tu étais petit, commenta Justine.

— Lequel ?

— Les trois. Pourquoi ne remontes-tu pas à l'hôtel ? Tu peux regarder le feu d'artifice de là-bas.

Ryder s'étira et se leva de son siège pliant.

— Et la tradition familiale ?

— Je t'accorde une dispense.

Il posa la main sur la sienne.

— Ce n'est pas grave. Elle est occupée.

— Liam ! Si tu n'arrêtes pas, je te confisque cet engin !

Justine regarda Clare et soupira.

— Et moi, j'étais comme elle. Le temps passe, Ryder.

Elle retourna la main sous la sienne et posa l'autre sur celle de Willy B assis de l'autre côté, Tyrone sur ses genoux.

— Il faut savoir profiter des bons moments quand ils se présentent.

— Ne me dis pas que tu as acheté un autre immeuble.

— Tu sais très bien ce que je veux dire. Ah, ça commence ! murmura-t-elle, tandis qu'un jet de lumière montait vers le ciel.

De la terrasse de l'hôtel, Hope contemplait les explosions de lumière dans le ciel. Autour d'elle, les clients applaudissaient à grand renfort de « oh » et de « ah ». Elle avait préparé des margaritas à la demande et en savourait un elle-même tout en admirant le spectacle.

Et en pensant à Ryder, au parc avec sa famille.

Des fleurs. Quelle surprise. Elle aimait les surprises, mais aussi en comprendre la signification. Des excuses, en l'occurrence. Même si elles n'étaient pas nécessaires.

Puis il y avait l'histoire du film. D'où lui était venue cette idée ? Tombée de nulle part, visiblement.

« Arrête, se réprimanda-t-elle. Ce n'est qu'un film après tout. »

N'empêche, c'était la première fois qu'il suggérait d'aller quelque part tous les deux depuis qu'ils couchaient ensemble.

Sortaient-ils ensemble officiellement désormais ? Sortir ensemble était différent de coucher ensemble. Ce genre de relation impliquait certaines règles, une sorte de structure. Devait-elle commencer à y songer ?

Pourquoi se compliquer la vie alors que tout était si simple ? Ils prenaient du bon temps au lit et s'appréciaient en dehors.

De surcroît, ils étaient tous deux raisonnables, francs et avaient une vie bien remplie. Que demander de plus ?

« Profite du moment présent, s'ordonna-t-elle. Profite du feu d'artifice. »

Une main se referma sur la sienne et elle se retourna. Personne ne l'avait touchée. Autour d'elle, tous les yeux étaient braqués vers le ciel.

— D'accord, Lizzy, murmura-t-elle, profitons du spectacle ensemble.

Après le bouquet final, elle descendit refaire des cocktails. C'était pour elle une grande satisfaction de savoir que ses clients passaient des vacances agréables à Boonsboro, appréciaient l'atmosphère et la couleur locale.

Que Lizzy recherche sa compagnie lui faisait infiniment plaisir.

Elle prépara encore des chips avec de la sauce et disposa sur un plateau les adorables cupcakes miniatures surmontés d'un drapeau américain qu'elle avait achetés à la boulangerie. Elle en laissa sur le plan de travail à l'intention des clients qui descendraient et monta le reste pour ceux qui souhaitaient profiter encore un peu de cette belle nuit d'été. Il lui vint soudain à l'esprit que Ryder aurait peut-être un petit creux s'il venait. Elle retourna donc à la cuisine et mit de côté quelques cupcakes. Elle avait de la bière dans son réfrigérateur personnel désormais.

Qu'est-ce que *cela* signifiait ? se demanda-t-elle dans l'escalier. Juste qu'elle avait souvent la compagnie d'un homme qui préférait la bière au vin.

Elle s'arrêta net en voyant Ryder descendre du deuxième étage.

— J'ignorais que tu étais là.

— J'ai fait entrer Nigaud chez toi. Les gamins l'ont épuisé. C'est toi qui les as faits ? demanda-t-il, désignant les gâteaux.

— Non, ils viennent de la boulangerie…

Il en prit deux, avala le premier en une bouchée.

— Délicieux.

— C'est vrai. J'en montais quelques-uns au cas où tu passerais.

— Bien vu.

Il mangea le deuxième, puis lui tendit une sorte de baguette en plastique surmontée d'une étoile.

— Tiens, je t'ai acheté un cadeau.

— Tu… Qu'est-ce que c'est ?

— Ça se voit, quand même. Une baguette magique. Ils vendaient des jouets lumineux au parc. Les garçons ont eu des sabres et des pistolets laser. Celui-ci fait plus fille.

— En effet.

— C'est marrant, attends.

Il appuya sur un ou deux boutons. Le jouet se mit à chanter et à clignoter.

Hope prit la baguette en riant et l'agita en l'air.

— Tu as raison, c'est marrant. Merci.

— Tu as vu le feu d'artifice ?

— Oui, c'était magnifique. Nous avons mangé des chips avec de la salsa et des margaritas sur la galerie du haut.

— Ce n'est pas Cinco de Mayo.

— Les clients ont toujours raison. Et les margaritas étaient excellents. Tu veux aller en boire un dehors ?

— Non, merci. J'ai eu ma dose de monde pour aujourd'hui. Le parc était bondé.

— Tiens, prends les cupcakes. Je monte dès que je peux.

— Suis-je censé t'en garder ?

— Oui.

— Il y a toujours un hic.

— Tu trouveras de la bière au frigo, dit-elle avant de rejoindre les clients.

Ce fut plus tard que prévu, mais ils s'offrirent leur petit feu d'artifice personnel. Après une nuit un peu trop courte, Hope s'arracha à sa couette pour préparer le petit-déjeuner avec Carol-Ann. Lorsqu'elle trouva une minute pour monter à l'appartement, Ryder et son chien étaient déjà partis.

« Tu vois ? se dit-elle. Simple et direct. »

Elle s'empara de la ridicule baguette magique et l'alluma.

Son cœur fondit un peu – plus qu'avec les fleurs, réalisa-t-elle. Elle la reposa. Il était temps de remettre l'hôtel en ordre après ce long week-end.

Alors qu'elle transportait des sacs de linge dans la buanderie avant leur départ pour la blanchisserie, Avery passa la tête dans l'embrasure.

— Fais donc une pause.

— À une époque, j'ai su ce que ça voulait dire. Que fais-tu dans le coin ?

— Je suis venue te chercher pour te traîner jusqu'au nouveau restaurant. Tu n'es pas passée depuis plus d'une semaine.

— J'en avais envie, mais…

— Je sais. Maintenant tout le monde est parti. Alors fais une pause.

— Nous avons toutes les chambres à refaire, j'ai des commandes à passer, et j'attends deux arrivées tout à l'heure.

— Tout à l'heure, c'est tout à l'heure. Allez, viens. Clare arrive. Elle avait un truc à vérifier à la librairie. Tu peux bien t'accorder vingt minutes.

— Tu as raison. Laisse-moi juste prévenir Carol-Ann.

— Déjà fait, dit Avery qui lui attrapa la main. Viens me voir frimer.

— J'ai vu l'enseigne. Elle est géniale. Charmante et drôle.

— Comme l'endroit. Il sera charmant et drôle. Avec une cuisine haut de gamme, déclara Avery en entraînant Hope à sa suite. Owen a parlé de mi-août et je suis excitée comme une puce – mais à la vitesse où les travaux avancent, ce sera peut-être plus tôt. Je veux dire, ils finiront plus tôt et j'aurai plus de temps pour fignoler les détails.

— Tu aurais eu seize clients samedi soir, je peux te l'assurer. Je te fais une pub d'enfer.

Elles traversèrent la rue et Avery sortit ses clés.

— Merci, j'apprécie. Attends-toi à être soufflée.

— D'accord.

Avery ouvrit la porte en grand.

Le vieux carrelage foncé avait disparu, remplacé par un parquet massif aux teintes riches et profondes. Pour l'instant, il était protégé par des bâches et des cartons, mais Hope en voyait assez pour être impressionnée.

Le plafond était couvert de cuivre estampé rutilant, les murs lisses et blanchis n'attendaient plus qu'une couche de peinture.

— Avery, ce sera encore plus beau que je ne l'imaginais.

— Tu n'as encore rien vu. Ils ont carrelé les toilettes.

Elle entraînait Hope à droite et à gauche – voir le carrelage, les murs neufs de la cuisine –, lui fit traverser l'arche jusqu'au bar.

— Oh, ils ont restauré les boiseries ! Elles sont fabuleuses !

— N'est-ce pas ? dit Avery en caressant le bois lisse. C'était une excellente surprise, et regarde mon mur de brique : il est parfait. Il ne leur reste plus qu'à faire les peintures, installer les éclairages, les accessoires des toilettes, la cuisine, puis ce sera au tour du bar. Ce jour-là, il n'est pas impossible que je pleure.

« J'apporterai des mouchoirs. Tiens, voilà Clare. Et regarde l'estrade ; les enfants ont aidé à la construire. Là, je vais pleurer tout de suite. Ça va, Clare ? s'inquiéta-t-elle. Tu es un peu verdâtre.

— On est en juillet, lui rappela celle-ci, avant de boire quelques gorgées d'eau à la bouteille. Et ce sont des jumeaux.

— Il y a un tabouret dans la cuisine. Ne bouge pas, je vais le chercher, proposa Avery.

— Tu ne devrais pas sortir par cette chaleur.

— Je ne vais pas rester longtemps. Mais enceinte ou pas, il faut bien que je vive. Beckett s'occupe des garçons, des chiens et du nouvel arroseur super-génial.

— Là, tu as touché le jackpot.

— Et je le sais.

Avery revint avec le tabouret, Clare s'assit sans protester.

— Merci. C'est vraiment très beau ici, Avery. Tout prend forme comme tu l'avais imaginé.

— Mieux encore. Il y a un éventail là derrière. Je vais te le chercher.

— Avery, arrête. Tout va bien. Il fait bien plus frais ici que dehors. C'était juste une petite nausée. C'est passé.

— Je te raccompagnerai à ta voiture tout à l'heure. Et si tu n'es pas sûre à cent pour cent, je te reconduis chez toi.

— D'accord. Et maintenant détends-toi. L'été est encore long. Et ne dites rien à Beckett. Je suis sérieuse, prévint Clare, l'index braqué sur ses amies. Il n'est jamais passé par là. Moi, si. S'il y avait le moindre problème, je le saurais. C'est juste une grossesse normale en plein été.

— Fois deux, ajouta Hope.

— Ne m'en parle pas. Je suis déjà énorme et j'ai encore des mois à tenir. Ils donnent des coups de pied, annonça-t-elle, appuyant la main d'un côté, puis de l'autre. Je vous jure, ils se bagarrent déjà là-dedans.

— Je veux sentir, dirent Avery et Hope à l'unisson.

— Dis donc, boum, boum, boum, dit Hope.

— Génial, hein ? Tant de vie. Ça mérite bien d'être un peu verdâtre. Et toi, ton premier bébé, c'est pour la mi-août, dit-elle à Avery.

— Il paraît. Je vais organiser la plus belle des soirées d'inauguration, sans doute en septembre, quand tout sera parfait. Attendez un peu de voir.

— Ryder m'a offert des fleurs.

Avery cligna des yeux.

— Pardon ?

— Euh, désolée, s'excusa Hope, surprise elle-même. Je ne sais pas d'où ça sort. Ma tête travaille toute seule.

— Où est le problème de se faire offrir des fleurs par l'homme avec qui on sort ? s'étonna Clare.

— J'adore recevoir des fleurs. C'était tellement gentil de sa part. Or il n'est pas « gentil ».

— Mais si, sous sa carapace, la corrigea Avery.

— C'était surtout pour s'excuser d'avoir fourré le nez dans mon emploi du temps professionnel.

— Ah, les hommes n'aiment pas quand le travail interfère avec la bagatelle, philosopha Avery.

— Non, ce n'est pas ça. Franchement pas, assura Hope en riant. J'ai encore du temps perdu à rattraper, j'imagine, parce que je suis toujours partante, même après une dure journée. Non, il m'a offert des fleurs, c'est tout. Nous ne nous étions même pas disputés. Pas vraiment.

— Offrir des fleurs à une femme, c'est son truc, dit Avery. Je ne dis pas ça dans un sens négatif. Sa mère adore les fleurs. C'est juste sa façon à lui de se montrer gentil.

— C'est simple comme bonjour alors. Mais… il y a d'autres petites choses, et j'aimerais votre opinion.

— J'en ai toujours une, dit Clare. Et Avery aussi.

— Toujours.

— D'accord. Alors voilà, quand je l'ai remercié pour les fleurs, il a suggéré qu'on aille au cinéma.

— Oh, mon Dieu !

Avery fit semblant de tituber, les mains crispées sur la poitrine au niveau du cœur.

— Mais c'est horrible. Que va-t-il se permettre ensuite ? T'inviter au restaurant ? Ou peut-être au théâtre ? Fuis pendant qu'il en est encore temps.

— Arrête. Il n'avait jamais suggéré la moindre sortie avant, c'est tout. D'habitude, on reste à l'appartement. On commande à dîner ou je bricole un truc – le plus souvent, il vient après le repas. Tard, quand il y a des clients. Et nous passons la nuit ensemble. Alors un film ? Des fleurs ? À quoi ça rime, tout ça ? Et il m'a offert une baguette magique.

— Une quoi ? fit Clare.

— Un de ces jouets lumineux qu'ils vendent au parc avec les fusées pour les feux d'artifice. Celle-ci a une étoile au bout qui clignote et fait de la musique.

— Ooohh ! s'extasia Avery, tout attendrie.

— Oui, c'est adorable. Pourquoi m'achèterait-il une baguette magique ?

— Parce que c'est adorable, suggéra Clare. Et parce que tu ne pouvais pas venir avec nous au parc. C'est gentil.

— Revoilà ce mot. Franchement, je ne comprends pas. Nous ne sortons pas ensemble.

— Bien sûr que si, objecta Clare avec un sourire à la fois amusé et compatissant. Ça n'a pas encore fait tilt dans ta tête ? Tu es en couple avec Ryder.

— Pas du tout. Bon d'accord, d'une certaine façon, je veux bien, vu qu'on couche ensemble, mais…

— Les gens qui couchent ensemble se divisent en plusieurs catégories, énonça Avery. Celle des aventures d'une nuit, qui ne s'applique pas à vous. Celle des plans cul entre copains, qui ne s'applique pas non plus à vous parce que avant vous n'étiez pas franchement copains. Les relations tarifées, bien évidemment exclues. Il reste donc les relations entre deux personnes qui s'apprécient, éprouvent de l'affection l'une pour l'autre et couchent ensemble. Là, ça colle, et ça s'appelle un couple. Tu vas devoir t'y faire.

— J'*essaie* de m'y faire. Mais je ne suis pas sûre de comprendre. En tout cas, pas question de trop m'engager et de me faire des illusions. J'ai déjà donné.

— Tu ne devrais pas le comparer à Jonathan, lui conseilla Clare.

— Je ne le fais pas. Pas du tout. C'est moi. Je dois bien avoir une responsabilité dans ce qui est arrivé avec Jonathan. Mes attentes ont été trop grandes et je…

Avery leva la main.

— On se calme une minute. Jonathan t'a-t-il dit qu'il t'aimait ?

— Oui.

— A-t-il évoqué la possibilité d'un avenir commun ?

— Oui.

— Alors c'est un sale menteur doublé d'une ordure. Ryder ne ment pas, lui. Si un jour il te dit qu'il t'aime, tu pourras le croire sur parole. Je t'ai dit que je connaissais des filles avec qui il est sorti. C'est quelqu'un qui aime les relations sans complication. Il ne s'engage pas – jusqu'à présent tout au moins –, mais la tromperie, le mensonge ou les dérobades, ce n'est pas son genre. Tu veux mon opinion ? Il tient à toi. Il est honnête et gentil. Oui, gentil. Mais il peut aussi être revêche et abrupt. Il est comme un oignon avec plusieurs pelures. Si tu veux le comprendre, tu vas devoir les enlever une à une.

— Entièrement d'accord, renchérit Clare. Et il t'a offert un jouet idiot parce qu'il pensait à toi, ajouta-t-elle. Il t'a invitée à sortir pour passer du temps en ta compagnie et te changer un peu les idées de ton travail. Si, de ton côté, tu ne penses pas à lui, si tu n'envisages pas autre chose qu'une relation physique avec lui, dis-le-lui clairement.

— Ça va de soi. Jamais je n'infligerais à quiconque ce que m'a fait subir Jonathan. Bien sûr que je pense à lui. Je ne sais pas trop comment l'interpréter, voilà tout. J'ai peut-être peur de la réponse, je ne sais pas. Je me disais que ce serait simple.

— Une relation n'est jamais simple, murmura Avery en glissant le bras autour de la taille de Hope. Si on tient à quelqu'un, il faut quand même bien que ce soit un peu compliqué. Alors, vous allez au ciné ?

— En fait, j'ai suggéré un dîner et un film chez lui. Je n'aurais peut-être pas dû.

— Cesse de toujours tout analyser, intervint Clare en se levant. Prends les choses comme elles viennent. Profite.

— Je suis nulle pour ça.

— Essaie. Si ça se trouve, tu es plus douée que tu ne l'imagines.

— Si je me plante, je viendrai te demander des comptes. Bon, il faut que j'y retourne. Avery, j'adore cet endroit.

— Moi aussi, répliqua Avery. Viens, Clare, je t'accompagne jusqu'à ta voiture et je te donnerai mon avis.

Elles se séparèrent à l'extérieur. Lorsqu'elles traversèrent Main Street, Clare se pencha vers Avery.

— Elle est en train de tomber amoureuse.

— Et comment. Nous savons l'une comme l'autre qu'on ne peut résister bien longtemps à un Montgomery.

— Il lui a acheté une baguette magique, Avery. Je dirais que les sentiments sont réciproques.

— Voilà qui promet d'être amusant à regarder.

13

Après une journée interminable et caniculaire durant laquelle les contrariétés s'étaient accumulées – visite d'un inspecteur qu'il avait failli étrangler avec un tendeur, accident d'un de ses meilleurs ouvriers qui avait dû être conduit aux urgences pour se faire poser douze points de suture, cafouillage dans une livraison de matériel –, Ryder se demanda s'il n'allait pas finir la journée en caleçon avec une bonne bière et une pizza du Guerrier à emporter.

Mais une promesse était une promesse. Il fila donc sous la douche et prit le temps de se raser.

Il pensa à faire le lit, une corvée dont il se préoccupait rarement. Puis, maugréant avec tant de vigueur que Nigaud jugea plus prudent de se réfugier sur son coussin, il décida de tout enlever.

Le moins qu'un homme pût faire, c'était de mettre des draps frais sur son lit s'il prévoyait de l'occuper en galante compagnie. Il changea aussi les serviettes dans la salle de bains et récura le lavabo. Les femmes étaient maniaques et, pour avoir passé beaucoup de temps chez elle, il savait que Hope l'était plus que la moyenne.

Satisfait de l'état de sa chambre, il descendit, rangeant quelques affaires au passage. Sa maison n'avait rien d'un capharnaüm. Et Betts, la femme de ménage, venait une semaine sur deux. Mais entre le travail et ses soirées avec Hope, un peu de désordre s'était installé.

Il traversa la cuisine et déposa ce qu'il avait ramassé dans la buanderie. Il s'en occuperait plus tard. Pas de problème avec la cuisine. Il la tenait toujours en ordre, au cas où sa mère passerait à l'improviste – ce qui lui arrivait. S'il avait la mauvaise idée d'oublier une pile de vaisselle sale dans l'évier ou de laisser traîner une poubelle, elle ne lui dirait pas un mot, oh non ! Il aurait juste droit à son fameux regard qui tue.

Il sortit la bouteille de cabernet qu'il avait achetée et dénicha un verre à vin. Puis il en prit un deuxième en ronchonnant. Il n'avait rien contre le vin et ce serait plus poli d'en boire avec elle.

Il connaissait les fichues règles de savoir-vivre.

La maison était propre, enfin à peu près. Il avait du vin et des jolis verres. Il avait des steaks. La cuisine, ce n'était pas son fort. Ses compétences se limitaient aux grillades et au micro-ondes. Alors il ferait cuire la viande sur le barbecue, passerait les pommes de terre au micro-ondes et servirait en accompagnement le mélange de salade en sachet qu'il avait acheté.

Si elle n'était pas contente, elle n'aurait qu'à aller dîner chez quelqu'un d'autre.

Pourquoi était-il si nerveux ? C'était ridicule. Il avait déjà invité des femmes à manger des grillades. D'habitude, c'était après une sortie quelque part. Mais le scénario n'avait rien d'inédit.

Jusqu'à présent, personne n'avait rien trouvé à y redire. Ce serait pareil pour Hope.

Ryder vida le sachet de salade dans un saladier et considéra que le travail était terminé. Il lava quelques pommes de terre, déboucha la bouteille de vin. Il se surprit à brasser de l'air avec fébrilité – mettre de la musique, faire sortir le chien, faire rentrer le chien. Un immense soulagement l'envahit quand il entendit frapper à la porte d'entrée. Il était plus doué dans l'action que dans l'attente.

Elle était sublime. Chaque fois qu'il la voyait, il ressentait comme un coup de poing au creux du ventre.

— Tu t'es coupé les cheveux.

— Oui, répondit-elle en portant la main à son carré court avec des mèches effilées sur le devant. J'avais un peu de temps et ils me rendaient folle. Qu'en penses-tu ?

— Ça te va bien.

Cette nouvelle coupe mettait en valeur ses yeux de velours. Elle portait le genre de robe qui lui faisait souhaiter que l'été ne prenne jamais fin. Ses épaules étaient nues, de même qu'une jolie longueur de jambes. Son dos aussi, réalisa-t-il quand elle entra.

— Tiens.

Il n'avait pas remarqué qu'elle avait des fleurs à la main. Il les regarda avec un froncement de sourcils.

— Personne ne t'a jamais offert de fleurs ?

— Je ne crois pas, non.

— Alors je serai la première. Et j'ai acheté ceci à la boulangerie. Tu as déjà goûté leurs brookies ?

— Leurs quoi ?

— Brookies. Un mélange de brownies et de cookies.

— Non. Ils sont comment ?

— Orgasmiques.

— Je pensais que les orgasmes, c'était notre affaire, à tous les deux.

— Aussi, mais il faut savoir innover. Tu vas te régaler, tu vas voir. Je vais mettre les fleurs dans l'eau. Tu as un vase ?

— Euh… je ne crois pas.

— Je trouverai bien quelque chose. Et je ne t'ai pas oublié, ajouta-t-elle à l'adresse de Nigaud qui se frottait contre ses jambes.

Elle ouvrit son sac et en sortit un os énorme en cuir brut.

— Eh, tu as tué un mastodonte ou quoi ?

En riant, elle leva le bras en l'air et attendit que Nigaud accepte de rester assis sur son arrière-train pour lui donner son imposante friandise.

— La bataille a été rude, mais j'ai gagné.

Le chien coinça l'os entre ses mâchoires et trottina jusqu'au salon où il se laissa choir pour le mastiquer à sa guise.

Hope sourit à Ryder.

— Et nous ?

— Il y a du vin à la cuisine.

— Juste ce qu'il me fallait après avoir terrassé un mastodonte.

Lorsqu'ils allèrent à la cuisine, elle jeta un regard – discret – à la ronde. Elle était venue une fois chez lui, mais n'avait guère vu plus que la chambre.

Elle aimait son séjour, son choix de couleurs et son goût du confort, les détails des boiseries. Elle savait que c'était l'œuvre commune des trois frères. Comme les maisons d'Owen et de Beckett.

Si elle décidait un jour d'acheter une maison, elle exigerait que ce soit une construction Montgomery et Fils.

Elle aimait encore plus la cuisine, simple et pratique, ses lignes épurées : bois sombre, rangements ouverts, placards vitrés.

— Ça ne t'ennuie pas que je cherche un récipient pour les fleurs ?

— Bien sûr que non. J'ai sans doute un pichet quelque part.

Il servit le vin, tandis qu'elle se mettait en quête d'un vase improvisé.

— J'ai entendu dire qu'il y avait eu un pépin avec l'inspecteur au MacT.

— Il cherchait la petite bête, c'est tout. Ça va se régler très vite.

— J'y suis allée l'autre jour. Cet endroit va être fabuleux.

Elle trouva une carafe transparente, la remplit d'eau et y arrangea les fleurs.

— J'adore ta maison. Elle te ressemble – et à tes frères. À ta mère aussi. Surtout le jardin. Toute la famille Montgomery y a mis sa patte.

— C'est toujours comme ça chez nous. Chacun participe à sa façon.

— Sympa. Dans ma famille, on n'est pas très manuels. Ma mère est tournée vers l'art et la création, mon père peut discuter de n'importe quel livre ou film existant, mais ni l'un ni l'autre ne sait utiliser un outil plus compliqué qu'un tournevis.

— Ce sont les gens comme eux qui nous donnent du boulot.

— Les coordonnées de leurs artisans sont enregistrées dans leurs portables. Personnellement, j'aime faire les petites réparations moi-même.

Surprenant le sourire en coin de Ryder, elle répliqua :

— J'en suis capable. Crois-tu que je vous appelle, tes frères ou toi, chaque fois qu'il faut prendre un marteau ou un tournevis ? J'ai ma propre boîte à outils.

— Avec ces jolis outils qui ont des manches à fleurs ?

Hope lui vrilla le poing dans l'estomac.

— Pas du tout.

Elle s'empara de son verre de vin, constata, touchée, que c'était celui qu'elle préférait.

— Je peux donner un coup de main ? Pour le dîner ?

— Il n'y a pas grand-chose à faire. On va s'installer dehors et je vais faire chauffer le barbecue.

Il la précéda dans la salle à manger qu'il utilisait actuellement comme bureau. Là, son sens inné de l'organisation fut sérieusement ébranlé. Piles de documents non classés, fournitures en vrac, bureau ployant presque sous le poids de la paperasse en retard.

— Ne commence pas, la prévint-il, voyant son regard.

— Certains savent utiliser des outils, d'autres ranger un bureau. Je peux affirmer, non sans fierté, savoir me débrouiller dans la première catégorie et être un génie dans la seconde. Je pourrais t'aider si tu veux.

— Je…

— … sais où tout se trouve, acheva-t-elle à sa place. C'est ce qu'ils disent tous.

Hope sortit sur la vaste terrasse et inspira à pleins poumons. C'était sans nul doute Justine qui était à l'origine de ce superbe jardin au charme campagnard avec ses jardinières colorées et ses massifs bordant la vaste pelouse qui se fondait naturellement dans les bois et la pente de la colline.

— Ce jardin est une splendeur. J'aurais envie de prendre mon café dehors tous les matins.

— Je n'en ai jamais vraiment le temps, avoua Ryder en ouvrant le couvercle d'un imposant gril en inox rutilant. Je ne pensais pas qu'une maison au fond des bois serait ton style.

— Je ne sais pas. Sans doute n'ai-je jamais eu l'occasion de me poser la question. J'ai quitté un quartier résidentiel pour la grande ville. La grande pour une petite. Tout m'a plu. À mon avis, la maison au fond des bois me conviendrait aussi. De quel côté habite Clare ? Et Avery ?

Après avoir allumé le gril, il rejoignit Hope et se plaça derrière elle. Un bras levé avec le sien, il indiqua une direction.

— Avery.

Il modifia l'angle de son bras.

— Clare. Ma mère, ajouta-t-il, changeant de direction une dernière fois.

— C'est sympa d'être si proches. Mais pas trop non plus.

— Quand il n'y a plus de feuilles aux arbres, je vois leurs lumières entre les arbres. C'est assez près.

Elle lui sourit par-dessus son épaule et, sans réfléchir, se tourna vers lui, son corps pressé contre le sien. Il captura ses lèvres avec fougue. Une surprise, tant il semblait décontracté. Une merveilleuse surprise, se corrigea-t-elle, sentant son propre désir attisé par le sien.

Il lui prit son verre, le posa sur la table.

— Nous mangerons plus tard.

Main dans la main, il l'entraîna dans la maison. Elle fit de son mieux pour suivre le rythme.

— D'accord.

Arrivé au pied de l'escalier, il la plaqua contre le mur pour reprendre sa bouche.

À tâtons, il trouva la courte fermeture à glissière qui commençait au milieu du dos et tira dessus. Hope n'eut pas le temps de dire *ouf* qu'elle se retrouva avec pour tout vêtement un string, ses talons hauts et une paire de pendants d'oreilles.

Il s'était juré qu'il ne la toucherait qu'après le dîner – après le film, ou au moins pendant. Mais elle était si belle, sentait si bon…

C'était trop. Vraiment trop. Il referma les mains sur ses seins, dévora sa bouche d'un baiser torride.

Accueillant cet assaut avec la même fièvre désespérée, elle lui arracha sa chemise et lui caressa le dos du bout des ongles avec une sensualité qui ne fit qu'aviver le désir de Ryder.

Lorsqu'il la souleva dans ses bras, son corps fusionna contre le sien telle une cire brûlante et délicieusement parfumée.

Elle se sentait légère. Et il la porta à l'étage comme si elle l'était bel et bien. Jamais elle n'avait monté un escalier ainsi – et certainement pas en laissant sa robe en boule au pied des marches.

Dans sa glorieuse nudité.

Elle continua de le couvrir de baisers fiévreux, tandis qu'il franchissait le seuil de la chambre. Son cou, son visage, sa bouche…

— Je ne peux pas m'empêcher de te toucher, murmura Ryder.

— N'y songe même pas, lui souffla-t-elle, tandis qu'ils tombaient sur le lit.

C'était cela qu'il voulait : sa peau douce et chaude, ses longues jambes sculpturales, son corps mince aux courbes voluptueuses. Son parfum le grisait tandis qu'il embrassait ce corps dont il ne pouvait se repaître. Elle se cambra en laissant échapper un cri.

La soie délicate de sa peau vibrait sous ses mains rugueuses. Conscient de son ardeur un peu brutale, il s'efforça de ralentir le rythme, d'y aller plus doucement. Il remonta jusqu'à sa bouche qu'il captura avec davantage de tendresse en un long baiser langoureux. Sous lui, Hope semblait ronronner comme un chat.

Étourdie de désir, elle murmura son nom, tandis qu'il déposait sur sa peau des traînées de baisers qui lui faisaient l'effet d'une drogue.

S'abandonnant à cette agréable ivresse, elle l'attira de nouveau à elle et lui caressa le dos d'une main légère. Prêts cette fois à savourer plutôt qu'à dévorer, à séduire plutôt qu'à posséder, ils s'étreignirent dans la lumière déclinante.

Lorsqu'elle prit son visage entre ses mains et plongea son regard dans le sien, une joie enivrante se mêla au désir.

Avant de caresser ses lèvres des siennes, Ryder vit son sourire. Sentit ses doigts dans ses cheveux. Et quand elle s'arqua à sa rencontre, quand elle s'ouvrit à lui, accueillante, il s'enfonça dans sa chaleur veloutée.

Le souffle coupé sous le choc délicieux, jamais elle ne le quitta des yeux, accompagnant chacun de ses coups de reins de plus en plus impétueux.

Soudain, sa vue se troubla et ce fut le trou noir, aller direct vers le septième ciel.

Son corps se cambra, tendu comme un arc, et elle savoura l'extase avant de se laisser retomber mollement sur les draps, parcourue de divins frissons.

Le visage enfoui au creux de son cou, Ryder se tendit en elle une dernière fois et bascula à son tour.

Comme dans un rêve, encore tout alanguie, Hope lui embrassa les cheveux tout en lui caressant tendrement le dos. Quand il la délesta de son poids, elle se blottit contre son flanc et il l'entoura de son bras. Flottant à la dérive, il ne réalisa pas que l'affection était venue jouer les trouble-fête dans leurs ébats. Pour l'un comme pour l'autre.

— Je ferais bien d'aller mettre ces steaks à cuire.

— Je meurs de faim. Mais je vais avoir besoin de ma robe.

— Tu es belle sans, mais c'est une jolie robe. Je vais la chercher.

— Mon sac aussi ?

— Pour quoi faire ?

— Quelques raccords de maquillage.

Il la dévisagea, les sourcils froncés.

— Pour quoi faire ? répéta-t-il. Tu es très jolie comme tu es.

— Il ne me faudra que cinq minutes pour l'être encore plus.

Elle n'avait pas besoin de maquillage pour faire chavirer le cœur de n'importe quel homme, mais il obtempéra avec un haussement d'épaules. Sa robe sentait son parfum, se rendit-il compte, portant le vêtement à ses narines tandis qu'il cherchait son sac dans la cuisine.

L'os déjà bien attaqué toujours dans la gueule, Nigaud lui lança un regard qui semblait dire « je sais ce que vous venez de faire ».

— Tu n'es qu'un jaloux.

Il remonta dans la chambre avec la robe et le sac. Hope l'attendait, assise sur la couette, les genoux remontés. Lorsqu'elle lui sourit, Ryder dut faire appel à toute sa volonté pour ne pas la renverser de nouveau sur le lit.

— Merci. Cinq petites minutes et je te rejoins pour te donner un coup de main.

— D'accord, mais ce n'est pas indispensable.

Il s'empressa de sortir avant de craquer.

Elle avait dit vrai. Cinq minutes plus tard, elle était en bas.

— Je ne vois aucune différence, la taquina-t-il. À part la robe.

— Tant mieux. Ce n'est pas censé se voir.

— Comment veux-tu ton steak ?

— Saignant.

— Voilà qui simplifie les choses.

Il mit deux énormes pommes de terre dans le micro-ondes, le programma, puis sortit la salade du réfrigérateur.

— Tu veux que je prépare une vinaigrette ? proposa-t-elle.

— J'ai un flacon de sauce italienne et une autre au bleu.

Hope jeta un coup d'œil dans le réfrigérateur.

— Je peux faire mieux, déclara-t-elle après réflexion. Si tu as de l'huile d'olive.

— Là-haut, fit-il en lui montrant un placard.

Elle ouvrit la porte, dénicha un ou deux ingrédients qui avaient sa faveur et les sortit.

— Un bol, un fouet ?

— Un bol, j'ai.

— Une fourchette, alors.

Elle se mit au travail avec rapidité et efficacité. Rien à voir avec la femme alanguie qui lui avait fait perdre pied quelques minutes plus tôt. Il sortit s'occuper de la cuisson de la viande. À son retour, elle remuait la salade.

— Je n'ai pas trouvé tes couverts à salade.

— Je n'en ai pas. J'utilise des fourchettes.

— Dans ce cas…

Elle laissa celles dont elle s'était servie dans le saladier.

— Je me disais qu'on pourrait dîner dehors.

— Excellente idée.

Hope emporta la salade sur la terrasse et revint chercher les assiettes et les couverts.

Le temps qu'il enlève les steaks du gril, elle avait dressé la table, ajouté le bouquet et rempli leurs verres. Elle avait déniché le beurre, la crème fraîche, le sel et le poivre. Et les pommes de terre étaient dans les assiettes.

Il devait admettre que la table était un peu plus classe que s'il avait été à la manœuvre.

— Quel était ton talent à ce concours de beauté ? voulut-il savoir. Les tours de magie ?

Elle se contenta d'un sourire, tandis qu'il faisait glisser un steak dans son assiette.

— Très appétissant.

Elle servit la salade avant de lever son verre qu'elle choqua contre le sien.

— Aux longues nuits d'été. Mes préférées.

— Je suis fan, moi aussi. Alors, ton talent ? insista-t-il. Ça faisait partie des épreuves, non ? Je parie que tu jonglais avec des torches enflammées.

— Tout faux.

Elle sirota son vin, prit sa fourchette.

— Crache le morceau, princesse, ou je demande à Owen de faire des recherches. Il se débrouille mieux que moi avec Internet.

— J'ai chanté.

— Tu sais chanter ?

Elle haussa les épaules en mangeant.

— Je n'ai pas remporté cette épreuve-là.

— Tu ne sais pas chanter alors.

— Mais si, protesta-t-elle avec vigueur. Je sais aussi jouer du piano et faire des claquettes. Mais je ne voulais pas me disperser.

Elle sourit.

— C'est la fille qui faisait des claquettes en jonglant avec des torches enflammées qui a gagné l'épreuve.

— Tu inventes.

— Tu n'as qu'à chercher sur Internet.

— Comment as-tu pu gagner le concours si tu as perdu l'épreuve du talent ?

— En remportant toutes les autres haut la main. J'ai assuré un max pour l'interview.

— Et pour celle du maillot de bain aussi, je suis sûr.

Nouveau sourire avec un regard sensuel et langoureux.

— Tu peux le dire. Mais bon, c'était il y a longtemps.

— Je parie que tu as gardé le diadème.

— C'est ma mère qui l'a. Plus important, j'ai décroché la bourse. C'était le but. L'idée de nous endetter, mes parents et moi, ne me plaisait pas. Ils avaient déjà deux enfants inscrits dans le supérieur. Cette bourse a fait la différence. Et je l'avais méritée. Ces concours de beauté, c'est vraiment la jungle. Mais j'ai mérité mon prix et j'ai beaucoup appris.

— Chante-moi un truc.

Elle secoua la tête, troublée et amusée à la fois.

— Non. Je suis en train de manger. Ce steak est délicieux au fait. Hé !

Elle tendit la main, mais il fut plus rapide et attrapa son assiette qu'il tint hors de sa portée.

— Chante si tu veux manger.

— Tu es ridicule.

— Je veux t'entendre. Juger sur pièces.

— C'est bon, d'accord.

Hope réfléchit un instant, puis lui interpréta quelques mesures de *Rolling in the Deep*, d'Adele, qu'elle avait écouté dans la voiture en venant.

Elle avait une voix chaude, un peu rauque, sexy en diable. Pourquoi était-il surpris ?

— Tu chantes bien. Continue.

— J'ai faim.

Il reposa son assiette devant elle.

— Je n'ai pas de piano, mais tu ne couperas pas aux claquettes après le dîner.

Elle étrécit les yeux quand il lança un morceau de viande au chien.

— Ta mère t'a élevé mieux que cela.

— Elle n'est pas là. Que sais-tu faire d'autre ?

Hope secoua la tête.

— Non, à ton tour. Que sais-tu faire à part ce que je connais déjà ?

— Shooter.

— Je t'ai vu à l'œuvre avec le chien de ta mère.

— Ça, ce n'est rien. C'est moi qui ai marqué le but de la victoire l'année du championnat de terminale. Un tir de cinquante-huit mètres.

C'était il y a longtemps aussi, songea-t-il, mais quand même.

— J'imagine que c'est impressionnant.

— Ma grande, le record de longueur pour un tir au foot dans un championnat lycéen, c'est soixante-quatre mètres.

— Dans ce cas, je suis impressionnée. Tu as continué à l'université ?

— La bourse a aidé. On était trois. L'université, ce n'était pas mon truc, mais j'ai tenté le coup.

— As-tu envisagé de passer professionnel ?

Il n'avait pas la passion, réalisait-il maintenant. Le feu sacré.

— Non. Ce n'était qu'un jeu qui me plaisait, sans plus. Mais j'ai réussi à faire ce que je voulais dans la vie.

— Tant mieux. Nous avons tous les deux de la chance alors.

— Jusqu'à présent.

Tandis que la nuit tombait lentement, ils terminèrent leur repas et s'attardèrent devant leur verre de vin. Lorsque Hope se leva pour débarrasser, les premières lucioles dansaient dans la pénombre du jardin.

— Je m'en occuperai demain matin, lui dit-il.

— Je préfère maintenant. Je n'arrive pas à me détendre tant que la vaisselle n'est pas faite.

— Tu as peut-être besoin d'une thérapie.

— Quand chaque chose est à sa place, l'univers est en équilibre. Après, tu pourras m'emmener au cinéma. Qu'est-ce qu'on regarde ?

— On trouvera bien.

Pour l'instant, la regarder, elle, lui suffisait.

— Tu veux du pop-corn ?

— Encore cette histoire d'équilibre, dit-elle en chargeant le lave-vaisselle. Un film, du pop-corn. L'un ne va pas sans l'autre.

— Avec du beurre et du sel ?

Elle faillit refuser, puis craqua.

— Et puis zut, c'est mon soir de détente. Et j'aurai bientôt un club de fitness à deux pas.

— Tu as une de ces tenues de sport moulantes ? s'enquit Ryder.

Elle lui glissa un regard oblique.

— J'en ai une, oui. Mais l'inauguration me donnera un prétexte pour en acheter une neuve. Pour l'instant, personne d'autre que moi ne la voit quand je trouve le temps de mettre un DVD d'exercices.

Il déposa le sachet de pop-corn dans le micro-ondes et lui jeta un coup d'œil.

— Tu vas vouloir le manger dans un bol, pas vrai ?

— Oui. Et il faut aussi une assiette pour les brookies.

— Encore plus de vaisselle.

— C'est la vie, Ryder. Je devrais peut-être passer un coup de fil à Carol-Ann avant qu'on s'installe devant le film.

— Sait-elle où tu es ?

— Oui, bien sûr.

— Elle a le numéro en cas de besoin. Laisse tomber.

— Je réussis plutôt bien. Juste une petite rechute.

Il lui sourit.

— Tu es la directrice idéale pour l'hôtel.

— Merci. Tu n'y croyais pas au début.
— Je ne te connaissais pas.
Les sourcils de Hope s'arquèrent sous sa frange.
— Tu t'es dit, une fille de la ville qui fait des manières avec son tailleur chic et ses idées à l'avenant.
Il ouvrit la bouche. La referma.
— Tu l'as pensé ! s'exclama-t-elle en lui plantant l'index dans le torse. Espèce de snob.
— Je croyais que la snob, c'était toi.
— Tu t'es trompé sur toute la ligne.
— Ce sont des choses qui arrivent.
Il lui caressa les cheveux, à la surprise de l'un et l'autre.
— J'aime tes cheveux, s'excusa-t-il presque, résistant tout juste à l'envie de fourrer la main au fond de sa poche. Ils sont plus courts que les miens.
— Tu aurais besoin d'une bonne coupe.
— Je n'ai pas eu le temps.
— Je pourrais te les couper.
Il éclata de rire.
— Alors là, pas question.
— Je suis douée, tu sais.
Il sortit le pop-corn du micro-ondes et le versa dans un grand bol.
— Allons plutôt voir un film.
— J'ai même les outils adéquats, tu sais, insista-t-elle.
— Non, merci. Veux-tu encore du vin ? J'ai une autre bouteille.
— Je dois conduire, alors non. Je vais passer à l'eau.
— Prends aussi ces machins au chocolat. Le grand écran est en bas.
Elle le suivit au niveau inférieur et en resta bouche bée.
— C'est fantastique ! s'extasia-t-elle.
— J'en suis plutôt content.
Il considérait sans doute l'endroit comme son repaire de célibataire, mais il n'avait rien d'une caverne d'australopithèque. Les portes vitrées ouvrant sur l'extérieur ajoutaient à l'impression

d'espace. Ici non plus, il n'avait pas lésiné sur les couleurs. Vives et fortes. Rien de doux ou de pastel. Elles s'harmonisaient parfaitement avec le bois sombre laqué et les canapés en cuir.

Ravie, elle fit le tour du propriétaire et s'avança jusqu'à l'alcôve où il avait installé des haltères, une fontaine à eau à l'ancienne et l'un de ces sacs de sable qu'utilisent les boxeurs – quel était le nom déjà ? – ah oui, un punching-ball.

Elle jeta un coup d'œil dans la petite salle de bains noire et blanche d'inspiration Art déco.

Il y avait aussi des jeux – les frères Montgomery semblaient les adorer. Un flipper, une Xbox et même l'un de ces jeux vidéo à écran tactile qu'il y avait à Vesta.

Mais le clou du décor, c'était le bar, courbe et compact, avec un réfrigérateur rétro et des étagères en verre qui accueillaient une collection de bouteilles anciennes.

— C'est une reproduction ou un original ? demanda-t-elle.

— Un original. J'aime les objets vintage.

Il ouvrit le vieux Frigidaire et lui tendit une bouteille d'eau.

— C'est un peu comme si les années 1950 rencontraient notre époque, commenta-t-elle. C'est magnifique.

Elle admira la table de poker d'époque et le vieux flipper.

— Tu dois organiser des fêtes géniales.

— C'est davantage le rayon d'Owen.

Son esprit d'organisatrice passait déjà en revue thèmes, menus et décors.

— Tu *pourrais* organiser des fêtes géniales, devrais-je plutôt dire. Et c'est, sans le moindre doute, le plus grand écran de télé que j'aie jamais vu.

— Tant qu'à faire, autant voir grand. Là, c'est le placard des DVD. Choisis ce que tu veux.

— Moi ? C'est très attentionné de ta part.

— Il n'y a aucun film là-dedans que je n'aurais pas envie de regarder. Alors, vas-y.

Elle s'esclaffa, s'approcha de lui et enroula les bras autour de sa taille.

— Tu n'étais pas obligé de l'avouer. J'étais prête à croire que tu étais vraiment attentionné.

— Je dis ce qui est.

— J'aime ce qui est.

— Moi aussi. Comment ça s'appelait autrefois au cinéma, tu sais, avant le film ?

— Les bandes-annonces ?

— Non, la pause entre les actualités et le film.

— L'entracte ?

— C'est ça, dit-il en la soulevant dans ses bras. Que dirais-tu d'un petit entracte avant le début du film ?

Elle éclata de rire lorsqu'il roula avec elle sur le canapé de cuir noir.

14

Lorsque la femme avec qui vous sortez a des horaires de travail longs et décalés, son emploi du temps finit par déteindre sur le vôtre. C'était le cas de Ryder, mais cela ne le dérangeait pas, car il se retrouvait avec davantage de temps libre, avec un choix d'options à la clé. Travail, sport à la télé, long moment de détente devant une bière. Il pouvait aussi aller s'incruster chez sa mère ou l'un de ses frères pour le dîner.

Ou, comme ce soir, profiter d'une soirée au stade de base-ball avec ses frères et ses neveux.

Selon lui, rien ne valait un match de deuxième division. Bien sûr, aller voir les O's jouer à Camden Yards, le temple du base-ball, était une expérience hors du commun. Mais la deuxième division assurait le spectacle avec davantage d'intimité et de simplicité. Et si on ajoutait trois gamins à l'équation, c'était la franche rigolade garantie.

Assis dans les gradins, il mordait à belles dents dans son hot-dog arrosé de bière fraîche – Owen et lui avaient désigné Beckett comme capitaine de soirée – et s'éclatait comme un fou.

La foule huait, acclamait et sifflait les lanceurs – y compris ceux de l'équipe locale. C'était au tour des Hagerstown Suns, qui avaient deux points de retard dans la cinquième. La chaleur accablante de la mi-juillet retombait un peu grâce au soupçon de brise qui s'était levée tandis que le soleil déclinait à l'horizon.

Ryder regarda le receveur attraper la première balle, puis jeta un coup d'œil à Harry qui n'en perdait pas une miette, les coudes sur les genoux, penché en avant avec une concentration que seul un fan de base-ball pouvait comprendre.

— Tu apprends des trucs, Houdini ?

Harry lui sourit pendant que le batteur suivant prenait place sur le diamant.

— Je vais lancer samedi. Le coach l'a dit.

— Il paraît, oui.

Il prendrait le temps de venir voir le gamin faire son show.

— Je travaille ma balle à effet. Beckett m'a montré comment faire.

— Il est plutôt doué.

Ryder se cala contre son dossier pour observer le prochain lancer. Au coup de batte, il se redressa d'instinct, souleva Liam et brandit la main gantée du garçon en l'air. Il la dirigea comme il fallait et la balle vint se nicher dans le creux du gant.

— Je l'ai attrapée !

Sidéré et fou de joie, Liam contemplait la balle bouche bée.

— Joli coup, le félicita Beckett qui lui adressa un large sourire, ainsi qu'à son frère. Bien joué.

— Avec toute l'efficacité d'un aspirateur. Voyons un peu, dit Owen, et les six garçons se penchèrent sur la balle, tels des chercheurs d'or sur une pépite.

— Je veux en attraper une aussi, déclara Murphy en tendant son gant. Tu m'aides ? demanda-t-il à Ryder.

— Elles doivent venir dans cette direction. Et là, c'était une chandelle hors-jeu, expliqua celui-ci, se gardant bien d'ajouter qu'ils avaient eu de la chance. Garde les yeux ouverts et prépare ton gant.

— Ryder ! Il me semblait bien que c'était toi !

Une jolie fille dotée d'une cascade de cheveux blonds et de courbes généreuses moulées dans un short minuscule et un tee-shirt à l'avenant se serra près de lui sur les gradins. Un bras autour de son cou, elle lui plaqua un baiser sonore sur la joue.

— Jen. Comment vas-tu ?

— Très bien. J'ai entendu parler de tous vos chantiers à Boonsboro. Il faudra que je vienne faire un tour, histoire de voir par moi-même. Salut, Owen, Beckett. Et qui sont ces charmants bambins ? demanda-t-elle avec un sourire aux garçons.

— Les fils de Beckett et de Clare, répondit Ryder. Harry, Liam et Murphy.

— Salut ! J'ai appris que Clare et toi étiez mariés. Comment va-t-elle ?

— Bien, répondit Beckett. C'est sympa de te voir, Jen.

— Maman a encore deux petits frères dans son ventre, annonça Murphy.

— Deux… sérieux ? Eh bien, dis donc, félicitations. Et j'ai entendu dire qu'Avery et toi étiez fiancés, Owen ?

— Exact.

— On a du retard à rattraper, toutes les deux. Il faudra que j'aille manger une pizza à Vesta. Et jeter un coup d'œil à son nouveau restaurant quand il sera ouvert. Que de changements chez vous, continua-t-elle, tandis que Harry, à qui elle bouchait la vue sur le terrain, changeait de place. Deux des trois frères Montgomery casés… Attention, Ryder, tu vas être très convoité sur le marché.

Elle éclata d'un rire cristallin qui monta crescendo et redescendit la gamme.

— Écoute, je suis ici avec deux amies, enchaîna-t-elle. Que dirais-tu de me raccompagner à la maison après le match ? On a sûrement des tas de trucs à se raconter.

— En fait, je suis…

Il montra son petit groupe.

— Oh, bien sûr ! Alors appelle-moi ! Je viendrai faire un tour à Boonsboro et tu m'inviteras à manger une pizza à Vesta. Dis à Avery que je viendrai la voir, Owen.

— D'accord.

— Bon, j'y retourne.

Elle étreignit à nouveau Ryder.

— Appelle-moi, lui murmura-t-elle à l'oreille.

Tandis qu'elle s'éloignait, les regards de ses frères se braquèrent sur lui.

— Oh, lâchez-moi, bougonna-t-il.

Ryder se tâta un instant, mal à l'aise, puis se leva.

— Je reviens.

— Prends-moi une bière, lui lança Owen.

— Je peux avoir des *nachos* ? Hein, dis ? demanda Murphy.

Ryder se contenta d'agiter les mains et poursuivit son chemin. Il rattrapa Jen au moment où le deuxième coureur réussissait une flèche. L'arbitre siffla la fin de la manche.

— Je vais à la buvette, lui dit-il. Je t'offre une bière.

— Bonne idée. Tu as tellement de choses à me raconter. Je meurs d'envie de voir votre hôtel. J'ai lu un article dans le journal l'hiver dernier. Il a l'air génial. Et Beckett qui attend des jumeaux, Owen qui se marie – avec Avery qui plus est !

Elle ne cessa de parler tout le long du chemin, mais ce n'était pas pour le déranger, car elle semblait si heureuse de bavarder qu'elle ne lui tenait pas rigueur de ne pas répondre. Ou de n'écouter que d'une oreille distraite.

Ils se connaissaient depuis le lycée et étaient sortis ensemble à l'occasion jusqu'à ce qu'elle se marie. Puis divorce un peu plus tard. Ils étaient restés bons amis – juste amis –, ne s'autorisant rien de plus sérieux que quelques parties de jambes en l'air de temps en temps, quand la chose les arrangeait tous les deux.

À l'évidence, la chose aurait parfaitement convenu à Jen en ce moment.

Il lui acheta une bière, plus deux pour Owen et lui, et des *nachos* pour le petit, puis alla poser le tout sur une des tables hautes, réfléchissant à la meilleure façon de gérer la situation.

— J'ai failli ne pas venir ce soir, tellement j'ai de boulot, reprit-elle. Je suis contente de m'être laissé convaincre par Cherie et Angie. Tu te souviens de Cherie ?

— Oui.

Probablement.

— Elle a divorcé il y a environ un an. Une période difficile.

— Désolé de l'apprendre.

— Elle sort avec un des joueurs. Le voltigeur de centre. Alors nous sommes venues lui tenir compagnie pendant le match.

— Sympa.

— Écoute, qu'as-tu de prévu ce week-end ? Je pourrais descendre à Boonsboro. Tu me ferais faire le tour du propriétaire. On pourrait peut-être se prendre une chambre, proposa-t-elle avec un sourire enjôleur, le regard pétillant.

— Je vois quelqu'un.

Il fut le premier surpris d'entendre ces mots sortir de sa bouche.

— Voilà qui n'a rien de nouveau, tu es toujours…

Jen écarquilla les yeux.

— Oh. C'est du sérieux, tu veux dire ? Mince alors. Tes frères et toi avez tous bu à la même fontaine ?

— Je ne suis pas… nous ne sommes pas… je vois quelqu'un, c'est tout.

— Tant mieux pour toi. Et pour elle. Alors, c'est qui ? Je la connais ?

— Non. Je ne crois pas. C'est la directrice de l'hôtel.

— C'est vrai ? Maintenant, il faut absolument que je vienne voir cet endroit.

— Arrête, Jen.

— Voyons, Ryder, pour qui me prends-tu ? Depuis le temps qu'on se connaît. Jamais je ne te mettrais dans l'embarras.

Il poussa un soupir.

— Je sais.

— Je suis heureuse pour toi. Et un peu triste pour moi-même, admit-elle. Je n'ai vraiment pas de bol avec les hommes ces derniers temps.

— Alors ce sont eux qui sont stupides.

— Il y a sans doute du vrai là-dedans. Mais je peux toujours venir voir Avery et jeter un coup d'œil à vos belles réalisations.

— Avec plaisir.

— Bon, je ferais mieux d'aller rejoindre mes amies avant qu'elles ne lancent des recherches. Merci pour la bière.
— Quand tu veux.
— Comment s'appelle-t-elle ?
— Hope.
— Joli nom. Elle est mignonne ?
— C'est la plus belle femme que j'aie jamais vue.
De nouveau, les mots le prirent au dépourvu.
— Dis donc…
Jen se pencha vers lui et l'embrassa sur la joue.
— Eh bien, bonne chance, mon chou.
— Pareil pour toi.
Voilà qui était franchement bizarre, se dit Ryder en rassemblant ses achats. Il fit demi-tour et s'arrêta en chemin pour regarder le batteur des Suns frapper le coup gagnant qui permit à ses équipiers d'avancer sur la deuxième, puis la troisième base.
« Regarde donc où tu marches », se réprimanda-t-il, et il se faufila à travers la foule pour regagner sa place.
— Tu as vu ? s'exclama Harry.
— Oui, joli coup.
Ryder lâcha le carton de *nachos* sur les genoux de Murphy et passa une bière à Owen.
— Alors ? s'enquit ce dernier.
— Alors quoi ?
— Qu'as-tu dit à Jen ?
— Que je voyais quelqu'un. Nom de Dieu, Owen, je n'ai pas l'habitude de ce genre de micmac avec les femmes.
— Il n'a pas l'habitude de ce genre de micmac avec les femmes, répéta Murphy d'un air grave. Nom de Dieu, Owen.
Ryder éclata de rire et Beckett fit la grimace. Sur le terrain, les Suns marquèrent le point décisif.

Ryder avait l'intention de rentrer chez lui et d'y rester. Il ferait une heure d'exercice – cela s'imposait après le hot-dog, les *nachos* et la bière –, puis s'installerait peut-être avec son chien sur le canapé pour regarder un autre match à la télé.

Mais Beckett l'avait déposé depuis à peine un quart d'heure qu'il ressortit avec Nigaud. Énervé contre lui-même, il monta dans son pick-up et se rendit à Boonsboro.

Ils allaient mettre les choses au clair, décida-t-il. Jouer cartes sur table. Il n'aimait pas les histoires pas nettes. Il n'aimait pas les histoires tout court.

Sur le parking, il nota la présence de deux voitures à côté de celle de Hope. Il savait qu'il y avait du monde ce soir. Pas beaucoup. Il allait monter l'attendre à l'appartement. Cela lui laisserait le temps de réfléchir à leur conversation.

Dans la nuit, l'éclairage extérieur métamorphosait le jardin en un décor féerique que parfumaient les cascades de roses en pleine floraison au-dessus du muret de pierre.

C'était l'idée de Beckett, se souvint-il. Le muret, les fleurs, le gainier pleureur au centre. L'endroit exerçait un attrait si magnétique qu'il s'étonnait qu'aucun des clients n'en profite.

Il monta au deuxième étage par l'escalier extérieur et ouvrit la porte de la galerie. Un calme agréable régnait dans l'hôtel et il en déduisit que les clients s'étaient installés au salon devant un film ou une partie de Scrabble. Il entra dans l'appartement de Hope avec Nigaud. Comme chez lui, il prit un Coca dans le réfrigérateur et réfléchit à la façon dont il allait passer le temps en l'attendant.

Sans doute ferait-il mieux de lui dire qu'il était là, mais il n'avait aucune envie de descendre et de remonter deux étages. Il se contenterait d'un SMS après avoir regardé le match allongé sur son lit.

Il entra dans la chambre. Elle était là, assise en tailleur sur le lit, en short et débardeur, les écouteurs de son iPod vissés dans les oreilles, penchée sur son ordinateur portable.

À sa vue, le cœur de Ryder chavira. Quelle humiliation de succomber ainsi sans qu'elle ait le moindre effort à faire. Sans même qu'elle s'en rende compte.

Tout content, Nigaud trottina jusqu'au lit et posa les pattes sur la couette.

Hope poussa un hurlement comme si quelqu'un venait de lui plonger un couteau dans le ventre. Elle bondit à genoux, la main crispée sur la poitrine.

Ryder s'avança.

— Eh, ce n'est que moi…

Elle fourragea dans ses cheveux et se laissa retomber sur les talons.

— Tu m'as fichu une de ces frousses. Je ne t'attendais pas ce soir.

— Je te croyais en bas avec des clients. Sinon, j'aurais frappé.

— Les deux couples se sont retirés tôt, expliqua-t-elle, avant de rire. Quand je pense que je vis avec un fantôme. Qui aurait cru que j'aurais peur d'un rien ? Je t'ai effrayé, pauvre toutou ? susurra-t-elle au chien en lui caressant la tête. J'en profitais pour jeter un coup d'œil à tous ces documents et ces lettres destinés à Elizabeth.

— Ça donne quelque chose ?

— Je ne sais pas trop. Mais j'apprends à la connaître un peu mieux. Je sais que son père dirigeait la famille d'une poigne de fer et que sa mère allait souvent se coucher avec « la migraine », ce que j'interprète davantage comme une façon d'éviter les conflits plutôt qu'un réel mal de tête. Le père était fortuné, jouissait d'un statut social et d'une influence politique considérables et…

— Je ne couche avec personne d'autre, lâcha Ryder. En ce moment, précisa-t-il après coup.

Hope le dévisagea sans un mot.

— C'est… bon à savoir.

— Si tu envisages de voir quelqu'un d'autre, je veux être prévenu.

— Normal. Mais ce n'est pas le cas. En ce moment.

— D'accord.

Ryder vit que Nigaud s'était déjà installé dans le panier que Hope lui avait acheté, les pattes sur le hamburger en plastique à sifflet qu'elle y avait ajouté comme jouet.

— On peut s'en aller si tu veux être tranquille pour continuer.

— Je préfère que tu restes et que tu m'expliques ce qui t'arrive.

— Rien du tout. Je veux éviter les malentendus, c'est tout.

— Je vois.

Quel était donc le secret de ces femmes qui, comme sa mère, savaient manier le silence avec l'efficacité d'un flic expérimenté cuisinant un suspect ?

— Je suis juste tombé sur une amie au stade. Rien de plus.

— Ah bon ? fit-elle d'un ton parfaitement aimable et détaché. Et comment était le match ?

— Bien. Les Suns ont gagné trois à quatre. Liam a attrapé une balle perdue.

— C'est vrai ? fit-elle en souriant. Il devait être ravi.

— Tu parles. Il ne va pas la lâcher avant un moment.

— C'est super que les garçons aient passé la soirée avec vous trois.

Les yeux au fond des siens, elle laissa le silence se prolonger.

— Je la connais depuis le lycée.

Hope se contenta d'incliner la tête sans mot dire.

— Écoute, on est sortis ensemble quelquefois. Rien de sérieux. Bon sang, c'est quoi, ton problème ? bougonna-t-il comme elle gardait le silence.

— Je n'ai pas de problème. J'attends que tu aies fini.

— D'accord. Alors voilà. Je suis tombé sur elle par hasard et elle m'a fait… des avances. Elle a suggéré de venir voir l'hôtel et, pourquoi pas, de prendre une chambre.

Hope croisa sagement les mains.

— Ah. Voilà qui a dû être un tantinet gênant, vu qu'en ce moment tu couches avec la directrice.

— Un tantinet gênant ? C'est bien une expression de fille, ça. La situation était carrément bizarre, oui. Comme je tenais à ce que les choses soient claires, je lui ai dit que je voyais quelqu'un.

— Et alors ? Elle était fâchée ?

— Non. Ce n'est pas son genre. Nous sommes amis.

Hope hocha la tête d'un air raisonnable.

— C'est bien, louable même, d'être capable de rester en bons termes avec une ex-petite amie. C'est très révélateur de ta personnalité.

Son ton posé commençait à horripiler Ryder.

— Là n'est pas la question. Je veux juste que ce soit clair entre nous. Je ne couche avec personne d'autre et toi non plus. Comme ça, c'est clair.

— Absolument.

— Je ne suis pas comme le connard avec qui tu t'es embrouillée.

— Rien à voir, acquiesça-t-elle. Et, tout aussi important à mes yeux, je ne suis pas la personne que j'étais quand je me suis embrouillée avec le connard en question. C'est pratique, n'est-ce pas, qu'on puisse être ensemble tel qu'on est au naturel ?

— J'imagine, marmonna-t-il avant de laisser échapper un long soupir en même temps qu'une partie de sa contrariété. Tu m'as déstabilisé, admit-il.

— Comment ?

— Tu ne poses pas de questions.

— J'en pose des tas. Sinon, je ne saurais pas que tu dois cette cicatrice sur les fesses à une culbute en luge à huit ans. Ou que tu as perdu ta virginité dans la cabane que votre père vous avait construite dans un arbre – fort heureusement quelques années plus tard. Ou encore…

— Où notre relation va nous mener, l'interrompit-il. Les femmes veulent toujours savoir où une relation va les mener.

— Je savoure le moment présent, alors je n'ai pas besoin de me poser de questions sur la suite. J'aime être ici, avec toi, et ça me suffit.

Soulagé, Ryder s'assit de biais sur le lit pour lui faire face.

— Je n'ai jamais rencontré quelqu'un comme toi. Et j'ai parfois du mal à te comprendre.

Elle porta la main à sa joue.

— C'est la même chose pour moi. Je suis contente que tu sois venu ce soir me raconter tout ça. Que cela te tracassait suffisamment pour que tu éprouves le besoin de m'en parler.

— Certaines femmes ne supportent pas qu'un homme soit ami avec une autre femme ou ait une conversation avec une ex-petite amie.

— Je ne suis pas du genre jaloux. Si je l'avais été, si je m'étais montrée moins confiante, je n'aurais peut-être pas été trahie, mais ce n'est pas mon tempérament, voilà tout. Si je ne peux pas avoir confiance en l'homme avec qui je sors, c'est que je ne devrais pas être avec lui. J'avais confiance en Jonathan, et je me suis trompée. Avec toi, je sais que j'ai raison. Tu ne mens pas, et pour moi c'est capital. Je ne te mentirai pas non plus et tout ira bien.

— J'ai eu d'autres amies.

Hope noua les mains autour de son cou en riant.

— Je veux bien le croire.

Elle lui donna un baiser léger, puis murmura contre ses lèvres :

— Tu restes ?

— Puisque je suis là…

— Super. Laisse-moi ranger ça.

Ryder travaillait un peu plus tard presque chaque soir, parfois seul, parfois avec un de ses frères, ou les deux. Si Hope n'avait pas de clients à l'hôtel, ils dînaient ensemble ou sortaient quelque part, puis rentraient chez lui.

Jamais elle ne laissait la moindre affaire, ce qu'il trouvait étrange. La plupart des femmes se plaisaient à abandonner derrière elles de petits bouts d'elles-mêmes. Pas Hope.

Il prit donc la liberté d'acheter pour chez lui un flacon du gel douche qu'elle utilisait. Il adorait son parfum, non ? Et il remplaça aussi ses serviettes de bain qui commençaient à être un peu rêches.

Ce n'était pas non plus comme s'il mettait des fleurs et des bougies parfumées partout dans la maison. Elle lui achetait de la bière, lui du gel douche. Et aussi son vin préféré. Rien d'important. Elle n'en faisait pas toute une histoire.

Et elle n'en faisait pas non plus pour Nigaud – pourtant, il n'aurait pas été étonné. Mais non. Elle avait même été jusqu'à lui acheter un panier et un jouet afin qu'il se sente chez lui lorsqu'ils passaient la nuit à l'appartement.

Il réfléchissait souvent – un peu trop à son goût – à cette façon qu'elle avait de le prendre au dépourvu. Ces surprises permanentes le déstabilisaient d'une façon qu'il commençait à apprécier.

Et il appréciait aussi qu'elle ne soit pas du genre à se plaindre quand il était accaparé par son travail, comme maintenant.

Il jeta un regard circulaire, satisfait de l'allure que prenait la partie bar du MacT avec son parquet rutilant, ses éclairages symétriques.

— Quand nous serons venus à bout de ce mastodonte, lança-t-il à ses frères avec qui il finissait d'installer le comptoir, je veux une pizza du Guerrier. C'est au tour de Beckett de payer l'addition.

— Je ne peux pas, répondit celui-ci, et il fit une pause pour éponger son front en nage. Je dois rentrer aider Clare. À la fin de la journée, elle est vannée.

— C'est au tour de Ryder de toute façon, fit remarquer Owen. Moi, j'ai faim. C'est Avery qui fait la fermeture ce soir, alors ça marche.

— Mon tour ? Comment ça ?

— Chacun son tour, voilà comment ça marche. Bon sang, c'est une sacrée bête, ce comptoir. Il est magnifique.

Une fois la dernière pièce en place, ils reculèrent pour admirer leur œuvre. Il manquait encore le dessus, la barre d'appui – et les tireuses –, mais ils pouvaient être déjà fiers du résultat.

Owen passa les doigts sur le bois.

— À l'allure où les travaux avancent, le chantier sera bouclé d'ici une semaine, une semaine et demie maximum. C'est pratique que Ryder sorte avec la directrice. Du coup, il est obligé de trouver de quoi s'occuper ici.

— Ça rend bien, je dois dire, approuva Beckett. Seul bémol, avec tout ça, on n'a pas eu le temps d'avancer autant qu'on l'aurait voulu dans nos recherches sur Billy.

— C'est beaucoup de travail, lui rappela Owen. Mais on progresse. Le père d'Elizabeth a réussi à supprimer des mentions à la pelle dans les documents officiels. Il y a des blancs. Bon sang, quel genre de père faut-il être pour essayer quasiment d'effacer son propre enfant ?

— Le genre tellement atroce que ses enfants le fuient, répondit Ryder. Comme elle l'a fait.

— Owen ? Tu es là ? J'ai vu la lumière quand…

Avery franchit l'arche entre le restaurant et le bar. Elle s'arrêta net.

— Oh, le comptoir ! Vous l'avez fini ! Vous ne m'avez rien dit.

— Si tu n'étais pas si fouineuse, tu aurais eu la surprise demain. Le dessus arrive le matin et doit être installé dans la foulée.

— Il est magnifique. Tout bonnement magnifique.

Elle se précipita et fit courir ses doigts sur l'acajou.

— Au toucher aussi.

Elle pivota sur ses talons et sauta au cou d'Owen. Puis recommença avec Beckett et Ryder.

— Merci ! Merci ! Je dois voir l'arrière.

Elle contourna le comptoir et poussa des piaillements de joie.

— Il est aussi beau d'un côté que de l'autre. Si seulement Clare et Hope pouvaient le voir ! J'envoie un texto à Hope pour lui demander de venir.

— Il y a du monde à l'hôtel, fit remarquer Ryder.

— Ça ne prendra qu'une minute. J'ai besoin d'une fille ici. Je n'arrive pas à croire que vous avez réussi à finir de l'installer dans mon dos.

Secouant la tête, elle pianota sur son portable.

— Ce n'était pas facile, admit Owen.

— Mais vraiment gentil. Elle dit qu'elle arrive tout de suite. Oh, mon Dieu, c'est vrai ! Je ne rêve pas. J'ai tellement à faire. Je vais prendre une photo de vous trois devant le bar.

— J'en prendrai une avec Owen et toi, proposa Ryder.

— Vous trois d'abord. Les créateurs. Ensuite, Owen et moi.

Ils s'exécutèrent de bonne grâce. Owen fit même semblant de servir derrière le comptoir.

— Encore une, murmura-t-elle.

— Et maintenant à toi, la Rouquine, décréta Ryder qui la souleva et l'assit sur le rebord. Ne te penche pas en arrière ou tu vas tomber dedans.

— Aucun risque.

Par prudence, elle se pencha en avant, le coude calé sur l'épaule d'Owen, debout près d'elle.

— Je vais les mettre tout de suite sur Facebook. Je veux que tout le monde les voie. Owen…

Elle lui tendit les bras et s'accrocha à lui, tandis qu'il la déposait sur le plancher des vaches.

— Eh, vous deux, si vous avez besoin d'une chambre, il y a un hôtel juste en face.

Le regard de Ryder se posa sur la porte à l'instant où Hope levait la main pour frapper.

— J'allais passer juste avant de recevoir le SMS d'Avery, expliqua-t-elle quand il lui ouvrit. J'ai… Oh ! Vous avez fini le comptoir.

— N'est-il pas magnifique ? s'extasia Avery qui caressa le bois comme s'il s'agissait d'un animal de compagnie bien-aimé.

— C'est une œuvre d'art. Sincèrement, il est superbe. Et il s'intègre parfaitement dans le décor. J'adore les couleurs, Avery, et les éclairages. Le parquet. Tout. Tu vas casser la baraque avec cet endroit.

Hope s'avança vers le côté restaurant.

— Et vous avez aussi installé les rangements de service. J'avais un peu de mal à visualiser, mais…

— Ils sont là ? coupa Avery qui se précipita dans l'autre salle. Je ne les ai même pas vus !

— Ce soir, vous avez fait son bonheur, dit Hope à Ryder.

— Toi, il y a autre chose qui te réjouit, devina-t-il.

— Ça se voit tant que ça ? Oui, je suis tout excitée. J'ai trouvé quelque chose dans les lettres de Catherine à une cousine. C'était long, avec plein de blabla sur la famille, des commentaires sur la guerre, sur un livre qu'elle avait lu en cachette de son père. Et perdu au milieu, il y avait un passage sur Eliza.

— Du nouveau ? demanda Owen avec curiosité.

— Il y est question de ses inquiétudes au sujet du mariage de sa sœur arrangé par le père avec le fils d'un sénateur. Mais Eliza refusait de se plier au diktat paternel. Et, à l'évidence, c'était un comportement qu'il ne pouvait tolérer. Elle raconte aussi qu'Eliza sortait la nuit en cachette retrouver l'un des maçons engagés par leur père pour construire le mur d'enceinte de la propriété familiale.

— Un maçon ? fit Owen. Bien au-dessous de son rang. Papa a dû voir rouge.

— Catherine fait part de ses craintes au sujet de ce qui arriverait si sa sœur se faisait prendre, mais apparemment, celle-ci refusait d'entendre raison. Elle affirmait qu'elle était amoureuse.

— Y a-t-il un nom ? s'enquit Beckett.

— Non, en tout cas, je ne l'ai pas encore trouvé. Mais il s'agit forcément de Billy. La lettre date de mai 1862, quelques mois seulement avant l'arrivée d'Eliza ici. Quelques mois avant la bataille d'Antietam. Si nous réussissons à trouver des renseignements sur les ouvriers qui travaillaient dans la propriété, ou les noms des maçons de la région, nous aurons fait un grand pas.

— Si elle est venue ici, il y était aussi, approuva Avery. Soit il était du coin, soit c'est son engagement dans l'armée qui l'a conduit jusqu'à Boonsboro. C'est une bonne piste, Hope.

— La meilleure que nous ayons eue depuis des semaines. Des mois, en fait. L'histoire commence à prendre forme. Le père était d'une sévérité extrême, et ses filles étaient censées lui obéir

– sa femme aussi, d'ailleurs – et se marier avec qui il avait décidé. Eliza est tombée amoureuse d'un homme qu'il n'aurait jamais accepté. Alors elle s'est enfuie. Elle est venue le retrouver ici. Et elle est morte alors qu'elle l'attendait.

— C'était un sacré trajet à l'époque, New York jusqu'au Maryland, commenta Beckett. En temps de guerre, qui plus est. Elle a pris beaucoup de risques.

— Elle était amoureuse, dit Hope. Assez pour renoncer à sa famille, son train de vie, sa sécurité. Elle est tellement silencieuse ces derniers temps. Si je lui parle de ce que nous avons trouvé, peut-être sera-t-elle capable ou désireuse de nous en dire davantage.

— Ça vaut la peine d'essayer, reconnut Owen.

— Allons-y tout de suite, proposa Avery.

— J'ai des clients, dont un couple dans la chambre Elizabeth et Darcy. Le moment me paraît mal choisi. Plutôt demain. Après le départ des clients.

— Je viendrai, déclara Avery. 11 h 30 ?

— Parfait. À mon avis, nous avons fait un grand pas. Bon, il faut vraiment que j'y retourne.

— Je te raccompagne, proposa Ryder.

— D'accord.

— Reste ici, ordonna-t-il à son chien.

— Tu n'as pas dit grand-chose, fit remarquer Hope une fois dehors.

— Je réfléchissais. Tu as sans doute raison, Billy est le maçon qu'elle voyait en cachette. Mais sans nom de famille, on n'est pas plus avancés.

— Nous trouverons, déclara-t-elle avec détermination. J'ai d'autres lettres, d'autres documents à étudier. Owen aussi. Nous trouverons. Essaie d'être positif, suggéra-t-elle en se tournant vers lui à la porte de la réception.

— Ce n'est pas dans ma nature.

— Comme si je ne le savais pas.

— Tu as dîné ?

— Pas encore. Puisque j'avais un peu de temps, je me suis plongée dans les lettres.

— Je peux t'apporter quelque chose. Les clients savent que tu manges, toi aussi.

— Je te remercie. Une salade serait parfaite. La Palace.

— C'est tout ?

— Elles sont énormes, dit-elle avant de lui effleurer les lèvres d'un baiser. Merci. Et le comptoir est sublime.

— Il sera encore mieux quand on pourra m'y servir une bière. Je t'apporte ton pitoyable dîner d'ici une petite heure.

— Je serai là. Oh, et si ça t'intéresse, il y aura des brioches de la boulangerie au petit-déjeuner !

— Je serai là aussi.

15

Hope prit congé de ses derniers clients. La nuit précédente, un orage avait apporté une pluie bienvenue et assaini l'atmosphère. Elle s'attarda un instant sur le seuil, regarda de l'autre côté du parking occupé par l'habituel troupeau de pick-up. Il lui faudrait trouver une vingtaine de minutes pour aller prendre quelques photos de l'avancement des travaux pour le site Web.

Mais ce matin, elle avait d'autres priorités.

Elle rentra et se rendit à la cuisine où Carol-Ann astiquait l'îlot en granit.

— Nous avons besoin de provisions, lui annonça celle-ci. Je sais que c'est sur votre liste, mais je me disais que je pourrais y aller maintenant. Elle sera peut-être plus à l'aise s'il y a moins de monde autour d'elle.

— Je ne sais pas ce que je ferais sans vous.

— Essayez seulement de le découvrir. Bon, je prends la liste et je vais faire le plein. Justine a prévu de passer tout à l'heure. Vous nous mettrez au courant. Hope, à votre avis, que va-t-il se passer quand vous aurez trouvé Billy ?

— Je n'en sais rien. Si elle… trouve le repos, eh bien, elle me manquera.

— Je comprends. C'est agréable de pouvoir parler à voix haute sans avoir l'impression de soliloquer. Et de sentir sa présence. Vous voyez ce que je veux dire ?

— Oui, parfaitement.

— Je ne serai pas longue, assura Carol-Ann en attrapant son sac pour glisser la liste à l'intérieur. Oh, où avais-je la tête ? Avec cette histoire de lettre, j'ai oublié de vous apprendre la nouvelle : Justine a engagé la directrice du club de fitness *et* son adjointe.

— Formidable. Des gens du coin ?

— Oui, avec beaucoup d'expérience et, selon Justine, de l'énergie à revendre.

— L'idéal dans un club de fitness.

— Elle a vraiment le don de mettre la bonne personne à la bonne place, commenta Carol-Ann qui étreignit Hope d'un bras avec affection. À tout à l'heure.

Une fois seule, Hope inspira un grand coup, puis se dirigea vers l'escalier. Après mûre réflexion, elle avait décidé d'essayer dans Eve et Connors.

Elle venait de passer devant son bureau lorsque le téléphone sonna. Elle faillit laisser le répondeur s'enclencher, puis fit demi-tour pour répondre.

— Bonjour, Hôtel Boonsboro.

Vingt minutes plus tard, nouvelle tentative. Avery fit irruption dans le hall en coup de vent.

— J'ai été retardée. Tu as déjà essayé de lui parler ?

— Non. J'ai été retenue, moi aussi. Connais-tu Myra Grimm ?

— Peut-être. Je connais un Brent Grimm. Il travaille chez Thomson et c'est un habitué de Vesta. À mon avis, Myra Grimm est sa sœur aînée. Pourquoi ?

— Elle veut réserver l'hôtel pour un petit mariage en secondes noces. Tout ce que je sais, c'est qu'elle a divorcé de Mickey Shoebaker il y a seize ans, a repris son nom de jeune fille et vit à quelques kilomètres d'ici. Elle travaille aux Pompes funèbres Bast.

— Heureusement, je n'ai jamais eu besoin de faire affaire avec elle.

— C'est là qu'elle a rencontré son futur mari il y a trois ans, quand il a enterré sa femme.

— Mince alors. On n'imaginerait pas qu'une entreprise de pompes funèbres puisse faire office de club de rencontres.

— L'amour triomphe toujours, s'esclaffa Hope. Bref, il a fait sa demande et ils veulent se marier ici le mois prochain.

— C'est du rapide.

— Ils ne rajeunissent pas, comme elle me l'a dit. Il s'agirait d'un mariage en petit comité. Peut-être vingt ou vingt-cinq invités. L'après-midi. Les détails suivent.

— Un mariage en petit comité, l'après-midi, répéta Avery qui réfléchit. Je pourrais prévoir un buffet, et notre pâtissière locale se chargerait de la pièce montée.

— C'est ce que je lui ai suggéré. Elle va en parler à son fiancé, mais, comme elle me l'a dit aussi, il est toujours d'accord.

— Pratique.

— Elle paraissait tout excitée. C'était mignon. Bon, cette fois-ci, on y va, enchaîna Hope avec un regard du côté de l'escalier.

À cet instant, Clare frappa à la porte du hall.

— Je tenais à être là, si tu n'y vois pas d'inconvénient. Elle m'a aidée, moi aussi, et je me suis dit qu'à trois, ce serait plus facile.

— Bonne idée. Montons. Elizabeth et Darcy étant sa chambre favorite, je suggère d'essayer là.

— C'est étrange, non ? fit remarquer Avery qui fermait la marche derrière Clare. Mais pas dans le sens inquiétant. C'est un peu comme d'aller parler à une amie. Quelqu'un qu'on ne connaît pas trop bien, mais pour qui on a de l'affection.

— J'en apprends un peu plus chaque jour, expliqua Hope. Elle menait une vie très retirée. Pas seulement à cause des mœurs de l'époque, mais son père était un homme très sévère et intransigeant. Figurez-vous que je n'ai pas trouvé une seule lettre d'Eliza dans les affaires de sa sœur. Il aurait dû y en avoir. À l'époque, c'était le moyen de communication le plus courant.

— Les mails du XIXe siècle, commenta Avery.

— Les sœurs devaient correspondre, mais si le père était aussi strict que tu le dis, il n'est pas impossible qu'il ait détruit les lettres d'Eliza, fit remarquer Clare.

— Sans doute, oui. Les lettres sont pleines de sous-entendus et il faut savoir lire entre les lignes, continua Hope. Catherine avait peur de lui. C'est horrible, franchement, de craindre son propre père. À mon avis, elle a fondé l'institution après son mariage, enfin libérée de la férule de son père, justement à cause de l'éducation que sa sœur et elle ont reçue. Elles vivaient pour ainsi dire cloîtrées. Catherine adorait la lecture et s'est découvert une passion pour la médecine pendant la guerre. Elle voulait étudier, mais c'était hors de question.

— Du coup, elle a fondé l'école pour donner cette chance à d'autres filles, poursuivit Clare, les yeux humides. Afin qu'elles puissent réaliser leurs rêves.

— Quant à Eliza, fit Hope, tout ce qu'elle désirait, c'était tomber amoureuse, se marier et fonder un foyer. Tout ce que son père attendait d'elle, sauf la première étape, parce que l'amour ne faisait pas partie des projets qu'il avait pour ses filles.

Elle glissa la clé dans la serrure et ouvrit la porte.

— Cette chambre était occupée la nuit dernière. Le ménage n'a pas encore été fait.

— On devrait pouvoir supporter un lit défait. Clare, assieds-toi, ordonna Avery.

— Je me sens bien.

— Une femme enceinte devrait toujours profiter d'une occasion de s'asseoir.

— Tu as raison.

Clare s'installa dans le fauteuil tapissé de velours violet.

— Elle reste ici, vous croyez, quand il y a des clients comme la nuit dernière ? s'enquit-elle.

— Ça dépend. Parfois, je sens sa présence dans mon appartement. Ou dans la bibliothèque quand je vais remplir la carafe à whisky ou recharger la machine à café.

— Elle passe du temps avec toi, observa Avery. Parle-nous de la lettre.

— Je l'ai déjà fait.

— Raconte-nous encore. Elle entendra peut-être.

— Des lettres, il y en a des centaines. Ma cousine et l'archiviste de l'institution se sont donné beaucoup de mal pour rassembler la correspondance de Catherine. Celles auxquelles j'ai eu accès lui étaient en majorité destinées. Des lettres d'amies, de parents, de la gouvernante qui l'avait élevée, de son professeur de musique, etc.

Avery hocha la tête et s'assit au bord du lit.

— Il y en avait aussi de James Darby, son mari, et plusieurs autres qu'elle lui a écrites. Jusqu'à présent, ce sont mes préférées. On y voit l'évolution de leurs sentiments l'un pour l'autre, l'affection, l'humour, le respect. C'est lui qui est tombé amoureux le premier, je crois. Et à mon avis, son amour, sa compréhension ont aidé Catherine à se révéler à elle-même.

— Elle a eu de la chance d'épouser quelqu'un qu'elle aimait, fit remarquer Clare. Et qui l'aimait.

— Je pense qu'ils ont eu une vie heureuse, dit Hope. Il a non seulement financé le plus gros de l'école à laquelle elle tenait tant, mais il partageait sa vision. Comme il était issu d'une famille aisée, bien établie dans la société, le père de Catherine a consenti à ce mariage. Mais ils s'aimaient. Rien à voir avec un mariage de convenance.

Lorsqu'elle perçut les premières senteurs de chèvrefeuille, Hope s'assit près d'Avery.

— Elle aimait sa sœur, mais elle était jeune, effrayée et, à l'époque, elle ignorait encore ce que c'était que d'être amoureuse. Elle a gardé son secret, pour autant que je puisse le dire. Le sentiment qui prévaut dans ses lettres, c'est, selon moi, la loyauté. Je ne crois pas qu'elle vous aurait trahie. Elle écrivait beaucoup à votre cousine, Sarah Ellen, qui était presque du même âge. Elle lui confiait ses pensées, ses joies et ses peines. Elle avait peur pour vous, si jamais votre père venait à découvrir que vous sortiez rejoindre Billy en cachette. C'était un jeune maçon qui travaillait dans la propriété de votre père, n'est-ce pas ? S'il vous plaît, dites-nous si c'est exact, afin que je puisse poursuivre mes recherches.

Elle apparut devant la porte de la galerie.

— Il avait gravé nos initiales dans une pierre. Il me les a montrées. Des initiales entourées d'un cœur. Il l'a scellée dans le mur pour que notre amour dure à jamais. Personne ne savait à part nous.

— Comment s'appelait-il ? insista Hope.

— Billy. Mon Billy. Un dimanche après-midi, j'étais à cheval, seule. J'avais dépassé la limite qui m'était autorisée. Il était là, au bord de la rivière, occupé à pêcher. Ni lui ni moi n'aurions dû nous trouver là. C'était en mars et il faisait froid. Le courant charriait encore de la glace.

Eliza ferma les yeux comme pour mieux se replonger dans ses souvenirs.

— Le printemps n'était pas loin, je le sentais. Mais le ciel était gris comme en hiver, et le vent piquait.

Elle rouvrit les yeux et sourit.

— Mais il était là et j'ai oublié le froid. Nous n'aurions jamais dû nous parler, mais c'était comme si nous avions toujours su. Un regard, un mot, et nos cœurs se sont ouverts. Comme dans les romans que Catherine me lisait, alors que je me moquais toujours des coups de foudre.

Hope faillit l'interrompre. Son nom, juste son nom. Mais elle n'en eut pas le cœur.

— Nous nous retrouvions dès que je pouvais m'échapper, et j'ai adoré la fin de ce mois de mars, le printemps fleuri et la luxuriance de l'été.

Elle tendit la main vers Hope.

— Vous savez, toutes les trois, ce que c'est d'aimer de tout son cœur. Il travaillait de ses mains. Pas le bois, comme vos bien-aimés, mais la pierre. Son métier à lui seul le rendait indigne aux yeux de mon père. Nous le savions.

— Votre père a-t-il découvert ce qui se passait entre vous ?

— Jamais il n'aurait cru, ni même suspecté que je puisse le défier de cette façon. Il m'avait choisi un mari, mais pour la première fois de ma vie, je lui ai dit non. Au début, c'était comme si j'avais parlé en vain. Il a poursuivi les préparatifs du mariage et j'ai continué de m'obstiner. Mais en vérité, je n'aurais pas eu le choix. Et puis, la guerre est survenue…

Elle se tourna vers Clare.

— Vous comprenez ce qu'une femme ressent lorsqu'elle voit celui qu'elle aime partir au combat. Il m'a dit qu'il devait aller se battre. C'était une question d'honneur. Je l'ai supplié, mais il n'a pas voulu en démordre. Nous avons décidé de nous en aller ensemble et de nous marier, puis je resterais avec sa famille le temps qu'il me revienne.

— Où vivait sa famille ? demanda Avery.

Eliza regarda autour d'elle d'un air perdu, jouant du bout des doigts avec le col montant de sa robe.

— Ici ? Ou pas loin ? Je ne sais plus… Tout devient flou. Sauf son visage, sa voix, ses mains. Des mains fortes et solides. Ryder.

— Oui, murmura Hope. Des mains fortes et solides. Vous vous êtes enfuie avec Billy ?

— Je n'ai pas pu. Le soir même, mon père a signé mon contrat de mariage. Au lieu de me taire, comme je l'aurais dû, je me suis emportée contre lui. Je pensais à Billy, qui partait à la guerre, et j'étais furieuse contre mon père. Je lui ai crié que jamais je ne me marierais sans amour. Il pouvait me battre, m'enfermer, me chasser. Jamais je ne céderais. Alors il m'a enfermée dans ma chambre. Il m'a frappée.

Comme si ce souvenir était encore douloureux dans sa mémoire, elle porta la main à sa joue.

— Ma mère s'est retirée dans sa chambre et il m'a encore battue. Trois jours durant, je suis restée prisonnière dans ma chambre au pain sec et à l'eau. Je me suis résignée à faire ce que j'aurais dû faire dès le début. J'ai promis de lui obéir. Je lui ai demandé pardon. J'ai menti sans arrêt et j'ai attendu ma chance. Une nuit, j'ai quitté la maison et ma famille, ma sœur bien-aimée, avec quelques affaires et je suis montée dans le train pour Philadelphie. J'étais à la fois effrayée et tellement impatiente de retrouver Billy. Ensuite, j'ai pris la diligence. Il faisait si chaud. Un été caniculaire. Je suis tombée malade. J'ai écrit… à sa mère. Enfin, je crois. Mes souvenirs s'effacent. J'ai écrit et je suis venue ici. Il était ici.

— Billy était dans l'hôtel ? demanda Hope.

— Non, tout près. Il était en chemin. J'entendais les canons. Mais j'étais si mal. Il venait. Il m'avait promis. J'attends.

Hope se leva.

— Eliza, il me faut son nom. Son patronyme entier. Billy, c'est le diminutif de William, n'est-ce pas ?

— Joseph William. Il voulait nous construire une maison, de ses propres mains. Votre Ryder, vous construira-t-il une maison ?

— Il en a déjà une. Eliza…

— Et un chien. Nous voulions des chiens. J'avais laissé mes chiens derrière moi, mon foyer et ma famille. Mais nous en aurions eu. Nous aurions fondé un foyer. J'étais enceinte, je crois.

— Oh, mon Dieu ! murmura Avery.

— Je crois… Les femmes le sentent, n'est-ce pas ? demanda-t-elle à Clare.

— Je le pense, oui.

— Je ne le lui ai jamais dit. Je ne m'en suis rendu compte qu'à mon arrivée ici. Et puis cette chaleur, la maladie… Mais tout devient flou, dit-elle, tendant une main devenue transparente. De plus en plus flou.

Hope voulut la retenir.

— Je vous en prie, non…

Mais Lizzy avait disparu.

— Seule, enceinte et malade, pendant que l'homme qu'elle aime se bat à la guerre, soupira Avery qui s'accroupit près du fauteuil de Clare et posa la joue sur sa main.

— Pour moi, ce n'était pas comme ça. Je n'ai jamais été seule. J'avais une famille qui m'aimait. Mais oui, je comprends la peur qu'elle a pu ressentir. Et sa détermination. Tout abandonner pour se rendre dans un endroit inconnu – et réaliser qu'elle attend un enfant.

— Agonisante dans son lit, alors que les canons résonnent au loin, vous imaginez l'horreur. Il a combattu à Antietam, dit Hope. J'en suis sûre. Il était tout près.

— Sa famille aussi, lui rappela Avery. Et nous ne cherchons pas un William, mais un Joseph William. Ou peut-être Williams. Si c'est son nom de famille, vous croyez qu'ils l'auraient appelé Billy ?

— Je n'en sais rien. Nous avons deux combinaisons possibles. Soit un premier et un deuxième prénom. Soit un prénom et un nom de famille. On progresse.

— Plus elle faisait l'effort de nous parler, moins elle était *présente*, fit remarquer Clare. Comme si ses contours s'effaçaient peu à peu.

Hope hocha la tête.

— C'est déjà arrivé. Sans doute une question d'énergie. Qui sait ? Je pourrais faire des recherches sur les activités paranormales, mais j'aurais moins de temps pour Billy. Il est notre priorité.

— J'en parlerai à Owen, proposa Avery. Il te donnera un coup de main. Mais ce qui est génial, c'est qu'elle nous a parlé. À toutes les trois ! s'enthousiasma-t-elle en prenant la main de Clare et celle de Hope. La pauvre n'avait personne à qui raconter son histoire. Tout ce qu'elle voulait, c'était Billy, une famille, un chien. J'aimerais bien que son père fasse aussi une apparition. Je ne sais pas si on peut casser la figure d'un revenant, mais j'essaierais volontiers.

— Pour l'instant, son foyer, c'est ici, soupira Hope. Et nous sommes sa famille.

— C'est Beckett qui l'a incitée à se manifester, j'en suis persuadée, fit Avery en se tournant vers Clare. Il lui rappelait peut-être Billy. Peut-être que tous les trois lui rappellent Billy. Elle leur fait confiance, a de l'affection pour eux. À mon avis, il y a un lien au-delà des seuls travaux de rénovation.

Hope plissa le front.

— Tu as raison. Il faudrait creuser...

Elle s'interrompit en entendant la porte s'ouvrir en bas, puis des bruits de voix.

— C'est l'équipe de nettoyage.

Clare s'extirpa tant bien que mal de son fauteuil.

— Je dois retourner à la librairie. Nous devrions noter tout ça. Je veux bien m'en charger. Sur le papier, nous remarquerons peut-être un détail qui nous aura échappé.

— Je commence les recherches sur Joseph William – ou Williams – dès que possible, déclara Hope qui ouvrit la marche dans l'escalier.

— Nous devrions organiser une réunion, suggéra Avery. Tous les six – plus Justine si elle veut.

— Je suis libre demain soir, dit Hope. Pourras-tu trouver une baby-sitter, Clare ?

— Je m'arrangerai. La réunion pourrait avoir lieu ici. Il y aura peut-être un déclic.

Elles s'arrêtèrent dans le hall pour échanger quelques mots avec les deux femmes de ménage. Quand le téléphone sonna, Hope salua ses amies d'un signe de main.

Peu après, tout en réfléchissant à cette idée de réunion, elle décida de braver la chaleur et sortit désherber. Elle réfléchissait mieux les mains occupées.

Elles venaient de faire une avancée capitale, elle en était persuadée. Il leur suffisait de continuer sur leur lancée.

Et ensuite ? se demanda-t-elle. Quand ils auraient trouvé Billy, découvert où il vivait et les circonstances de son décès, qu'adviendrait-il d'Elizabeth ?

La pauvre n'avait pas eu de chance. Sa vraie vie avait pris fin à peine commencée. Pourtant, son âme restait fidèle et attentionnée, pleine d'humour et d'affection.

Et d'amour, songea-t-elle. Cet amour qui rayonnait en elle. En dépit de sa jeunesse, elle savait ce qu'elle voulait et avait tout jeté dans la balance pour l'obtenir.

« Et toi, que veux-tu ? » s'interrogea Hope.

La question la prit au dépourvu et ses mains s'immobilisèrent. Elle avait ce qu'elle voulait. N'est-ce pas ?

Un travail qu'elle adorait, des amies qu'elle chérissait, une famille sur qui compter en cas de besoin. Et un homme à qui elle tenait et avec qui elle se sentait bien.

Cela lui suffisait, comme elle l'avait dit à Ryder. Oui, cela lui suffisait amplement.

La question se mit pourtant à la titiller. Une petite voix dans un recoin de sa tête lui soufflait qu'elle pouvait peut-être prétendre à plus.

« Ne gâche pas tout, s'avertit-elle. Ne commence pas à demander la lune. Prends la vie comme elle vient et profite de l'instant présent. »

Elle se redressa comme Carol-Ann arrivait sur le parking, puis franchit l'arche pour la rejoindre à sa voiture.

— Je suis chargée comme un baudet ! cria-t-elle.

— Je viens vous aider.

— J'ai déjà des bras, précisa Carol-Ann en indiquant la voiture de Justine qui se garait à son tour sur le parking. Elle me suit depuis presque trois kilomètres. Bon timing, lança-t-elle à sa sœur. Viens prendre un sac.

Arborant des lunettes de soleil rose bonbon et des sandales aux couleurs de l'arc-en-ciel, Justine fit saillir ses biceps.

— Heureusement, j'ai des petits bras musclés. Mais, Seigneur, quelle chaleur !

— J'espérais que l'orage de cette nuit aurait rafraîchi l'air, mais tu parles, dit Carol-Ann qui se pencha sur le coffre et en sortit un paquet de rouleaux de papier toilette.

— Une branche aussi costaude que Willy B s'est abattue dans mon allée, expliqua Justine. J'ai dû sortir cette maudite tronçonneuse.

Hope en resta bouche bée.

— Vous savez utiliser une tronçonneuse ?

— Eh oui, une tronçonneuse, une fendeuse à bois, n'importe quoi si j'y suis obligée. Un des garçons s'en serait occupé, mais je ne les dérange jamais pendant le travail quand je peux me débrouiller seule.

— Moi, je sais utiliser un taille-bordure, lança Carol-Ann en riant tandis qu'elles rentraient les courses. Mais j'habite en ville depuis des lustres alors que Justine vit au milieu des bois. Maman s'imaginait que Tommy l'emmenait au fin fond de la jungle quand il a acheté le terrain, tu te souviens ?

— Elle avait peur que je ne devienne une plouc. Tommy la taquinait toujours en lui faisant croire qu'il installait un alambic.

— Il ne lui plaisait pas ? s'enquit Hope.

— Oh, si, elle l'adorait ! Ce qu'elle n'aimait pas, c'était l'idée que je me retrouve perdue en pleine cambrousse – sa définition de tout endroit situé à plus de cinq kilomètres d'une ville. Mon père avait grandi dans une ferme non loin d'ici et rêvait de vivre en ville. Ils étaient faits l'un pour l'autre.

— Tout le monde a fini par trouver sa place, conclut Carol-Ann.

— Et la mienne est dans la cambrousse. J'ai de la chance que mes fils partagent mon état d'esprit. Du coup, je peux les avoir près de moi.

— Non, asseyez-vous, dit Hope à Justine comme celle-ci faisait mine de ressortir. Je m'occupe du reste. Servez-vous une boisson fraîche et je vous donnerai les dernières nouvelles d'Elizabeth quand tout sera rentré.

— Excellente idée. En attendant, je vais regarder ma sœur ranger tout ça.

— Il faut toujours que tu me mènes à la baguette.

— Tu en as toujours eu besoin.

Amusée, Hope les laissa à leurs chamailleries et sortit chercher les dernières courses juste au moment où une BMW roadster rouge entrait sur le parking. Elle n'identifia pas la voiture – qui était neuve –, mais reconnut tout de suite la femme au volant.

Les mâchoires crispées, les épaules rigides, Sheridan Massey Wickham ne prit pas la peine d'afficher un sourire forcé quand elle descendit de voiture, arborant de sublimes sandales à talons aiguilles Louboutin.

Sa chevelure brillante tombait en ondulations parfaites, et Hope devina qu'elle s'était arrêtée cinq minutes plus tôt au bord de la route pour se recoiffer et rafraîchir son maquillage. Elle portait une robe fourreau à imprimé aquarelle – sans doute de chez Akris –, des pendants d'oreilles en platine et un ensemble alliance-bague de fiançailles si imposant qu'il aurait pu crever un œil à quelqu'un.

« C'est bien ma veine, songea Hope, alors que je suis en tenue de jardinage, en nage et que je n'ai pas rafraîchi mon brillant à lèvres depuis que je l'ai mis ce matin. »

— Sheridan, la salua-t-elle.

Elle décida d'en rester là, côté amabilités.

Sheridan arracha ses lunettes de soleil et les lâcha dans son sac à main en cuir rose bonbon.

— Je suis venue vous donner un avertissement, et il n'y en aura pas deux. Tenez-vous à l'écart de Jonathan.

Hope savait reconnaître une rage noire quand elle la prenait en pleine figure, mais elle n'en comprenait pas la cause.

— Je ne le vois nulle part dans les parages.

— Vous osez me mentir en face ? Je sais qu'il est venu ici, ne niez pas ! Je sais exactement à quel sale petit jeu vous jouez !

— Je n'ai aucune intention de vous mentir, en face ou dans votre dos. Je n'ai du reste aucune raison. J'ai entendu votre avertissement, tout inutile qu'il soit. À présent, j'ai du travail, alors bonne route.

— Écoutez-moi, espèce de *garce* !

Sheridan agrippa Hope par le bras.

— Je sais qu'il était ici. Il s'est arrêté pour faire le plein. J'ai vu le reçu. Je ne suis pas idiote.

Pauvre fille, se dit Hope. Si jalouse qu'elle en était réduite à lui faire les poches. Triste façon de vivre.

— C'est plutôt à lui que vous devriez en parler. Tout ce que je peux vous dire, c'est qu'il est venu ici une fois, il y a quelques semaines, pour m'annoncer que son père voulait me proposer de reprendre mon poste au Wickham.

— Vous êtes une menteuse et une traînée.

Hope libéra son bras d'un mouvement sec.

— Je ne suis ni l'une ni l'autre.

— Si son père souhaitait votre retour, je serais au courant. Et vous vous seriez empressée de sauter sur l'occasion.

— À l'évidence, vous vous trompez sur toute la ligne.

La colère de Sheridan monta encore d'un cran et sa voix grimpa dans les aigus comme elle rétorquait :

— Vous n'allez pas vous en sortir comme avant avec vos manigances. Je suis sa femme maintenant. Je suis sa femme et vous n'êtes *rien* !

Hope résista à l'envie de se frotter le bras. Cette hystérique lui avait enfoncé les ongles dans la chair.

— Je n'ai jamais rien manigancé.

— Vous avez couché pour devenir directrice et vous n'avez reculé devant rien pour tenter de vous faire épouser. Et vous essayez de recommencer. Vous croyez que je ne sais pas qui il va retrouver en cachette quand il prétend avoir un voyage d'affaires ou une réunion qui s'éternise ?

Hope aurait pu éprouver de la pitié pour elle si la colère n'avait pris le dessus. Elle dut faire un louable effort de volonté pour se retenir de hausser le ton.

— Sheridan, mettez-vous ça dans la tête une fois pour toutes : Jonathan ne m'intéresse pas le moins du monde. Si vous imaginez que je puisse passer ne serait-ce qu'un instant avec lui après ce qu'il m'a fait, et a fortiori au lit, c'est que vous êtes *vraiment* idiote.

— Espèce de sale menteuse !

La gifle qui s'abattit avec force sur sa figure sidéra Hope qui en recula d'un pas.

— Dites-moi la vérité ! Je veux la vérité tout de suite ou je…

— Vous allez reculer, coupa Ryder en la tirant en arrière. Et à bonne distance.

— Lâchez-moi ou j'appelle la police.

— Faites donc. Je peux même l'appeler pour vous.

— Ryder…

— Rentre, Hope.

— C'est ça, fuyez, ricana Sheridan en rejetant sa superbe chevelure en arrière. Comme vous l'avez fait quand Jonathan vous a appris qu'il en avait fini avec vous.

— Je ne vais nulle part, mais je suggère que vous partiez.

— Je vais aller voir votre employeur de ce pas. Vous feriez mieux de vous chercher un autre boulot parce que vous serez virée quand je lui aurai raconté vos sales petites intrigues.

— Et si vous me parliez maintenant ? suggéra Justine qui s'avança vers elle. Hope est ma directrice. Vous avez intérêt à me convaincre, sinon je vais devoir demander à mon fils, ici présent, de prévenir la police afin qu'elle vous escorte hors de ma propriété.

— Elle se sert de vous, comme elle se sert de tout le monde. Jonathan m'a dit qu'elle lui avait téléphoné pour le supplier de venir ici, après quoi elle l'a encore supplié de la reprendre à l'hôtel.

— Ma petite, si vous avez déjà ce genre de problèmes dès le début de votre mariage, vous êtes mal partie. Débarquer ici pour vous en prendre à Hope ne va pas les régler.

— Je n'ai vu Jonathan qu'une fois depuis que j'ai quitté Washington, intervint Hope. Je ne lui ai jamais téléphoné. Il ne m'intéresse pas, Sheridan. Et franchement, je me demande ce que vous lui trouvez.

La jeune femme fit un mouvement brusque en avant et Ryder s'interposa entre Hope et elle.

— Si vous levez encore la main sur elle, je vous jure que vous allez le regretter.

Sheridan étrécit les yeux.

— C'est donc ça. On retombe dans ses anciens travers, Hope ? On couche avec le fils de la patronne. C'est pathétique.

— Il y a une bonne dizaine de personnes sur ce chantier qui vous ont vue gifler Hope, articula Ryder. Toutes iront témoigner au tribunal quand elle aura porté plainte contre vous pour agression.

— Je…

— Ne t'en mêle pas, Hope, lâcha-t-il d'un ton cassant. Quant à vous, vous allez remonter dans votre voiture et dégager d'ici. Si j'apprends que vous avez remis les pieds à Boonsboro, et dans une petite ville les nouvelles vont vite, je vous fais arrêter. Je parie que les Wickham adoreraient voir leur nom dans les pages faits-divers du *Washington Post*.

— Elle se sert de vous, s'entêta Sheridan, mais elle avait les larmes aux yeux, à présent, et sa voix tremblait. Et elle essaie de détruire mon couple. C'est vous qui le regretterez quand elle vous jettera pour un plus gros poisson.

— Sheridan, intervint Justine avec une douceur surprenante, vous vous ridiculisez maintenant. Rentrez chez vous.

— J'en ai bien l'intention. Impossible de raisonner une famille de péquenauds de toute façon.

Justine afficha un large sourire et poussa un cri de cow-boy tandis que Sheridan remontait dans sa BMW et démarrait sans demander son reste. Puis elle glissa le bras autour des épaules de Hope.

— Ne laissez pas cette pitoyable idiote vous bouleverser autant.

— Je suis désolée. Je suis tellement désolée.

Ryder pivota – il avait tenu à s'assurer que le roadster continuait sa route – et vit les larmes sur les joues de Hope.

— Arrête ça tout de suite.

— Je suis désolée.

— Vous n'avez aucune raison de l'être. Venez à l'intérieur, suggéra Justine. Nous allons mettre un peu de glace sur cette joue. Elle vous en a collé une bonne, dites donc.

— Je suis désolée, répéta Hope, apparemment incapable de dire autre chose. Il faut d'abord que je…

Elle se libéra, se précipita vers la porte, passant devant une Carol-Ann sidérée, et monta droit à son appartement.

— Ryder, va la rejoindre.

— Certainement pas.

Justine fit volte-face, les poings sur les hanches. Ses yeux lançaient des éclairs.

— Va la rejoindre tout de suite. Qu'est-ce qui te prend, bon sang ?

— Les larmes, ce n'est pas mon truc. Vas-y, toi, maman.

Elle lui flanqua un coup de poing dans le torse.

— Qu'est-ce que j'ai fait au bon Dieu pour avoir un fils qui ne sait même pas consoler la femme qu'il aime quand elle pleure ?

— Vas-y, s'il te plaît. Je lui parlerai après. Tu sauras quoi faire, quoi lui dire.

Justine laissa échapper un soupir excédé.

— Très bien. Mais va au moins lui acheter des fleurs.

Et après un deuxième coup de poing, plus fort, elle tourna les talons et entra dans l'hôtel d'un pas furibond.

Ryder se frotta le torse avec une grimace, puis sortit son téléphone pour appeler la fleuriste.

16

Justine envisagea un instant de prendre le double de la clé de l'appartement de fonction, puis jugea que la vie privée de Hope avait déjà été suffisamment mise à mal pour la journée. Elle monta donc au deuxième étage, furieuse contre ces idiotes qui accusaient les autres de leurs déboires conjugaux et ces poltrons d'hommes incapables d'affronter quelques larmes.

Alors qu'elle levait la main pour frapper à la porte, celle-ci s'ouvrit sans bruit.

Hope se leva d'un bond du canapé où elle pleurait.

— Ce n'est pas moi qui ai ouvert, se défendit Justine en levant les mains. Quelqu'un veille sur vous, semble-t-il.

— J'ai juste besoin de quelques minutes pour me calmer.

— Ce qu'il vous faut, c'est une épaule. Et s'il n'était pas si tôt, trois doigts de whisky bien tassés. Nous allons nous contenter de l'épaule et du thé que je vais préparer – dans une minute.

Justine s'avança vers Hope et, sans hésiter, l'attira dans ses bras.

— Mon Dieu, c'était horrible, bredouilla celle-ci, désarmée face à ce soutien inconditionnel.

Justine l'apaisa en la berçant doucement.

— Sur une échelle de dix – un étant, disons, une coupure avec une feuille de papier, et dix, une main tranchée à la machette –, cette altercation ne dépassait pas le niveau trois. Mais c'était déjà éprouvant.

— Je suis tellement…

— Ne vous excusez pas encore pour l'attitude inqualifiable d'une autre.

Malgré sa voix brusque et sévère, Justine lui frotta gentiment le dos en un geste de réconfort.

— Je n'étais pas avec Jonathan par ambition professionnelle. Et Ryder… s'il vous plaît, n'allez surtout pas imaginer…

— Asseyons-nous, que je vous explique pourquoi ces justifications sont inutiles. Vous n'avez pas à…

Elle pinça les lèvres en voyant la traînée rouge qui barrait encore la joue de Hope.

— Je vais d'abord aller chercher des glaçons.

— Ça va aller, assura Hope, qui porta d'instinct la main à sa joue toujours un peu douloureuse.

— Elle vous a frappée juste sur la pommette. Les vôtres sont si belles, mais elles font des cibles faciles. Asseyez-vous.

Justine alla dans la kitchenette et jeta un coup d'œil dans le congélateur.

— Pas de petits pois surgelés. J'en avais toujours quand les garçons étaient enfants – j'en ai aujourd'hui encore, du reste. Je ne sais pas comment ils s'y prennent, mais ils se cognent tout le temps.

Elle dénicha un sac plastique et y glissa quelques glaçons.

— Voilà qui fera l'affaire. Plaquez ceci contre votre joue, ordonna-t-elle à Hope en lui tendant la poche de glace improvisée. Où en étais-je ?

— Justine…

— Ah oui, vous et ce petit con de Jonathan Minable !

Hope pouffa de rire malgré elle.

— Toute femme a droit à une erreur. Moi, j'ai commis la mienne à seize ans, quand j'étais dingue de Mike Truman. Il m'a trompée avec une majorette à gros seins. Aux dernières nouvelles, il a déjà divorcé deux fois et la troisième n'est sans doute pas loin. Juste pour dire.

Elle parlait à tort et à travers, elles en avaient conscience toutes les deux, mais c'était pour laisser le temps à Hope de se ressaisir.

— Qu'est devenue la majorette ? demanda celle-ci.

— Une grosse dondon. C'est mesquin de ma part de m'en réjouir, mais une femme a le droit d'être un peu mesquine de temps en temps.

Hope ne put retenir un soupir mi-peiné, mi-amusé.

— Oh, Justine...

— Ma chère, vous avez placé votre confiance et votre cœur entre de mauvaises mains, et il n'a respecté ni l'un ni l'autre. Apparemment, il ne se comporte pas mieux avec sa femme, mais ce n'est pas votre problème. Cette idiote – aux chaussures fabuleuses et au regard désespéré – veut vous coller son problème sur le dos pour mieux nier l'évidence : son mari est un petit con qui la trompe à tour de bras.

— Je sais, Justine, mais quel horrible gâchis.

— Le sien, pas le vôtre. Vous auriez pu lui dire qu'il était venu ici pour vous proposer d'être sa maîtresse.

— Quel intérêt ? Elle ne m'aurait pas crue.

— Oh que si ! Au fond d'elle-même, elle sait déjà ce qu'il en est.

Justine se leva et alla chercher des mouchoirs. Quand elle se rassit, elle essuya les joues de Hope.

— Cette situation la met très mal à l'aise, c'est le moins qu'on puisse dire. Alors elle se soulage en vous impliquant. Quant à Ryder, pourquoi penserais-je que vous êtes avec lui pour quelque avantage de carrière ? Vous êtes déjà la directrice de mon hôtel et je n'ai pas l'intention d'ouvrir une chaîne. Ryder a ses défauts, mais c'est un type bien. Il fait plaisir à voir en ce moment, et j'espère que vous passez du bon temps ensemble, si vous voyez ce que je veux dire.

— Justine...

— Ne soyez pas gênée, voyons. À ce point de votre relation, ce serait dommage si tel n'était pas le cas. Cela mis à part, personne ne peut mettre en doute votre intégrité et votre amour-propre. Sinon, vous seriez encore avec ce faux jeton de Wickham et vous le mèneriez par le bout du nez en cachette de sa stupide femme.

— Pourquoi ne me laissent-ils pas tranquille ? Est-ce que je les embête, moi ?

— Vous allez lui rester en travers de la gorge tant qu'elle sera avec lui – à mon avis, pas plus d'un an, deux maximum. Et lui vous en voudra toujours d'avoir osé le plaquer, déclara Justine. Il ne comprendra jamais qu'il ne peut s'en prendre qu'à lui-même. Je ne pense pas que l'un ou l'autre reviendra vous embêter. Mais si c'est le cas, je veux être mise au courant. Ce n'est pas négociable.

— D'accord.

— Donnez-moi ça, fit Justine qui prit le sac de glaçons et examina la joue de Hope. C'est déjà mieux.

— Ça va aller, je vous assure. Mais ç'a été un tel choc. Et je suis restée plantée là bêtement. Vous, vous auriez riposté.

— Oh, je l'aurais sans doute envoyée valdinguer sur son arrière-train maigrichon ! Mais on ne se refait pas. Vous êtes différente. Je vais préparer le thé, à présent.

— Merci.

— C'est compris dans le forfait.

Dans la cuisine, elle mit la bouilloire à chauffer et ouvrit les placards jusqu'à ce qu'elle tombe sur la collection de thés de Hope. Elle choisit celui au jasmin, un de ses préférés.

— Maintenant, à mon tour de m'excuser.

— Vous ? s'étonna Hope. En quel honneur ?

— Pour mon fils. C'est lui qui devrait être ici à vous écouter, vous consoler et vous préparer du thé.

Un sourire éclaira le visage de Hope.

— Il aurait détesté.

— Et alors ? Nous autres femmes supportons bravement que les hommes laissent la lunette des toilettes relevée ou ne visent pas franchement droit après quelques bières de trop. Lui bat en retraite devant quelques larmes. Il a toujours été comme ça. Les deux autres savent quoi faire, mais pas Ryder. Si vous vous coupez le doigt, c'est votre homme. Mais si vous pleurez, il n'y a plus personne.

— Je ne lui en veux pas.

— Moi, j'aime qu'un homme sache essuyer quelques larmes à l'occasion – tant que la femme ne pleure pas comme une madeleine au moindre bobo, bien sûr. Je ne vais pas vous demander si je peux vous donner un conseil ; vous diriez oui alors que personne n'a jamais vraiment envie d'en recevoir. Alors, je vous le donne. Faites en sorte qu'il vous écoute. Il faut savoir exprimer ses sentiments, Hope. Ils ne sont pas toujours compris comme on l'imagine.

Elle versa l'eau frémissante sur le sachet dans la tasse.

— Je me répète, mais c'est un type bien. Intelligent, travailleur. Et qui dit toujours la vérité, que ça vous plaise ou non. Si ce n'est pas la vérité, il préfère se taire. Il a un côté gentil qu'il n'aime pas montrer, et un côté ronchon qu'il laisse voir un peu trop souvent.

Elle tendit la tasse à Hope et inclina la tête.

— Et il n'a jamais eu une relation sérieuse avec une femme. Il les apprécie et les respecte, mais jusqu'ici, il a toujours veillé à garder ses distances. Il baisse un peu sa garde avec vous, au cas où vous ne l'auriez pas remarqué.

— Non, je ne… Vous croyez ?

— Je le crois. Il va vous offrir des fleurs en espérant que l'orage sera passé à ce moment-là, dit Justine qui se pencha et l'embrassa sur le sommet du crâne. Ne le laissez pas s'en sortir à si bon compte. Et maintenant, buvez ce thé et prenez un peu de temps pour vous.

— Merci, Justine. Merci beaucoup.

— De rien, c'est normal. Je vais voir où en sont mes garçons. En cas de besoin, appelez-moi.

— D'accord.

Comme Justine s'avançait vers la porte, le battant s'ouvrit. Elle laissa échapper un rire stupéfait.

— C'est dur de s'y habituer. Enfin, il semble qu'elle veuille vous tenir compagnie un moment.

Pendant que sa mère était avec Hope, Ryder s'efforça de juguler sa colère. Mais plus il essayait, plus il fulminait.

Les artisans qui gravitaient non-stop autour de lui commençaient à lui prendre la tête avec leurs questions. Il en avait marre de devoir toujours connaître les réponses, prendre des décisions, finir chaque maudite journée en nage et couvert de poussière.

Le prochain qui venait lui pomper l'air allait s'en…

— Eh, Ryder, j'ai besoin que tu…

Il pivota d'un bloc vers Beckett qui ne se méfiait pas.

— Va te faire foutre. Je suis occupé.

Plusieurs ouvriers se réfugièrent à distance respectable.

— Moi aussi, alors calme-toi, mon vieux, répliqua Beckett, le regard aussi noir que celui de son frère. Agresse-moi si tu veux, mais au moins assume le boulot. Pause-déjeuner pour tout le monde ! cria-t-il à la cantonade en se retournant.

— C'est moi qui dirige l'équipe. C'est moi qui décide de la pause.

— Tu veux qu'on s'explique en public ? Pas de problème.

Ryder grinça des dents.

— Pause-déjeuner. Tout de suite. Tout le monde dehors ! S'il y a un problème au MacT, tu t'en occupes, dit-il à son frère. J'ai du boulot par-dessus la tête ici.

— Je m'en fous complètement. Tu as vu dans quelle rogne tu te mets pour si peu ? Fais une pause et calme-toi. Rentre chez toi te défouler sur ton punching-ball, mais pas sur moi.

— Je n'ai pas d'ordres à recevoir de toi.

— Alors arrête tes conneries. Si tu as un problème avec le boulot ou si tu t'es engueulé avec Hope, encaisse, Ryder. À me hurler dessus devant l'équipe, tu passes pour un gros bourrin.

— Je n'ai pas de problème de boulot et je ne me suis pas disputé avec Hope. Alors lâche-moi, bordel.

Beckett alla se planter devant la glacière, souleva le couvercle d'un geste brusque et en sortit une bouteille d'eau qu'il lança avec force à son frère.

— Lâche un peu de vapeur, suggéra-t-il à Ryder qui l'attrapa à quelques centimètres de son visage.

Il faillit la retourner à l'envoyeur, mais se retint et dévissa le bouchon. Contenant sa rage à grand-peine, il but une longue rasade.

— Une blondasse stupide est venue ici s'engueuler avec Hope. Elle l'a giflée.

— Quoi ? Hope a giflé la blonde ?

— Non, l'inverse.

Il passa la bouteille fraîche sur sa nuque et s'étonna presque que le contact avec sa peau ne produise pas de vapeur.

— Que se passe-t-il ? demanda Owen qui entra, portant encore sa ceinture à outils. Deux ouvriers sont venus au MacT me dire qu'il y avait eu un crêpage de chignons sur le parking et que vous étiez en train de vous bagarrer ici.

— Est-ce qu'on a l'air de se bagarrer ?

Owen observa ses frères tour à tour.

— Vous donnez l'impression d'en avoir envie. Que se passe-t-il, bon sang ?

— Ryder vient de me dire qu'une blonde a giflé Hope.

— Nom de Dieu, une cliente l'a frappée ?

— Non, pas une cliente.

Ryder réalisa qu'il s'expliquait comme un manche.

— La blonde, c'est la femme de Wickham. Je suis sorti avec le représentant pour les peintures extérieures et j'ai vu Hope parler à cette fille – le genre tout droit sorti d'un magazine. La conversation avait l'air animée. À un moment, la blonde s'est mise à hurler et, trois secondes plus tard, la voilà qui balance une baffe à Hope. J'ai entendu le choc à l'autre bout du parking.

— La vache, marmonna Beckett.

— Le temps que j'arrive, la blonde semblait sur le point de lui en coller une autre. Elle accusait Hope d'avoir couché avec son abruti de mari par arrivisme et la traînait dans la boue.

— Ils ont l'air faits pour s'entendre, ces deux-là, commenta Owen.

— Dans la foulée, elle l'a menacée d'aller raconter à son supérieur qu'elle complotait dans son dos et couchait avec Wickham pour récupérer son poste à Washington. C'est à ce moment-là que maman est intervenue.

— Maman était là ? Je n'ai pas entendu l'ambulance, fit Beckett avec un sourire carnassier.

— Je ne l'avais pas vue sortir, mais elle a ordonné à la fille de déguerpir. Il a même été question d'appeler les flics.

— Maman l'a menacée d'appeler les flics ? voulut savoir Owen.

— Non, la blonde. Bref, elle a fini par se casser. Mais elle a fichu une belle pagaille, conclut Ryder avant de porter de nouveau la bouteille à ses lèvres.

— Apparemment, marmonna Beckett.

Il ôta sa casquette et se passa les doigts dans les cheveux.

— Elle a fait pleurer Hope.

Beckett s'adossa à un mur. Dans son esprit, il y avait pagaille *et* pagaille.

— On dirait qu'on va devoir faire une petite virée pour avoir une discussion avec ce Wickham.

— Et quand j'aurai payé vos cautions à tous les deux, qu'est-ce qui se passera ? intervint Owen. Flanquer une raclée à Wickham n'aidera en rien Hope. Elle ne se sentira pas mieux pour autant.

— Nous, si, fit remarquer Beckett, et Owen fut obligé de convenir qu'il avait raison.

— C'est vrai, bon sang. Je conduis.

— Je vais me débrouiller, lui dit Ryder.

Le soutien inconditionnel de ses frères avait désamorcé la bombe à retardement qui menaçait d'exploser. Sa colère était retombée.

— Il te faudra quelqu'un pour payer ta caution, lui rappela Owen.

— Je n'ai pas l'intention de flanquer une raclée à qui que ce soit. J'ai une meilleure idée. Tout ce que je vous demande, c'est de prendre la relève jusqu'à ce soir. Et de garder mon chien.

— Qu'est-ce que tu comptes faire ? insista Beckett.

— Je vais le blesser au portefeuille et dans son orgueil. À mon avis, il comprendra mieux.

— Préviens-nous si tu as besoin de renfort, dit Owen, tandis que Ryder ôtait sa ceinture à outils.

— Je n'en aurai pas besoin.

Il eut tout le temps de penser durant le trajet jusqu'à Washington D.C. Étant donné son emploi du temps, cette escapade était un luxe, mais il n'avait pas le choix. Il avait réfléchi à la tournure que la situation risquait de prendre. Dans tous ses états, la blonde allait demander des comptes à Wickham au sujet de Hope. Elle aurait sans doute aussi des tas de choses à raconter chez le coiffeur, la pédicure ou à son maudit country club.

Bref, elle n'allait pas se gêner pour salir le nom de Hope et sa réputation.

Et ça, il n'en était pas question.

Avec toutes ces histoires, Wickham pouvait s'imaginer que Hope serait plus encline à accepter son offre, vu qu'on l'en avait déjà accusée de toute façon. Il pouvait se mettre en tête de retenter sa chance à Boonsboro, de la contacter par téléphone ou par mail, ce qui la perturberait de nouveau.

Et ça, il n'en était pas question non plus.

Il pouvait mettre Wickham en garde, mais ce serait accorder trop d'importance à cette enflure. Sa dingue de femme et lui avaient humilié Hope chez elle, sur son terrain.

Il allait leur rendre la monnaie de leur pièce.

Lorsqu'il arriva enfin, il suivit l'itinéraire que lui indiquait son GPS, maudissant la circulation, les foutues rues à sens unique, les ronds-points et l'incompétence des autres conducteurs.

Il détestait venir dans cette ville qu'il évitait comme la peste. Tous ces immeubles, ces embouteillages, cette cohue sur les trottoirs, ces rues barrées pour travaux n'avaient aucun sens.

Il n'avait qu'une envie : quitter cet enfer au plus vite.

Mais il avait une mission à accomplir, se dit-il lorsqu'il parvint enfin à se garer. Dehors, il fut agressé par une chaleur moite accablante qui faisait miroiter le trottoir. Il se dirigea vers la luxueuse entrée du Wickham, immeuble à l'élégance coloniale avec ses cascades de fleurs, ses fenêtres qui réfléchissaient le soleil et son portier très digne, en livrée grise bordée de rouge.

Si digne qu'il ne tiqua même pas lorsqu'il tint la porte au nouvel arrivant en tenue de chantier.

Un vaste hall s'étalait devant lui avec dallage en marbre blanc veiné de noir et immenses vasques de fleurs – une vraie forêt. Boiseries sombres, lustres en cristal, canapés tendus de velours, tout ici proclamait haut et fort qu'il s'agissait d'un établissement de grand standing. Derrière le comptoir rutilant de la réception officiait une jeune femme en noir qui n'aurait pas déparé à un défilé de mode.

— Bienvenue au Wickham. Que puis-je pour vous ?

— Je dois voir le propriétaire. Wickham père.

— Je suis désolée, monsieur, mais M. Wickham n'est pas disponible. Souhaitez-vous parler à notre directeur ?

— Dites-lui que Ryder Montgomery veut lui parler. Inutile de prévenir le directeur, ajouta-t-il, anticipant ses intentions. Ou la sécurité. Dites juste à Wickham que je suis ici pour discuter de la plainte pour agression à l'encontre de sa belle-fille.

— Pardon ?

— Vous m'avez bien entendu. S'il ne me reçoit pas, je considérerai qu'il approuve. Je rentrerai donc chez moi et la procédure sera lancée. S'il n'approuve pas, il me parlera, conclut Ryder en haussant les épaules, tandis qu'elle perdait juste assez contenance pour le dévisager avec des yeux en billes de loto. Je vais attendre.

Il s'éloigna et jeta un regard à la ronde. À côté du hall, il semblait y avoir un superbe bar. Il aurait aimé y faire un tour – non pour y boire une bière, puisqu'il allait reprendre la route d'ici peu – mais pour voir comment l'endroit était aménagé.

Il imaginait sans peine Hope dans ce lieu en tailleur chic et talons hauts. Elle cadrait tout à fait avec ce décor de marbre et de cristal, de luxe et d'élégance. Au milieu de ces fleurs si énormes qu'il soupçonnait l'emploi de stéroïdes.

— Monsieur Montgomery.

Il se retourna et aperçut un homme en costume sombre.

— La sécurité ? Ne vous donnez pas la peine de me jeter dehors. Je verrai M. Wickham au tribunal.

— Je vais vous escorter jusqu'au bureau de M. Wickham. Par ici, s'il vous plaît.

— Ça me va.

Il le suivit dans un escalier incurvé qui débouchait sur une mezzanine, puis ils franchirent une double porte en chêne qui s'ouvrait sur une petite antichambre.

Le vigile frappa à une autre porte au fond.

— Entrez !

— M. Montgomery, monsieur.

L'homme recula, mais resta en faction devant la porte.

Wickham demeura assis derrière un bureau massif en bois sculpté qui aurait convenu à un président ou au roi d'un petit État. Il avait une crinière argentée, des yeux d'un bleu dur et le teint hâlé juste ce qu'il fallait.

— Je n'autorise personne à menacer ma famille.

Ryder coinça les pouces dans les poches de son jean.

— Ah bon ? Moi non plus. Laissez-moi vous expliquer la situation. Ensuite, vous direz ce que vous avez à dire et nous en aurons terminé. Ma famille est propriétaire de l'Hôtel Boonsboro dans la ville du même nom. Hope Beaumont est notre directrice.

— Je suis au courant.

— Bien, voilà qui nous fait gagner du temps. Je ne vais pas revenir sur ce qui s'est passé entre Hope et votre fils, votre rôle ou celui des autres protagonistes. Je n'y étais pas, et c'est du passé de toute façon. Le problème concerne le présent.

— Ma famille n'a rien à voir avec la vôtre, monsieur Montgomery. Et je prends vos menaces à l'encontre de l'épouse de mon fils très au sérieux.

— Vous faites bien, car justement c'est très sérieux. Votre famille n'a rien à voir avec la mienne, vous dites ? Vous allez devoir rectifier votre opinion après ce que je vais vous raconter. Il y a environ deux mois, votre fils est venu à notre hôtel. Il a annoncé à Hope que vous aviez une offre à lui soumettre, une offre très généreuse pour la convaincre de revenir travailler chez vous. Vous êtes un homme d'affaires et je ne peux pas vous reprocher d'essayer de la débaucher. C'est une directrice très compétente. Ensuite, il lui a fait une proposition annexe : si elle lui revenait, il saurait se montrer généreux. Elle n'aurait pas à le regretter, si vous voyez ce que je veux dire.

Les joues de Wickham s'empourprèrent – de colère ou d'embarras.

— Si vous croyez pouvoir venir ici et…

— Laissez-moi finir, monsieur Wickham. Elle a refusé. Si vous la connaissez un tant soit peu, vous n'en serez pas surpris. Elle l'a quitté à cause de ses mensonges et de ses tromperies. Et quand elle a appris qu'il allait en épouser une autre, elle est carrément partie. Mais ça ne suffisait pas à certains.

— La relation, passée ou présente, entre votre employée et mon fils ne concerne qu'eux-mêmes.

— Il n'y a pas de « relation présente » et vous le savez. Ce sont votre fils et sa dingue de femme qui me forcent à intervenir. Ce matin, c'est elle qui est venue à notre hôtel. Elle conduit une BMW roadster rouge dernier modèle. Elle portait des chaussures à talons aiguilles avec une semelle rouge et une robe sans manches bariolée, comme si on avait peint un jardin dessus. Vous aurez sans doute la possibilité de vous assurer du choix de sa tenue d'aujourd'hui si vous souhaitez vérifier. Elle a fait une scène sur notre propriété. J'en ai été témoin, ainsi que plusieurs autres personnes. Elle a proféré des accusations et des menaces. Elle pense que Hope a de nouveau une liaison avec votre fils, ce qui n'est pas le cas, je peux vous l'assurer. Ce qui est certain, en revanche, c'est que lui couche ailleurs. Et sa femme le sait. Pour couronner le tout, elle a agressé physiquement Hope, et si nous n'avions pas menacé d'appeler la police, elle aurait récidivé.

— Asseyez-vous, monsieur Montgomery.

Wickham paraissait accuser le coup. Ryder l'entendait dans sa voix.

— Non merci.

— Jerald.

Wickham fit signe au vigile qui s'éclipsa discrètement. Il se leva et se tourna vers la baie vitrée qui surplombait le jardin et le patio de l'hôtel.

— Je n'ai pas envie d'avoir une conversation avec vous au sujet de ma famille. Je dirai juste que je n'ai aucune raison de ne pas vous croire.

— Voilà qui fait encore gagner du temps.

— La police a-t-elle été prévenue ? Une plainte a-t-elle été déposée ?

— Pas encore.

— Que voulez-vous ?

— Idéalement, cinq minutes en tête à tête avec votre fils et un mois de prison pour votre belle-fille. Mais je me contenterai de l'assurance que ni l'un ni l'autre n'approchera Hope ni ne la contactera d'une quelconque façon. Et si j'apprends qu'ils cherchent à salir sa réputation, je m'attaquerai à la leur au centuple – et par procuration à la vôtre et celle de votre hôtel. Si je peux compter sur vous, nous sommes quittes.

— Vous avez ma parole, dit Wickham qui se tourna vers lui, le visage sombre, une lueur de dégoût au fond des yeux. Ni mon fils ni ma belle-fille n'importuneront plus Mlle Beaumont. Je regrette sincèrement qu'ils l'aient déjà fait.

— D'accord. Je vous fais confiance. Et vous pouvez me faire confiance en retour. Mais je dois vous prévenir, monsieur Wickham, s'ils trahissent votre parole, ils courent au-devant de graves ennuis.

— Je comprends.

Wickham prit une carte de visite sur son bureau et inscrivit un numéro au dos.

— Si vous souhaitez me contacter, voici ma ligne privée – au cas où l'un ou l'autre trahirait ma parole. Croyez-moi, monsieur Montgomery, je peux leur causer bien plus d'ennuis que vous. Et je ne m'en priverai pas.

— Ce n'est que justice, dit Ryder en empochant la carte.

— Jerald va vous raccompagner.

— Je connais le chemin. J'espère que nous n'aurons pas l'occasion de nous reparler.

Ryder eut droit à des embouteillages sur la route du retour, et commença à se détendre un peu lorsqu'il aperçut les montagnes dans le lointain.

Il avait fait ce qui lui semblait juste. En ce qui le concernait, casser la figure de Jonathan Wickham aurait été plus satisfaisant – mais il ne s'agissait pas de sa satisfaction personnelle.

Il faisait confiance à Wickham. L'homme tiendrait parole. Dieu seul savait quelle forme prendrait sa colère, mais il se doutait qu'elle serait féroce.

Ce n'était pas juste de la colère et de l'embarras qu'il avait lus sur son visage à la fin. Il y avait aussi du regret.

Ryder quitta l'autoroute et s'engagea sur la route sinueuse et si agréablement familière qui serpentait à travers les montagnes. Il traversa Middleton et prit la direction de Boonsboro.

Arrivé sur la Grand-Place, il bifurqua sur le parking et aperçut le pick-up de Beckett – mais pas son chien, lorsqu'il se gara à côté.

Dans le jardin de l'hôtel, il remarqua Hope, dans une de ses robes légères, qui servait des boissons à des clients.

Il voulait vérifier l'avancement des travaux au club de fitness et au MacT en son absence, avait envie de retrouver son chien et de savourer une bonne bière glacée. Mais il descendait de son pick-up quand Hope contourna le muret de la cour intérieure.

Aucune trace de larmes – merci, Seigneur.

— Comment vas-tu ? s'enquit-il.

— Bien. J'aimerais te parler. En privé.

— D'accord.

— Là-bas, dit-elle en désignant le club de fitness. Carol-Ann est à l'hôtel.

Sans attendre sa réponse, elle traversa le parking d'un pas décidé.

D'accord, elle était un peu fâchée qu'il ne lui ait pas tapoté la main pendant qu'elle pleurait. Peut-être les fleurs n'avaient-elles pas encore été livrées.

Il déverrouilla la porte et jeta un rapide coup d'œil à l'intérieur. L'électricité et la plomberie avaient bien avancé à ce niveau, le système de ventilation aussi. Il fallait qu'il aille vérifier à l'étage. Ils pourraient peut-être…

— Ryder, j'apprécierais d'avoir ton attention.

— D'accord. Qu'est-ce qu'il y a ?

— Tu n'avais pas le droit d'aller demander des comptes à Jonathan dans mon dos. Ni d'ailleurs de faire *quoi que ce soit* sans au moins m'en parler avant. Cette affaire ne regarde que *moi*. Tu t'imaginais que je n'en saurais rien ?

— Je n'y ai pas vraiment réfléchi. Et je ne me suis pas embêté avec ton ex. Je suis allé directement à la source du pouvoir. En général, c'est la solution la plus efficace. J'ai parlé à son père.

— Tu…

Hope blêmit, puis l'indignation lui empourpra les joues.

— Comment as-tu osé ? Et pourquoi ? Ce sont mes problèmes ! C'est à moi de les régler !

Il venait de passer plus de trois heures sur la route dans des conditions de circulation qu'il jugeait infernales et elle s'emportait contre lui ?

— Tes problèmes sont aussi les miens, Hope. Tu me crois vraiment capable de laisser une espèce d'hystérique venir ici te flanquer une claque sans réagir ?

— À moi la claque. À elle de supporter Jonathan. Je dirais qu'elle est la plus à plaindre.

— En effet. Il n'était pas question qu'elle s'en sorte à bon compte après t'avoir fait pleurer.

— Je n'ai pas pleuré parce qu'elle m'a fait mal. J'étais humiliée. Pire que ça. Je ne trouve même pas de mot. Et devant ta mère, en plus. Devant ton équipe. À l'heure qu'il est, toute la ville doit être au courant de cette histoire, ou d'une variante quelconque.

Bon sang, il était crevé, il commençait à avoir mal au crâne et elle n'arrêtait pas de lui reprocher d'avoir fait ce qu'il fallait.

— Et alors ? C'est elle qui est ridicule dans cette histoire, pas toi. Ah non, par pitié, ne recommence pas à pleurer !

— Je ne pleure pas ! se défendit Hope, mais une larme perla au coin de son œil. Oh, et après tout, j'ai bien le droit de pleurer ! Les gens pleurent, encaisse.

Il attrapa un marteau dans la ceinture à outils qu'il avait abandonnée dans un coin.

— Tiens, donne-moi un coup sur le crâne. Tu verras si je n'encaisse pas.

— Ça suffit, protesta Hope en se retournant et en fourrageant dans ses cheveux. Le problème n'est pas là ! Le problème, c'est que tu as pris la liberté d'aller déballer cette histoire *sordide* au père de Jonathan sans même m'en parler.

— Je lui ai expliqué la situation et tout est réglé.

— Tu n'as pas été fichu de prendre cinq minutes pour en discuter avec moi, mais tu es allé jusqu'à Georgetown, presque quatre heures de route aller-retour, pour parler à Baxter Wickham. Je ne te demande pas de sécher mes larmes, Ryder, en revanche, je m'attends que tu me parles, que tu tiennes compte de mon point de vue et de mes sentiments. C'est bien le minimum, tout de même. Et tant que tu ne comprendras pas ça, je ne te parle plus.

Elle se dirigea d'un pas furibond vers la porte.

— Attends une minute, bon sang, tenta-t-il de la retenir.

Elle lui jeta un regard par-dessus son épaule.
— J'ai attendu quatre heures. À ton tour d'attendre. Et merci pour tes maudites fleurs.
Elle sortit, le laissant perplexe, et à nouveau de fort méchante humeur.

17

Monter et descendre de l'escabeau pour enlever, laver et remettre chaque filtre du système de climatisation de l'hôtel empêchait l'esprit de Hope de vagabonder en direction de Ryder. Une fois cette corvée apparemment interminable accomplie, elle se plongea dans la paperasse.

De toute évidence, ils avaient commis une erreur en croyant qu'ils pouvaient poursuivre une relation basée sur trop de passion et trop peu de points communs.

Impossible pour elle de s'engager avec quelqu'un qui ne respectait pas ses sentiments, ses besoins, ses capacités.

Ils avaient eu raison de faire machine arrière avant que la situation ne devienne inextricable.

Son travail l'occupait assez et suffisait à son épanouissement. Et lorsqu'elle aurait fini sa liste de tâches, elle pourrait consacrer un peu de temps à ses recherches sur Eliza et Billy ce soir. Comme la veille et l'avant-veille, depuis que Ryder continuait de garder ses distances.

Un exploit, songea-t-elle, alors qu'il travaillait tous les jours à deux pas.

Elle quitta son bureau pour réceptionner les compositions florales destinées aux chambres réservées et les monta à l'étage. Elle redescendit juste au moment où Avery franchissait la porte du hall.

— J'ai frappé, dit celle-ci en empochant sa clé.

— J'étais tout en haut, dans la suite. Elle est réservée ce soir.

— Vantarde. Tu as une minute maintenant ?

— Plusieurs même, si tu veux. Un problème avec le MacT ?

— Non, non. L'ouverture est toujours prévue pour dans deux semaines à compter de jeudi – enfin, la fête pour la famille et les amis. L'ouverture officielle aura lieu le vendredi. Je me sens un peu nouée, avoua Avery, la main sur le ventre, mais c'est du stress positif. Tu veux connaître la nouvelle du jour ? Je pense avoir trouvé ma robe de mariée !

— Où ? Quand ?

— Sur Internet. Ce matin, en surfant au hasard avant de venir travailler.

— Sur Internet ? Mais…

— Je sais, je sais. Mais avec les travaux du nouveau restaurant qui avancent si vite, Vesta à faire tourner, Clare qui commence à avoir du mal à se traîner – ne lui répète pas ça, par pitié – et toi coincée ici, cela ne laisse pas beaucoup de marge pour faire les boutiques. Je jetais juste un coup d'œil, à la recherche d'un style qui pourrait m'aller, et voilà que je tombe sur *la* robe.

Hope l'arrêta en levant la main. Elle-même faisait beaucoup d'achats en ligne, surtout pour l'hôtel, et reconnaissait que c'était pratique. Mais il y avait des limites.

— Tu as commandé ta robe de mariée sur Internet ?

— Pas encore ! Pour qui me prends-tu ? Je ne commanderais même pas des dragées – à supposer que j'en veuille – sans vous les montrer d'abord, à Clare et à toi. Je sors du Tourne-Page. Je l'ai montrée à Clare. Et maintenant à ton tour, dit-elle, agitant son iPad. Je ne vous ai pas envoyé de lien, parce que je voulais votre réaction *de visu*. Votre réaction *sincère*.

— D'accord, allons nous asseoir.

— Tu me diras si tu n'aimes pas, hein ? insista Avery, tandis qu'elles entraient dans la cuisine.

— Qu'a dit Clare ?

— Motus et bouche cousue. Je veux que tu la regardes sans idée préconçue.

Avery s'assit, retint son souffle et fit apparaître la photo sur sa tablette.

Hope l'étudia longuement en silence.

— Elle est belle, admit-elle.

— Belle ? Le mot est faible. On en pleurerait des larmes de sang quand on fait défiler les photos à l'écran. Ce sont les lignes et les détails de celle-ci qui m'ont attirée. Je ne suis pas très grande, je peux donc faire une croix sur la majestueuse robe de princesse, ce qui me chagrine plus qu'un peu. Mais avec mes bras et mes épaules qui ne sont pas trop mal, je peux me permettre un bustier sans bretelles, et comme celui-ci est plissé, il compensera le manque de poitrine.

— Ta poitrine est parfaite.

— Euh… merci. Mais elle est quand même un peu maigrichonne. Bref. Le style Empire me ferait aussi paraître plus grande. Quant aux finitions, elles sont soignées et raffinées, ajouta Avery qui zooma sur les perles qui ornaient la traîne.

— C'est vrai, approuva Hope.

— La jupe est ample et fluide, mais pas gonflante, fit remarquer Avery avec un petit soupir. J'adore le gonflant. Si on ne peut pas en porter le jour de son mariage, alors quand ? Pour moi, la réponse est simple : jamais. Et j'ai la peau trop claire pour du blanc. L'ivoire me réchauffera le teint. Je vais laisser tomber le voile et me contenter d'un diadème en strass. Ce sera mon accessoire de princesse. Je tiens au look princesse.

— Tu en auras tout à fait l'allure dans cette robe, assura Hope qui s'empara de la tablette et joua avec l'image pour mieux juger. Une vraie princesse de conte de fées. Tu as raison pour la forme fluide, la taille haute, les détails délicats. Tu devrais être sublime.

— Il y a un « mais » en réserve ou je me trompe ?

— C'est juste qu'en commandant sur Internet tu ne peux pas l'essayer, la comparer à d'autres modèles, toucher le tissu.

— Je l'essaierai quand elle arrivera. Et si elle n'est pas à la hauteur de mes attentes, je la renverrai.

Hope songea au plaisir unique, presque enivrant, qu'on devait éprouver à multiplier les essayages. La soie, le tulle, les tons subtils de blanc…

Puis elle réalisa que c'était davantage son opinion que celle d'Avery.

— J'organiserai une présentation privée, pour Clare et toi. Et Justine. J'aurai largement le temps d'en chercher une autre si elle ne convient pas.

Après un dernier regard – prolongé – à la robe, Hope rendit la tablette à son amie.

— Tu l'adores, n'est-ce pas ?

— Je l'adore en photo. J'aimerais voir si une fois sur mon dos, elle me plaira toujours autant.

— Alors tu devrais la commander.

— Tant mieux, parce qu'elle est déjà en attente dans mon panier, avec tout le dossier rempli. Il ne me reste plus qu'à appuyer sur… Acheter maintenant. Voilà ! Mon Dieu, Hope, je viens d'acheter ma robe de mariée !

Hope l'étreignit en riant, les yeux humides.

— Alors ? Quel effet ça fait ?

— C'est un peu effrayant, mais très excitant. Et ça me change de commander de l'électroménager ou des cuvettes de toilettes, comme c'est le cas depuis un certain temps.

— Préviens-moi dès qu'elle arrive.

— Promis. J'imagine qu'il est encore trop tôt pour vérifier le suivi, dit Avery avec un sourire radieux avant d'appeler la photo à l'écran juste pour le plaisir de la regarder. Ce que je vais faire au moins une fois par heure jusqu'à la livraison.

— Des chaussures. Il te faut des chaussures fabuleuses.

— Je veux des talons vertigineux, décréta Avery. Quelque chose de sexy et de spectaculaire. Je pourrai mettre des chaussures plus basses une fois que le bal battra son plein, mais je veux me sentir grande. Et je veux qu'elles brillent, comme le diadème.

— Excellente idée, approuva Hope, avant de froncer les sourcils. Tu as déjà mis un modèle dans tes favoris.

— En fait, j'en ai retenu trois.

Hope tapota la tablette.

— Jetons un coup d'œil.

Elles passèrent dix minutes à s'interroger sur le choix le plus judicieux : escarpins, sandales à lanières ou peep toes ? Hope opposa son veto aux escarpins – beaux, mais trop guindés – et, suivant son avis, Avery commanda les deux autres paires pour pouvoir comparer lorsqu'elle essaierait la robe.

— Je savais que je pouvais compter sur toi pour me conseiller, dit Avery qui posa une dernière fois les doigts sur la robe à l'écran avant de poser son iPad. Alors, Ryder et toi, vous vous êtes rabibochés ?

— Apparemment, c'est fini entre nous. On ne s'est pas parlé depuis avant-hier.

— Bon sang, si je devais choisir le plus têtu de vous deux, vous seriez ex æquo.

— Je ne suis pas têtue. S'il veut me parler, je suis là.

— Et lui est là-bas si tu veux lui parler, riposta Avery, l'index braqué vers la porte. Tu n'as pas envie de savoir ce qu'il a dit au père de Jonathan, et vice versa ?

— Là n'est pas la question, répliqua Hope, même si ça la rendait un peu dingue. Et puis, de toute façon, tu le sais, toi. À l'heure qu'il est, il l'a sûrement dit à Owen.

Avery poussa un soupir agacé.

— Alors au lieu d'avoir une vraie conversation avec Ryder, tu préfères contourner le problème et essayer de me tirer les vers du nez ?

— Exact.

— Heureusement que tu n'es pas têtue, ironisa Avery.

— Tu ne vas quand même pas me dire que Ryder avait raison d'aller voir Baxter Wickham sans m'en parler d'abord ?

Avec un nouveau soupir, Avery se leva et sortit un soda du réfrigérateur. Cette discussion allait prendre plus de temps que prévu et risquait de lui donner soif.

— Tu as grandi avec une mère et une sœur, un père et un frère. Chez moi, il n'y avait que mon père et moi. Et ma famille de substitution, les Montgomery. Trois garçons. Du coup, j'ai davantage un point de vue masculin sur certaines choses.

— C'est-à-dire ?

— À mon avis, Ryder a agi exactement comme son instinct le lui commandait – ou plutôt son deuxième instinct, parce que sa première réaction aurait été d'aller débusquer Jonathan et d'en faire de la chair à pâté. Moi, j'aurais été plutôt pour. Mais toi, franchement pas. Sa deuxième réaction était civilisée.

— Civilisée ?

Face au ton épouvanté de Hope, Avery haussa les épaules.

— Désolée, mais c'est mon opinion. Ryder a fait toute cette route jusqu'à Washington et tu devrais savoir qu'il déteste aller là-bas. À ses yeux, l'échangeur de l'I-270, c'est un peu le septième cercle de l'enfer. Et puis, il devait être en rogne de perdre une demi-journée de travail. Mais il l'a fait parce que personne n'avait le droit de s'en prendre à toi ainsi et espérer s'en sortir impunément.

— Mais…

— Dans un couple, les relations ne sont pas toujours rationnelles et équilibrées, Hope. Elles sont humaines. Et tu sors avec un homme enclin à agir au lieu d'en parler d'abord, de peser le pour et le contre. C'était d'autant plus dur pour toi que tu es du genre à privilégier la discussion. Ni l'un ni l'autre n'a tort. Vous avez des tempéraments différents, c'est tout.

Hope réalisa que sa meilleure amie était dans l'autre camp, ou du moins à cheval entre les deux. C'était dur à avaler. Mais elle préférait la franchise à un soutien de pure forme.

En général.

— C'est là tout le problème, n'est-ce pas ? Nous sommes trop différents.

— Même chose pour Owen et moi. En fait, il te ressemble un peu et moi, je suis davantage comme Ryder. Mais je ne suis pas amoureuse de Ryder et ce n'est pas lui que je vais épouser dans la robe sublime que je viens d'acheter. Je suis bordélique, impulsive et soupe au lait. Mais Owen n'essaie pas de me changer pour autant.

— Je n'essaie pas de changer Ryder, se défendit Hope. Enfin, ce n'est pas mon intention, rectifia-t-elle quand Avery haussa les sourcils. C'est mon problème, Avery.

— N'importe quoi. Je me suis emberlificotée dans le même raisonnement borné au sujet de ma mère. J'avais tout faux.

— Tu penses que j'ai tout faux, moi aussi ?

— Je pense que Ryder et toi avez besoin d'une sérieuse conversation au lieu de rester à bouder chacun dans votre coin. Oui, toi aussi, tu as tout faux.

Malgré elle, Hope ne put s'empêcher de rire.

— J'aime à penser qu'il s'agit là d'une forme de sollicitude. Allez, sois sympa, dis-moi ce que se sont raconté Ryder et Baxter Wickham.

Avery se leva.

— Pas question. Demande-le à Ryder.

Si la désapprobation de son amie était dure à avaler, son opposition caractérisée resta carrément en travers de la gorge de Hope.

— Avery !

— Non. Et je pars avant de craquer. C'est pour ton bien. Je ne vais pas t'aider à esquiver une responsabilité à laquelle tu dois faire face, comme nous le savons toutes les deux. Ryder et toi n'arriverez peut-être pas à recoller les morceaux, mais vous vous devez au moins une explication franche.

Sans autre forme de procès, Avery ramassa son iPad et quitta l'hôtel d'un pas martial.

— Mince alors, murmura Hope, sidérée.

Maintenant, il lui fallait *absolument* savoir ce qui s'était dit au Wickham ou elle allait devenir dingue. Peut-être Avery venait-elle de marquer un point. Un demi, disons. Mais elle ne pouvait quand même pas aller interroger Ryder. Tout comme elle ne s'excuserait pas d'avoir une opinion et une sensibilité. Pas question de céder.

Ce n'est pas pour autant qu'elle était têtue. Ou boudait dans son coin.

— Et quand bien même ? marmonna-t-elle.

Énervée, elle décida d'aller déposer le sac-poubelle de la cuisine dans le cabanon. Puisqu'elle était dehors, elle en profita pour arracher quelques mauvaises herbes et couper les roses mortes. Et aussi, elle en convenait, regarder en direction du club de fitness, histoire de voir ce qui s'y passait.

Ryder n'était nulle part en vue. « C'est mieux ainsi », se dit-elle, réfléchissant au meilleur moyen de sortir de l'impasse dans laquelle ils s'étaient fourrés.

Lorsqu'elle voulut rentrer, elle trouva porte close, alors qu'elle était sûre de l'avoir laissée entrouverte. Avec un haussement d'épaules, elle sortit la clé de sa poche et la glissa dans la serrure. Elle refusa de tourner.

— Arrêtez ce petit jeu, grommela-t-elle. Laissez-moi entrer.

La poignée ne bougea pas d'un pouce. L'autre porte refusa tout autant de s'ouvrir. Tout comme celle du premier étage.

— Ça suffit, maintenant ! C'est ridicule !

Hope dévala les marches. Elle allait passer prendre la clé d'Avery et si ça ne marchait toujours pas, elle demanderait à Carol-Ann de venir plus tôt.

Furieuse, elle tourna à l'angle du bâtiment et faillit percuter Ryder qui venait dans sa direction.

Il la dévisagea.

— Un problème ?

— Non. Enfin, si. Elle m'a enfermée dehors.

— Carol-Ann ?

— Non, pas Carol-Ann. Ma clé ne marche sur aucune des portes.

Sans un mot, Ryder tendit la main, prit la clé et se dirigea vers la porte la plus proche. Qu'il ouvrit sans difficulté.

— Problème résolu, on dirait.

— À ce que je vois.

— Qu'as-tu fait pour la contrarier ?

— Rien du tout.

Hope récupéra sa clé d'un geste brusque et entra. À peine avait-elle posé un pied à l'intérieur que la cheminée s'alluma dans un puissant jet de flammes. Toutes les lumières se mirent à clignoter. De l'endroit où elle se trouvait, elle entendait la porte du réfrigérateur claquer encore et encore.

— Excuse-moi d'insister, mais elle a l'air contrarié, fit Ryder qui franchit le seuil à son tour.

Aussitôt, le tumulte cessa.

— Ça vient juste de commencer ?

— Oui, à la seconde. Je ne sais pas pourquoi elle s'énerve. Entre hier soir et avant-hier, j'ai passé au moins cinq heures à faire des recherches pour elle.

— Elle s'est calmée, on dirait.

Il se tourna vers la porte et le tapage reprit de plus belle. Il saisit la télécommande et coupa le feu dans la cheminée.

— Arrêtez ça tout de suite !

Pour toute réponse, la serrure de la porte émit un déclic sonore.

— Elle est peut-être fâchée de ne pas t'avoir vu depuis deux jours, suggéra Hope.

Ryder posa calmement la télécommande.

— J'avais l'impression que la directrice n'avait pas envie de m'avoir dans les jambes.

— Faux. Ce que je n'ai pas aimé, c'est que tu agisses à ma place sans m'en parler.

— Et moi, je n'ai pas aimé que tu te fasses gifler, répliqua-t-il avec un haussement d'épaules. On ne peut pas tout aimer.

— J'avais raison de vouloir que tu m'en parles d'abord.

— J'avais raison de prendre ta défense.

Hope voulut argumenter, mais réalisa qu'il n'y avait pas vraiment matière. Et qu'elle n'en avait pas envie.

— Dis-moi que j'avais raison de vouloir que tu m'en parles d'abord et je te dirai que tu avais raison de prendre ma défense.

— D'accord. Toi d'abord.

Elle pouffa de rire, tandis qu'il affichait un bref sourire en coin.

— Comme tu veux. Tu avais raison, concéda-t-elle.

— Toi aussi. C'est bon, on est quittes ?

— Pas tout à fait. J'ai besoin de savoir que tu prends mes sentiments en compte.

La frustration se peignit sur le visage de Ryder.

— Hope, je n'ai fait que ça. J'ai pensé à ta peine, à ton embarras. Il n'était pas question que je laisse passer un pareil affront.

— Si seulement tu m'en avais parlé d'abord.

— Tu n'aurais pas réussi à me dissuader. Nous nous serions disputés plus tôt, mais j'y serais allé quand même et j'aurais dit ce que j'avais à dire.

— Je n'aurais pas cherché à t'en dissuader. Bon, d'accord, j'aurais essayé dans un premier temps. Et ensuite, je serais venue avec toi.

Il plissa le front.

— Tu serais venue ?

— Oui. En fait, avant que j'apprenne ton départ, je m'étais calmée assez pour réfléchir à la situation. J'avais décidé de réagir par un courrier – très circonstancié – à Baxter Wickham. Parce que moi non plus, je ne pouvais pas laisser passer un pareil affront.

— En tête à tête, c'est mieux. Mais je n'avais pas réfléchi au fait que tu pouvais avoir envie de m'accompagner. Tu étais en larmes.

— Au début, oui. J'en avais besoin. Mais après j'ai décidé d'écrire. Il m'aurait sûrement fallu plusieurs brouillons, plusieurs jours pour rédiger la version idéale.

— J'imagine.

— Mais si tu m'avais mise au courant de tes intentions, après avoir échoué à t'en dissuader, je t'aurais accompagné, Ryder. Je lui aurais parlé les yeux dans les yeux.

Les épaules de Ryder se détendirent et il hocha la tête.

— D'accord. Je suis désolé de t'en avoir privée.

— Je suis désolée de ne pas avoir apprécié ton geste à sa juste valeur. J'aurais dû.

— Ça me va. C'est bon, cette fois ?

— Pas encore tout à fait.

— Oh, par pitié !

— Je vais te chercher une boisson fraîche et tu vas me raconter ce que vous vous êtes dit avec Baxter. Inverse les rôles. À ma place, toi aussi, tu voudrais savoir.

— Tu veux que je te répète toute notre conversation ?

— Absolument.

— Bon sang.

Les femmes et leur manie du détail.

— Bon, d'accord. Mais en contrepartie, je veux une séance de câlins.

Elle lui tendit un Coca sorti du réfrigérateur et lui sourit.

— Marché conclu.

Il pouvait prendre le temps, calcula-t-il en se laissant choir sur un tabouret. C'était agréable de se poser cinq minutes auprès de Hope. De la regarder, de sentir son parfum, d'entendre sa voix. Il allait lui raconter son entrevue avec Wickham. Inutile de lui dire que si elle était tombée sur lui, un peu plus tôt, c'était parce qu'il avait lâché son travail avec l'idée de venir ici et d'avoir une explication avec elle.

Il en avait eu plus qu'assez de lui laisser le temps de revenir à de meilleurs sentiments. Assez de penser sans cesse à elle au point d'en perdre le sommeil.

Jamais une femme ne lui avait fait perdre le sommeil.

Et il en avait assez d'essayer de comprendre ce qu'elle attendait de lui depuis que la ruse du bouquet, à la fiabilité pourtant éprouvée, avait échoué lamentablement.

Il devait aussi une fière chandelle à Elizabeth. C'était grâce à elle s'il avait réussi son coup. Au-delà de toute espérance, même, puisqu'il avait eu droit à un Coca bien frais en prime et que Hope était assise à côté de lui, les yeux rivés sur lui.

Sans parler de la perspective de se réconcilier sur l'oreiller.

— Alors ? s'impatienta-t-elle.

— Je réfléchissais. À ton avis, combien de temps va-t-il falloir à la blonde pour souffler dans les bronches de son crétin de mari à ton sujet ?

— Je la connais à peine. Sans doute pas longtemps, admit Hope.

— Et ce dégonflé, il mettra longtemps, tu crois, avant de retourner sa veste et te faire porter le chapeau ?

— Il n'hésitera pas une seconde.

— C'est bien ce que je pensais. Tu as toujours des contacts là-bas, j'imagine. Des gens du métier ou des anciens clients qui aiment les beaux hôtels.

— Dans ton scénario, pour se protéger de quelqu'un comme moi, qui pourtant s'en moque éperdument, et aussi par orgueil, ils seraient capables d'essayer de nuire à ma réputation. Ils iraient jusqu'à répandre des mensonges et des rumeurs sur cette misérable manipulatrice de Hope qui a couché pour réussir et aujourd'hui recommence ailleurs.

— Pas terrible pour les affaires.

— Alors, c'étaient aux affaires que tu pensais.

— C'est un facteur à prendre en considération.

Peut-être minuscule dans le tableau d'ensemble, mais un facteur néanmoins.

— Plus important, enchaîna-t-il, ces deux-là méritent-ils de s'en tirer à bon compte ? J'aurais pu lui casser la figure, mais Owen craint toujours que je me retrouve devant un juge pour agression.

— C'est un autre facteur, remarqua Hope avec flegme.

— Selon moi, ça en vaut le plus souvent la peine. Mais les bleus et les fractures finissent par guérir. Et certains ont tendance à plaindre le salaud qui s'est fait tabasser, même si c'était plus que mérité. Du coup, j'ai préféré les bénéfices à long terme. Le fils est un lâche et un froussard, et à les regarder, son hystérique de femme et lui, on voit bien que leur seul moteur, c'est le fric, la frime et le prestige. Mais il faut en avoir les moyens. Le vieux Wickham est encore aux commandes et tient les cordons de la bourse. Il a le pouvoir de leur couper les vivres et là, ils seraient dans de sales draps.

Elle était parvenue à la même conclusion, mais devait avouer – un peu honteuse, à présent – ne pas en avoir reconnu la capacité à Ryder.

— Tu avais réfléchi à tout ça ?

— Le trajet était long, et je ne te parle pas des embouteillages. J'ai eu tout le temps de réfléchir. Enfin, bref. C'est un bel hôtel.

— C'est vrai.

— Je t'imaginais là-bas sans peine.

— Ah bon ?

— Ça te va très bien, tout ce lustre.

— C'était le cas. Autrefois.

Il l'observa en silence un moment.

— On pourrait dire que je détonnais un peu là-bas, j'imagine – j'arrivais tout droit du boulot. Ils sont restés polis, je le leur accorde, et ils m'auraient sans doute jeté tout aussi poliment dehors si je n'avais pas laissé planer la menace d'une plainte pour agression au cas où Wickham refuserait de me recevoir.

— Pour agression ?

— Elle t'avait giflée.

— Oui, mais…

— C'est une agression caractérisée. Si j'avais fichu mon poing dans la figure de son abruti de fils, tu peux être sûre que j'aurais eu droit aux flics et aux avocats. Chez nous, on ne fait pas tant d'histoires pour si peu, mais ces gens-là, si.

— Tu as drôlement réfléchi dans les embouteillages, dis donc.

— C'était ça ou acheter un flingue et faire un carton. C'est un vigile qui m'a fait monter dans son bureau.

— Jerald ?

— Oui, c'est comme ça que l'a appelé Wickham. Quand j'ai commencé à déballer mon histoire, il lui a fait signe de sortir. J'imaginais un face-à-face, genre partie d'échecs avec tout un tas de manœuvres stratégiques. Mais il n'y a pas eu de véritable affrontement.

— Que lui as-tu dit, Ryder ?

— Que Jonathan était venu ici à l'improviste te proposer de reprendre ton poste dans leur hôtel. Et te faire une autre offre, beaucoup plus personnelle, que je lui ai décrite. Le vieux Wickham n'a pas été heureux de l'apprendre. J'ai ajouté que tu n'étais pas intéressée. J'ai senti comme une certaine culpabilité à ton égard. Des regrets. Mais quand je suis passé au deuxième acte, au numéro de la blonde, c'est là qu'il a fait sortir son vigile, se souvint Ryder.

— Je veux bien le croire, commenta Hope.

— Il a compris, et nous avons trouvé un arrangement.

— Quel arrangement ?

— Il s'assure qu'ils te laissent tranquille, y compris la diffamation, et nous sommes quittes. Si l'un ou l'autre débarque ici ou te cherche des noises d'une quelconque façon, ils s'en mordront les doigts. C'est tout.

— C'est tout ?

— Oui. Il m'a donné une carte avec son numéro privé. Je dois le tenir au courant s'ils ne respectent pas le marché.

— Attends ! s'exclama Hope, stupéfaite. Baxter Wickham t'a donné son téléphone privé ?

— Oui, et alors ? Ce n'est pas Dieu le Père. Juste un type furax et honteux d'avoir un pareil connard pour fils. Voilà. Comme je te l'ai déjà dit, tout est arrangé.

Il avala une longue gorgée de Coca, car, bon sang, il avait l'impression d'avoir parlé non-stop pendant une heure.

— En fait, c'est toi la grande communicatrice ici. La fois où le fils a débarqué, tu aurais peut-être dû en toucher un mot au père. Le vieux Wickham me semble du genre plutôt raisonnable.

Raisonnable n'était pas le qualificatif le plus souvent employé pour décrire Baxter Wickham, songea Hope. Puissant, secret, pugnace à l'occasion.

— Il a été longtemps mon employeur. Et je pensais qu'il deviendrait mon beau-père. Mais tu as raison, j'aurais dû aller le trouver. J'imagine que mon amour-propre n'était pas encore tout à fait cicatrisé – et puis il y a les liens du sang.

— Il aurait pu m'envoyer balader pour l'histoire de son fils. Après tout, tu étais libre d'accepter ou non. Mais le coup de la belle-fille ? Non. Son fils n'est peut-être pas capable de la tenir, mais le vieux Wickham va s'en charger, crois-moi.

— Jamais cette histoire n'aurait dû prendre de telles proportions. Et causer autant de soucis entre nous deux. Je suis désolée.

— Une séance de câlins devrait arranger ça.

Elle s'esclaffa et, sans réfléchir, Ryder lui caressa la joue du bout des doigts avec une tendresse qui la fit retrouver son sérieux.

— Ton visage m'a manqué, lui avoua-t-il.

Émue, elle referma la main autour de son poignet.

— Le tien aussi.

Il se leva et, d'un mouvement fluide, la souleva de son siège et l'enlaça. Elle s'attendait à un baiser fougueux et exigeant, un prélude à leurs ébats ultérieurs. Mais au lieu de cela, il flotta comme une caresse sur ses sens, rêveur et doux. Il scintilla autour de son cœur qui fut conquis avant même qu'elle comprenne, qu'elle ait pu s'y préparer.

Et lorsque Ryder s'écarta, l'étrange pulsation continua de battre en elle.

Il passa le pouce sur sa pommette avec une infinie douceur malgré sa peau calleuse.

— Je reviendrai plus tard. J'apporterai le dîner.

— D'accord. J'ai…

— Des clients, je sais. J'attendrai.

Ses beaux yeux verts la scrutèrent un instant encore.

— Nous attendrons, corrigea-t-il. Tu as manqué aussi à Nigaud.

Il partit, et elle resta au milieu de la cuisine, chancelante et pantoise.

Était-ce là ce qu'elle avait cru éprouver pour Jonathan ? Comment avait-elle pu être stupide au point de confondre un banal attachement tout aussi loyal qu'idiot avec l'émotion merveilleuse et éblouissante qui venait de la submerger ?

Elle fut obligée de s'asseoir, le temps que son souffle retrouve un rythme normal, que ses genoux cessent de trembler. Elle ignorait que l'amour, le véritable amour, provoquait une réaction physique aussi ahurissante. Elle se sentait fébrile, ébranlée, et aussi, dut-elle s'avouer en fermant les yeux, effrayée.

Et ses projets alors ? Tomber amoureuse n'en faisait pas partie.

— Adapte-toi, s'ordonna-t-elle.

Ce maelström d'émotions qui l'avait prise au dépourvu, certains n'avaient jamais l'occasion de le ressentir dans leur vie. En cet instant, elle ne savait trop si elle devait les envier ou les plaindre. Mais il fallait affronter la réalité : elle était amoureuse de Ryder Montgomery.

Elle devait juste essayer d'intégrer cette nouvelle donnée dans sa vie. Immobile, elle s'efforçait de retrouver ses repères.

— C'est également ce que vous avez ressenti ? demanda-t-elle, sentant les effluves de chèvrefeuille. Pas étonnant que vous soyez restée. Que peut-on faire d'autre ? Il vous aimait en retour et vous le saviez. Jamais vous n'avez douté. Si vous êtes restée, alors lui de même. Je le retrouverai.

Billy.

Hope perçut la joie dans le prénom. La *vie* qui y vibrait.

Ryder.

Avec un long soupir, elle se redressa sur son tabouret.

— Eh oui, on dirait que c'est le destin qui m'a conduite ici. Dès le premier regard, j'en ai été toute retournée. À la fois étourdie, subjuguée et effrayée. Comme maintenant. Pareille histoire n'aurait pas dû m'arriver et pourtant… À vous non plus d'ailleurs, quand on y réfléchit. C'est sûrement de famille.

Billy. Ryder.

— Et je parie que Billy avait le même tempérament frondeur. Les rebelles ne devraient pas être aussi attirants. Il vous a fait tourner la tête, à vous aussi. Je m'en rends compte, à présent. Un seul regard, et votre père, votre condition n'avaient plus la moindre importance. Billy vous aimait. Il vous a vue et plus rien d'autre ne comptait. Je me demande ce qu'on peut ressentir quand ça vous arrive…

Hope se leva avec un soupir.

— Mais je suis incapable de réfléchir à tout ça pour l'instant. Je dois finir ma liste. Et je devrais faire des muffins avant l'arrivée des clients.

La porte du placard où elle rangeait ses fournitures à pâtisserie s'ouvrit à la volée et claqua.

— Il n'y a aucune raison d'être fâchée contre moi. Billy vous aimait. Je comprends. Il voulait vous épouser. Ryder n'a pas l'intention…

Elle recula d'instinct quand la porte claqua de plus belle. Et entendit distinctement les prénoms.

Billy. Ryder.

— C'est bon, Eliza. Ça suffit. Si je vous disais que j'aimerais que Ryder éprouve pour moi les mêmes sentiments que Billy pour vous, seriez-vous contente ? Mais Billy et Ryder ne sont pas…

Soudain, le déclic se fit. Sous le choc, Hope dut se retenir au plan de travail.

— Oh, mon Dieu, c'est ça ? C'était si simple. Billy Ryder ? Joseph William Ryder. C'est son nom, n'est-ce pas ?

Toutes les lampes s'allumèrent avec éclat, pulsant tel un cœur qui bat.

— Billy Ryder. Serait-il possible qu'il soit son ancêtre ? Comme vous, la mienne ? Attendez !

Elle décrocha le téléphone de la cuisine et composa le numéro du portable de Ryder.

— Quoi ?

Elle ignora le ton agacé. Il détestait être interrompu dans son travail, mais là c'était trop important.

— Ryder, c'est aussi un nom de famille, n'est-ce pas ?

— Euh… oui. Et alors ?

Elle haussa la voix pour couvrir le vacarme des marteaux au bout de la ligne.

— Ce n'est pas le nom de jeune fille de ta mère, par hasard ?

— Si. Et alors ?

— À Billy aussi. Il s'appelle Joseph William Ryder.

— Nom de Dieu.

— Ce nom te dit quelque chose ?

— Il devrait ? Ce type est mort deux cents ans avant ma naissance. Demande à ma mère. À Carol-Ann. Appelle Owen. Ils en sauront sûrement plus que moi.

— D'accord. Merci.

— Félicitations.

— Je ne l'ai pas encore trouvé. Mais, oui, tu peux me féliciter. À plus tard.

Elle raccrocha avant lui et appela aussitôt Carol-Ann. Pas de temps pour les muffins, décida-t-elle. Elle passerait acheter quelque chose à la boulangerie à la place.

Pour l'heure, tout son temps disponible, elle le consacrerait à chercher Joseph William Ryder.

18

Il fallut un peu de temps et de réorganisation des emplois du temps avant que tout le monde puisse se rassembler. À la demande de Justine, ils se retrouvèrent chez elle. Ils y seraient à leur aise, trouvait-elle, pour discuter et émettre des hypothèses en toute tranquillité.

Et puisque toutes les personnes les plus chères à son cœur étaient sous son toit, autant en faire une fête.

Connaissant ses hommes, elle prépara des entrecôtes marinées, acheta des épis de maïs à son étal favori au bord de la route, et cueillit tomates et poivrons frais dans son potager.

— Rien ne t'oblige à te donner tant de mal, fit remarquer Willy B, assis devant le plan de travail à équeuter des haricots verts, sa contribution de son petit potager personnel.

Son chien était roulé en boule sous son tabouret.

— C'est agréable, je trouve. L'été a passé à toute allure et nous n'avons presque pas eu l'occasion de faire des réunions familiales. Et puis, ça m'occupe l'esprit.

Elle parsema de paprika un plat d'œufs à la diable – un des mets favoris d'Owen.

— Quand je pense à cet hôtel, Willy B. Il y avait cette force qui me poussait vers lui, au point que je n'ai pu faire autrement que de l'acheter. Et maintenant il s'avère qu'il y a un lien. Billy Ryder. Depuis tout ce temps.

Elle soupira.

— Je n'ai jamais posé beaucoup de questions sur ma famille.

— Tu vivais ta vie, Justine. Tu avais Tommy et les garçons. Et Carol-Ann.

— Je sais. J'ai toujours vécu dans le présent, le regard tourné vers l'avenir. Et pourtant, je n'arrête pas d'acheter ces vieilles maisons. Bizarre, non ? Enfin bref, Carol-Ann n'en sait pas plus que moi. Mon père non plus. Quand nous aurons découvert ce que nous cherchons, je ferai davantage d'effort pour m'intéresser à mes origines. Tu as fait des recherches sur ta famille, je me souviens.

— En effet, confirma Willy B. De quel endroit d'Écosse ils venaient, comment certains ont émigré ici. Je pensais qu'Avery devait savoir. Elle ne connaissait pas grand-chose à la famille de sa mère et il me semblait important qu'elle ait des racines auxquelles se raccrocher de mon côté.

— Tu es le meilleur père qui soit. Personne n'aurait pu mieux faire.

— J'ai la chance d'avoir la meilleure fille du monde, répondit-il avec un sourire avant de se racler la gorge, mal à l'aise. Justine, tu n'as pas envie de te marier ou bien si ?

Elle battit des cils. La question était complètement inattendue, mais elle n'était pas du genre à se laisser désarçonner.

— Eh bien, Willy B MacTavish, voilà la demande en mariage la plus romantique jamais prononcée ou je ne m'y connais pas.

— Oh, Justine !

Elle s'esclaffa.

— Pourquoi me demandes-tu ça ?

— Je ne sais pas trop. Toutes ces discussions autour de la famille, j'imagine. Et puis ton fils, ma fille, les préparatifs du mariage. Tu es ici toute seule – ne me regarde pas comme ça. Je sais que tu es assez grande pour t'occuper de toi-même. Mais nous sommes... tu sais, depuis un moment maintenant.

— Ce « tu sais » me plaît. Tu es l'homme le plus gentil que je connaisse et si j'avais envie – ou besoin – de me marier, je ne penserais à personne d'autre. Mais nous sommes bien comme nous sommes, non, Willy B ?

Il lui prit la main.

— Tu es tout pour moi, Justine. Je tiens juste à ce que tu le saches.

— Je le sais, et je suis heureuse que tu aies posé la question. Un jour, peut-être, je te la retournerai.

— Oh, Justine !

Il rosit à cette idée, ce qui la fit rire de nouveau. Elle contourna le plan de travail et l'étreignit avec fougue.

— Je t'adore, Willy B.

Et elle s'écarta juste assez pour lui planter un baiser sur la bouche.

Ryder choisit cet instant pour entrer, Nigaud sur ses talons.

— Bon sang, je cauchemarde.

Faisant un large détour, il alla se chercher une bière dans le réfrigérateur. Et maugréa de nouveau en la décapsulant.

Le carlin se leva d'un bond et se mit à trembler quand Nigaud s'approcha pour le renifler.

— N'aie pas peur, Tyrone, il ne va pas te faire de mal, le rassura Willy B qui descendit quand même de son tabouret pour rassurer le chiot et gratter les oreilles de Nigaud.

— Où est Hope ? demanda Justine à son fils.

— Elle avait un truc à faire. Elle arrive.

Vif comme l'éclair – dans la cuisine de sa mère, il fallait l'être –, il s'empara d'un œuf à la diable.

— Elle n'a pas d'autres soucis avec ces gens de Georgetown, j'espère ?

— Non, et ça n'arrivera pas. Affaire classée.

— Bien. Fais donc sortir ces chiens. Tyrone s'entend bien avec Finch et Atticus. Il sera à l'aise avec Nigaud d'ici peu.

Ryder obéit, poussant le chiot réticent du bout de sa chaussure.

— Beckett et sa marmaille viennent juste de se garer. Les chiens sont là aussi.

— Ah bon ? fit Willy B. Alors je devrais peut-être...

— Laisse donc ce chien se faire des amis, intervint Justine. Sinon, tu vas en faire un névrosé.

— Ils sont tous plus grands que lui.

— Tu es plus grand que tout le monde, pourtant, tu ne ferais pas de mal à une mouche.

Elle ouvrit un placard et prit trois pistolets à bulles déjà chargés qu'elle sortit donner aux garçons.

Quelques secondes plus tard, Clare entra avec un saladier.

— C'est quoi ? s'enquit Ryder en le lui prenant des mains. De la salade de pommes de terre ? Tu es ma belle-sœur préférée.

— Tu n'en as qu'une, mais plus pour longtemps, rétorqua Clare. Avery et Owen sont juste derrière nous.

Elle alla embrasser Willy B sur la joue.

— Viens donc t'asseoir, lui suggéra-t-il. Tu dois te reposer un peu.

— Bonne idée. Je vais équeuter le reste de ces haricots.

— D'accord. Dans ce cas, je sors juste faire un tour…

Clare haussa les sourcils avec étonnement en le voyant filer vers la porte.

— Il a peur que les autres chiens traumatisent son rat aux yeux globuleux, expliqua Ryder.

— Aucun risque. Et Tyrone est adorable.

— On dirait un chien tombé de la planète Mars.

— Peut-être un peu, admit Clare.

Elle équeuta les haricots, tandis que dehors les cris des garçons se mêlaient aux aboiements, ponctués d'éclats de rire masculins.

— Va donc les rejoindre. Je sais que tu en meurs d'envie. Je suis bien ici. C'est comme une petite pause souveraine pour ma santé mentale.

— Si tu le dis.

Il en avait envie, en effet. D'autant qu'il avait planqué son vieux fusil à eau dans le cabanon pour ce genre d'occasion.

À l'arrivée de Hope, la guerre faisait rage. Enfants, chiens et hommes adultes, tous trempés jusqu'aux os, se battaient avec un arsenal impressionnant.

Elle observa les combattants avec méfiance. Elle pouvait sans doute faire confiance aux garçons pour ne pas viser dans sa direction. Les chiens, il lui faudrait les éviter. Mais elle savait très bien que les hommes étaient rarement capables de résister à une proie fraîche.

Elle descendit de voiture avec toutes les précautions d'usage, se servant de sa portière comme bouclier.

Et surprit la lueur carnassière dans le regard de Ryder entre ses cheveux dégoulinants.

— J'apporte des tartes ! cria-t-elle. Si je suis mouillée, les tartes le seront aussi. Réfléchis.

Il abaissa son arme.

— Des tartes à quoi ?

Vulnérable, il prit une grande giclée dans le dos.

— En plein dans le mille ! s'exclama le plus jeune guerrier de la troupe qui se mit à pousser des hurlements aussi hystériques que ravis quand Ryder s'élança à sa poursuite.

Hope profita de la diversion pour foncer dans la maison.

— Tout le monde est trempé dehors, annonça-t-elle avant de remarquer Avery, un verre de vin à la main, vêtue d'une chemise d'homme qui lui tombait jusqu'aux genoux.

— Victime collatérale ?

— Victime tout court. Je me suis battue comme une diablesse. Mais ils se sont ligués contre moi. On ne peut pas faire confiance aux hommes.

— Maintenant tout le monde est là, dit Justine qui serra Hope dans ses bras. Willy B, et si tu allais allumer le barbecue ?

Son chien pelotonné sur les genoux, il lança un regard soupçonneux en direction de la porte.

— Oh, c'est bon, je m'en occupe ! Hope, servez-vous à boire.

Sur ce, Justine sortit. Curieuse, Hope la suivit jusqu'à la porte et la vit ouvrir le tuyau d'arrosage. Sans sommation, elle arrosa tout ce qui bougeait, impitoyable malgré les « maman ! » et « amie ! » de protestation.

— C'est l'heure de la trêve. Trouvez-vous des vêtements secs et faites un brin de toilette. Nous mangeons dans une demi-heure.

Les tenues avaient un petit côté excentrique, mais le repas fut une réussite. Et les sujets de conversation ne manquèrent pas : le restaurant d'Avery, qui comptait les jours désormais, les chantiers, les bébés, le mariage, les dernières nouvelles en ville.

Puis la table fut débarrassée, tandis que les enfants et les chiens retournaient en courant dans le jardin réservé, par décret féminin, aux bulles et aux ballons.

Justine se cala contre le dossier de sa chaise.

— Bon, je vais vous expliquer où en sont les choses de mon côté. Il existe une vieille bible familiale où on avait l'habitude de noter les naissances et les décès. Carol-Ann a réussi à la localiser, précisa-t-elle en tapotant la main de sa sœur. Elle se trouve chez notre oncle. Le frère de notre père, Henry. Oncle Hank. Au décès du grand-père, oncle Hank et sa femme ont récupéré toutes ses affaires. Certaines personnes sont comme ça. Je ne sais pas ce qu'il peut faire de toutes ces vieilleries, mais il en a rempli deux camions. Bref, la bible se trouvait dans le lot. Elle remonte drôlement loin, donc si ce Billy appartient à notre famille, il y sera répertorié. Il ne nous reste plus qu'à la récupérer.

— Il veut bien qu'on la lui emprunte, intervint Carol-Ann. Une fois qu'il l'aura retrouvée. Il prétend qu'elle est rangée, ce qui veut sans doute dire qu'elle est enterrée quelque part sous un tas de bazar.

— Il ne sera pas pressé de l'exhumer, reprit Justine, mais j'ai parlé à ma cousine, sa fille. Nous nous sommes toujours bien entendues et elle m'a promis de le harceler. Sinon, il ne se souvient pas d'un Joseph William Ryder ; mon père non plus. Toutefois, papa se rappelle avoir entendu son grand-père parler de deux oncles à lui qui auraient combattu durant la guerre de Sécession, et l'un d'eux, pense-t-il, serait tombé à Antietam. Mais je ne peux pas jurer que ce soit vrai. Papa s'est peut-être laissé influencer par ma question.

— C'est un début, déclara Hope, qui trouvait néanmoins leurs progrès d'une lenteur frustrante. Il n'y a aucun Joseph William Ryder dans la liste des soldats enterrés au cimetière national.

— Rien de nouveau non plus de mon côté, ajouta Owen. Mais il y a encore des tas de documents à étudier.

— Papa se souvient aussi d'une vieille baïonnette de la guerre de Sécession et de quelques autres affaires – des cartouches, une casquette d'uniforme. Et même de vieux boulets de canon, expliqua Carol-Ann. Mais il ignore si ce sont des objets de famille ou s'ils ont été déterrés pendant les labours, ce qui est assez fréquent.

— Je me souviens à peine de la ferme, avoua Justine. Elle a été vendue avant votre naissance, les garçons. Des maisons ont été construites sur le terrain et le Service des parcs nationaux en a racheté une partie. Mais papa dit – et là il en est sûr – qu'il existait un petit cimetière familial.

Hope se redressa.

— Dans la ferme ?

— À l'époque, certains préféraient enterrer leurs morts sur leurs terres plutôt qu'au cimetière près de l'église. D'après lui, il se trouve au bout d'un vieux sentier plein d'ornières bordé de quelques arbres. Si ça se trouve, il existe peut-être encore.

— Je peux me renseigner, proposa Owen. En cas d'exhumation, il y a des formalités pour déplacer les tombes.

Ryder contemplait sa bière, les sourcils froncés.

— Dans la vieille ferme des Ryder, il y a un étang. Enfin, plutôt une mare.

— Papa parlait d'un trou d'eau dans lequel on pouvait nager. Comment le sais-tu ? s'étonna sa mère.

— Je suis sorti avec une fille qui habitait une des maisons dont tu parlais. Il y a un petit cimetière. Très vieux. Avec un muret de pierre tout autour et une plaque. Je n'y ai pas prêté beaucoup d'attention. J'étais plus occupé à la convaincre de se déshabiller pour piquer une tête dans la mare.

— Pourquoi n'en as-tu pas parlé plus tôt ?

— Je n'ai pas l'habitude de te parler des filles que je veux déshabiller. Maman, j'avais seize ans, ajouta-t-il avec un sourire. Je venais d'avoir mon permis et c'était la première fille que je baladais en voiture. Comment s'appelait-elle déjà ? Angela… Bowers, Boson… Enfin bref, elle ne s'est pas laissé convaincre, alors ça n'a pas duré. Et je n'ai plus pensé à tout ça jusqu'à aujourd'hui. Par contre, je me souviens de m'être dit qu'il y avait peut-être des parents à nous dans ce cimetière. Et après je me suis laissé emporter par mes préoccupations du moment.

— À seize ans, la capacité d'attention d'un garçon est d'une brièveté sidérante, commenta Beckett. À part pour les filles nues.

— Il est encore là, murmura Justine, songeuse. Nous aurions dû le savoir. C'est un manque de respect, Carol-Ann.

— Papa n'avait qu'une idée en tête : quitter la ferme, lui rappela sa sœur. Il voulait tirer un trait sur tout ce qui touchait à l'agriculture. Et puis, grand-père et lui ont été fâchés si longtemps. Pas étonnant que nous ne soyons pas au courant.

— Maintenant, nous le sommes, intervint Owen. Nous irons jeter un coup d'œil.

— Bonne idée, fit Justine en se levant. Rassemblons les enfants et les chiens.

Owen la fixa d'un air stupéfait.

— Tu veux y aller maintenant ?

— Quel est le problème ?

— Le soleil va bientôt se coucher et…

— Alors il n'y a pas une minute à perdre.

— Si nous attendons jusqu'à demain, je peux y aller en éclaireur et te dire ce que…

— Pourquoi gaspilles-tu ta salive ? coupa Ryder.

Après une ruée générale, suivie d'une pause pour réfléchir, et de beaucoup d'excitation de la part des garçons pour ce qui promettait d'être une aventure, ils s'entassèrent dans plusieurs voitures. La réflexion concernait entre autres les chiens : il fut décidé de laisser Ben et Yoda avec Atticus et Finch – pour réduire le nombre de passagers.

Hope se retrouva comme passagère dans le pick-up de Ryder, Nigaud étalé sur la banquette entre eux deux.

— Demain aurait été plus raisonnable, observa-t-elle.

— Cette histoire n'a rien de raisonnable.

— Non, c'est vrai. Et je suis contente qu'on y aille ce soir. Mais il se peut qu'il ne soit pas là, ou que les pierres tombales soient endommagées. Si ça se trouve, la tombe n'a jamais été marquée.

— Bien. Garde ce bel esprit positif.

— Je me prépare juste aux diverses éventualités.

— Il se peut aussi que tu trouves ce que tu cherches.

— J'imagine que je suis un peu nerveuse à cette idée, tout comme à celle de ne rien trouver.

Ryder posa la main sur la sienne, un geste qui surprit Hope au point que son cœur s'emballa.

— Arrête de te prendre la tête et détends-toi.

Moins déconcertée par ce ton abrupt dont elle avait l'habitude, elle y parvint sans trop de peine.

— Ici, il n'y avait que des terres agricoles, reprit-il lorsqu'ils bifurquèrent sur une route sinueuse bordée de maisons entourées de grands jardins aux pelouses en pente plantées d'arbres.

— Le paysage devait être superbe. Que des champs verdoyants et des collines onduleuses.

— Les gens doivent bien vivre quelque part. Et ici, ils ne sont pas les uns sur les autres, c'est déjà ça. Nous avons eu pas mal de travail dans le coin pendant le boom. Des rénovations, des extensions.

Hope se pencha en avant.

— Est-ce que c'est…

— Oui, la vieille ferme des Ryder. Le promoteur a eu l'intelligence de la rénover au lieu de la démolir. Je parie qu'il a dû en tirer un bon paquet.

— Elle est magnifique avec ces maçonneries et son style tarabiscoté. Et c'est immense. Un joli jardin et un verger. Ils ont dû ajouter la véranda, mais l'ensemble est très réussi. Bel endroit.

Elle regarda Ryder, tandis qu'ils passaient devant la maison et tournaient à nouveau.

— Tu es déjà entré ?

— Nous avons fait quelques travaux il y a trois ans. Nouvelle cuisine, deux salles de bains, une pièce supplémentaire au-dessus du garage. Et la véranda qui t'a plu.

— Qu'as-tu ressenti ?

— À l'époque ? Pour moi, c'était un chantier comme un autre. Un gros contrat. Maintenant ? fit-il avec un haussement d'épaules. Je comprends ce que ma mère voulait dire tout à l'heure. Nous aurions peut-être dû accorder davantage d'attention à nos origines. Montrer davantage de respect. Mais mon grand-père détestait cette ferme, et il était évident qu'il ne s'entendait pas avec son père, alors je n'y ai jamais vraiment beaucoup pensé.

Il s'engagea dans un étroit sentier gravillonné.

— C'est une propriété privée ?

— Peut-être. Ou alors ça appartient au Service des parcs nationaux. On s'en préoccupera le moment venu.

— On s'est battu ici ? Nordistes contre Sudistes ?

— Partout dans ces collines, confirma Ryder. Tu vois là-bas ?

Hope repéra le petit étang dont il avait parlé. Ses eaux apparaissaient sombres dans la lumière du crépuscule, et bordées de roseaux dont les têtes de velours brun émergeaient d'un tapis de fougères.

Au-delà, à la lisière de la forêt, elle aperçut un muret de pierre. Du genre que Billy Ryder aurait pu construire, songea-t-elle. Dans l'enceinte se dressaient des pierres tombales de guingois. Hope en dénombra seize – certaines abîmées par le temps et les intempéries, d'autres renversées.

— Cet endroit paraît si triste et abandonné.

— Je ne crois pas que la mort soit une fête, fit remarquer Ryder.

Il se gara et sortit de voiture, son chien sur ses talons.

Comme Hope restait assise à sa place, il fit le tour et lui ouvrit la portière au moment où le reste du convoi arrivait.

— Qu'il soit ici ou pas, nous y sommes, nous.

Elle hocha la tête et descendit.

Le cimetière semblait moins abandonné avec des gens autour, des bruits de voix, des enfants qui couraient et des chiens affairés. Pourtant, elle était si troublée qu'elle glissa la main dans celle de Ryder, et fut soulagée lorsqu'il entremêla ses doigts aux siens.

Il y avait plus de seize tombes, réalisa-t-elle lorsqu'ils approchèrent. Certaines n'étaient qu'une simple dalle à ras de terre.

Elles ne portaient pas toutes un nom, ou les années les avaient effacés. Elle déchiffra les inscriptions encore lisibles. Mary Margaret Ryder. Daniel Edward Ryder. Il y en avait une minuscule, au nom de Susan – juste Susan, décédée en 1853 à l'âge de deux mois.

Quelqu'un venait couper l'herbe, nota-t-elle, afin que l'endroit ne soit pas envahi par la végétation. Néanmoins, la nature y gardait un côté sauvage. Comme pour compenser la brève existence du nourrisson, elle trouva la tombe de Catherine Foster Ryder qui avait vécu de 1781 à 1874.

— Quatre-vingt-treize ans, murmura Justine, qui s'était matérialisée près d'elle. Une longue vie bien remplie. J'aimerais savoir qui elle était pour moi.

— Vous le découvrirez quand vous aurez la bible.

— Pourquoi ils ne restent pas à l'auberge comme Elizabeth ? demanda Murphy. Pourquoi ils doivent rester ici ?

— Lizzy est exceptionnelle, j'imagine, répondit Justine en le soulevant dans ses bras.

Ryder avait lâché la main de Hope et s'était éloigné. Elle pivota, et le vit un peu plus loin sur la droite, seul devant un groupe de trois tombes.

Elle le rejoignit, le cœur cognant dans la poitrine.

— C'est celui du milieu.

Sa main tremblante se réfugia de nouveau dans celle de Ryder.

— C'était le cadet. Il est mort le deuxième. Ils étaient frères.

— Comment le sais-tu ? Je n'arrive pas à lire les noms.

— La lumière faiblit.

Elle se laissa tomber à genoux pour y regarder de plus près.

— Oh, mon Dieu ! Billy Ryder. Ce n'est pas son prénom de baptême qui est gravé. Juste Billy. 14 mars 1843 – 17 septembre 1862.

— Et Joshua, plus tôt la même année. Charlie, vingt-deux ans plus tard. Trois frères.

— C'est Billy, répéta-t-elle, incapable de se concentrer sur autre chose.

Ils l'avaient enfin trouvé.

Soudain, elle redressa brusquement la tête.

— Elle est ici ? Comment pourrait-elle être ici ?

— Ce n'est pas elle.

Ryder lui montra le mur derrière les tombes. Il était presque entièrement recouvert de chèvrefeuille. Il se retourna et croisa le regard de sa mère. Il n'eut pas besoin de lui dire. Ses yeux s'embuèrent, tandis qu'elle s'avançait vers lui.

— Tu l'as trouvé.

— Le temps a érodé la gravure, mais on peut encore déchiffrer le nom. Il est mort la même année qu'Elizabeth. Le même mois, à un jour près.

Owen rejoignit sa mère et glissa le bras autour de sa taille sans lâcher la main d'Avery. Puis Beckett avec Clare. Et les garçons, miraculeusement silencieux. Carol-Ann laissa échapper un petit sanglot et Willy B lui tapota le dos.

Le soleil disparaissait à l'horizon et l'air du crépuscule embaumait le chèvrefeuille.

Hope traça le nom du bout du doigt, puis porta la main à son cœur.

— La prochaine fois, nous apporterons des fleurs, dit Justine qui appuya la tête contre le bras d'Owen, touchant celui de Beckett et de Ryder. C'est à eux que nous devons d'être ici. Il est temps que nous honorions leur mémoire.

Pris d'une impulsion, Ryder sortit son canif de sa poche et alla couper plusieurs branches de chèvrefeuille qu'il revint déposer au pied des tombes.

— C'est toujours ça.

Émue au plus haut point, Hope se redressa et prit son visage entre ses mains.

— C'est parfait, murmura-t-elle, avant de l'embrasser.

— L'air commence à fraîchir. Tu vas attraper froid, dit Beckett à Clare. On passe chercher les chiens, et on rentre à la maison.

Clare regarda Hope.

— Il faut la prévenir, dit-elle. Je trouve que nous devrions tous être présents.

— Tu es pâle quand tu es fatiguée, objecta Beckett en lui caressant la joue du doigt. Et là tu es pâle. Ça peut attendre demain.

— C'est peut-être mieux de toute façon, intervint Avery. Nous pourrons réfléchir à la façon de lui annoncer la nouvelle. Je veux dire, nous l'avons retrouvé, d'accord. Mais que signifie sa présence ici ? Ça semble presque cruel de lui apprendre qu'il est enterré dans ce cimetière, à des kilomètres de l'endroit où elle se trouve.

— Demain matin, approuva Justine. Disons, vers 9 heures. Oui, je sais, ça coupe ta journée, dit-elle à Ryder sans lui laisser le temps de parler. Mais c'est avant l'ouverture, pour Clare et Avery. Avant l'arrivée des nouveaux clients à l'hôtel.

— 9 heures, ça me va.

— Tu viendras, Willy B ?

Elle se tourna vers le colosse avec son petit chien dans les bras.

— Si tu le souhaites, Justine, je serai là.

— Ta présence me ferait plaisir. Je veux savoir laquelle de ces femmes est leur mère. Elle a perdu deux de ses fils, peut-être le troisième aussi, avant de mourir. C'est une épreuve cruelle, dit-elle avec un sanglot dans la voix avant de se reprendre. Je veux connaître son nom et honorer sa mémoire.

— La nuit tombe, dit Willy B qui lui caressa le bras. Je vais te ramener à la maison.

— D'accord. Rentrons tous à la maison.

Mais Ryder s'attarda tandis que les autres s'en allaient. Il se força à s'écarter des trois tombes lorsque Hope lui toucha le bras.

— Ça va ?

— Oui. Je ne sais pas. C'est bizarre.

— Qu'ils soient trois. Comme Owen, Beckett et toi ?

— Je ne sais pas, répéta-t-il. J'encaisse le coup, sans doute. Il est notre ancêtre et elle est la tienne. Je porte son nom de famille comme prénom. Et…

Il secoua la tête comme pour chasser cette *sensation.*

— Viens, allons-y.

— Et quoi ? insista-t-elle, tandis qu'il l'entraînait à sa suite.

— Rien. C'est bizarre, voilà tout.

Il ne lui dit pas qu'à l'instant où il avait franchi le muret de pierre il avait su où trouver Billy.

« Tu t'imagines des trucs », tenta-t-il de se convaincre lorsqu'ils remontèrent dans son pick-up. C'était juste l'atmosphère sinistre de ce cimetière à la nuit tombée.

Pourtant, il savait. Et il éprouvait encore cette drôle de sensation, comme un frisson à fleur de peau. En démarrant, il porta le regard sur le rétroviseur et contempla un instant le muret de pierre, les tombes et le chèvrefeuille luxuriant.

Puis il s'obligea à fixer la route devant lui.

19

Cette contrée, il en connaissait chaque vallon, chaque colline, chaque saillie rocheuse. Il connaissait chaque muret qui servait d'enclos aux vaches dans les pâturages verdoyants. Ses mains avaient aidé à en construire quelques-uns sous la patiente tutelle de son oncle qui lui avait transmis son savoir-faire.

Son pays, il l'avait quitté, mais toujours avec le projet d'y revenir. De construire sa maison près d'un coude du ruisseau qui serpentait dans son lit de roches, et à l'ombre des bois.

Il adorait cette terre plus que toutes celles que ses pieds avaient foulées.

Mais aujourd'hui, en ce matin de septembre, c'était un spectacle digne de l'enfer qui s'offrait à ses yeux. La sueur et la terre sous lui souillaient son uniforme. Sa sueur. Pas son sang. Pas encore.

Aujourd'hui, il combattait et s'efforçait de survivre, comme tant d'autres jours depuis qu'une conviction chevillée au corps l'avait poussé à s'enrôler. Cette conviction, il regrettait à présent de tout son cœur, de toute son âme, de ne pas se l'être extirpée pour la piétiner sous la semelle de sa botte.

En lieu et place de l'honneur, l'exaltation et même l'aventure qu'il avait pensé trouver, sa vie de soldat n'était que désespoir, terreur, souffrance et questions sans réponses.

Si bleu et limpide aux aurores, le ciel s'était voilé d'une brume sale sous le feu chargé de suie des canons. Les boulets sifflaient dans l'air, terminant leur course mortifère dans un crescendo de projections de terre et de chairs déchiquetées.

Oh, la guerre était un tel affront aux corps et aux âmes !

Les hurlements des hommes lui déchiraient les tympans et les entrailles, au point qu'il était presque sourd au grondement des canons, au crépitement incessant des pluies de balles.

Il resta allongé un moment, luttant pour reprendre son souffle qui semblait tout juste hors de sa portée. Le sang sur son uniforme était celui de l'ami qu'il s'était fait durant la marche – George, un apprenti forgeron, un plaisantin aux cheveux blonds comme la farine de maïs et aux yeux bleus pétillants.

Maintenant, ses cheveux étaient rouge sang et ses yeux fixaient le vide au milieu de son visage massacré.

Il connaissait cette terre, lui aussi, songea Billy, tandis que ses oreilles sifflaient et son cœur cognait comme un tambour de guerre. La route tranquille qui serpentait à travers champs séparait les fermes des Piper et des Roulette. Ses parents étaient amis avec les Piper. Qu'étaient-ils devenus, maintenant que cette frontière sinueuse au fond du vallon servait de ligne de front ?

Les confédérés du major Hill s'étaient repliés dans ce chemin creux et, de cette position défensive abritée, tiraient leurs salves meurtrières qui décimaient les troupes adverses tel un feu de broussaille ravageur. Lors de la première, un tir de mousquet avait arraché la moitié du visage de George, et Dieu seul savait combien d'autres avaient été fauchés autour d'eux.

L'artillerie grondait et ébranlait le sol.

Il lui semblait être étendu là depuis des heures, fixant le ciel à travers la fumée au milieu des cris, des gémissements et des détonations incessantes.

Juste quelques minutes en réalité. Quelques minutes pour comprendre que son ami était mort et que pour lui il ne s'en était fallu que d'un cheveu.

Il glissa une main tremblante sous le revers de son uniforme et en sortit précieusement une photographie. Eliza. Son Eliza blonde comme les blés, dont le sourire lui faisait fondre le cœur. Elle l'aimait. En dépit de tout. Elle l'attendait. Quand la guerre serait finie, ils se marieraient. Il lui bâtirait une maison – pas très loin de là où il se trouvait. Et cette maison serait remplie d'amour et de joie. Elle résonnerait des rires de leurs enfants.

Lorsque cet enfer prendrait fin, il irait la retrouver. Il avait reçu une lettre, une seule. Sortie en cachette de chez elle et transmise à sa mère qui la lui avait donnée. Elle lui confiait son désespoir de s'être retrouvée prisonnière le soir où ils avaient prévu de s'enfuir, et sa conviction inébranlable qu'ils se retrouveraient.

La veille, au campement, incapable de dormir, il lui avait écrit, traçant les mots avec soin. Il trouverait le moyen de lui faire parvenir cette lettre. Aucun homme ne pouvait vivre l'enfer sans croire au paradis.

Il vivrait le sien auprès d'Eliza. Pour l'éternité.

L'ordre de se regrouper lui parvint. Il fallait reprendre la progression vers ce maudit chemin creux. Il ferma les yeux, pressa les lèvres sur le visage d'Eliza, puis rangea son portrait. À l'abri contre son cœur.

Il se releva et prit une profonde inspiration. Puis une autre. Il allait s'en remettre à Dieu et faire son devoir envers son pays. Ensuite, il retournerait auprès d'Eliza.

Il chargea de nouveau. Les salves meurtrières fusaient des deux camps. Autour de lui, les corps déchiquetés jonchaient les champs autrefois si paisibles. À la position du soleil, il savait qu'il avait survécu à une matinée de plus. C'était le début de l'après-midi. Jamais il n'avait failli à son devoir, coude à coude avec ceux qui, eux aussi, avaient juré de servir leur patrie.

Il avança, escalada une clôture, et traversa une pommeraie où des abeilles voletaient, à demi enivrées, au-dessus des fruits trop mûrs tombés à terre. De là, il aperçut les hommes massés en contrebas dans le vieux chemin creux. Les troupes postées en hauteur tirèrent et ouvrirent une brèche. Au détour du sentier, il contempla l'horreur.

Il y avait tant de morts que cela semblait impossible. Obscène. Les corps étaient entassés les uns sur les autres, et ceux qui avaient survécu ripostaient sans fin, déterminés à tenir leur position.

À quoi bon ? À quoi bon ? se répétait-il, accablé. Mais il entendit l'ordre de tirer et obéit. Il pensa à George et obéit. Il allait ravir un fils à une autre mère, son amour à une autre femme.

Prendre la vie d'un autre qui, comme lui, ne demandait qu'à rentrer chez lui.

Et il pensa à Eliza, blottie contre son cœur. Eliza qui l'aimait. Qui l'attendait.

Il pensa à sa mère qui pleurait son frère Joshua, tombé à Shiloh.

Il ne pouvait plus tirer. Il était incapable de prendre une vie de plus, de faire pleurer une autre mère. C'était un carnage. Des morts par centaines, et des centaines d'autres à venir. Paysans, maçons, forgerons et boutiquiers. Pourquoi ne se rendaient-ils pas ? Pourquoi continuaient-ils de se battre dans ce trou, entourés de leurs frères massacrés ?

Était-ce cela l'honneur ? Le devoir ? Épuisé, le cœur brisé, écœuré par le charnier en contrebas, il abaissa son arme.

Il ne sentit pas la première balle le transpercer, ni la deuxième. Il avait juste atrocement froid, et se retrouva une fois encore à terre, les yeux tournés vers le ciel.

Il crut que les nuages avaient masqué le soleil. Tout était gris et sans relief. Et le vacarme infernal alentour s'était assourdi. Il régnait presque un paisible silence.

Était-ce terminé ? Enfin ?

Il glissa la main dans son uniforme et sortit le portrait d'Eliza. Son beau visage était maculé de sang.

Alors il comprit.

La douleur le submergea, vive et soudaine, tandis que son sang s'écoulait de ses blessures. Il cria contre cette injustice, éperdu d'un chagrin trop lourd à porter.

Jamais il ne bâtirait une jolie maison de pierre au bord du ruisseau comme il le lui avait promis. Jamais ils ne la rempliraient d'amour et d'enfants.

Il avait fait son devoir, et perdu la vie. Il essaya d'embrasser son visage une dernière fois, mais la photographie s'échappa de ses doigts engourdis.

Il acceptait sa mort ; il avait prêté serment. Mais il en avait fait un aussi à Lizzy. Il ne pouvait accepter de ne plus jamais la revoir, de ne pas la serrer dans ses bras.

Il crut l'entendre l'appeler. Il crut la voir, le visage blême et mouillé de transpiration, les yeux vitreux comme sous l'effet d'une violente fièvre. Elle dit son nom et, dans son dernier souffle, il murmura le sien.

Joseph William Ryder, Billy pour tous ceux qui l'aimaient, mourut au détour du sentier en surplomb du chemin creux passé à la postérité sous le nom de « Chemin sanglant ».

Ryder se réveilla en sursaut, glacé jusqu'à la moelle, la gorge sèche et le cœur cognant dans sa poitrine. À côté du lit, Nigaud fourra sa truffe contre sa main avec un petit gémissement.

— Tout va bien, murmura-t-il.

Mais en fait, il n'en était pas plus sûr que ça.

« Tout le monde fait des rêves, se dit-il. Des bons, des mauvais, des bizarres. »

Il avait rêvé de Billy Ryder. Et alors ? Ils venaient juste de retrouver sa tombe. Il ne fallait pas un grand effort d'imagination pour rêver de sa mort à Antietam.

Un soldat mort le 17 septembre 1862 ? La probabilité était grande qu'il soit tombé au champ d'honneur le jour le plus sanglant de la guerre.

Billy Ryder lui trottait dans la tête, voilà tout.

N'importe quoi. « Arrête de délirer », s'ordonna-t-il.

Au cimetière, il avait éprouvé une drôle de sensation. Et il l'éprouvait toujours. Une sensation étrange qu'il n'arrivait pas à identifier.

De toute évidence, le sommeil n'avait rien arrangé. Un coup d'œil au réveil lui apprit qu'il n'était même pas 5 heures. Il n'avait plus envie de dormir – et n'avait de toute façon pas envie d'essayer, tant le rêve, encore vivace et d'un réalisme saisissant, l'avait ébranlé.

Il se trouvait sur le champ de bataille, marchant vers le chemin creux. Le Chemin sanglant. Il avait beau se considérer comme un pragmatique à la tête froide, il ne pouvait nier avoir perçu l'attraction magnétique qu'exerçait cet endroit. Il avait lu des ouvrages sur la bataille d'Antietam – normal pour quelqu'un qui vivait à proximité. Il l'avait étudiée à l'école, emmené amis et parents faire la visite.

Mais jusqu'à ce soir, jamais il ne l'avait imaginée – non, *ressentie*, rectifia-t-il – de façon aussi pénétrante.

Jusqu'aux odeurs et aux bruits. La fumée qui piquait les yeux et les poumons, le sang frais, la chair brûlée, le tonnerre déchaîné de l'artillerie qui couvrait les cris des mourants.

S'il avait eu un esprit fantasque, il aurait affirmé qu'à travers ce rêve il avait vécu la bataille comme s'il y était. Et y avait péri.

Comme Billy Ryder.

« Oublie cette idée », se dit-il. À côté de lui, Hope bougea légèrement et sa chaleur l'aida à juguler quelque peu ce froid qui ne voulait pas le quitter. Un instant, il songea à recouvrir son corps souple et voluptueux, à s'éclaircir les idées entre ses bras.

Il pensa à l'heure, et trouva un peu dur de la réveiller avant l'aube, quand bien même il aurait veillé à ce qu'elle ne le regrette pas.

Il décida de se lever, ouvrit la porte-fenêtre et sortit sur la terrasse de la chambre.

Peut-être avait-il juste besoin de prendre l'air.

Il aimait le calme du petit matin. Signe que la nuit n'était pas encore tout à fait finie, un croissant de lune était visible entre les branches des arbres. Il regretta un instant de ne pas avoir pris une bouteille d'eau avant de sortir, puis resta là à profiter du spectacle de la nature endormie.

Les longues journées de travail, le stress, les contrariétés… tout disparaissait dans ces moments de plénitude parfaite, comme suspendus entre la nuit et le jour. Bientôt, le soleil teinterait le ciel de rose à l'orient, les oiseaux se mettraient à chanter et la vie reprendrait ses droits.

Une vie avec laquelle il se sentait en harmonie, songea-t-il en caressant distraitement la tête de Nigaud. Il avait tout ce qu'il désirait. Un bon métier, une maison agréable, une famille qui non seulement comptait, mais le comprenait et, s'il devait être sentimental, l'aimait en dépit de tout.

Il ne pouvait demander mieux. Alors pourquoi avait-il l'impression que, dans ce puzzle, une pièce n'avait pas encore trouvé sa place ? Une pièce juste un peu de travers qu'il lui suffirait de tourner légèrement pour qu'elle tombe dans l'alignement ?

— Un souci, Ryder ?

Il se tourna et découvrit Hope.

Elle sortit sur la terrasse, nouant la ceinture de son peignoir court, superflu selon lui.

— Non, aucun. Je suis réveillé, c'est tout.

— C'est tôt, même pour toi, fit-elle remarquer.

Elle s'approcha, posa les mains sur la rambarde comme lui.

— Écoute ce silence. Tout est si tranquille. On en arrive à oublier tous les tracas de la vie dans des endroits aussi merveilleusement paisibles.

Ryder la regarda, se demandant si elle était télépathe. Comment pouvait-elle être aussi parfaite ? Il n'en revenait pas.

Elle lui sourit, les joues légèrement rosies, avec une expression encore un peu ensommeillée qui le fit craquer complètement.

— Et si je préparais du café ? suggéra-t-elle. Nous pourrions boire la première tasse de la journée dehors en contemplant le lever du soleil.

— J'ai une meilleure idée.

Il avait envie d'elle – beaucoup trop et trop souvent, mais à quoi bon lutter ? Pas dans le lit, décida-t-il. Pas après y avoir rêvé de mort sanglante et de deuil douloureux.

Il lui prit la main et l'entraîna vers les marches qui descendaient au jardin.

— Qu'est-ce que tu fais ? Ryder, tu ne peux pas te balader dehors comme ça. Tu es nu.

D'un geste vif, il lui arracha son peignoir et le lança en direction d'une chaise de la terrasse.

— Toi aussi, à présent.

En dépit de ses protestations, il ne lui lâcha pas la main jusqu'au jardin.

— Il fait encore nuit. Tout est calme. Qu'est-ce qui t'inquiète ? Il n'y a personne pour nous voir. Enfin si, Nigaud, mais il t'a déjà vue nue. Moi aussi.

— Il n'est pas question que je me promène sans vêtements.

— Je n'envisageais pas vraiment une promenade.

Sur ces mots, il l'allongea dans l'herbe fraîche et humide de rosée.

— Oh ! Et ça, ce n'est pas aussi fou que de se balader nus, peut-être ! On va…

Il la fit taire d'un baiser tendre et langoureux.

— Je veux te caresser pendant que le soleil se lève. Je veux te regarder et être en toi quand le jour poindra. Je te veux, toi, et rien que toi, murmura-t-il avant de l'embrasser à nouveau.

En proie à une émotion indicible, Hope sentit son cœur chavirer. Les mains caressantes de Ryder éveillèrent en elle de délicieuses sensations. Elle se donna à lui, émerveillée de trouver en lui un écho si ardent à son propre désir. Tandis que sur la pelouse parsemée de perles de rosée, elle accueillait avec fièvre ses fougueux assauts, les dernières étoiles s'éteignirent une à une, la lune se cacha derrière une colline encore dans l'ombre, et les premières lueurs rouges et or filtrèrent à travers les bois encore endormis.

Ryder prit ce qu'elle lui offrait et lui donna tout ce qu'il avait. Dans ses bras, la nuit s'acheva et le jour commença. Les rêves de désespoir et de mort s'évanouirent. Au fond de lui, la dernière pièce juste un peu de travers trouva enfin sa place.

Hope. C'était elle. Et elle était parfaite.

Alors qu'elle se cambrait sous lui, les premiers chants d'oiseau retentirent. Et le ciel s'éclaira d'un nouveau matin.

Hope attendait des clients pour 15 heures, et la famille Montgomery bien avant. Après avoir regagné l'hôtel, elle passa le temps en inspectant les chambres comme à son habitude.

Elle devait s'occuper l'esprit afin de ne pas être tentée de penser tout haut. De parler à Eliza.

Dans Nick et Nora, elle vérifia les éclairages, la télécommande du téléviseur, le dossier contenant les dépliants et ajouta un peu de parfum dans le diffuseur avant de recommencer l'opération dans Jane et Rochester.

Les fleurs fraîches arriveraient en début d'après-midi.

Elle passa de chambre en chambre, changeant les ampoules si nécessaire, réglant la température des pièces.

De retour dans la cuisine, elle disposa des fruits dans un compotier, des cookies sur un plat et prépara un pichet de thé glacé.

Dans son bureau, elle consulta ses mails et messages téléphoniques auxquels elle répondit, histoire de tuer le temps qui ne passait pas assez vite à son goût.

Aujourd'hui, ils allaient apprendre à Eliza qu'ils avaient trouvé son Billy. Elle ignorait ce qui se passerait, et aurait bien voulu le savoir.

Tout comme ce que cachait le regard de Ryder ce matin. Depuis qu'ils avaient découvert la tombe de Billy, il était taciturne, plus que d'ordinaire.

Et il y avait comme une urgence impérieuse dans son attitude pendant leurs ébats. Ils auraient dû rire, réalisa-t-elle maintenant. Un couple en pleine action sur la pelouse avec un chien pour seule compagnie… ils auraient dû rire, plaisanter. Mais il lui avait fait l'amour avec une gravité et une détermination qui l'avaient à la fois bouleversée et laissée perplexe.

Elle voulait se rapprocher de lui et croyait être sur le bon chemin. Et maintenant ?

Elle ne savait que penser et il ne disait rien.

Elle se remémora les paroles d'Avery qui affirmait qu'on ne pouvait changer la personne qu'on aime. Elle avait raison, bien sûr. Alors elle attendrait qu'il soit prêt à lui expliquer cette lueur sombre dans son regard.

Hope entendit Carol-Ann entrer et lui claironna un bonjour joyeux de son bureau. Elle parcourut la liste de ses tâches, raya ce qui était fait, puis se rendit à la cuisine.

— J'ai acheté des brioches à côté, avoua Carol-Ann avec un sourire un peu penaud. Je voulais juste faire un petit geste. Je ne sais pas si c'est une bonne idée, mais…

— Des brioches, c'est toujours une bonne idée, assura Hope.

— Ça va changer les choses, vous croyez ? C'est égoïste, je sais, mais je ne veux pas que les choses changent. J'aime tout ici, y compris Eliza. Je sais bien que nous nous apprêtons à faire un pas important. Mais un pas important, c'est si souvent synonyme de changement.

— Si seulement je le savais.

— Nous le saurons bien assez tôt, j'imagine. Je n'ai pas fermé la porte du hall à clé, dit Carol-Ann lorsqu'elles l'entendirent s'ouvrir. Je me suis dit que ce serait plus pratique.

Clare et Avery arrivèrent ensemble.

— Des brioches, bonne idée, dit cette dernière. Je disais justement à Clare que j'allais passer à côté acheter quelque chose. Vous y avez pensé la première.

— Il n'y a pas meilleur réconfort que la nourriture, déclara Clare en passant la main sur son ventre proéminent. Ce matin, j'ai préparé des œufs au fromage pour Beckett et les garçons. J'avais juste besoin de faire quelque chose. Beckett est parti tôt pour essayer de travailler un peu avant.

— Owen aussi.

— Ils sont trois alors, dit Hope. Voilà Justine et Willy B. Pile à l'heure.

— Nerveuse ? s'enquit Clare en lui prenant les mains.

— Oui, avoua Hope. Nous avons fait ce qu'elle demandait. Maintenant, nous allons lui apprendre ce que nous savons. Je devrais être impatiente, mais…

— C'est triste, termina Avery. Ce n'est pas comme si on s'attendait à le retrouver bien vivant à faire la fiesta à Vegas, mais quand même, c'est triste.

— Tiens, des brioches, remarqua Justine. J'ai fait des popovers. J'ai été nerveuse toute la matinée et la pâtisserie a un peu aidé.

Elle posa le plat sur l'îlot.

— On ne mourra pas de faim, commenta Avery. Il y a peut-être un risque d'hyperglycémie, mais je suis prête à le courir.

— Il y a du thé glacé, mais je vais préparer du café.

Carol-Ann tapota le bras de Hope.

— Je m'en occupe.

Les trois frères arrivèrent ensemble en tenue de travail et chaussures de sécurité. Bizarrement, les odeurs de bois, vernis et peinture qui flottaient dans leur sillage détendirent quelque peu Hope.

— Alors, commença Owen.

— J'ai quelque chose à dire, l'interrompit Ryder. À elle. À tout le monde. Il m'a fallu un moment pour faire le point, ajouta-t-il en regardant Hope.

Elle hocha la tête.

— D'accord.

— La nuit dernière, j'ai rêvé de lui. Billy Ryder. Et vous n'avez pas intérêt à me charrier, prévint-il ses frères.

— Personne ne va te charrier, lui assura Beckett.

Ryder se dit que dans la situation inverse, il aurait peut-être eu du mal à s'en empêcher et apprécia cette retenue.

— C'était d'un réalisme incroyable. Comme si j'y étais.

— Où ça ? demanda Justine.

— À Antietam. Le 17 septembre 1862. On lit des bouquins, on voit des films de guerre, mais là… franchement, je ne sais pas comment ceux qui ont survécu s'en sont sortis. Il servait dans les troupes de l'Union et a participé à l'assaut du Chemin sanglant. C'était encore le matin et ils avaient déjà subi de lourdes pertes. Le garçon avec qui il s'était lié d'amitié – un apprenti forgeron dénommé George – a eu la tête à moitié déchiquetée. Billy avait plein de sang sur lui. Il était hébété, sans doute en état de choc. Mais il savait où il se trouvait. Je veux dire, au sens propre.

Il connaissait la région, les Piper, le chemin creux qui séparait les deux fermes.

Carol-Ann l'arrêta et lui tendit une tasse de café. Il y jeta un coup d'œil sans la boire. Pas tout de suite.

— J'entendais ce qu'il pensait. Ce n'était pas comme de la télépathie, mais plus comme si…

— Tu étais dans sa tête ? suggéra sa mère.

— Oui, j'imagine que c'est ça. Il s'est mis à penser à elle. À Eliza. Elle lui avait écrit après l'échec de leur fuite et réussi à faire parvenir la lettre à la mère de Billy qui l'a remise à son fils. La veille de la bataille, il lui a écrit à son tour, mais n'a pas eu le temps d'envoyer la lettre.

— Il l'aimait, murmura Clare, émue.

— Il avait une photo d'elle, continua Ryder, et l'a sortie pour la contempler. Il pensait la retrouver après la guerre. Ils se marieraient, il lui bâtirait une maison, ils auraient des enfants. Dans le rêve, il est resté longtemps allongé là, couvert du sang de son ami, à ne penser qu'à rester vivant à tout prix pour la retrouver et vivre avec elle.

— Par pitié, Clare, ne pleure pas.

— C'est triste et je suis enceinte. Je ne peux pas m'en empêcher.

— Raconte-nous la suite, intervint Hope.

Les autres ne sentaient-ils pas le chèvrefeuille ? Ne comprenaient-ils pas qu'Eliza avait besoin d'entendre toute l'histoire ?

— Les soldats ont reçu l'ordre de tenter une autre avancée. Si vous connaissez cette phase de la bataille, vous savez qu'elle a duré des heures. Les Confédérés s'étaient retranchés dans le chemin creux et les troupes de l'Union tentaient de les en déloger. Les pertes furent nombreuses dans les deux camps.

Il décida de leur épargner les détails, ici dans cette cuisine ensoleillée, avec une femme enceinte qui pleurait sans bruit.

— En début d'après-midi, malgré l'arrivée de renforts, ce fut un carnage. Un gradé de l'état-major des Confédérés a commis l'erreur d'ordonner à une partie du front de se retirer et les forces de l'Union en ont profité pour faire une percée. Billy a participé à l'assaut. Il y a eu des morts par centaines dans le camp des Sudistes. Tu connais l'histoire, maman. Pris au piège dans ce trou, ils se sont fait descendre comme des lapins. Il a d'abord continué à tirer, songeant à son ami, à son devoir. Mais devant l'ampleur du massacre, il a renoncé à faire usage de son arme. Il pensait à elle, à sa mère, à son frère tombé au combat, à cet immense gâchis qu'est la guerre. Il voulait juste que cette horreur s'arrête. Il voulait la retrouver et vivre avec elle. Et quand il a abaissé son fusil, il s'est fait abattre.

— Il est mort là-bas, murmura Hope.

— Oui. Il voyait le ciel et n'arrêtait pas de penser à elle. Il a ressorti sa photo. Elle était pleine de sang. C'est alors qu'il a compris qu'il allait mourir. Et la douleur l'a submergé. Il a pensé à elle jusqu'à la fin. Il a même cru la voir dans sa tête. Elle l'appelait, malade et terrifiée. Il a murmuré son nom et c'était fini.

Il baissa les yeux sur le café qu'il avait à la main et cette fois en but une longue gorgée. Justine l'enlaça et l'étreignit avec force.

— Il fait partie de toi. De nous tous. Il avait besoin de quelqu'un pour raconter son histoire. Pour qu'elle sache. J'en ai le cœur brisé.

— Arrête, bougonna Ryder en essuyant une larme sur la joue de sa mère. C'est déjà assez dur sans que tout le monde se mette à pleurer.

— Plus de larmes.

Eliza Ford se tenait près de Hope, le sourire aux lèvres.

— Nom de Dieu ! s'exclama Willy B qui se laissa choir lourdement sur le tabouret près de Clare, Tyrone dans les bras. Excusez-moi.

— Vous l'avez retrouvé.

Ryder aurait préféré que les beaux yeux bleus d'Eliza fixent quelqu'un d'autre.

— Il est enterré à quelques kilomètres de la ville, répondit-il, sur les terres de l'ancienne ferme familiale. Il repose près de ses frères.

— Il adorait ses frères, et la mort de Joshua l'a décidé à s'enrôler. Mais ce n'est pas la tombe que vous avez trouvée qui importe, continua Eliza. C'est son esprit. Bien sûr, je voulais une petite maison de pierre, une famille, une vie partagée. Mais par-dessus tout, je voulais mon Billy. Avoir son amour et lui donner le mien. C'est chose faite. Je sens son amour en moi maintenant. Cela faisait si longtemps.

Elle leva la main, la tourna en tous sens.

— Je ne disparais plus. Maintenant que vous l'avez trouvé, il saura me trouver à son tour. Vous êtes lui, dit-elle à Ryder. Et vous êtes moi, ajouta-t-elle à l'adresse de Hope. Jamais je n'oublierai ce cadeau. Je n'ai plus qu'à attendre qu'il vienne me rejoindre.

— Il y a du chèvrefeuille près de sa tombe, souffla Hope.

— Ma fleur favorite. Il avait promis d'en faire pousser près de notre maison. Il a péri en soldat, mais n'en était pas un dans l'âme. Il est mort en pensant aux autres. En pensant à moi. Mon Billy. L'amour, le vrai, ne disparaît jamais. Je dois l'attendre, le guetter.

Beckett s'avança.

— Eliza.

— Vous avez été le premier à me parler, à devenir mon ami. Grâce à vous, à vous tous, j'ai existé de nouveau et retrouvé un toit. Vous avez retrouvé mon amour. Il viendra à moi.

Sur ces mots, Eliza disparut.

— L'amour peut faire des miracles, déclara Justine avec un soupir. Je veux croire qu'elle a raison.

Les yeux humides, Avery s'appuya contre Owen.

— Elle est heureuse, c'est tout ce qui compte.

Puis elle sourit à son père, qui affichait une expression médusée. Tyrone posa ses pattes sur ses larges épaules et lui lécha la figure.

— Qu'est-ce qui t'arrive, papa ? On dirait que tu as vu un fantôme, s'esclaffa-t-elle.

— Nom de Dieu, répéta-t-il avant de prendre une brioche.

Laissant échapper un rire un peu étranglé, Clare se pencha pour les serrer dans ses bras, lui et son petit carlin en adoration.

Lorsque chacun retourna à ses activités, Ryder entraîna Hope dans le jardin.

— Ce n'est pas que je ne voulais pas t'en parler.

— Je sais. Je comprends. Tu viens de vivre une expérience étrange et difficile. Tu as dû avoir l'impression de vivre la guerre de l'intérieur.

— Oui, et ceux qui disent que la guerre, c'est l'enfer, sont loin du compte. C'est bien pire.

— Tu avais besoin d'un peu de temps pour digérer tout cela. Rien ne t'oblige non plus à me dire tout ce que tu as dans la tête, tu sais.

— D'accord. Un de ces jours, on pourra peut-être définir une ligne de conduite.

— Pourquoi pas ?

— Je dois y aller. Pour le dîner, tu veux peut-être une de ces salades que tu aimes.

— Bonne idée.

— À plus tard.

Elle le regarda s'éloigner avec son chien et, le sourire aux lèvres, rentra vaquer à ses occupations.

20

À la demande de Justine, Hope réserva l'hôtel pour la famille le soir de l'inauguration du MacT réservée aux amis et parents. Durant les dix derniers jours d'un mois d'août étouffant, Avery et son équipe – plus toutes les personnes de bonne volonté qu'elle put réquisitionner – s'affairèrent pour mettre la dernière main au nouveau restaurant. Souvent, lorsqu'elle faisait son ultime inspection du soir, Hope voyait les lumières de l'autre côté de la rue et savait qu'Avery et Owen n'avaient pas encore terminé leur journée. Parfois, le pick-up de Willy B restait garé tard devant le MacT. Et il n'était pas rare que Ryder et Nigaud la rejoignent bien après qu'elle se fut couchée. « Je ne sais pas à quoi carbure le Chaperon rouge, mais il ne tombe jamais en panne », marmonnait Ryder quand il se glissait dans le lit.

Elle aida de son mieux, suspendant les tableaux, astiquant les carrelages, et comme pour l'hôtel, se réjouit de la métamorphose d'un espace négligé et inutilisé en un lieu de vie élégant et animé.

Le jour dit, Hope passa la majeure partie de son temps à son activité favorite – parfaire les touches finales – tandis qu'Avery s'activait en cuisine, rentrait les produits frais et avait une ultime réunion avec son personnel.

Lorsqu'elle fit une pause, Avery apporta une bouteille d'eau à Hope et vida d'un trait la moitié de la sienne.

— Ce sera bien, hein ? s'inquiéta-t-elle.

— Bien ? Avery, ça va être fabuleux.

— Ce sera bien, se rassura Avery qui fit un tour complet dans le lounge-bar. Cet endroit a fière allure.

— Le mot qui convient est *parfait*.

L'éclairage, original, associait le contemporain au style Vieux Continent avec des formes modernes aux tons bronze foncé. Une rangée de suspensions s'alignait au-dessus du long comptoir en granit du bar. Les sièges de différentes hauteurs et de confortables canapés en cuir invitaient à s'asseoir dans un espace plein de caractère. Des boiseries restaurées au mur de brique à l'ancienne et aux murs couleur prune judicieusement rehaussés d'accents dorés, Avery avait su créer un lieu magique que Hope imaginait déjà bondé et animé.

— C'est exactement ce que je voulais. Grâce aux génialissimes frères Montgomery.

Avery s'appuya contre le chambranle des toilettes où Hope avait astiqué le miroir au cadre bronze et disposé un ensemble de jolis soliflores près de la vasque en cuivre.

— Même les W.-C. sont parfaits, commenta-t-elle avant de se redresser en entendant la porte du restaurant s'ouvrir.

— Désolée, je n'ai pas pu venir plus tôt.

— Ne t'excuse pas, dit-elle à Clare. Tu te rends compte que tu es enceinte jusqu'aux yeux, n'est-ce pas ?

— Plutôt, oui. De toute façon, tu ne sembles pas avoir besoin de mon aide. C'est magnifique, Avery.

Clare admira le parquet foncé qui luisait doucement sous les lampes.

— Je ne reconnais plus cet endroit. Et Dieu que ça sent bon !

— J'ai du velouté sur le feu. Tu as faim ?

— Constamment.

— Viens en cuisine. Tu vas le goûter.

— Avec plaisir. Mais je veux d'abord visiter.

Clare s'avança jusqu'au comptoir et glissa le bras autour de la taille de Hope.

— Dis donc, regarde un peu toutes ces tireuses.

— C'est quand même un pub, lui rappela Avery. Je t'offrirais bien une bière, mais les jumeaux pourraient tiquer.

— Ce soir, je m'accorde un verre de vin pour fêter l'ouverture. J'ai l'autorisation de mon médecin. Je vais en savourer chaque gorgée. Où est tout le monde ? s'enquit Clare en jetant un regard à la ronde.

— Les employés seront de retour dans... Oh, mon Dieu ! s'exclama Avery en consultant sa montre, les yeux écarquillés. D'ici une petite heure. Il est plus tard que je ne croyais. C'est toujours pareil.

Hope lui attrapa la main.

— Tout est prêt, la rassura-t-elle. Tu vas aller à l'hôtel souffler un peu – et prendre un bon bain moussant.

— Je n'ai pas le temps pour un bain moussant.

— Mais si, puisque tout est prêt.

— Clare veut du velouté !

— Je m'en occupe. Toi, tu files à l'hôtel prendre un bain et revêtir les atours de la divine propriétaire du nouveau restaurant fantastique de Boonsboro.

— Sans oublier le lounge-bar.

— Sans oublier le lounge-bar, répéta Hope en riant. Dépêche-toi de disparaître et profite de ta dernière heure de tranquillité avant la fermeture ce soir.

— C'est bon, d'accord. Je vais faire trempette dans la sublime baignoire en cuivre de Titiana et Oberon. Oh, mais je devrais peut-être d'abord passer à Vesta pour m'assurer que...

— Non ! coupa Hope qui la poussa jusqu'à la porte et la mit dehors. Salut !

Hilare, Clare se hissa sur un tabouret du bar.

— Je n'ai pas vraiment besoin de velouté. Je voulais juste l'occuper, histoire de lui changer les idées.

— Tu es sûre ? J'en ai mangé tout à l'heure. Il est délicieux. Tomate et poivron grillé.

— Mon Dieu... si tu insistes. Juste un demi-bol alors. Pour goûter.

— J'insiste. Reste assise, ordonna-t-elle à Clare qui faisait mine de se lever. Je te l'apporte.

Admirant la cuisine rutilante, Hope versa une louchée de velouté dans un bol et éteignit le brûleur. Lorsqu'elle rejoignit Clare, celle-ci était tournée vers la salle.

— Merci. J'étais en train de penser au lycée, quand Avery et moi étions capitaines de l'équipe des pom-pom girls. Nous étions amies, mais sans plus. Nous sommes devenues proches à mon retour, après le décès de Clint. Elle m'a été d'un grand secours avec la librairie. Et pour réussir la transition. Et sans elle, je ne t'aurais jamais rencontrée.

Clare goûta le velouté et leva les yeux au ciel.

— Tu avais raison. C'est un délice.

— Sans Avery, je ne te connaîtrais pas et je ne dirigerais pas l'Hôtel Boonsboro.

— Et tu ne serais pas amoureuse de Ryder, ajouta Clare, qui sourit comme Hope gardait le silence. Ça saute aux yeux, en tout cas à ceux d'une femme bourrée d'hormones comme je le suis.

— Je pensais que nous passerions du bon temps ensemble, puis chacun continuerait son chemin de son côté, à l'amiable. L'amour ne faisait pas partie du plan.

— Mais il te va bien.

— C'est agréable, je ne le nie pas.

— Tu ne lui as rien dit.

— Sincèrement, Clare, ça ne fait pas partie de nos plans. Nous sommes bien comme ça, insista Hope. Je compte pour lui. Je n'attends pas davantage.

— Tu devrais.

— C'est agréable d'être avec quelqu'un pour qui tu comptes. Et de le *savoir*, précisa-t-elle, pas juste de le supposer. Quelqu'un qui prend ta défense, même quand tu n'as rien demandé. Qui t'achète des fleurs et des baguettes magiques. Je n'ai pas envie de réfléchir à demain ni de tirer des plans sur la comète.

— Pardonne-moi ma curiosité, mais si tu regardais vers l'avenir, qu'espérerais-tu y voir ?

— Ce qu'Eliza souhaitait, j'imagine. Un amour partagé, un foyer, une famille. Et, bien entendu, mon travail, une silhouette joliment musclée et une fabuleuse collection de chaussures.

— Comme tu as déjà les trois derniers, je dirige mes bonnes ondes bourrées d'hormones vers toi pour que tes trois premiers souhaits soient exaucés. Vas-y, caresse les bébés magiques.

Hope s'exécuta en riant et frotta doucement le ventre de Clare.

— Ils donnent des coups de pied.

— Ils passent leur temps à ça, ou à se battre, perchés sur ma vessie. Je redoute juste un peu l'énergie qu'ils risquent de déployer une fois dehors avec plus de place.

— Encore du velouté ?

— Ne me tente pas. J'avais prévu de donner un coup de main ici, mais Avery n'a pas besoin de mon aide. Ma mère garde les garçons. Elle les ramènera ce soir avec mon père. Comme Harry l'a fait justement remarquer, ce sont aussi des amis et des parents. Ensuite, ils retourneront dormir chez eux. Bref, je suis désœuvrée.

— Va donc rejoindre Avery et prendre un bain moussant, toi aussi. Tu es dans Eve et Connors.

— Sais-tu quand j'ai pris un bain moussant toute seule tranquille pour la dernière fois ? Sans avoir besoin de tendre l'oreille en cas de déclaration de guerre ?

— Non.

— Moi non plus.

— Alors profite de l'occasion. Et garde ton téléphone à portée de main. Il te suffira d'envoyer un SOS si tu n'arrives pas à t'extirper de la baignoire avec tes bébés magiques.

— Je ne sais que dire, Hope. C'est à la fois vache et attentionné. Viens, je vais t'aider à fermer.

Hope n'eut pas le temps de s'accorder un bain moussant, mais se fit quand même plaisir. Ryder lui avait laissé le choix de la chambre et il s'était imposé de lui-même : Elizabeth et Darcy.

Par sentimentalisme, sans doute. Et parce qu'elle pensait qu'Eliza apprécierait la compagnie.

Emmitouflée dans un confortable peignoir de l'hôtel après sa douche, elle se maquilla avec soin.

— C'est le grand soir d'Avery. Ça va être formidable. L'événement le plus important en ville depuis l'ouverture de l'hôtel – à mon avis. Ce soir, c'est juste pour les amis et la famille. Une sorte de baptême et de galop d'essai en même temps.

Sous ses yeux, la palette de fards à paupières qu'elle avait choisie se souleva dans les airs. Peu de femmes, vivantes ou non, n'aimaient pas jouer avec le maquillage, songea Hope. Et selon elle, celles qui n'aimaient pas passaient à côté d'un des plus grands plaisirs d'être femme.

— Ce soir, je vais oser le noir pailleté pour un look charbonneux très tendance qui ira à merveille avec la robe rouge sensationnelle et les chaussures époustouflantes que j'ai choisies. Aujourd'hui, reprit-elle en s'affairant avec son pinceau, Clare m'a fait comprendre la chance que j'ai d'avoir cet endroit, mes amies, Ryder et tous les Montgomery. De vous avoir, vous.

Elle examina le résultat dans le miroir grossissant, puis recula d'un pas pour avoir une vue d'ensemble.

— Pas mal, non ?

Hope retourna dans la chambre et prit tout son temps pour s'habiller, savourant chaque étape de la préparation pour une grande soirée.

Elle s'assit pour attacher les lanières de ses talons aiguilles argentés vertigineux. Elle étudiait de nouveau son reflet dans le miroir, quand Ryder entra en tenue de travail, une bière à la main.

À sa vue, il s'arrêta net, les jambes coupées. Sa robe courte rouge vermillon au décolleté plongeant épousait ses courbes et lui donnait l'allure d'une sirène.

— Joli, commenta-t-il sobrement.

Elle haussa les sourcils et, tournant lentement sur elle-même, lui décocha un regard sensuel par-dessus son épaule.

— Joli ? C'est tout ?

— Bon d'accord, tu es à tomber par terre avec ton look de femme fatale.

— Je le prends comme un compliment, répondit-elle, lissant sa robe sur ses hanches. Dure journée au bureau ?

— Ha, ha. J'ai été un peu retenu.

— Les travaux avancent ?

Il se rappela qu'elle aimait les détails et réfléchit à la question, tandis qu'elle vaporisait dans son cou ce parfum qui avait une fâcheuse tendance à lui faire tourner la tête.

— Les gros travaux sont terminés. On va commencer l'isolation. Sur les maçonneries extérieures.

— Ça, c'est un gros progrès.

— Pourquoi es-tu déjà habillée ?

— Je vais y aller tôt pour aider.

— Je ne mets pas de costume, lâcha-t-il.

Cela sonnait comme une mise en garde, presque une menace.

— Pourquoi mettrais-tu un costume ?

— Willy B en porte un. Avec un gilet. Et une cravate. Très peu pour moi.

— Très bien. Puisque je suis prête, je vais aller voir si je peux donner un coup de main.

— J'aimerais bien te prendre dans mes bras, mais j'aurais peur de te salir.

— Tu me prendras dans tes bras plus tard.

Elle s'avança jusqu'à lui et se pencha pour l'embrasser, veillant à ne pas le toucher.

— On se revoit là-bas quand tu auras enfilé ce que tu veux, sauf un costume trois pièces.

— D'accord.

Bien après qu'elle eut fermé la porte derrière elle, il la voyait encore, étincelante, vibrante, plus belle qu'une femme n'avait le droit de l'être.

La musique pulsait du juke-box, la bière coulait à flots et un brouhaha joyeux résonnait dans cet endroit resté trop longtemps silencieux. Parents et amis buvaient et bavardaient les uns avec les autres. Et levaient leurs verres en l'honneur du MacT.

Avery faisait des allers-retours incessants entre les cuisines, la salle et le bar, tel un derviche en robe courte vert émeraude avec une bague en plastique au bout d'une chaîne autour du cou.

Hope réussit à l'arrêter dans sa course.

— C'est vraiment bien, lui dit Avery. C'est vraiment bien, hein ? Il y a eu quelques petits accrocs, mais bon.

— C'est vraiment bien et personne ne remarque les accrocs, assura Hope.

— On s'en occupe. Des bougies sur les tables, de la musique, de la bonne nourriture, de bons amis.

— Tu as atteint ta cible, Avery. En plein dans le mille. Comme avec Vesta. Les clients vont se bousculer ici jour après jour.

— Nous sommes déjà complets pour demain soir et après-demain. Tu as vu comme les gens s'arrêtent aux fenêtres pour jeter un coup d'œil à l'intérieur ?

— Évidemment.

— Regarde, Clare et Beckett sont en train de danser. Et mon père discute avec Owen et Ryder au bar. Mon bar.

— Et il est magnifique.

— C'est mon petit ami là-bas, assis sur un tabouret de mon bar. Il est tellement craquant. Je crois que je vais l'épouser et nous vivrons heureux jusqu'à la fin de nos jours.

— Je te le garantis. Je suis si heureuse pour toi, Avery. Et si fière.

— Tous les gens que j'aime sont ici ce soir. Chez moi. Ça ne pourrait pas être mieux. Va t'asseoir et bois un verre. Je dois vérifier quelques trucs.

Hope ne se fit pas prier et rejoignit Ryder au bar. Il descendit de son tabouret et le désigna d'un geste devant son sourire perplexe.

— Vas-y, assieds-toi. Tu dois avoir les chevilles en compote.

— J'ai des chevilles en acier, mais merci, répondit-elle en se hissant sur le tabouret.

— Du champagne pour cette jeune demoiselle, dit Ryder au barman. Ce soir, tu pétilles comme du champagne.

— Merci. Tu n'es pas mal non plus.

— Je ne suis pas aussi beau que Willy B.

Dans son costume trois pièces foncé et sa cravate à pois, Willy B rougit.

— Allons, allons.

— Où est Avery ? s'enquit Owen.

— Partie vérifier des trucs, m'a-t-elle dit.

— Elle a besoin de s'asseoir cinq minutes, qu'elle s'en rende compte ou pas. Je m'en occupe.

Owen parti, Willy B sourit dans sa bière.

— Ce garçon aime ma fille, c'est sûr.

Il soupira et lança un regard admiratif à la ronde.

— Regardez ce qu'elle a fait. Ma petite fille. Ce que vous avez tous fait, corrigea-t-il en choquant sa chope contre celle de Ryder.

— C'est elle le moteur.

— Je vais aller lui dire combien je suis fier d'elle.

— Une fois de plus, commenta Ryder comme Willy B s'éloignait d'un pas pesant. Il n'est pas particulièrement ivre, juste très heureux.

— Il n'a qu'à traverser la rue s'il veut aller se coucher, alors il peut s'enivrer un peu s'il veut. C'est un grand soir pour Avery. Pour Boonsboro. Pour nous tous.

Ryder fixa Hope droit dans les yeux.

— Oui. Un grand soir.

La fête se poursuivit jusqu'à minuit, puis tous se retrouvèrent à l'hôtel où ils se rejouèrent la soirée jusqu'à plus d'1 heure du matin. Lorsque Hope gravit les marches pour la dernière fois de la journée, ses chevilles d'acier commençaient à crier grâce.

Un autre avantage d'être une femme, songea-t-elle. Enlever ses talons hauts, sa robe sublime, son maquillage et se glisser dans un lit douillet sur une montagne d'oreillers aux côtés d'un apollon sexy. Un vrai bonheur.

Quand elle entra dans Elizabeth et Darcy avec Ryder, elle découvrit la bouteille de champagne.

— Comme tu vois, la soirée est placée sous le signe du champagne, dit-il. On pourrait s'asseoir un moment dehors et en boire un verre.

Le déshabillage, le démaquillage et le lit douillet seraient pour plus tard.

— Bonne idée.

Un instant plus tard, elle le suivit sur la galerie et prit place sur le banc, s'attendant qu'il vienne s'asseoir à côté d'elle. Mais il alla s'appuyer contre la balustrade.

Pas question de le rejoindre, décida-t-elle. Elle avait bien trop mal aux pieds avec ces talons.

— Je vais me répéter, je sais, mais c'était vraiment une fête fabuleuse, déclara-t-elle.

— Oui. Avery a fait du beau travail.

Il n'en dit pas davantage.

Il avait mûrement réfléchi, mais en cet instant, alors qu'il la contemplait – étincelante, pétillante, une élégante flûte d'un luxueux champagne à la main –, il se demanda s'il avait perdu la tête.

C'était une urbaine de choc. Ancienne reine de beauté, de surcroît. D'accord, c'était Hope. Elle vivait ici. Mais ça faisait partie d'elle. Tout comme le parfum, son maquillage de star, ses chaussures qui coûtaient davantage qu'une bonne scie circulaire.

— Je déteste l'opéra, je n'en écoute pas.

Pourquoi avait-il dit ça ? Aucune idée. C'était sorti de nulle part.

— Je n'aime pas l'opéra non plus, assura-t-elle.

— Si.

— Non, je te dis.

— Tu as ces trucs pour l'opéra.

Elle sirota une gorgée de champagne et plissa le front d'un air perplexe.

— Quels trucs pour l'opéra ?

— Tu sais, les drôles de jumelles.

— Ah, les jumelles de théâtre ! s'exclama-t-elle en riant. Je plaide coupable, mais ce n'est pas juste pour les spectacles. Elles sont aussi très utiles pour espionner de séduisants ouvriers du bâtiment torse nu un jour de canicule.

— Tiens, tiens, fit-il avec un sourire en coin.

— Et elles servent aussi pour les ballets et…

Le sourire de Ryder s'évanouit.

— Je ne vais pas non plus voir de ballets.

— Dommage pour toi.

— Ni des films d'art et d'essai ou des films étrangers. Rien, absolument rien avec des sous-titres.

Elle inclina la tête de côté.

— Quand ai-je suggéré un film d'art et d'essai ?

— Je préfère que les choses soient claires, au cas où. Et pas davantage des films de gonzesse, ajouta-t-il avec un geste de la main catégorique. Hors de question.

Hope inclina la tête de l'autre côté et réfléchit.

— J'aime bien les bonnes comédies romantiques. Je suis prête à négocier une comédie romantique contre deux films d'action.

— Peut-être. S'il y a des scènes un peu déshabillées.

Décidément, il la faisait rire. Et trembler tout à la fois. Elle prit une profonde inspiration et se jeta à l'eau.

— Je déteste le football.

Le visage de Ryder se décomposa en une grimace de douleur. La souffrance faite homme.

— Oh non, pas ça !

— Toutefois, je ne vois aucune objection à ce qu'un homme passe un dimanche après-midi à regarder un match devant son énorme téléviseur ou au stade – tant qu'il ne se peinturlure pas la figure comme une espèce de forcené.

— M'as-tu déjà vu avec la figure peinturlurée ?

— Je préfère que les choses soient claires, au cas où, répliqua-t-elle. Je ne me sentirais pas obligée de le traîner voir un ballet et, de son côté, il ne se sentirait pas obligé de me traîner au match de foot. En revanche, j'aime le basket.

Intrigué, il revint vers elle et avala une gorgée de champagne avant de lâcher :

— Ah bon ?

— Oui. J'aime la rapidité du jeu, les uniformes et le spectacle. Je n'ai pas d'objections sérieuses contre le base-ball, mais je ne me prononcerai qu'après avoir assisté à un match au stade.

— Première ou deuxième division ?

— Il faudrait que j'essaie les deux, je crois, avant de tirer des conclusions définitives et de décider de la conduite qui s'impose.

— D'accord, c'est équitable. Sur le lit, je ne veux que les oreillers dont on a besoin pour dormir et pas toute une flopée de coussins.

Elle secoua la tête et but lentement dans l'espoir que son cœur, qui était en train de s'emballer, se calmerait un peu.

— Non, j'oppose mon veto absolu. Il suffit de les enlever du lit le soir et de les remettre le matin. L'opération ne prend que quelques minutes, et l'ensemble apporte du style et de la chaleur à la chambre. Sur ce point, je serai intraitable.

Ryder s'assit sur le banc et allongea les jambes. Après une brève réflexion, il décida qu'il fallait choisir ses batailles et que les coussins n'étaient pas si hauts sur la liste.

— Je suis allergique au shopping. Pas question de me faire suivre le mouvement chargé comme un baudet ou de me demander si une robe te fait un gros derrière.

— Crois-moi sur parole, tu es la dernière personne à qui je demanderais de m'accompagner dans une virée shopping. Et aucune robe ne me fera jamais un gros derrière. Enfonce-toi bien ça dans le crâne.

— Pigé.

Elle laissa échapper un soupir. Non, le champagne n'avait pas calmé les battements de son cœur, mais c'était bien ainsi. Elle savourait la montée d'adrénaline.

— Que sommes-nous en train de faire, Ryder ?

— Tu le sais très bien.

— J'aimerais qu'on s'explique clairement, si tu n'y vois pas d'inconvénient.

— J'aurais dû m'en douter.

Comme mû par un ressort, il se releva et retourna près de la balustrade.

— Dès la première minute, j'aurais dû m'en douter. Tu es entrée là-haut et j'ai eu l'impression d'avoir été frappé par la foudre. Ça ne m'a pas plu.

— Vraiment ?

— Oui, vraiment. Ensuite, j'ai préféré garder mes distances.

— Enfin, murmura-t-elle.

— Je gardais mes distances et toi, tu m'as sauté au cou avec ton plan sexe.

— Oh, Ryder ! feignit-elle de s'offusquer en riant. En fait, oui, c'est vrai.

— Alors je me suis laissé faire. C'était censé être juste physique entre nous, non ?

— Exact.

— C'était agréable de s'apprécier aussi. C'est même mieux. Mais plus j'apprenais à te connaître, plus le plan sexe se transformait en autre chose. Ce qui ne m'a pas plu beaucoup non plus.

— Voilà qui a dû être éprouvant pour toi.

— Tu vois ? Encore ce ton narquois. Pourquoi suis-je sous le charme comme ça ? Tu m'as littéralement envoûté, Hope. Je suis pieds et poings liés devant toi. Tu as ravi mon cœur.

Hope en eut le souffle coupé. Elle se trouva un peu ridicule, mais c'était tellement merveilleux.

— Ton cœur ?

— Au début, je pensais que c'était à cause de ton physique. Parce que tu es d'une beauté renversante, Hope. Mais au bout du compte, ce qui m'a conquis, c'est toi. Ta façon d'être. J'ai mis un peu de temps à comprendre, puis toutes les pièces se sont assemblées et le déclic s'est produit. L'autre matin, dans l'herbe. C'était toi et rien d'autre.

— Pour moi, c'était plus tôt, avoua-t-elle, la gorge nouée par l'émotion. Mais pas de beaucoup.

Il but une autre gorgée de champagne.

— Ce que je vais te dire, je l'ai dit à ma mère, et à Carol-Ann. À ma grand-mère. Et avec un coup dans le nez, j'ai pu le dire aussi à mes frères. Mais jamais à une autre femme. Ce n'est pas quelque chose qu'on dit si on n'est pas sûr. Ou juste pour arriver à ses fins.

— Attends.

Hope posa son verre et le rejoignit près de la balustrade. Elle plongea son regard dans le sien.

— Vas-y.

— Je t'aime. Et ça me plaît beaucoup.

Elle se mit à rire, le cœur en fête, et prit son visage entre ses mains.

— Je t'aime. Et ça me plaît beaucoup, à moi aussi.

— Je n'écris pas de poésie.

— Non, Ryder, tu n'écris pas de poésie. Mais tu prends ma défense, tu me dis la vérité, tu me fais rire et tu me donnes envie de vivre. Tu me laisses être celle que je suis. Et tu es tombé amoureux de moi alors même que tu ne le voulais pas.

Il referma les doigts sur ses poignets.

— Et je n'ai pas l'intention d'arrêter.

— Non, n'arrête pas.

Elle se laissa aller contre lui, le cœur battant la chamade tandis qu'un élan de passion l'enveloppait.

— Je suis si heureuse de t'aimer. Que tu sois exactement comme tu es. Je suis si heureuse que tu m'aies parlé ce soir entre tous. Un soir si important pour tout ce qui touche à la famille et au foyer.

— Avant, ça m'ennuyait que tu sois parfaite.

— Oh, Ryder !

Il la repoussa un peu pour la regarder.

— Je me trompais. En fait, tu es parfaite pour moi.

Il sortit un écrin de sa poche et souleva le couvercle.

Hope fixa le diamant bouche bée, puis leva les yeux vers Ryder.

— Tu… tu m'as acheté une bague ?

Elle ne sut comment les mots avaient pu sortir de sa bouche tant elle était sidérée et émerveillée.

— Évidemment, je t'ai acheté une bague, répliqua-t-il avec une pointe d'agacement. Pour qui tu me prends ?

Le souffle coupé, elle contempla la bague qui scintillait telle une étoile sous les lumières de la galerie.

— Pour qui je te prends ? Mais exactement pour ce que tu es. Exactement.

— Je t'aime, donc on se marie.

Elle lui tendit la main gauche et tapota son annulaire.

— D'accord.

Il saisit la bague, la glissa à son doigt.

— Elle me va à la perfection, murmura-t-elle. Comment as-tu su ?

— J'ai mesuré une des tiennes.

— J'ai trop de chance d'épouser un homme qui a l'esprit pratique.

— Après, il faudra que tu déménages. Ma femme ne peut pas habiter à l'hôtel.

Simples détails, songea-t-elle. Et elle était douée pour les détails et les ajustements. Elle glissa les bras autour de sa taille.

— Je parie que Carol-Ann se réjouira de reprendre l'appartement de fonction et sera prête à modifier un peu son emploi du temps. Nous trouverons un arrangement.

— Plus tard, décida-t-il.

— Plus tard, approuva-t-elle en s'abandonnant contre lui. Elle est magnifique. Vraiment magnifique.

Hope posa la tête sur l'épaule de Ryder avec un soupir. Mais il lui resta dans la gorge.

— Ryder. Oh, mon Dieu, regarde ! Là-bas.

Elle désignait l'autre extrémité de la galerie.

Il y avait un couple enlacé dans la pénombre. L'homme portait une tenue d'ouvrier, et non un uniforme déchiré et ensanglanté. Il avait le poing fermé sur la robe d'Eliza, dans le dos, comme Ryder le faisait souvent avec elle.

— Il l'a retrouvée. Son Billy. Ils se sont retrouvés. Ils sont ensemble maintenant.

— Ne pleure pas. Arrête.

— Je pleure si j'en ai envie. Tu vas devoir t'y faire. Après tout ce temps, ils sont enfin réunis. Tu lui ressembles un peu, à Billy.

— Possible. Je ne sais pas.

— Moi, si. J'ignore comment, mais, d'une façon ou d'une autre, tu lui as montré le chemin.

L'espace d'un instant, son regard croisa celui d'Eliza qui brillait d'un bonheur semblable au sien.

— Tout le monde a enfin trouvé sa place, murmura Hope.

Épilogue

Avery tordait sa bague en plastique, tandis que Clare et Hope s'affairaient à fermer sa robe.

— Je ne suis pas nerveuse.

— Bien sûr que non, dit Hope.

— Bon, d'accord, un petit peu. Mais juste parce que je veux être vraiment jolie.

— Crois-moi, tu l'es. Tourne-toi et regarde, lui ordonna Clare.

Dans la chambre de la suite, Avery pivota face au grand miroir en pied.

— Oh, tu as raison ! Je suis vraiment jolie.

— Sublime, tu veux dire, corrigea Hope. Cette robe est spectaculaire. Je n'aurais pas dû douter de ton flair pour les achats en ligne.

Ravie, Avery pivota sur elle-même, et la robe scintillante suivit le mouvement avec élégance.

— Elle me va comme un gant. C'est moi.

— Tu es resplendissante, déclara Clare en effleurant le chignon d'Avery. Une flamme.

— Champagne ! Vite ! Avant que j'aie les larmes aux yeux, ce qui gâcherait le beau maquillage de Hope.

Cette dernière remplit trois flûtes.

— Pour la mariée et ses demoiselles d'honneur, dit-elle en tendant la leur à ses amies. Y compris la mère qui allaite.

— Les jumeaux tiendront le choc. Luke et Logan sont costauds.

Avery leva sa flûte et la choqua contre celles de ses amies.

— Regardez-nous. L'épouse, la mariée et la future mariée. En septembre, ce sera ton tour, Hope.

— J'ai hâte, vous ne pouvez pas savoir. C'est fou de dire un truc pareil avec tout ce que j'ai encore à faire. Mais aujourd'hui, c'est ton grand jour, et je peux te promettre que tout sera parfait.

— Il ne pourrait en être autrement. J'épouse mon petit ami d'enfance, avec mes deux meilleures amies à mes côtés, mon père, la femme que je considère comme ma mère depuis toujours, mes frères. Et dans le lieu le plus merveilleux que je connaisse.

— Je préviens le photographe par SMS pour qu'il monte. Nous avons un planning à respecter, lui rappela Hope.

Elle vérifia tout dans les moindres détails. Les fleurs, le buffet, la décoration des tables, les bougies, les nappes. S'accorda une pause le temps d'aider Beckett à confier les jumeaux joufflus et leurs trois frères à la mère de Clare et Carol-Ann, et de redresser la cravate de Ryder – un prétexte pour l'embrasser dans le cou.

— Et si on se mariait maintenant ? suggéra-t-il. Nous sommes déjà endimanchés et le pasteur vient.

— En septembre, répondit-elle, s'attardant contre ses lèvres pour un autre baiser. Ça vaut la peine d'attendre.

Juste à l'heure, elle accueillit Willy B.

— Dieu merci tu es là, murmura Justine en tapotant la joue du grand gaillard écossais. Le pauvre est aussi nerveux qu'une mariée.

— C'est ma fille, quand même.

— Je sais, chéri. Monte vite la voir.

Hope l'accompagna et attendit. Elle s'empara de la boîte de mouchoirs quand les yeux de Willy B s'embuèrent, puis mit la touche finale au maquillage d'Avery.

— Qu'est-ce que tu marmonnes ? demanda-t-elle à Clare.

— Une prière. Pour que je n'entende pas les bébés pleurer, sinon, je vais avoir une montée de lait.

— Oh, mon Dieu, j'aurais dû prévoir des bouchons d'oreille ! s'exclama Hope avant de l'entraîner en riant vers la porte.

Comme Avery souhaitait une entrée un peu solennelle, elles descendirent l'escalier en procession jusqu'au jardin où étaient assis les invités, et où Owen attendait en compagnie de ses frères.

Tous les trois étaient si séduisants. D'ici quelques mois, elle descendrait ces mêmes marches pour rejoindre Ryder.

Hope jeta un coup d'œil par-delà la tente blanche, vers le club de fitness, tout pimpant avec ses murs d'un beau bleu ardoise clair et ses finitions couleur alu. Elle se réjouissait qu'il soit terminé, même si elle regrettait que Ryder ne soit plus là, tout près, jour après jour.

Elle ignorait quel nouveau projet leur réserverait Justine, mais se réjouissait d'avance d'en suivre l'évolution.

Elle serra soudain la main de Clare.

— Regarde.

Sous le porche, face à la tonnelle fleurie, se tenaient Eliza et Billy.

— Ils sont encore là, souffla Clare. C'est étonnant, non ?

— Ils sont heureux ici. Pour l'instant, en tout cas. C'est leur foyer.

Et le sien, songea-t-elle. Son foyer et sa ville. Et elle allait y bâtir sa vie avec l'homme qu'elle aimait.

Hope regarda en arrière, envoya un baiser à la mariée, puis descendit les marches vers son destin.

Composition Nord Compo
Achevé d'imprimer en France
par Normandie Roto Impression s.a.s.
le 5 mai 2013.
N° d'impression : 131724
Dépôt légal mai 2013.
EAN 9782290056219
OTP L21EDDN000377N001

Éditions J'ai lu
87, quai Panhard-et-Levassor, 75013 Paris
Diffusion France et étranger : Flammarion